Les Aventures de Boro,
reporter photographe

Cher Boro

Les Aventures de Boro, reporter photographe,

La Dame de Berlin, Fayard, 1987.
Le Temps des Cerises, Fayard, 1990.
Les Noces de Guernica, Fayard, 1994.
Mademoiselle Chat, Fayard, 1996.
Boro s'en va-t-en guerre, Fayard, 2000.

Le rappel des œuvres de Dan Franck et de Jean Vautrin figure en fin de volume, p. 463.

Franck & Vautrin

Les Aventures de Boro,
reporter photographe

Cher Boro

Fayard

© Librairie Arthème Fayard, 2005.

Pour Suzanne

PREMIÈRE PARTIE

Symphonie Jupiter

L'harmonica

La lune était d'un autre temps. Elle jouait avec les vagues. Elle cabriolait à la crête de l'écume, plongeait dans les hauts-fonds, faisait la planche, étale, à la pointe de surfaces transparentes. Elle ressemblait à la paix. Elle avait un parfum d'avant-guerre.

Le regard fixé sur le cercle parfait des hublots, Blèmia Borowicz appelait à lui de merveilleuses illusions : l'eau claire était celle du Danube, un jour de printemps, sur une embarcation découverte, entre Budapest et la mer Noire ; une jeune fille en robe légère dansait à la proue des rêves, sur la plainte romantique d'un harmonica.

Rêves et illusions.

En vérité, le Wellington Vickers venait de quitter la côte d'un pays hérissé de canons et de mitrailleuses pour rejoindre des rivages mortels, de l'autre côté d'une mer encombrée de sous-marins caïmans, par un jour froid de l'hiver 1942. Il n'y avait pas de jeune fille printanière à bord, mais des clandestins en armes, rugueux et effrayés, le visage noirci par le charbon, les pieds bottés, le corps enfoui dans des sacs de couchage les protégeant du froid et les encourageant au sommeil.

Seul l'harmonica ne relevait pas d'une légende magnifiée. La personne qui en jouait était recroquevillée contre la carlingue, loin de la porte. Elle tenait son instrument enfermé entre les mains. On ne voyait pas son visage. Les quelques voyageurs allongés dans la soute de l'avion écoutaient eux aussi les accents chromatiques de l'instrument, que recouvrait parfois le vacarme des moteurs. Et c'était comme un chant apaisé, une illusion de sérénité qui durerait le temps de la traversée, jusqu'à l'abordage des côtes françaises. Le musicien jouait le premier mouvement de la symphonie *Jupiter* de Mozart. Boro entendait Dvořák et la puszta hongroise. Le pays de son enfance, les bras d'une danseuse en tutu blanc.

Il ne connaissait pas ses compagnons de voyage. Il les avait croisés deux ou trois fois à l'entraînement, dans un avion volant bas ou sur les tapis où on leur apprenait à tomber avant de rouler leur parachute. Ils n'avaient pas échangé plus de quelques mots. En Angleterre déjà, ils étaient des anonymes. Cloisonnement. Discrétion. On ne sait pas. On ne dira rien. Avant de s'installer dans la soute du Wellington, les passagers avaient reçu les consignes relatives au vol, et une petite boule brune qu'ils avaient cachée au fond des poches, une dose pour chacun, à glisser entre les lèvres en cas de problème majeur, définitif pourrait-on dire : le cyanure.

Blèmia Borowicz avait dissimulé son poison dans le revers de son pantalon.

Il portait une combinaison de saut rembourrée aux genoux, aux hanches et aux épaules. Elle avait été spécialement confectionnée afin d'amortir ses retrouvailles avec la terre. Les services de Sa Très Gracieuse Majesté lui avaient également fabriqué une canne à sa mesure, fixée à une petite valise en cuir accrochée au harnais du parachute. La valise contenait aussi deux Leica protégés par des blocs de mousse. L'un d'eux était muni d'un objectif permettant de photographier de près, même en faible lumière. L'autre était son appareil fétiche, celui que lui avait offert sa cousine Maryika en 1933, à Munich, lorsque Hitler était entré chez Hoffmann pour y retrouver sa fiancée, Eva Braun[1]. Ainsi dépossédé de ses accessoires quasiment identitaires, Boro devait se contenter d'observer le paysage. S'il avait tenu sa canne et son Leica entre les mains, il se fût approché du hublot pour photographier cette nuit de pleine lune qu'il avait attendue depuis si longtemps.

Les côtes de France apparurent à l'horizon. Le dispatcher qui commanderait le saut quitta l'angle dans lequel il se tenait depuis le décollage et dit :

« *Your country, Sir* », avant de traduire :

---

1. Voir *Les Aventures de Boro, reporter photographe, La Dame de Berlin.*

L'HARMONICA

« Votre pays, messieurs. »

Il s'assit au côté des autres, replia ses jambes sous le menton et enferma ses genoux entre ses bras.

« S'ils nous chahutent, vous ferez pareil. »

Personne ne bougea. L'harmonica jouait toujours Mozart. Quelqu'un ouvrit une bouteille Thermos et la tendit devant lui, proposant muettement du café. Nul n'en prit. Chacun cherchait, dans la trajectoire de l'avion ou les variations sonores des moteurs, un indice annonçant une attaque ou un tir de DCA. Le danger, moindre au-dessus de la Manche, résidait là désormais, au cœur des vallées, sur les plateaux, partout où les Allemands avaient disposé leurs canons pour interdire l'entrée du continent occupé aux chasseurs et aux bombardiers alliés. Le pire était cette illusion de paix que renvoyaient les villages endormis, les champs déserts, les villes sans lumières apparaissant dans la clarté de la lune : voir parfaitement impliquait qu'on était vu semblablement, fragile et vulnérable dans un ciel sans nuages.

L'avion piqua soudain.

« Vol rasant », commenta sobrement le dispatcher.

L'harmonica s'échappa des mains du musicien et roula. Son propriétaire détendit les jambes, glissa imperceptiblement sur le dos, puis se rattrapa à l'aide des paumes et ne bougea plus. Il observait avec frayeur une scène minuscule qui, pour lui, était certainement gigantesque, et même dramatique. C'est ainsi du moins que jugea Blèmia Borowicz, soudain fasciné, et même subjugué, sans doute plus encore. Au point que, malgré la pente suscitant tournis et nausée, malgré l'approche vertigineuse des paysages terrestres qui pouvaient laisser penser qu'on s'écraserait bientôt, qu'un obus avait transpercé le fuselage et emporté un moteur, le reporter lâcha toute poignée d'arrimage et fut emporté conjointement à l'instrument. Il le rattrapa de l'extrémité de sa botte au moment où l'objet allait se perdre derrière une saillie, et resta là, comme pendu, imbécile, tandis que l'appareil virait de bord, le projetant de l'autre côté.

Sa tête heurta le lourd empaquetage d'un parachute. Il en fut sonné, mais non défait. L'avion volait maintenant très près du sol, épousant les reliefs. Il montait, il descendait, il tanguait à droite, il frémissait à gauche. Il avalait les surfaces, si bas qu'aucun radar ne pourrait le détecter. On remonterait à l'approche d'une ville. Alors, il fallait espérer un ballet de nuages.

Le dispatcher regarda les candidats au parachutage. Il dit :
«*Don't worry.*»

Il portait une moustache rousse, assortie à un plumet qu'un béret avait jusqu'alors dissimulé. Il avait le teint blanc. Il ressemblait à un personnage de dessin animé. D'un mouvement tournant du bras, il montra un sombre amoncellement, plus à l'ouest. Il annonça :

«Cabourg.»

Et décocha un sourire moqueur à Blèmia Borowicz, ouvrant la main sur un objet qui brillait dans sa paume : l'harmonica.

Sans s'en rendre compte, le Hongrois l'avait laissé échapper. Il se maudit intérieurement : un autre le rendrait à son propriétaire, que son œil de photographe avait imprimé sur sa pellicule intérieure dès que l'instrument avait malencontreusement chu sur le plancher : entre vingt-deux et vingt-six ans, brune, cheveux très courts, œil vif, en proie à une panique intérieure qu'apaisait le son de l'harmonica et le contact de l'instrument avec sa bouche.

Happy new year!

Il la regardait, souhaitant la soutenir de loin, par la seule force de son regard. L'avion volait toujours au ras du sol. Les passagers luttaient contre la nausée. Cette préoccupation l'emportait sur toutes les autres. Dans une heure ou deux, après avoir sauté, ils seraient exposés à tous les dangers. Ils n'y songeaient pas. Ils avaient oublié leur mission. Ils ne se souciaient pas plus de la mort que de la vie. Leur attention était seulement captée par les dénivellations du terrain. Ils espéraient que l'avion reprendrait rapidement de la hauteur. Mieux valait la paix des nuages que cet insupportable toboggan nocturne.

Une escorte de chasse protégeait le bombardier. Celui-ci avait été délesté de son bagage habituel, remplacé par des containers d'armes qui seraient largués en différents endroits du territoire occupé. Sa mission achevée, l'appareil devait atterrir en un point secret d'Afrique du Nord, d'où il repartirait pour Londres, lesté d'un nouveau matériel. Les voyageurs sauteraient avant, dans la combe de Lourmarin, entre Marseille et Aix-en-Provence. Ils s'égailleraient dans la nature et se croiseraient peut-être ailleurs, plus tard, feindraient alors de ne pas se reconnaître et passeraient leur chemin.

Blèmia Borowicz fixait l'un de ses compagnons de voyage. Il lui semblait l'avoir rencontré au cours d'une séance d'entraînement dans la banlieue de Londres. Un homme d'une quarantaine d'années, de taille moyenne, très éprouvé physiquement par l'entraînement au saut en parachute. Il n'était pas impossible qu'il l'eût aperçu en un autre endroit, une de ces salles de classe où des instructeurs apprenaient aux futurs soldats de l'ombre à crypter et à décoder les messages, ou encore dans un stand de tir, à cinquante pas de cibles mobiles qu'il fallait abattre à la première visée... À moins que ce ne fût dans l'hydravion parti de Lisbonne, grâce auquel le reporter avait rallié les Forces françaises libres deux mois plus tôt ; dans l'hôtel de Hyde Park où il avait séjourné durant une grande partie de son séjour londonien ; au détour d'un couloir ou d'une antichambre des services spéciaux britanniques ou des Forces françaises libres... Quelque part, à une date incertaine : Boro ne savait pas. Avant guerre, il eût fouillé sa mémoire pour découvrir les relais manquants. Aujourd'hui, le flou le rassurait : moins on savait, moins on parlerait.

De toute façon, le cours de sa pensée fut brusquement dévié vers le haut. Sa tête mais aussi son estomac se cabrèrent en même temps que les treize tonnes du Vickers, soudain enlevé de terre. Les deux moteurs de 1 500 CV propulsèrent l'appareil loin au-dessus des clochers des églises et des champs désertés. En une minute, les paysages changèrent. Ce fut comme un tourniquet. La lune apparut, claire et ronde. Un petit nuage la voila, semblable à une enveloppe de tulle. Le bombardier vira sur la droite, monta encore, s'inclina sur l'aile, plongea, reprit son ascension. D'autres nuages apparurent d'un côté de la carlingue. On entendit deux chocs sourds : la DCA allemande avait repéré l'avion. Le pilote tentait de s'échapper. L'appareil gémissait de toutes ses tôles. Chacun, dans la soute, cherchait des points d'arrimage. Le dispatcher se cramponnait au hublot. Il regardait en direction du ciel. Il cria :

« On arrive vers les nuages ! »

Trois minutes plus tard, l'appareil avait recouvré sa stabilité. Il perçait un matelas ouaté, embrasé de-ci de-là par des corolles rougeoyantes qui mouraient vingt pieds plus bas : les obus de la flack.

Comme les autres, Boro se détendit. Ils étaient loin, ils étaient haut. Un calme précaire s'installa dans l'appareil. On passait au-dessus de la Seine. Bientôt, ce serait Lyon et le Rhône. La zone libre. Prétendument libre.

Le dispatcher rendit son harmonica à la jeune fille. Elle le remercia d'un sourire. Boro suivit le sillage d'un des avions d'escorte, brusquement apparu à travers la transparence du hublot pour s'évanouir bientôt, happé sur le côté. La musicienne rangea son instrument dans une poche. Elle tendit ses jambes devant elle et elle porta sa main à la tempe, glissa le majeur au-dessus de l'oreille, repoussa une mèche, jouant avec une chevelure illusoire qu'elle avait certainement coupée quelques jours auparavant. Ce fut comme un petit miracle : un mouvement gracieux allégeant une pesanteur d'homme. Quelques grammes de féminité pure, admirable, dans la sombre toile des guenilles militaires.

Boro se coucha sur son sac et ferma les yeux.

Les femmes de sa vie l'accompagnèrent le reste du voyage. Il les quitta dans la vallée du Rhône. Les canons s'étaient tus. Le bombardier amorçait une longue descente. Il était convenu que les passagers seraient largués avec leur matériel. Ils se préparaient en silence. L'ordre des sauts avait été donné avant le départ. La jeune fille serait la première. Boro suivrait. Puis trois hommes, qui formaient peut-être une équipe. Chacun ignorait la route que prendrait son voisin. Boro n'était tenu à aucun horaire ou itinéraire. Personne ne l'attendait.

La jeune fille était radio. Boro le comprit lorsqu'elle quitta sa place pour se rapprocher du dispatcher. Elle resserra les sangles de son parachute et vérifia la présence derrière elle d'une lourde valise fixée à un parachute plus petit.

Le dispatcher montra le bagage et demanda :

« *Is it OK?*
— *I suppose.*
— *You must be sure...* »

L'homme ouvrit la valise et la referma après en avoir soigneusement inspecté le contenu. Boro eut le temps d'apercevoir le fil enroulé d'une antenne. Il se demanda par quel prodige la jeune fille s'en sortirait si elle était contrôlée avant d'avoir pu mettre son matériel à l'abri.

Il n'eut pas le temps d'approfondir la question. L'appareil volait désormais à basse vitesse. Il tournait en cercle autour d'un point qui, si le navigateur ne s'était pas trompé, devait être un plateau sec et désert.

Le bruit rauque d'une sirène envahit la soute. Une ampoule verte clignota en hauteur. Le dispatcher s'accroupit et entreprit de dévisser quatre écrous rivetés au plancher. Il dégagea une trappe. L'air s'engouffra dans l'avion. La jeune fille s'assit, jambes dans le vide. Son visage exprimait une grave détermination. La peur que Boro avait décelée après le survol de la Manche s'était dénouée avec l'action.

« *Ready ?* demanda le dispatcher.

– *Ready.* »

Boro s'était approché de la trappe. Son harnais lui sciait les épaules. Il n'éprouvait aucune appréhension à l'idée de se jeter dans le vide. L'effrayait davantage la perspective de se retrouver, juif et hongrois, en un pays hostile dont les lois s'étaient certainement durcies depuis son départ. Retrouverait-il ses amis ? Et où ?

L'ampoule verte cessa de clignoter. Le dispatcher leva le bras. La lumière vira au rouge.

« *Go !* »

La jeune fille se jeta dans le vide. Boro prit sa place. Il n'eut pas le temps de vérifier que sa valise était bien accrochée à sa ceinture. Le vent lui gifla le visage. Il faisait atrocement froid.

« *Ready ?*

– *Ready.* »

L'avion boucla une circonvolution. L'ampoule verte cessa de clignoter.

« *Happy new year !* », dit encore le dispatcher.

Puis la lumière devint rouge, et il ordonna :

« *Go !* »

Blèmia prit appui sur ses mains et lâcha tout. Au moment où les turbulences l'emportaient, il cria : « Bonne année ! »

Il était trois heures du matin, ce 1er janvier 1942.

La combe de Lourmarin

Aussitôt, ce fut le calme. Une pierre tombant dans un vide immatériel, loin du tintamarre des moteurs, sans mouvement, sans odeur. Puis un choc. Une gifle. Boro eut l'impression d'être saisi à la nuque par la poigne d'un géant doté d'une carcasse en acier trempé. Il lui sembla que tout son organisme remontait vers la tête, et que celle-ci, réduite entre les mains d'un Indien jivaro diabolique, exploserait à la première secousse.

L'instant d'après, notre reporter voguait dans les airs, béat comme un enfant barbotant dans un bain d'eau tiède. Le vent mugissait à son oreille. Il allégeait son poids. Il le promenait au gré de sa volonté, et celle-ci était immense, paisible, inoffensive. Une corolle s'était ouverte au-dessus de lui. Elle le protégeait de tous les maux de la terre. Une fleur miraculeuse ayant éclos dans l'ombre claire.

Au loin, le Vickers poursuivait ses tours. Il larguait un à un ses passagers. Ils toucheraient le sol en ordre dispersé, probablement assez loin de l'endroit choisi de l'autre côté de la mer. Peu importait. On n'en était pas là. Le temps était suspendu à lui-même, balançoire légère qui s'arrêterait doucement le moment venu. Il convenait d'attendre, de goûter ce moment exceptionnel. En bas, rien n'arriverait. Les courants d'air ascendants ralentissaient la descente. Il suffirait à Boro de tendre la jambe droite et de se recevoir sur la partie gauche de son corps, protégée par le rembourrage de la combinaison. Il n'y aurait aucun heurt, aucune douleur. Le climat était au beau fixe.

Le sol se rapprochait lentement. Au fil des secondes, l'ivresse du grand air faisait place à une observation raisonnable, beaucoup moins enivrante. On ne se trouvait pas au-dessus du plateau escompté, mais sur une surface pierreuse, encombrée çà et là d'arbustes et d'épineux. À l'ouest, une flaque noire dessinait un haricot en bordure d'une falaise crayeuse. Le parapluie blanchâtre de la jeune fille à l'harmonica se dirigeait dangereusement vers cet endroit peu accessible. La valise contenant la radio était invisible. La trajectoire de Boro le conduisait inexorablement vers l'est. Il n'aurait besoin de personne ; elle ne s'en sortirait pas seule.

Le Hongrois commença d'agir sur les suspentes de son parachute. En même temps, un peu stupidement, il arquait le bassin et balançait ses jambes dans l'espoir que ces gesticulations le rapprocheraient de la falaise. Mais il ne commandait à rien. Cent pieds sous lui, la jolie musicienne descendait toujours, et toujours dans la même direction. Boro quant à lui s'échouerait ailleurs. Il n'y avait rien à faire. Seulement à s'organiser pour plus tard.

Méthodiquement, le reporter s'employa à recenser et à comptabiliser les reliefs qu'il distinguait de mieux en mieux. Il y avait deux rochers noirs et assez hauts, un troisième dans la perspective, un chêne plus grand et plus sec que les autres, une distance de quatre ou cinq cents mètres entre la flaque – qui devait être un petit étang – et une rangée de taillis précédant la pente où le parachute de l'inconnue fut happé avant de disparaître au regard de celui qui suivait.

Boro serra les dents. Il arrivait plus vite que prévu. La terre venait à lui en une sorte de borborygme paysager dont il percevait désormais les dangers avec précision. Il inclina la tête d'un côté, tendit les jambes de l'autre. Ses mains s'agrippèrent aux suspentes. Il voulait éviter un banc de résineux, mais il s'y affaissa, s'y précipita même, le bras d'abord, puis l'épaule, la hanche et le visage. Il projeta le bassin comme on le lui avait appris, reçut sa valise à l'angle de la clavicule, regarda aussitôt en l'air et constata que la toile de son parachute se déployait comme un grand drap par-dessus les cimes des arbres. Il aurait du mal à la décrocher.

Il avait atterri sur un massif d'arbustes. Par chance, ses gants l'avaient protégé des épines. Mais sa joue le brûlait, et il s'était entaillé le coude.

Il dégrafa son harnais et posa le pied à terre. Il ne s'était rien cassé, rien foulé, rien luxé. Il était d'aplomb. À vue d'œil, la valise n'avait pas trop souffert non plus. Il fut tenté de l'ouvrir pour vérifier que ses chers Leica n'avaient pas été endommagés. Le temps, cependant, manquait. Il se contenta de défaire sa canne, assujettie au côté. Ce faisant, il admira le travail: un jonc télescopique très léger, muni d'une poignée en gomme qu'il assura aussitôt dans la main gauche. L'artisan qui avait fabriqué l'objet n'avait pas oublié le lacet, une boucle en tissu dans laquelle le poignet coulissait facilement.

Boro lança sa canne en avant et la reprit d'un seul mouvement. Même si la descente dans les airs ne lui avait pas déplu, il se sentait plus à l'aise sur la terre ferme, rassuré par cette troisième jambe qui compenserait magnifiquement celle que d'anciennes circonstances avaient quelque peu affaiblie.

Il ramassa sa valise et se fraya un chemin à travers la broussaille. Il reviendrait plus tard, le moment venu.

Quelques chênes exsangues poussaient au milieu de la garrigue. Au loin, les monts du Lubéron formaient un dôme arrondi et duveteux. Un vent froid mugissait dans la campagne. Pour l'heure, il était le seul ennemi. Rien ne troublait le silence de ce paysage lunaire, presque fantomatique. Le givre séchait les flaques éparses, ornant ces mares minuscules de fins lisérés argentés que frappait la canne du marcheur.

Sa combinaison entravait sa marche. Il la gardait cependant, autant pour la chaleur qu'elle lui prodiguait que pour l'usage qu'il pourrait en faire. Il se dirigeait vers les deux rochers noirs repérés depuis les hauteurs. En même temps, il cherchait la trace d'une autre toile de parachute.

Il passa entre les deux rochers, se dirigea vers le troisième, trouva le chêne qu'il avait remarqué pour sa taille et son ampleur. À gauche, la falaise glissait à pic vers des blocs de pierre indistincts qui formaient comme un arc plus clair. La pente était abrupte. Boro se pencha. Il scruta l'ombre. Alentour, il n'y avait que silence et éternité. Comme si le lieu avait été déserté depuis longtemps. La nature s'était emparée de l'endroit et y régnait en maître. Un doute assaillit notre reporter. Peut-être péchait-il par orgueil; peut-être la jeune fille s'était-elle posée aussi facilement que lui-même; peut-être n'avait-elle besoin de rien ni de personne. Pourquoi s'exposait-il à un danger supplémentaire, alors que la prudence recommandait de s'éloigner au plus vite? Les avions avaient certainement été repérés et, aux premières lueurs du jour, des patrouilles partiraient à la chasse aux clandestins.

Il promena son regard autour de lui. Rien. Personne. Il se coula entre deux troncs d'arbres, s'agenouilla et, absolument immobile, tendit l'oreille. La paix qui régnait était inquiétante. Il aurait dû entendre un pas, un froissement, saisir un signe de vie. Car la joueuse d'harmonica avait atterri là quelques minutes seulement avant lui. Il paraissait impossible qu'elle eût déjà replié puis enterré la toile de son parachute, rassemblé ses affaires et se fût éloignée sans que Boro eût perçu un indice quelconque de sa présence. Elle était là. Elle se cachait, terrifiée par la silhouette d'un inconnu que l'obscurité l'empêchait d'identifier. Boro imagina un visage tendu, un regard un peu égaré, semblable à l'expression qu'il avait remarquée dans le Vickers quand la jeune fille avait perdu son instrument.

Il demeura un instant encore fondu entre les deux chênes qui l'abritaient. Puis, tous sens aux aguets, il sifflota les premières notes de la symphonie *Jupiter*. Il se tut. Puis recommença. La nuit lui renvoyait les sautes d'humeur du vent. Pas plus. Il s'était trompé. Par un mystère inexplicable, l'inconnue s'était volatilisée. Ou alors, et cette pensée le glaça, elle était là, mais incapable de répondre car blessée, inanimée, prête à être saisie par ceux qui, dès l'aube, les chercheraient dans les montagnes.

Il se redressa et revint sur ses pas, longeant la falaise. Tous les dix mètres, il sifflait le début de l'œuvre de Mozart. Et puis soudain, il s'arrêta. Il avait cru entendre un son troublé, assez proche, indistinct. Il joua trois notes. Le vent les emporta. Il insista. Une fois, deux fois, trois fois... À la quatrième, il fut certain qu'on avait répondu. Que c'était elle qui l'appelait.

Où se trouvait-elle ?

Il siffla de nouveau. Et de nouveau, un peu plus loin sur la gauche, il lui sembla percevoir le son aigrelet de l'harmonica. Il avança. Son pied glissa à la surface de la petite mare en forme de haricot. Il se rétablit et poursuivit, tendant les mains vers l'avant pour écarter les branches d'un buisson qui obstruait le passage. Il progressait désormais au ras de la falaise, dans un embrouillamini d'épineux qui lui bouchait la vue. De temps à autre, il s'arrêtait pour lancer quelques notes. Il se dirigeait ensuite au jugé, progressant difficilement vers l'endroit d'où émettait la demoiselle. La garrigue était haute et hostile. Les épines lui mordaient le visage. Mais chaque pas le rapprochait de l'endroit où elle était tombée.

Il la vit enfin. Une tache claire au-delà des buissons, à peine visible, sur l'arête d'une pierre. Un lambeau de tissu qu'il n'avait pas remarqué, accroché à une souche. En un clin d'œil, il mesura tout à la fois la chance qui l'avait protégée et l'épreuve qui les attendait. Quelques kilos supplémentaires, et la toile du parachute se déchirait plus encore, libérant le poids retenu. Une action maladroite, et le drame pour l'instant suspendu se produirait.

Boro vint au bord de la falaise et se coucha sur le sol, à plat ventre. Il chuchota :

« *You are not alone. Don't move.* »

Il se pencha plus encore et découvrit la complexité de la situation. L'inconnue se tenait au-dessus du vide, dos à la pierre, retenue par deux filins et un pouce de tissu. Si elle bougeait, la déchirure s'agrandirait. Sans doute l'avait-elle compris, car elle demeurait parfaitement immobile, ignorant même la paroi où elle aurait pu chercher une prise.

« Qui êtes-vous ? » demanda-t-elle en français.

Sa voix était rauque et faible.

« Nous avons voyagé ensemble dans l'avion. J'ai sauté après vous.

– De toute façon, je suis à votre merci », dit la jeune fille.

Elle ne craignait pas grand-chose, et le savait : l'air sifflé par le reporter prouvait qu'il n'était pas un ennemi de passage.

« Je suis blessée à la jambe, ajouta-t-elle. Je ne peux pas escalader cette maudite paroi.

– Ne parlez pas, dit Boro. Laissez-vous faire. »

Il avait constaté que chaque fois que la jeune fille parlait, la toile du parachute se tendait sur la souche. Il avait également évalué combien les possibilités de sauvetage étaient minces du côté de la pente. Il ne pouvait compter que sur ses forces.

« Je vais essayer de vous remonter. Si vous avez mal, soufflez doucement dans votre harmonica.

– Et après ?

– Ne parlez plus. »

Leurs voix résonnaient dans la nuit. Il ne savait pas ce qu'il ferait *après,* et préférait n'y pas songer. Deux passagers clandestins venus de Londres, dont l'un était blessé, largués en parachute au milieu d'un territoire hostile, voilà qui présentait une succession de risques indiscutables.

Boro s'assit en arrière de la souche. Il tendit ses pieds loin devant lui et empoigna la toile du parachute, puis tira doucement. Un bruit de tissu déchiré lui arracha un frisson. Il se releva et exerça une traction parallèle à la falaise. À la seule force de ses bras et de ses poignets, baissé, sans appui, s'efforçant d'éloigner la toile de la pierre pour qu'elle ne s'y érafle pas, il remontait le parachute. La jeune fille suivait, mais il ne la voyait pas. Il était arc-bouté sur ses deux jambes, dont l'une, naguère, s'était dérobée. Il pesait sur l'autre, mais cela ne suffisait pas, et la douleur vrillait la rotule comme jamais depuis quinze ans. Ses mains gantées tiraient le tissu, trente centimètres chaque fois, une ankylose gagnant simultanément le genou tandis que, revenue du gouffre, la jeune fille s'approchait des hauteurs.

Elle ne bronchait pas. L'harmonica demeurait muet. Boro haletait. Lorsque la toile devint plus solide dans ses paumes, lorsque, surtout, elle parut renforcée par les filins enfin saisis, il l'enroula autour d'un tronc et respira quelques secondes. L'aube blanchissait. Dans une heure, il ferait jour.

« Bientôt, je vous porterai », dit-il, comme un encouragement.

Il n'obtint pas de réponse. S'approchant du rebord, il poursuivit sa tâche, élevant peu à peu le lourd fardeau. Lorsque l'inconnue apparut enfin, le buste emmêlé dans les cordes et le harnais, Boro comprit qu'elle ne l'aiderait pas. Il tira une dernière fois, puis, sans se soucier des douleurs et des blessures, saisit la jeune fille aux épaules et la déposa sur la pierre. La musicienne avait perdu connaissance.

Le petit bonbon

Il s'assit à côté d'elle et reprit son souffle. Le mistral était tombé. À l'ouest, la lune pâlissait. La combe émergeait peu à peu, crayeuse et blanchâtre. En contrebas, noyées dans les herbes, apparaissaient les formes brisées d'une carrière désaffectée. D'énormes blocs de pierre étaient posés çà et là, de guingois. Un escalier serpentait dans la roche. L'endroit paraissait inhabité.

La jeune fille respirait doucement. Elle n'avait pas repris connaissance. Boro se demanda dans quel ordre il allait accomplir les tâches qui l'attendaient. En temps ordinaire, il eût débarrassé la jeune fille des vêtements qui comprimaient son corps, eût mis la blessure à nu et se fût comporté comme un secouriste placé dans une situation comparable. Il eût évidemment ranimé la personne avant de la transporter ailleurs. Avant toute chose, il se serait occupé d'elle.

Les circonstances, hélas, n'étaient pas celles des temps ordinaires. Il fallait d'abord assurer la protection de tous. Les traces du parachutage devaient être soigneusement effacées.

Dans les minutes qui suivirent, Boro s'y employa. S'aidant d'une pierre plate découverte non loin, il creusa un trou dans lequel il enfouit la toile et les filins. Puis il déboucla le harnais de la musicienne et l'enterra avec le reste. Il observa attentivement le terrain alentour. De ce côté-là, toute empreinte avait disparu.

Il retrouva le massif de buissons sur lequel il s'était reçu. Un bon quart d'heure lui fut nécessaire pour ôter sa combinaison, décrocher son parachute, le plier et le dissimuler ainsi qu'il l'avait fait de l'autre. Cinq minutes encore pour revenir au pied du rocher, dans la perspective des deux masses noires. Trente secondes pour s'interroger sur le mystère qu'il découvrit alors, trois fois plus pour chercher du regard, dix fois moins pour obéir à l'injonction qui lui parvint après qu'il eut fait deux tours de piste :

« Levez les bras. »

Il les abaissa aussitôt : l'orgueil faisait partie des caractéristiques psychiques et comportementales majeures du jeune Hongrois.

« Je vous ai ordonné de lever les bras ! »

C'était la première fois qu'il entendait sa voix sans qu'elle chuchotât. Elle parlait le français sans accent. Il voulut se retourner.

« Restez où vous êtes. Lancez vos papiers en arrière. »

Il enfourna ses mains dans ses poches.

« Obéissez !
– Certainement pas.
– Alors, je tire.
– Je vous en prie… »

Il s'amusait grandement.

« Que faites-vous ?
– Je regarde le cul d'un arbre et le trouve sans grande originalité. Dois-je m'y intéresser encore ?
– Aussi longtemps que vous ne m'aurez pas dit qui vous êtes et pourquoi vous êtes là.
– Selon un code de prudence que vous connaissez aussi bien que moi, je ne vous dirai pas mon nom, et ne vous demanderai pas le vôtre. Nous nous sommes croisés la première fois il y a quelques heures, dans un avion où vous jouiez la symphonie *Jupiter* de Mozart à l'harmonica. C'est moi qui vous ai décroché de ce rocher, lequel semblait exercer une certaine attirance sur vous. »

Il se retourna. Elle se tenait à dix pas, appuyée à une souche d'arbre. Ses deux mains étaient posées sur ses genoux.

« Et votre revolver ?
– Je n'en ai pas », dit-elle en haussant joliment les épaules.

D'une foulée, il enjamba l'espace qui les séparait.

« Qui pouviez-vous craindre à cette heure ?
– N'importe qui. »

Elle le suivait du regard avec suspicion. L'ombre ne leur permettait pas de se reconnaître. Dans l'avion, ils s'étaient à peine regardés.

« Montrez-moi votre jambe. »
Elle secoua la tête.
« Je crois que je l'ai brisée en mille morceaux. Vous ne pourrez pas la réparer.
– Je vais faire une attelle. Ensuite, je vous soutiendrai, et nous descendrons.
– Surtout pas. »
Ses traits se crispèrent. Involontairement, sa main se porta à sa jambe. Elle souffrait. Boro s'agenouilla auprès d'elle.
« Si vous n'étiez pas là, je hurlerais tant la douleur est grande.
– Alors c'est une chance que je sois là. »
Elle ne répondit pas. La jambe droite de son pantalon était maculée. Un brun humide qui remontait jusqu'à la cuisse. Du sang. Une fracture ouverte.
« Vous allez me laisser et partir de votre côté. »
Boro ne répondit pas. Il regardait la falaise, la carrière et l'escalier qui s'enfuyait en contrebas dans la pierre.
« J'ai perdu ma jambe et ma radio. Je ne suis plus bonne à rien. »
Le timbre avait déraillé sur les dernières syllabes.
« De toute façon, ils me prendront. Mais je m'en fiche parce que j'ai mon petit bonbon. »
Elle eut un petit rire grave.
« Avant de vous éloigner, je vous demanderai de me le donner. Il se trouve dans la poche revolver de mon pantalon. Maintenant, je me tais, et j'attends que vous partiez. »
Boro se leva. Il observa la jeune fille sans vraiment la voir. Il fit quelques pas en direction des deux rochers qui lui avaient servi de bornes, puis il obliqua vers la pente et descendit. Bientôt, son pas se perdit dans l'aube naissante.
La joueuse d'harmonica se courba vers sa jambe brisée et se mordit les lèvres, étouffant un cri de douleur. Elle avait chaud. Elle avait soif. Elle tenta de se soulever afin de glisser la main dans la poche arrière de la combinaison. Elle renonça. Jamais elle ne pourrait attraper la boulette de cyanure. Cet homme qui s'était présenté comme un messie, qui aurait pu l'aider plus encore qu'il n'imaginait, cet homme l'avait finalement achevée, pour ainsi dire, la laissant seule, paralysée, dans la pire des infortunes. Que deviendrait-elle ? Plus inquiétant encore : que feraient ceux qui l'attraperaient ?

CHER BORO

Elle tourna la tête vers la falaise. Elle se coucha sur le flanc et, s'aidant de ses mains et de ses épaules, entreprit un mouvement de reptation vers l'endroit où le parachute s'était accroché à la souche. Elle voulait découvrir une trace de la radio. Au moins l'enterrer afin qu'elle ne tombe pas aux mains des *autres*, ceux qui chercheraient bientôt ces visiteurs venus du ciel, c'est-à-dire de Londres, condamnés d'office au peloton d'exécution.

Elle fit deux mètres en rampant. Puis resta sur place, anéantie. La douleur lui sciait les reins. Elle agit comme son père le lui avait appris, quand elle était encore une petite fille : surmonter une douleur en en provoquant une seconde, plus forte. Il disait : « Pince-moi, et tu auras moins mal. »

Puisqu'il n'était pas là, elle se débrouilla toute seule. Elle se mordit l'intérieur des joues jusqu'au sang. Quand Boro la retrouva, elle souriait en rouge.

Bleu Marine

«Je vais vous porter, dit-il, et nous allons partir ensemble.»
Il s'était agenouillé devant elle et la dévisageait le plus sérieusement du monde.

«J'ai repéré un chemin praticable dans la garrigue. Vous n'êtes pas très lourde.
– Si, répliqua-t-elle.
– Cinquante-trois kilos pour un mètre soixante-six.»
Elle admira le sans faute, mais ne dit rien.

«Vous allez souffrir. Il ne faudra pas crier. Si vous le souhaitez, je vous bâillonnerai.»
Elle fit «pfuiiiiit», comme si rien de tout cela n'avait d'importance.

«Nous allons descendre jusqu'à la carrière que vous apercevez en bas...»
Il tendit la main, désignant un point dans le lointain.

«... Vous vous accrocherez à moi. Je ne pourrai pas vous tenir, car j'ai besoin de mes deux mains. L'une pour vous, l'autre pour ma canne.
– Vous boitez? s'exclama-t-elle.
– Seulement ce qu'il faut pour conférer une difficulté supplémentaire aux circonstances... Mais, dans une heure, je vous promets que vous serez au chaud quelque part.
– Dans une heure, répliqua-t-elle, je serai encore ici, et vous serez loin.
– Certainement pas.
– Ce sont les consignes. Je suis tombée. Vous ne pouvez pas m'aider, à moins de courir le risque de vous faire prendre avec moi.

– Je vais vous soulever sous les reins et vous rabattre sur l'épaule, poursuivit Boro sans se démonter.

– Je m'y oppose.

– Vous n'êtes pas en état.

– Je crie.

– Alors oui, nous sommes morts tous les deux.

– Je résiste.

– C'est pourquoi nous nous trouvons là », opina-t-il.

Il ouvrit sa valise, récupéra les deux Leica et les objectifs qu'elle contenait et les répartit entre les poches de sa canadienne. Puis il s'approcha du précipice, rejeta le bras vers l'arrière pour donner de l'ampleur au mouvement, et lança son bagage dans le vide. Il le récupérerait lorsqu'ils seraient arrivés en bas ; dans le pire des cas, il perdrait quelques chemises achetées à Londres.

« Nous partons, dit-il.

– VOUS partez », rectifia-t-elle.

Il ne lui laissa pas le temps d'argumenter davantage. Cinq secondes plus tard, il l'avait jetée par-dessus son épaule. Elle se laissa faire. Elle souffrait atrocement. Il ne lui restait pas une once d'énergie pour se plaindre ou se débattre. Chaque mouvement vrillait sa jambe blessée, tel un ressort infernal qui déchirait aussi sa bouche.

Boro allait, la jeune fille sur son épaule, s'appuyant sur sa canne. Son coude maintenait les fesses de son fardeau ; sa main serrait l'avant-bras. Ainsi lui avait-on appris à faire, à l'entraînement, pour le cas – fort improbable, avait-il pensé –, où il lui faudrait transporter un blessé ou un poids mort. De la même manière, on lui avait enseigné les rudiments du codage et du décryptage des messages, la technique pour déjouer une filature, les précautions élémentaires à prendre avant d'entrer dans un lieu incertain, de quelle façon en sortir en cas de danger, comment transmettre un message urgent. Il avait évité l'apprentissage du combat au corps à corps, son adresse au maniement de la canne ayant confondu l'ensemble de ses instructeurs ; il s'était livré à quelques petites expériences avec chacun d'entre eux, les avait tous mis au tapis, et, rançon imprévue de son talent, avait été sollicité pour partager son savoir avec une poignée de volontaires. Pendant les deux mois qu'avait duré son séjour en Angleterre, il avait passé ses matinées dans une salle d'armes à enseigner engagements, feintes, bottes, tailles et moulinets à une poignée d'agents d'élite. Le MI-6 britannique formait ces hommes exceptionnellement courageux afin de les envoyer dans les administrations allemandes, à travers l'Europe occupée. Leur mission consistait à collecter des informations concernant les plans offensifs élaborés en secret par la Wehrmacht. Dans certains cas, les agents infiltrés n'auraient aucune possibilité de détenir une arme ; les cannes plombées dont ils seraient pourvus remplaceraient les trop aisément détectables revolvers et poignards.

Pour l'heure, Boro maniait la sienne de telle manière qu'elle amortissait la plupart des secousses. Chaque fois qu'il posait l'extrémité du jonc sur la pierre, il soulevait aussi l'épaule de façon à adoucir les cahots. La jeune fille ne se plaignait pas. À peine sentait-il ses muscles se contracter lors d'un passage difficile. Quand son pas ripait, il serrait fortement le poignet dans sa main. Parfois, elle répondait à la pression, très violemment, griffant la peau. C'était lorsque la morsure des joues ne calmait ni ne compensait plus aucun arrachement.

Ils parvinrent sur une plate-forme où poussait une sorte de lichen gris. Plus bas, dans le petit jour, Boro vit sa valise. Il s'arrêta. Il laissa tomber sa canne, cala son bras sous les fesses de la jeune fille, la fit basculer et la recueillit entre ses bras.

« Nous avons fait le plus difficile », chuchota-t-il.

Elle le fixait sans ciller, respirant par petites secousses. Elle avait les yeux bleu marine et les cheveux très courts, à la garçonne. Elle était incapable de parler. Une goutte de sang perla à la commissure de ses lèvres. Boro craignit que la marche n'eût provoqué une lésion interne. Dans une heure tout au plus, il fallait qu'il eût placé cette femme sous la protection d'un médecin.

« Il y a une maison un peu plus loin, reprit-il. On y accède par un escalier. »

Elle secoua la tête. Une lueur d'effroi passa dans son regard. Jamais Boro n'avait vu un œil de cette teinte : entre charbon et orage. Oui, bleu marine. Il s'agenouilla. Il avait besoin de reprendre son souffle. Il approcha son visage de celui de la jeune fille. Entre ses bras, elle se détendait imperceptiblement.

« La maison est certainement abandonnée. Je vais vous y déposer et j'irai chercher un docteur. »

Elle murmura un propos imperceptible. Il supposa que, une fois encore, elle refusait la proposition.

«Malgré tout le respect que je vous dois, insista-t-il, je ferai comme je l'entends. Quand vous serez rétablie, vous m'insulterez autant que vous le voudrez. Jusque-là, je décide.»

Il se releva.

«Portez-moi ainsi, dit-elle dans un souffle. Autrement, j'ai trop mal.»

Il se baissa pour récupérer sa canne. Un astre d'un jaune étrange, presque blanc, s'était emparé du ciel. Ce n'était plus la lune, et pas encore le soleil. La nue était d'une coloration indistincte, blanche, grise, crème. La pente descendait doucement vers la carrière et ses pierres massives. Juste en face, au-delà d'un énorme bouquet d'herbes sauvages, l'escalier grimpait dans la roche. La chance, si elle existait, les attendrait de l'autre côté. Boro avait parlé d'une maison pour rassurer la jeune fille. En vérité, il n'en avait vu aucune. Il l'espérait, considérant qu'un escalier conduisait nécessairement en un lieu habité. Et la redoutait en même temps : rien ne prouvait qu'une habitation, s'il y en avait une, abriterait des amis.

«Allons-y», dit-il.

Du bout du pied, il poussa sa valise sous un bosquet. Elle ne s'était pas ouverte dans la chute. Les coins avaient résisté. Seules quelques estafilades creusaient le cuir.

Boro se fraya malaisément un chemin parmi les herbes sauvages. Il portait Bleu Marine entre ses bras, assez bas pour pouvoir s'appuyer sur sa canne. Il ne la regardait pas. Il se concentrait sur le relief tout en ordonnant intérieurement les scénarios possibles. Mais il n'en trouvait aucun qui lui parût plus souriant qu'un autre. S'ils rencontraient quelqu'un, peut-être serait-ce un adversaire ; s'ils ne rencontraient personne, il faudrait abandonner la jeune fille, partir à la recherche d'un médecin et, une fois qu'on l'aurait découvert, le convaincre de se déplacer, s'assurer qu'il apporterait les soins nécessaires, prendrait sa malade en charge, ne trahirait pas... Beaucoup d'impondérables, donc beaucoup de risques...

Ils atteignirent l'escalier. Une rampe en fer forgé servait de main courante. Les marches étaient érodées. Une ampoule fixée à un fil électrique pendait à une patère.

«L'endroit est habité, dit Boro.

– Ce n'est pas forcément une bonne nouvelle», murmura la jeune fille, faisant écho aux préoccupations de son infirmier.

Ses yeux étaient fermés. Le sang perlant à la commissure de ses lèvres avait séché. Ses joues étaient creuses. Elle avait le teint effroyablement pâle.

« Nous arrivons », la rassura Boro.

L'escalier débouchait sur une surface plus apprivoisée, comme une clairière cernée par la roche. Une longue table et quelques chaises étaient plantées sur un tapis d'herbe rase. Au-delà d'un talus sablonneux, une véranda ouvrait sur une maison. Du linge était posé sur un muret.

Boro ralentit le pas. Il hésitait sur la conduite à tenir. Allait-il se décharger de son fardeau et avancer seul à la rencontre d'un éventuel danger qu'il contrerait mieux les mains libres ? Ou, au contraire, poursuivrait-il, espérant que l'état de la blessée écarterait d'éventuelles humeurs bellicistes ?

Il résolut de continuer.

Ils passèrent devant deux étranges animaux taillés dans le feuillage, gravirent le talus et se retrouvèrent au pied d'une cour où coulait une fontaine. À droite se dressait une improbable construction chinoise sur pilotis faite de bois, de verre et de métal. Elle jurait par son élégance désuète avec la nature envahissante de l'endroit.

Boro s'approcha. À travers les baies vitrées de ce pavillon planté là comme un sofa dans la jungle, il découvrit une série de bancs circulaires recouverts de coussins écrus, des plantes luxuriantes, un masque dogon accroché à un pilastre, une collection d'amphores, des tuniques bariolées, une cage dans laquelle s'ébrouaient une tourterelle et trois perruches.

Il poussa une porte et se retrouva à l'intérieur de cet endroit indéfinissable qui paraissait être l'œuvre d'un architecte brocanteur ayant appris son métier dans les écoles d'une civilisation disparue.

« Je ne sais pas où nous sommes, dit-il à la musicienne.

– Je vais vous l'apprendre », répondit une voix derrière lui.

Oubliant la blessée, Boro se retourna d'un seul mouvement.

Bleu Marine poussa un long cri.

Trois filles de leur mère

« Vous ne craignez rien. »
Une femme accompagnée de trois adolescentes se tenait dans l'embrasure de la porte vitrée. Elle portait une chasuble doublée de peau de mouton. Son vêtement était aussi anachronique que l'endroit où Boro et Bleu Marine venaient d'entrer.
« Mes filles et moi vous avons vus atterrir. Nous vous attendions. »
La femme tendit le bras vers une des banquettes et s'adressa à Boro :
« Déchargez-vous de cette jeune personne. Il ne faut plus qu'elle bouge. »
Le reporter posa une question muette à la musicienne. D'un battement de cils, elle approuva. Il la coucha sur les coussins. Elle garda sa main dans la sienne et la serra, le priant ainsi de rester auprès d'elle. Le doute dans lequel les plongeait la situation créait entre eux une complicité.
« Je ne sais pas quels sont vos projets, reprit la femme. De toute façon, moins nous en saurons, mieux cela vaudra. Peut-être pourrons-nous vous aider à prendre quelques dispositions.
– Il faudrait un médecin, dit Boro.
– Dans deux heures, répondit l'aînée des adolescentes en consultant sa montre. Si nous descendons en ville avant, cela éveillera les soupçons.
– Où sommes-nous ?
– Entre Apt et Bonnieux.
– Buvez chaud », intervint la plus jeune des trois filles en approchant une théière et quelques tasses disposées sur un plateau.

Elle s'occupa du service. Boro se brûla délicieusement la bouche.

« Je m'appelle Marta, dit la mère. Je vis seule ici avec mes trois filles.

– Lola, dit l'aînée.

– Rita, dit la cadette.

– Anna, dit leur sœur. »

Ni Boro ni Bleu Marine ne déclinèrent leur identité. Vraie ou fausse. Ils hésitaient sur le parti à suivre. Devaient-ils faire confiance à ces hôtesses surgies des branches et de la pierre ? Quels secrets leur confier ?... Elles les observaient, brunes toutes trois, d'une élégance et d'un raffinement qui paraissaient surprenants aux deux rescapés du ciel, l'un sale, contusionné et griffé de partout, l'autre, blessée, paniquée par l'idée même du lendemain, tous deux arrivant de Londres, autre ville, autre univers.

« J'ai perdu une valise en sautant, dit la jeune fille.

– Nous irons la chercher, proposa aussitôt Lola.

– Moi, fit Rita.

– Je peux partir maintenant, rétorqua Anna.

– Nous le ferons tout à l'heure », décida Marta.

Elle montra la jambe du pantalon, brunie par le sang séché.

« Voulez-vous que nous observions cette blessure de plus près ?

– Je pense qu'il y a fracture. Et puis je saigne...

– Nous allons désinfecter. »

Elle adressa un signe à Lola, sa fille aînée. Celle-ci lui répondit d'un sourire. Puis elle sortit.

« Il va falloir ôter votre blouson. Ici, le cuir ne se porte pas, et le médecin ne doit pas savoir. Nous inventerons un conte. Vous passerez pour une amie de mes filles.

– La mienne ! s'exclama Rita.

– Celle de toutes. »

Boro s'appuya à la porte du pavillon chinois. Il savait désormais ce qu'il allait faire : récupérer sa valise, prendre congé et poursuivre son chemin. Lyon puis Paris l'attendaient. Bleu Marine serait parfaitement bien soignée par ces trois filles et leur mère. Elle n'avait plus besoin de lui.

Il descendit l'escalier et alla récupérer sa valise. Un doigt de cirage, et rien ne paraîtrait.

En revenant vers le pavillon chinois, il croisa Lola, qui tenait une petite trousse de pharmacie à la main. Elle lui sourit de ce regard lumineux qui semblait être son premier langage et celui, commun, de sa mère et de ses sœurs.

« Nous allons nous occuper de votre amie. Vous ne devez pas vous inquiéter.

– J'ai confiance », répondit Boro.

Il ajouta :

« C'est une chance de vous avoir trouvées. Je vous remercie beaucoup.

– Nous avons entendu l'avion, et après, j'ai vu les parachutes. C'était beau dans le ciel. Rita avait un peu peur... Et moi aussi, il faut bien le dire.

– Quel âge avez-vous ? demanda Boro.

– Dix-sept ans. Anna, quinze, et Rita, douze.

– Vous vous ressemblez beaucoup...

– Nous ressemblons surtout à notre mère. »

Marta était assise près de la musicienne. Elle se leva et proposa au reporter de prendre une douche. Ils ressortirent. Elle le conduisit sur une allée gravillonneuse bordée d'outres ballonnées. À l'extrémité de ce chemin indiscernable depuis les hauteurs, ils parvinrent à une maison toute en pierre et en longueur.

Marta poussa une porte en verre. Ils pénétrèrent dans une pièce claire. La salle de bains se trouvait au bout.

« Rejoignez-nous quand vous serez tout neuf ! » dit joyeusement Marta.

Elle avait préparé un gant, une serviette, du savon et du shampooing.

Boro s'approcha du miroir qui surmontait le lavabo. Il s'effraya lui-même. Il avait trente ans, il en paraissait quinze de plus. Ses traits n'étaient pas creusés, mais ravagés. La paupière et les contours de l'œil étaient effroyablement cernés. Buissons et branchages avaient dessiné de jolies zébrures sur les joues. Une barbe de deux jours lui mangeait le menton. L'effort des dernières heures avait courbé ses épaules. Il se sentait las et découragé.

Il resta longtemps sous la douche. L'eau ruisselant sur son dos lui rappela un souvenir très ancien : lorsque, fraîchement arrivé à Paris, venant de sa Hongrie natale où il avait abandonné une mère, une cousine chérie et un beau-père honni, il s'était retrouvé dans le lit de Marinette Merlu, bonne fille et future héritière de sa logeuse; elle l'avait trempé dans un tub et brossé au crin avant de lui offrir le cadeau qu'il convoitait depuis au moins trois termes impayés. Par une association d'idées et de sensations dont il suivait mal les méandres, Blèmia Borowicz s'abandonnait à l'eau ruisselante avec un bonheur comparable à celui qu'il avait éprouvé dix ans auparavant en pénétrant, sec et propre, entre les draps de la gigolette. Depuis, il avait fondu sous le poids enchanteur de bien d'autres plaisirs, mais c'était celui-ci qui lui revenait. Sans doute, pensa-t-il en se séchant, parce que la demoiselle Merlu l'avait soulagé d'une aridité amère, celle des premiers pas dans le monde de la photographie, à peu près semblables à ceux qui allaient le rapprocher d'une sorte d'idéal qu'il n'atteindrait peut-être pas. Il avait combattu des ombres, esquivé des pièges, connu la misère et le désespoir avant de prendre cette photo fameuse du bientôt chancelier Hitler embrassant sa maîtresse, grâce à laquelle, en quelques semaines seulement, il était devenu l'un des photographes les plus recherchés du monde[1]; il allait combattre des ombres, esquiver des pièges, il connaîtrait la misère et le désespoir avant de photographier le même chancelier Hitler comparaissant devant ses juges. Espérait-il. S'il vivait jusque-là. C'était une double aspiration.

Il se rasa de près. L'eau et le savon avaient un peu aplani les reliefs de son visage, gommé les ombres des paupières. Il ouvrit sa valise, choisit une chemise et un pantalon propres, chaussa l'unique paire de souliers qu'il avait rapportée de Londres et, ainsi vêtu de neuf, presque reposé, l'esprit plus ouvert en tout cas, il sortit de la salle de bains et reprit le chemin du pavillon chinois.

---

1. Voir *Les Aventures de Boro, reporter photographe, La Dame de Berlin.*

Le pavillon chinois

La jeune fille dormait, allongée sur les coussins. Ses mains reposaient sur son ventre. Elle respirait doucement. Lola était assise auprès d'elle. Elle lui avait frictionné les tempes avec de l'eau de Cologne qui embaumait tout le pavillon. Lorsque Boro entra, elle mit un doigt sur sa bouche pour lui intimer le silence. Il s'approcha. Sa canne faisait «toc toc» sur le sol. Lola la désigna, levant gracieusement le sourcil en signe d'interrogation. Le reporter vint au-devant d'elle et chuchota :

«Un souvenir de la guerre d'avant.
— Mais vous n'étiez même pas né !
— J'ai toujours été très en avance... J'ai dû sauter d'un ballon à hydrogène attaqué par la Prusse.
— Toute la Prusse ?
— Seulement le Kaiser, mais en casque à pointe.
— Et pour cette guerre-ci, questionna gravement l'adolescente, qu'allez-vous faire ?
— Partir.
— Maman voulait vous préparer un joli déjeuner.
— Ce sera pour une autre fois.
— Vous sauriez dire quand ?»

Il fit mine de réfléchir.

«Nous sommes le 1er janvier 42. Je crois que la guerre sera finie dans plus d'un an, et moins de deux. Donc, je pourrais peut-être vous retrouver en...»

Il s'absorba dans une évaluation des plus sérieuses et proposa un jour du mois de mars 1943.

«Le 6 juin», décréta Lola.

Elle paraissait très déterminée.

« C'est le jour de mon anniversaire, alors vous ne pouvez pas vous dérober...

— Parfait, convint Boro. Le 6 juin 1943, je serai chez vous pour l'heure du déjeuner... Que mangera-t-on, s'il vous plaît ? Rutabagas et café national ?

— Avec au moins un petit gâteau sec par personne. »

Lola se laissa aller à rire et se le reprocha aussitôt. Elle afficha une mine exagérément contrite en montrant la blessée.

« On devrait parler moins fort... J'espère que le docteur la soignera vite.

— Peut-elle rester ici ?

— Autant qu'elle le souhaitera... Savez-vous ce qu'elle doit faire après ?

— Absolument pas. »

Lola parut étonnée. Elle souhaitait comprendre, mais Boro ne donna aucune explication. Il se contenta de dire qu'il ne connaissait pas la jeune fille. Il demeura évasif sur ce qu'il ferait lui-même. Il aurait pu rester, attendre le médecin, veiller encore sur la joueuse d'harmonica et partir plus tard, après avoir déjeuné et dormi. Mais les règles de sécurité imposaient que les parachutés s'éloignent au plus vite de l'endroit où ils étaient tombés. Il comptait rejoindre Avignon ou Marseille et prendre un train pour Lyon. Il ne voulait pas que ses hôtesses sachent où il se rendait. Il ne voulait pas non plus qu'elles conservent de lui un souvenir trop précis qui eût permis à d'autres de l'identifier.

Il se releva.

« Maman va vous conduire, dit Lola.

— Où ? questionna Boro, surpris.

— Où vous voudrez... À marcher seul sur les routes, c'est sûr que vous vous ferez prendre. »

À cet instant, Bleu Marine ouvrit les yeux.

« Je dois vous dire quelque chose », murmura-t-elle à l'adresse du Hongrois.

Celui-ci se demanda si elle avait jamais dormi. Lola se leva. Il prit sa place. La jeune blessée avait le visage fermé.

« Un médecin va venir, dit Boro. Après, vous irez mieux. »

Elle ne répondit pas. Il songea qu'à la douleur s'ajoutait l'incertitude : elle devait certainement se demander ce qu'elle ferait, où elle irait, en quel lieu elle pourrait se réfugier.

« Voulez-vous que je revienne vous chercher dans quelques jours ? proposa-t-il.

– Certainement pas. Je ne suis plus utile à personne... Je rentrerai en Angleterre.

– Mais comment ferez-vous ?

– Peu importe. »

Elle ferma les yeux sur un pic de douleur passager, les rouvrit et ajouta :

« Avant, j'ai besoin de votre aide. »

Elle avait parlé très bas. Lola comprit et s'effaça. Presque sur la pointe des pieds, elle gagna l'entrée du pavillon chinois.

« Nous sommes seuls ? »

Boro acquiesça.

« Je vais être obligée de vous confier un secret... Quelque chose que j'aurais dû faire et que, j'espère, vous ferez à ma place.

– Je n'y tiens pas particulièrement », répondit le reporter.

Il ne souhaitait pas multiplier les risques, additionner les dangers.

« Pour vous, ce sera une mission insignifiante. Pour moi, ce serait un soulagement de la savoir accomplie...

– Est-ce très important ?

– Essentiel. »

Bleu Marine crispa les lèvres, mordue par un assaut de douleur. Elle ne quittait pas Boro du regard. Son front était blanc comme la craie. Elle tenta de se redresser, mais retomba en arrière. Le Hongrois la saisit délicatement sous les bras et appuya son dos contre les coussins. Elle expira longuement, yeux clos.

« Que voudriez-vous que je fasse ?

– Enlevez ma botte droite.

– Il n'en est pas question. »

C'était le côté de la jambe brisée.

« Je vous en prie. Hâtez-vous, nous n'avons pas beaucoup de temps. »

Boro se porta à l'extrémité des coussins. Il considéra les pieds bottés.

« Dans la tige de la botte gauche, vous trouverez un poignard. Prenez-le et déchirez l'autre. »

Il sortit l'arme de sa gaine. Il passa le pouce sur le fil : un rasoir.

« Allez-y franchement, dit-elle. Ce ne sera rien comparé à notre petite promenade dans les montagnes. »

Boro entailla le cuir de la botte droite. Il y revint. Il appuya un peu. Son regard allait de la chaussure au visage de Bleu Marine. Elle avait cadenassé sa mâchoire et, arc-boutée au banc, attendait bravement les élancements d'une lave redoutable. Cependant, le sang séché sur la combinaison renseignait l'apprenti cordonnier sur l'endroit de la blessure, et ses possibles terminaisons nerveuses. Il prenait garde à ne pas entailler le cuir sur la face antérieure de la botte ; il coupait sur un côté tout en retenant l'autre du plat de la main. Ainsi le pied ne bougeait pas.

Il s'arrêta à la semelle. La jeune fille suivait chacun de ses gestes. Le sale moment était venu, et ils le savaient tous deux. Boro enferma la cheville dans une main. Il tira de l'autre, aussi doucement que possible. La chaussure résistait.

« Allez-y, murmura Bleu Marine. Je préfère une bonne fois plutôt que... »

La fin de sa phrase se perdit dans un cri qu'elle étouffa aussitôt en se mordant le poignet. Boro s'approcha de son visage, la botte à la main, et posa sa paume sur le front de la jeune fille. Elle pleurait silencieusement. Son menton frémissait comme une feuille.

« Je voudrais vous emmener, murmura le Hongrois. Vous enlever à ces souffrances... »

Elle le fit taire d'un geste.

« Ouvrez le talon de la botte par l'intérieur. »

Il défit la semelle. Le talon était plein. Il s'y attaqua sans rien découvrir. Bleu Marine avait replié son avant-bras sur les yeux.

« Il faut séparer la semelle en deux. Vous allez trouver comme un petit morceau de pellicule. »

C'était un carré d'un centimètre de côté. Un microfilm. Boro le prit entre deux doigts, sur la tranche.

« Pourriez-vous apporter cet objet à une personne de Marseille ?

– Où exactement ? »

La jeune fille lui donna un numéro, rue Kléber.

« Quel jour ? »

Elle indiqua une date proche et une heure précise.

« Le nom ? »

Il y en avait deux : le premier sur la boîte aux lettres, le second à l'étage.

« Je me présente de la part de qui ? »

Elle planta son regard dans le sien. Deux prunelles sombres le prenant en tenaille.

« Vous vous débrouillerez.

– J'essaierai.

– Une réunion se tiendra dans l'appartement de la rue Kléber où vous devez vous rendre. Celui qui l'a organisée porte une cicatrice au cou. Là. »

Elle traça une ligne oblique proche du larynx.

« Je ne l'ai jamais vu. Je ne peux rien vous dire de plus le concernant. Vous lui remettrez le microfilm. À lui et à personne d'autre... Lorsque vous aurez vérifié la présence de la cicatrice, vous lui demanderez s'il est Rex.

– Rex », répéta Boro.

Il éprouvait un serrement de cœur à devoir partir ainsi, en laissant la jeune fille seule dans une situation des plus périlleuses.

« Comment pourrai-je savoir ce que vous deviendrez... Ce que vous ferez...

– Vous ne le saurez pas.

– Même après la guerre ? »

Elle ne répondit pas. Il fit un pas, prit sa main entre les siennes et, très cérémonieusement, la baisa.

Il dit :

« Au revoir, Bleu Marine. »

Et s'éloigna vers un avenir incertain.

Reich et lili pioncette

Barbara Dorn marchait sous les tilleuls dégarnis d'Unter den Linden. Elle passa devant l'hôtel Adlon où, avant guerre, on pouvait croiser les frères Mann, Lion Feuchtwanger et maints autres hommes de lettres chassés depuis par le régime, et poursuivit vers le Metropol Theater. Les rues étaient désertes. Un mince tapis de neige recouvrait la chaussée. Les caniveaux étaient boueux. Quelques voitures stationnaient le long des trottoirs. Berlin était silencieuse et immobile. Comme repliée sur un désastre. La ville n'acclamait plus son maître – Kaiser ou Führer. En juin 1940, dix-huit mois auparavant, cette même avenue était comme une coulée de lave charriant des millions de mains dressées, des tonnerres de cris, des visages ruisselants de joie, d'extase, d'adoration. Une liesse inouïe. Des balcons pavoisés aux couleurs des troupes victorieuses tombaient des milliers de confettis, des fanions, des grains de riz. La Wehrmacht avait fait plier la Hollande, la Belgique, la France. Elle était entrée dans Paris. Les Berlinois étaient comme des orphelins célébrant le père retrouvé. L'Allemagne était vengée. Elle allait faire avaler le traité de Versailles aux anciennes puissances qui l'avaient humiliée. D'est en ouest, du nord au sud, elle marquerait l'Europe au fer de ses seules convictions. Lebensraum! Vive la race aryenne! *Ein Volk, ein Reich, ein Führer!*

Hitler avait prévu que la guerre s'achèverait en 1950. Berlin, alors, serait totalement reconstruite. Toutes les nuits, il travaillait avec son architecte, Albert Speer, à l'édification de cette capitale d'une Europe nouvelle, pure et sans tache. Celle-ci engendrerait des conquérants auxquels les dévots des démocraties feraient allégeance. *Sieg Heil!*

Barbara Dorn emprunta la Kanonierstrasse sur la gauche et consulta sa montre. Elle aurait quinze minutes de retard. Pas assez. Elle ralentit le pas. À cette heure, le Bouffi serait encore présent. Entouré d'une cohorte de généraux méprisants mais aux ordres et obséquieux, le maréchal du Grand Reich trimballerait sa bedaine et ses décorations au milieu des petits fours et des grandes hypocrisies. Rotant, pétant et oscillant sous son poids, il raconterait ses faits d'armes datant de la guerre d'avant, lorsqu'il n'avait d'autre titre que son nom – Hermann Goering – et que rien ne semblait le prédisposer à devenir le numéro deux d'un régime haï partout de par le monde.

Chaque fois qu'elle croisait le commandant en chef de la Luftwaffe – l'armée de l'air –, Barbara fuyait son regard. Elle craignait qu'il ne reconnût en elle l'ancienne petite fiancée de l'Allemagne, celle dont elle n'avait été que la doublure image et qu'il avait croisée au cours d'une bien étrange cérémonie qui s'était déroulée sept ans plus tôt[1]. Se souviendrait-il de la grande Maryika Vremler et de l'humiliation qu'elle lui avait fait subir ? Confondrait-il deux femmes qui ne partageaient rien sinon une sveltesse de port et d'allure, une même perfection régulière des traits, un regard si semblable que Wilhelm Speer, le réalisateur de *L'Aube des jours*, parlait parfois à l'une comme si c'était l'autre, commandait le début d'une prise en croyant filmer la vedette alors qu'il avait affaire à sa copie ?

Elles ne partageaient rien, car Maryika Vremler avait poursuivi sa carrière de l'autre côté de l'Atlantique, tandis que Barbara Dorn n'avait toujours pas commencé la sienne. Elle n'entamerait jamais ce rêve ancien dont chaque soir elle se projetait le film pour elle-même, avant de s'endormir. Elle ordonnait alors sa mémoire avec l'adresse d'un marionnettiste jouant de ses mains et de ses doigts pour faire rire et danser ses figurines. Placée au centre de la scène, vêtue d'une robe blanche comme celle d'une princesse, elle distribuait grâces et sourires aux hommes des caméras, ceux-là mêmes qu'elle installait souvent dans son lit pour qu'ils lui donnassent un rôle à sa mesure. Sans doute manquait-elle

---

1. Voir *Les Aventures de Boro, reporter photographe*, **La Dame de Berlin**.

de talent : on ne l'employa jamais. Plus certainement souffrit-elle de la réputation de son modèle, considéré comme félonne et traître à sa patrie. Engageante, Barbara Dorn, mais pas engagée.

Elle avait roulé sur le trottoir. Ceux d'Unter den Linden, de la Leipzigstrasse, du Kurfürstendamm. Puis Munich et Dresde. Ailleurs encore, quelques mois. Dieter l'avait sauvée. Dieter lui avait insufflé une ligne et une conduite. Dieter von Schleisser, descendant d'une famille de généraux prussiens, pour l'heure Hauptmann dans la Wehrmacht, détaché à la Luftwaffe.

Barbara Dorn obliqua dans la Jagerstrasse et s'arrêta devant le numéro 6. Deux plantons en uniforme montaient la garde de part et d'autre d'une double porte en bois blanc. La jeune femme montra un laissez-passer orné de l'aigle national et s'aventura le long d'une allée tracée au cordeau entre deux pelouses enneigées. Elle parvint à un grand hall en marbre. À droite, un escalier menait aux étages d'une imposante maison de ville dont l'autre aile ressemblait assez aux constructions géométriques du Bauhaus. C'est de ce côté-là que Barbara dirigea ses pas.

Dieter l'attendait devant la porte largement ouverte de sa demeure. Ou plutôt, ainsi qu'elle le comprit dans les deux secondes qui suivirent, il attendait que le Bouffi se fût retiré. Le maréchal du Reich se tenait devant une haie de manteaux, impatient qu'on lui présentât le sien. Et lorsqu'il l'eut posé sur ses épaules, il leva vaguement le bras droit en un « *Heil Hitler* » un peu mou, auquel Dieter répondit avec la même paresse. Puis il descendit les trois degrés qui l'allaient mener jusqu'à Barbara. Ils se croiseraient à dix pas. La jeune femme lança un regard désespéré en direction du Hauptmann, qui lui répondit par un geste navré des deux mains.

Barbara fit demi-tour. Mais dans l'autre sens venaient Harro et sa si belle épouse. Crânement, Barbara se remit en route. Dieter la suivait des yeux. Il lui sembla qu'il l'encourageait à avancer. Ce qu'elle fit.

Hermann Goering coiffait sa casquette plate. Il était gros du ventre et gras des joues. Ses ongles étaient manucurés. Il se mettait du rouge sur les pommettes et des drogues dans l'organisme. On parlait de morphine. Lorsqu'il était en manque, ses mains sautillaient comme des mandibules ; sa lèvre inférieure mourait en rictus ; son regard chassait ; il bégayait de la jambe.

CHER BORO

Cet après-midi-là, à quinze heures quinze exactement, quand il croisa Barbara sans la reconnaître, sa démarche était plus assurée que de coutume, et son odeur plus légère. Peut-être parce qu'il avait identifié l'homme qui marchait derrière la jeune femme, Harro Schulze-Boysen, celui dont il rêvait de faire son fils spirituel, *ein Mensch*, un ami qu'il avait fait entrer à l'Institut de recherche Hermann-Goering, où travaillaient les plus brillants chercheurs en matière militaire ; peut-être encore parce qu'il aimait en secret la femme de Harro, Libertas Haas-Heye, collaboratrice de son confrère Goebbels ; peut-être enfin qu'à ces deux raisons s'en ajoutait une troisième, plus contingente mais non moins essentielle : dix minutes auparavant, enfermé dans les toilettes avec son aide de camp comme témoin et pourvoyeur, le maréchal du Grand Reich s'était inoculé une bonne dose de lili pioncette dans les veines.

Petite fête entre nazis

Dieter von Schleisser posa une main protectrice sur l'épaule de Barbara. La jeune femme tremblait légèrement. Le Hauptmann poussa son nez dans la chevelure auburn et murmura, en français :
« Tout va bien. Il ne reviendra pas. »
Barbara avait passé quelques années à Paris. Dieter parlait la langue de Molière en écornant les syllabes. Ils se comprenaient.
« Quel est le but de cette réception ? questionna-t-elle. Pourquoi fallait-il que je vienne ?
— Voici Harro et Libertas », éluda le jeune Allemand.
Barbara se retourna et tendit la main à l'officier de la Luftwaffe qui approchait. Grand, blond, bien découplé, le cheveu court, les traits réguliers, magnifiquement sanglé dans l'uniforme orné des ailes de son arme, Harro Schulze-Boysen incarnait la perfection germanique vantée par le régime. Au surplus, il bénéficiait d'un avantage capital : il était le petit-neveu du créateur de la marine impériale allemande, l'amiral von Tirpitz.
Sa femme, Libertas, petite-fille du prince Philipp von Eulenburg, était d'une beauté époustouflante. Son regard clair provoquait immédiatement le désir, surtout lorsqu'elle le plongeait dans celui de son interlocuteur, l'y laissant le temps d'un salut avant de recouvrer une impassibilité froide et belle comme un marbre rose. Quiconque la voyait au bras de son mari ne pouvait s'empêcher de rêver de prendre sa place, pour admettre presque aussitôt que ces deux-là étaient si magnifiques, si puissamment accordés, qu'il y avait quelque présomption à vouloir les désassortir.

À leur côté, Dieter et Barbara eux-mêmes faisaient un peu pâle figure. Certes, chacun méritait qu'on se retournât sur leur couple, l'officier en raison de sa très haute taille et d'une stature imposante, l'ancienne doublure de Maryika Vremler pour l'extrême finesse de ses traits, le charme distillé par ses yeux verts mordorés, et une fragilité due à quelque douleur profonde qui suscitait immanquablement un mouvement du bras vers l'épaule ; mais ni l'un ni l'autre ne provoquait cette admiration légèrement envieuse qu'éveillait le couple Schulze-Boysen, tous deux beaux, riches, bien nés et amoureux.

D'ailleurs, lorsqu'ils pénétrèrent dans le salon où patrouillait la crème des états-majors de la Luftwaffe et de la Wehrmacht réunis, le champagne et les petits fours perdirent soudain de leur importance. Ils furent délaissés au profit des nouveaux arrivants, vers qui s'offrirent mains et joues.

Barbara rejoignit Dieter. Il la conduisit vers une table couverte de blanc damassé, emplit une flûte et la lui tendit :

« À vos couleurs pourpres, dit-il en lui souriant gentiment.
– J'ai donc si chaud ?
– Toujours lorsque vous n'êtes pas à votre aise.
– Alors pourquoi avoir tant insisté pour me faire venir ?
– J'avais envie de vous voir. »

Comme il était marié, leur liaison restait secrète. Ils se voyaient trop peu à leur gré.

« J'espère au moins que la dame officielle n'est pas parmi nous !
– Elle déteste les mondanités autant que vous.
– Cela nous fait au moins deux points communs », répondit-elle en dardant sur lui un regard acéré.

Il ne répondit pas, harponné par un Obersturmbannführer de la Waffen SS qui voulait entendre son point de vue sur la progression des troupes japonaises dans le Sud-Est asiatique : Dieter passait pour un expert en stratégie militaire. Dès l'attaque de la base de Pearl Harbor dans les îles Hawaï, il avait prévu la défection britannique à Hong Kong.

« Dans moins de dix jours, le Japon entrera en Malaisie, déclara-t-il avec autorité. Puis ce sera Singapour… »

Il marqua un silence avant d'ajouter :

« Les Anglais subiront les gifles que nous-mêmes ramassons dans les banlieues de Moscou. »

Il se fit aussitôt un cercle autour de lui.

«Nous prendrons Moscou, fit un général en secouant sa badine. Bock et Brauchitsch sont des pleutres.
– *Von* Bock et *von* Brauchitsch», rectifia Dieter.

Il paraissait s'amuser prodigieusement. Les généraux von Bock et von Brauchitsch avaient démissionné après que Hitler eut ordonné aux troupes allemandes de tenir coûte que coûte.

«Au début, nous nous sommes enfoncés dans la steppe comme un couteau au cœur de la pâte molle d'un fromage fait..., commenta quelqu'un.
– Nous avions seulement oublié la croûte!»

C'était Harro Schulze-Boysen. Il s'avança vers le général, s'empara de sa badine et de l'embout lui frotta la joue.

«Vous devriez demander votre mutation, Herr Raspen! Vous seriez plus à l'aise dans les fondrières enneigées qu'ici à vous noyer dans les bulles!
– *Von* Raspen, rectifia le galonné de la Wehrmacht.
– C'est vrai que vous n'avez pas encore démissionné», se moqua Dieter.

Il s'empara d'une bouteille de champagne et emplit quatre verres. Il tendit les deux premiers à Harro et Libertas, le troisième à l'un des rares convives vêtu d'un costume civil, et enfin porta le dernier à ses lèvres.

«Je vous tiens le pari que nous ne ferons pas mieux que Napoléon dans les neiges!»

Il avala sa coupe d'un trait. Les trois autres l'accompagnèrent. Barbara Dorn ne fut pas la seule à y voir une manière de toast.

«*Heil Hitler!* gronda la voix tonnante d'un capitaine en précaire équilibre au-dessus d'une bonbonne de bière.
– *Heil Hitler!*», échota l'homme en civil à qui Dieter avait offert une coupe de champagne.

Dieter imita le capitaine, amplifiant la rondeur du geste et l'oscillation du buste. Barbara l'attrapa par le bras et le serra fortement.

«Tu commets trop d'imprudences», murmura-t-elle.

Il inclina sa haute taille.

«Nous sommes insoupçonnables...»

Il se redressa et parut toiser l'ensemble de l'assistance.

«Harro et moi-même descendons des deux familles les plus illustres de la Grande Prusse. Cela nous autorise à donner notre point de vue sur la campagne de Russie.

– ... Qui fut précédée par une mésalliance historique ! enchaîna le petit-neveu de l'amiral von Tirpitz, faisant allusion au pacte germano-soviétique.

– ... Et qui se soldera comme finissent les mésalliances », reprit un jeune lieutenant de l'armée de l'air qui n'avait pas encore ouvert la bouche.

Il n'acheva pas sa phrase, estimant sans doute qu'il en avait trop dit. Dans le plus grand calme, Dieter conclut :

« Propert voulait dire que la Wehrmacht et l'Armée rouge se taperont dessus jusqu'à ce que la plus faible crève. Ce sera la seule manière pour l'une comme pour l'autre de se laver du pacte. »

Il prononça ces mots avec une sorte de fierté belliqueuse dans la voix. Un malaise sembla s'installer dans l'assistance. Comme si deux groupes non encore dessinés avec précision se cherchaient, se jaugeaient, s'armaient avant une déclaration de guerre.

« Désormais, notre Führer commande directement nos troupes devant Moscou ! brailla un commandant, se raidissant en un garde-à-vous périlleux.

– Il est à quelques milliers de kilomètres, et très au chaud », répliqua Schulze-Boysen. »

Cent divisions russes avaient attaqué sous le blizzard. Les soldats combattaient par – 50°. Ils se réchauffaient en buvant du schnaps. Les batailles sur tout le front de l'Est étaient cruelles et atroces. Appliquant une consigne énoncée par les commandants de corps d'armée, les troupes ne faisaient pas de quartier. Les deux camps s'empoignaient avec rage, se poignardaient dans la nuit, se battaient à mains nues lorsque les armes gelaient.

« Une boucherie, commenta sombrement Dieter.

– Les Rouges sont des bestiaux !

– Et nous ? Que croyez-vous donc ? »

Harro Schulze-Boysen s'était avancé vers le colonel qui avait proféré cette insanité. Du bras, il dispersa les quelques bonnes volontés qui tentaient de se placer entre eux.

« En cette affaire, nous ne valons pas mieux qu'eux ! Et c'est nous qui les avons attaqués ! »

Libertas rompit la gêne avant qu'elle ne s'étendît. Elle réclama un peu de musique, une danse, et que l'on portât un toast au courage des jeunes soldats qui mouraient dans la neige.

Quatre musiciens vinrent prendre place sur une petite estrade aménagée à gauche d'une cheminée où brûlait un feu entretenu par un préposé en blanc. La corde d'un violon grinça.

Dieter s'en fut vers Propert, le jeune lieutenant de la Luftwaffe lui remit discrètement une enveloppe que l'officier glissa dans la poche latérale de sa veste d'uniforme. Il revint vers Barbara.

« Meine Liebe, dit-il tout bas, vous trouverez un pli sur mon flanc gauche. Il s'agit de le faire transmettre. »

Barbara ressentit un léger pincement au cœur en comprenant pourquoi son amant l'avait conviée à cette réunion.

« Où faut-il aller ?
– Ici. À Berlin.
– Je croyais que nous ne devions plus.
– Nous n'avons pas le choix. »

Dieter posa une main légère sur la nuque de la jeune femme.

« Bruxelles est muet depuis quinze jours. Nous n'avons pas encore eu le temps de nous organiser... Nous avons réactivé l'émetteur le temps que vous y alliez. »

Il avait parlé vite, penché vers elle. Une barre blanchâtre tendait son front.

« Vous êtes inquiet, je le vois bien.
– Je préférerais me charger de cette opération.
– Pourquoi ne le faites-vous pas ? questionna-t-elle avec sécheresse.
– La sécurité de tous dépend de la division du travail. »

Il ajouta :

« Faites comme d'habitude, ni plus ni moins. Ne prenez aucun risque.
– Faut-il coder avant ?
– Nous gagnerons du temps. »

Elle glissa la main dans la poche de la vareuse et en retira l'enveloppe. Elle la plia et l'enfouit dans sa manche.

« Vous viendrez ?
– Bien sûr. Mais ne m'attendez pas. »

Il ne fixait jamais de rendez-vous ni ne s'annonçait. Souvent, elle était sortie. Elle rêvait de l'avoir tout à elle pendant deux jours. Une fois au moins. Une fois avant de... Elle lui lança un sourire plus tendre que complice et s'éloigna.

Elle s'approcha d'un homme en civil, qui se tenait près d'une table chargée de victuailles. Feignant de choisir un canapé,

Barbara Dorn lui demanda si elle pourrait se présenter avant la nuit. À quoi l'autre répondit qu'on l'attendrait jusqu'à dix-neuf heures. Barbara choisit un œuf de caille sur un toast beurré.

« *Danke* », murmura-t-elle.

Elle s'éloigna.

L'homme se tourna vers l'estrade, où le quatuor à cordes s'apprêtait à jouer une œuvre de Brahms. Il s'appelait Arvid Harnack. Il était docteur en philosophie et avait passé plusieurs années en Amérique. Officiellement, il était haut fonctionnaire au ministère de l'Économie. Clandestinement, avec Harro Schulze-Boysen, Adam Kuckhoff – l'auteur de la pièce *Till Eulenspiegel* – et Dieter von Schleisser, il dirigeait le réseau berlinois de l'Orchestre rouge. Les plus fins limiers de la police politique de l'Allemagne nazie, la Geheime Staatspolizei, étaient sur leurs traces.

Les oreilles de Staline

Le 5 décembre 1940, au terme d'une longue série de manœuvres militaires à l'est, Hitler réunissait les chefs d'état-major des trois armes pour leur annoncer son intention d'attaquer l'Union soviétique.

Douze jours plus tard, il modifiait les premiers plans proposés, refusant de fondre en priorité sur Moscou comme l'avait fait Napoléon en 1812. Il lança la directive numéro 21, qui déclenchait l'opération Otto, devenue ce jour-là opération Barbarossa. Tout au long du mois de janvier, les réunions stratégiques se succédèrent. La plupart se tinrent dans la forêt de Görling, en Prusse-Orientale. Sous la table, Berlin affûtait ses armes. Sur la nappe, elle trinquait avec Moscou et signait des traités commerciaux.

Le 30 mars 1941, à onze heures, dans la salle du Conseil de la Chancellerie, Hitler informait les principaux généraux des armées de terre, de mer et de l'air que l'opération Barbarossa commencerait le 22 juin. Un grand nombre de militaires étaient opposés à l'ouverture d'un second front à l'est. Personne, cependant, ne broncha. Pas même l'amiral Canaris, chef du contre-espionnage, qui, au début de la guerre, avait pris langue avec les Alliés.

Hitler ordonna que la guerre fût menée rapidement, qu'il n'y eût pas de quartier, le combat contre Moscou étant de nature idéologique avant tout. Il avait choisi de frapper vite avant que l'Amérique n'eût gagné en force et en puissance. Le 6 juin, il rédigea une note confidentielle qui devait être communiquée verbalement aux commandants des troupes le moment venu :

dans la lutte que le Reich allait entreprendre contre le bolchevisme, il était inutile d'attendre de l'ennemi qu'il se comportât de façon humaine ; par voie de conséquence, les soldats allemands n'avaient pas à se conformer au droit international.

Les grandes lignes étaient tracées. Les combats seraient sauvages et acharnés.

Durant tout le mois de mars, les unités de la Wehrmacht remontèrent vers l'est. Les divisions stationnées en Europe occidentale se mirent en marche. Elles progressaient sur des routes encombrées, des voies de chemin de fer embouteillées. Ce trafic alerta les agents étrangers. Les ambassades alliées avertirent Moscou d'un danger imminent. Staline n'entendit pas. Il considéra ces alertes comme des manœuvres orchestrées par les puissances capitalistes pour déstabiliser les relations entre Berlin et Moscou. Il pensait que jamais son allié ne se retournerait contre lui avant d'avoir mis l'Angleterre à genoux. Les informations reçues émanaient d'agents doubles.

Les frontières soviétiques ne furent pas protégées. Pis : ordre fut donné aux divisions de l'Armée rouge de s'en éloigner afin d'éviter de céder aux provocations. Les appareils de la Luftwaffe qui pénétraient sur le territoire pour photographier les futurs objectifs ne furent pas inquiétés. Non plus que les régiments d'assaut qui, ayant pris position, s'apprêtaient à la guerre.

Quelques jours avant la date fixée par Hitler, Staline consentit à décréter l'état d'alerte : son ambassadeur à Londres avait été informé par les autorités britanniques que l'attaque aurait lieu entre le 22 et le 29 juin. Cependant, le Petit Père (carnassier) des Peuples (terrorisés) considérait que, en cas d'agression patente, la diplomatie réglerait la question.

Le 22, à trois heures du matin, de la Finlande à la mer Noire, trois millions d'hommes se lançaient à l'assaut de l'Union soviétique. Sur une ligne de près de deux mille cinq cents kilomètres, cent quatre-vingt-dix divisions épaulées par cinq mille avions et cinq cents chars passèrent la frontière et s'enfoncèrent dans la steppe. Dans les rues de Berlin, des milliers de haut-parleurs délivraient le message du Führer :

Peuple de l'Allemagne ! Nationaux-socialistes ! L'heure est venue ! Accablé par de graves soucis, condamné à dix mois de silence, je puis enfin vous parler franchement. J'ai décidé aujour-

d'hui de remettre le destin et l'avenir du Reich allemand entre les mains de nos soldats. Que Dieu nous aide dans ce combat!

En quinze jours, la Wehrmacht avait creusé le territoire soviétique. L'Armée rouge avait perdu plus de trois millions d'hommes. Les experts militaires du monde entier s'accordèrent à penser qu'en quelques semaines la question serait réglée. Quatre mois après le début de l'offensive, l'armée allemande était à plus de mille kilomètres de ses frontières. Elle avait conquis Kiev et tout le blé de l'Ukraine.

Pendant ce temps-là, enfermé derrière les hauts murs du Kremlin, dans l'urgence et la panique, Staline et ses généraux préparaient la contre-offensive. Du moins, les généraux que le dictateur n'avait pas fait assassiner. Car les plus grands chefs militaires avaient été fusillés, victimes des purges. Et d'autres se profilaient déjà dans la ligne de mire : ceux qui avaient prévenu Staline de l'offensive allemande et qui n'avaient pas été écoutés.

L'ambassadeur en poste à Londres n'avait été ni le seul ni le premier à annoncer la nouvelle. Dès le mois de mai, Richard Sorge, officiellement correspondant de la *Frankfurter Zeitung* en Asie et chef du service de l'information à l'ambassade d'Allemagne, en vérité maître espion travaillant au Japon pour le compte des Soviétiques, avait informé Moscou que cent cinquante divisions allemandes se regroupaient aux frontières; le 14 juin, il avait annoncé que la guerre commencerait le 22.

Staline n'avait pas entendu.

Trois jours plus tard, un déserteur de la Wehrmacht avait donné la même nouvelle.

Staline n'avait pas entendu.

En mai 1941, Leopold Trepper, chef de l'Orchestre rouge à Bruxelles et à Paris, avait avancé la date du 15 juin et envoyé à Moscou les numéros et le nombre des divisions allemandes soustraites du front ouest et envoyées vers l'est.

Staline n'avait pas entendu.

Au début de l'année 1941, tout comme elle s'apprêtait à le faire en ce mois de janvier 1942, Barbara Dorn avait quitté le domicile de Dieter von Schleisser munie d'un message à transmettre en urgence à Moscou. Elle s'était rendue chez elle, où elle avait codé l'information. Après quoi, elle avait rejoint la chambre secrète, dans le centre de Berlin, où pianotait le radio

CHER BORO

émettant pour le Centre. Celui-ci avait transmis le renseignement découvert par Harro Schulze-Boysen auprès du haut commandement de la Luftwaffe : la confirmation de la directive numéro 21, doublée d'une autre information capitale : l'attaque contre la Russie soviétique commencerait par un bombardement massif de Kiev et de Leningrad.

Staline n'avait pas entendu.

Les « Médiocrités » de Gerhard von Vil

Barbara Dorn se hâtait. Elle avait glissé le message que venait de lui remettre Arvid Harnack dans la doublure de son sac, une poche insoupçonnable, cousue par un tailleur appartenant au groupe de ceux qu'elle appelait la Société des amis. Elle éprouvait une certaine fierté à songer qu'elle était pour quelque chose dans le piétinement des armées allemandes devant Moscou.

À l'automne, quelques jours avant le début de l'offensive contre la capitale soviétique, Hitler avait de nouveau convoqué les généraux des trois armes pour une réunion ultrasecrète organisée dans le QG de Rastenburg, en Prusse-Orientale. Le débat avait été vif entre les partisans d'une attaque frontale contre la capitale soviétique, et ceux qui, contre l'avis du Führer, proposaient un encerclement opéré par les IIIe et IVe armées. Ces derniers l'avaient emporté.

Cinq jours après la réunion, le commandement en chef de l'Armée rouge établissait un plan de campagne fondé sur les informations fraîchement parvenues de Berlin : le sténographe chargé du compte rendu de la réunion secrète de Rastenburg était membre de la Société des amis. Barbara avait codé son message. Les Russes l'avaient reçu. Ils avaient pris les dispositions nécessaires pour contrer l'attaque sur Moscou : cent divisions avaient été envoyées en renfort. Depuis, la campagne de Russie avait tourné court. C'était une victoire. Une première victoire.

Barbara habitait non loin des magasins Wertheim, confisqués à leurs anciens propriétaires juifs. Jadis, les façades en étaient illuminées le jour comme la nuit. Elles ne s'allumaient plus qu'à la tombée du soir, sauf le dimanche.

On était dimanche. Barbara se fit cette remarque exactement quatre minutes et douze secondes après être passée devant les vitrines du magasin. Depuis qu'elle habitait le minuscule appartement que Dieter avait sous-loué pour elle à l'un de ses camarades de promotion, elle avait pris l'habitude de compter ses pas dès l'instant où elle posait le pied devant les lourdes portes des magasins Wertheim jusqu'au moment où elle s'arrêtait devant le porche de son immeuble. La moyenne oscillait entre deux cent et trois cent cinquante, selon la densité de la foule. Un pas, une seconde. Deux cent cinquante-deux secondes ce jour-là, parce que, le dimanche, surtout en janvier et par grand froid, les Berlinois restaient chez eux.

Pas tous.

Barbara se fit cette réflexion en remarquant une fourgonnette qui stationnait à quelques mètres de chez elle, entre les numéros 74 et 76 de sa rue. Cette fourgonnette était parquée là depuis quatre jours. En soi, cela n'avait rien d'anormal : il y avait d'autres voitures garées le long du trottoir, dont beaucoup n'avaient certainement pas bougé au cours de la semaine. Notamment une énorme Mercedes au capot proéminent comme une mâchoire. La fourgonnette, cependant, présentait une particularité : la corne jaune de la société des postes ornait ses flancs. Or, les services postaux étaient fermés le dimanche.

Barbara poussa crânement la porte de son immeuble. Elle s'assura que la fermeture automatique avait bien fonctionné. Elle pressa le pas dans le couloir, ressortit à l'air libre dans une courette envahie par un feuillage terne, blanchi par la neige. Une odeur de chou flottait dans l'air.

Elle atteignit un autre porche, puis une nouvelle cour. La porte principale ne s'était pas ouverte derrière elle.

Elle tourna à gauche, monta la première marche d'un escalier et s'arrêta, le corps collé contre le mur. Elle attendit. La neige étouffait certainement les pas, mais la jeune femme était néanmoins convaincue que personne ne l'avait suivie. Prudente, elle s'obligea à rester au pied de l'escalier pendant presque cinq minutes. Puis elle monta. Au dernier étage, elle glissa sa clé dans la serrure de son petit appartement.

Elle se déchaussa. Dans la chambre, elle laissa choir son manteau sur un couvre-lit vert d'eau. Elle ouvrit son sac et recueillit le feuillet dissimulé dans la doublure. Elle hésita un instant, songeant au fourgon postal. Elle colla l'oreille contre le battant, puis déverrouilla, écouta encore, referma, verrouilla.

Elle passa dans le salon. C'était une pièce circulaire qui donnait sur deux des trois cours de l'immeuble. Un canapé faisait face à une bibliothèque que Dieter avait remplie lui-même, choisissant des auteurs vulgaires – Phil Lanson –, gonflés d'une suffisance creuse – Franz Pahné – ou proches du régime – Baptiste Reich. Dans chaque cas, des inconnus se voulant illustres dont les ouvrages avaient été pilonnés faute de qualités attirant les lecteurs. Ainsi était-il presque impossible d'en trouver de nouveaux exemplaires, ce qui présentait un avantage incomparable du point de vue de la sécurité – sans compter le déplaisir que prendraient à lire ces livres les déchiffreurs éventuels, perspective qui avait mis Dieter en joie.

Barbara s'empara du volume habituel : *Mes médiocrités*, de Gerhard von Vil. Elle ne l'avait pas choisi elle-même. C'était le deuxième exemplaire qu'elle utilisait. Elle avait abandonné le premier trois semaines plus tôt à Bruxelles, où elle avait été obligée de quitter précipitamment l'appartement de la rue des Atrébates en pleine séance de codage. L'émission avait cependant bien eu lieu – elle avait vérifié –, sans doute d'un autre endroit puisque toute l'équipe s'était carapatée par les toits après que l'alerte eut été donnée par les sentinelles qui montaient la garde aux deux extrémités de la rue.

De retour à Berlin, Barbara avait mis à contribution toute la Société des amis pour que l'on retrouvât un exemplaire du chef-d'œuvre périssable autant qu'indispensable, puisque à Moscou, au siège du Centre, les décrypteurs soviétiques utilisaient la même littérature. D'après ce que Barbara avait compris des vagues explications fournies par Dieter, le titre avait été choisi dans l'urgence par l'un des fonctionnaires de l'ambassade soviétique que les Allemands avaient accepté d'échanger contre un des leurs en poste à Moscou au soir de l'opération Barbarossa. Avant de perdre sa qualité d'otage, Iouri Adriapovitch – c'était son nom – avait tenu à faire bon usage de ses qualités d'espion : il avait choisi un livre, une page, un paragraphe, d'après lesquels

CHER BORO

étaient chiffrés tous les messages en partance pour ou en provenance de Moscou.

Page cent trois, deuxième paragraphe : Barbara ouvrit *Mes médiocrités*. Elle posa le volume à plat devant elle sur la table du salon. Puis elle déroula le papier fin que lui avait remis Arvid Harnack. Pour une fois, le message n'avait pas été écrit à l'encre sympathique. Elle lut :

Source Bertie – de PXT à GWE – Urgent – Confidentiel –

Plan Caucase repoussé offensive printemps. Troupes d'Ouest en Est, divisions sans numéros, précisions à venir. Lozowaia – Balakelaja – Tschugujev – Belgorod – Achtynka – Krassnograd – Kharkov – Stalingrad.

Ce qui, après que Barbara eut appliqué les deux règles de chiffrement verticales qui seraient décryptées par les experts de Moscou selon une clé de cinq lettres, donnait :

DFGDD   FDRTT   IDRUJ   SZEZD   VGESD   DFIFX
PDDPP   GAAPP   ACXVM   PCAPZ   XXXGH   FGHEF
QDSQV   MQMDA   FLWWX   GMTPS   APAUE   PDOIE
ZPZIB   GLDOO   AAOYI   MOQIC   CKWAA   EEPLM

L'annonce de la bataille de Stalingrad.

La Rote Kapelle

La camionnette était toujours là. Barbara Dorn croisa au large, sur le trottoir opposé. Elle se dirigea vers la chancellerie. Quelques rares passants allaient, dont elle vérifiait les silhouettes et les visages dans le reflet des glaces. Pas de voiture suiveuse, aucune camionnette. Malgré cela, la jeune femme avait peur. Elle savait quel avenir attendait les membres de la Société des amis s'ils étaient pris. La Gestapo et les SS ne feraient évidemment aucune publicité à ce groupe factieux composé des plus jeunes descendants des « meilleures » familles d'Allemagne. Une poignée d'officiers et de sous-officiers, quelques civils aussi, qui avaient infiltré les organismes officiels jusqu'aux échelons les plus élevés. Depuis 1936, ils luttaient contre les fascistes. Les Allemands, les Espagnols : immédiatement après le putsch franquiste, Harro Schulze-Boysen avait envoyé aux Russes les plans militaires des putschistes et la liste des espions phalangistes infiltrés dans les Brigades internationales. Puis, devenu enseignant à l'Académie des affaires étrangères, il avait recruté une poignée d'étudiants qu'il avait formés à l'émission clandestine. Son réseau imprimait et diffusait un journal écrit en plusieurs langues, *Le Front intérieur*, destiné aux ouvriers étrangers venus des pays conquis pour travailler en Allemagne. Il aidait aussi les juifs à fuir en Suisse ou en Suède.

La femme de Harro, Libertas Haas-Heye, travaillait avec le docteur Goebbels au ministère de la Propagande. Une famille modèle. Adulée par les cercles les plus huppés, les plus en vue du Berlin politique et mondain. Deux enfants charmants. Un avenir tout tracé au sein de la hiérarchie nazie.

Barbara tentait de se rassurer en imaginant Harro, Libertas, Dieter, Arvid et tous les autres sablant le champagne au cours de cette fête dont elle était partie. Ils étaient forts et puissants. Capables de balayer tous les dangers la menaçant, y compris ceux que pouvaient enfermer une malheureuse camionnette des postes. Ils savaient tout. En même temps, sinon avant les démons de la Gestapo et de la SS. Chaque fois qu'une menace s'était présentée, ils avaient su la détourner en prenant les précautions nécessaires.

Ainsi, après cette funeste nuit d'avril 1941, lorsqu'un radiotélégraphiste allemand chargé de surveiller un émetteur norvégien quelque part dans les montagnes de Prusse-Orientale avait détecté un nouvel appareil. Indicatif : PTX. La Société des amis avait su que l'un de ses émetteurs avait été découvert, qu'il était surveillé. Lorsqu'il fut en voie d'être localisé – la Funkabwehr hésitait entre la France, la Hollande et la Belgique –, ordre fut donné aux émetteurs berlinois de mettre leurs ondes en sourdine. Quand l'incroyable se répandit dans tous les états-majors concernés, à savoir qu'il n'était pas impossible que PTX émît d'Allemagne et même de Berlin – Berlin ! –, Harro Schulze-Boysen l'avait appris et avait ordonné à tous de se taire et d'attendre.

Convoqués d'urgence au nid d'aigle de Hitler, les Goebbels, Heydrich, Himmler, Canaris et autres grands serviteurs de la dictature durent admettre ce constat effarant : au centre du centre du noyau régentant l'ensemble de l'Europe occupée, il existait une poignée de traîtres qui renseignaient Moscou ! Le message capté en Prusse-Orientale avait été envoyé en URSS non pas depuis Athènes, Ankara ou Lisbonne ! Non ! Depuis Berlin ! Au cœur du Grand Reich !

Hitler avait exigé que tous les moyens fussent mis en œuvre pour identifier, puis mettre hors d'état de nuire un réseau clandestin particulièrement dangereux. Une provocation inacceptable !

Tout cela, on le savait. On savait aussi que Heinrich Himmler, chef de la SS, avait été chargé de la besogne. On savait encore quel nom il avait donné à cette entreprise d'espionnage patiemment tissée depuis des années par des rebelles à l'ordre brun : la Rote Kapelle. L'Orchestre rouge.

La section berlinoise avait donc mis ses émetteurs en sommeil. On avait fait transiter l'information par Bruxelles.

Lorsque Bruxelles était tombée, on était passé par Amsterdam. On irait à Paris.

On savait enfin qu'un Kommando spécialement chargé de l'anéantissement de la Rote Kapelle avait été créé, qu'il disposait de tous les moyens, des meilleurs techniciens.

On n'ignorait rien, sauf un détail. Un détail majeur : l'identité de la personne que le docteur Vaukt, chef des casseurs de codes à la Funkabwehr, avait mise sur la piste de la branche berlinoise de l'Orchestre rouge.

Une femme.
Une communiste retournée.
Une rouge au bras coupé.

Cependant, ce n'était pas elle qui se trouvait dans la camionnette de la poste, entre les numéros 74 et 76 de la rue où habitait Barbara Dorn. Ce n'était pas elle, et pourtant, si elle avait vu la personne qui l'espionnait, au retour de sa mission, après avoir déposé le pli chiffré dans une cachette imprenable, Barbara, ancienne doublure image de Maryika Vremler, eût sans hésiter fui à travers toute l'Europe pour lui échapper.

Dans le véhicule, regardant à travers une vitre invisible de l'extérieur, se tenait un infirme assis sur sa chaise. Un nazi à casquette plate, teint blanc, décorations sur la poitrine, couteau et Luger au ceinturon. La tête de mort sur la visière.

Un filet de haine dégoulinait de ses lèvres convulsées. Ses mains étaient cramponnées aux dextres ensanglantées de celle dont il labourait les paumes et les poignets, recevant d'elle la même caresse bestiale tant il est vrai qu'en certaines circonstances le désir de meurtre se communique d'une chair à l'autre, en bonne et complice hémoglobine. Regardant Barbara Dorn pénétrer chez elle, Frau Spitz et Friedrich von Riegenburg voyaient Maryika Vremler. Ils la mangeaient du regard, la décapitaient à mains nues, rongeaient ses os et sa moelle, suçaient sa cervelle – mais, cependant, résistaient à la tentation de se lancer à sa poursuite. Car, pour eux, elle valait mieux encore que son double : elle ferait le plus beau des appâts, la chèvre la plus distinguée. On l'emmènerait ailleurs. On l'attacherait à une longe. On attendrait.

Un jour, Il viendrait.

Hôtel Ruby-Valy, chambre 12

Blèmia Borowicz humait le parfum de la mer. Il était resté longtemps sur le port, observant les mariniers à la manœuvre, les vagues battant les étraves des quelques navires amarrés, les filles déambulant joliment sur les quais bondés.

Il avait découvert Marseille en 1940. La ville lui était apparue comme le dernier refuge des étrangers venus du nord – les Tchèques, les Hongrois, les Allemands, les Belges, les Hollandais, tous ceux que les hordes nazies avaient rejetés vers le sud et qui s'étaient retrouvés là, bloqués, parce qu'il n'y avait plus rien après, sauf la mer. Tous les fuyards du monde avaient tenté de rejoindre Marseille. Et aussi les éléments qualifiés de nuisibles, de dangereux, que les autorités françaises avaient enfermés dans des camps, aux Milles, au Vernet ou ailleurs : les républicains espagnols, les anciens des Brigades internationales, les Allemands, les Autrichiens, les ressortissants des nations ennemies. Des milliers de femmes, d'hommes et d'enfants qui avaient fui leur pays car ils y étaient menacés, avaient placé un espoir de survie sur un coin de terre encore abrité, puis, le vert-de-gris ayant percuté les frontières, s'étaient relevés de nouveau, avaient une fois encore bouclé leurs valises pour descendre le plus loin possible vers le sud.

Marseille.

Les écrivains et les peintres chassés par les nazis pour décadentisme, outrage aux mœurs nationales, juiverie reconnue ou prononcée, n'attendaient plus aucun salut du pays qui les avait pourtant si généreusement accueillis quelques années auparavant. Les trois couleurs nationales avaient déteint. Elles viraient

HÔTEL RUBY-VALY, CHAMBRE 12

au beigeasse, à la moisissure, elles devenaient livides. Ceux qui avaient pu atteindre Marseille à temps s'étaient sauvés vers les États-Unis ou le Mexique. Les autres avaient été livrés. Quelques-uns étaient entrés en résistance.

Boro faisait partie de ceux-là.

Le 1er janvier, jour de son parachutage, il revenait de Londres où sa cousine Maryika l'avait fait venir. Enlevé, plutôt. Quelques mois auparavant, il l'avait poussée dans un Lysander en partance pour l'Angleterre. Jusqu'au dernier instant, il lui avait fait croire qu'il fuirait avec elle[1]. Elle avait pris sa revanche peu après. Usant de moyens dont le reporter ne s'expliquait toujours pas l'origine, elle avait fait mettre à sa disposition une voiture, un canot à moteur, un bâtiment de fort tonnage, un véhicule militaire. La voiture l'avait emmené de Paris à un petit village de la côte bretonne, le canot à moteur avait filé vers le grand large, où on l'avait fait monter sur le navire, lequel l'avait débarqué à Brighton, d'où un half-track débarrassé de ses chenilles l'avait conduit à Londres.

Oxford Street, hôtel Ruby-Valy, chambre 12.

Maryika Vremler l'attendait. La première chose qui avait frappé son cousin, c'était le sourire qu'elle affichait. Le même exactement que celui avec lequel elle l'avait accueilli dix-sept ans plus tôt dans la maison des quartiers chic de Pest où elle habitait avec ses parents, avant qu'ils se livrassent à cette course poursuite endiablée qui lui avait coûté si cher.

Mais ils avaient trente ans désormais, et le monde était en guerre. Dès la première minute, Blèmia avait compris de quoi il retournait. Il avait refermé la porte derrière lui, s'était appuyé au mur du couloir, avait croisé les bras et posé la question essentielle :

« Tu m'as fait venir pour que je parte avec toi ? »

Elle avait approuvé.

« En Amérique ?
– Je prends le bateau après-demain.
– Je ne te suivrai pas. »

Elle s'était approchée de lui. Il s'était raidi. L'émissaire qu'elle lui avait adressé à Paris, un Russe blanc mesurant deux

---
1. Voir *Les Aventures de Boro, reporter photographe, Boro s'en va-t-en guerre*.

mètres et empestant le tabac de contrebande, n'avait pas même mentionné le nom de Miss Vremler. Il s'était présenté à lui comme l'envoyé de Julia Crimson. Blèmia avait accepté le voyage car il pensait que si la belle espionne le réclamait à Londres, c'était pour une importante raison liée à la guerre. Or, il n'y avait ni Julia ni raison, seulement la guerre dont sa cousine l'avait extrait. Car elle voulait l'en protéger.

Elle lui avait expliqué cela sans qu'il mouftât : il avait quitté la Hongrie depuis des temps quasiment immémoriaux ; sa mère, dont nul n'avait plus de nouvelles, était sans doute passée de vie à trépas, ce qui valait mieux au vu des cataclysmes présents ; son épicier en gros de beau-père n'importait à personne ; Sean, le fils de Maryika, attendait aux États-Unis le retour de sa mère, laquelle était sa seule famille et aussi la seule de Blèmia ; qui avait un rôle à jouer dans l'éducation du garçon...

Boro avait coupé la jeune femme. Quel était ce rôle, et en vertu de quoi ?

« Des circonstances mêmes de sa conception », avait-elle dit en le fixant avec une froide assurance.

Il n'avait pu réprimer un mouvement de stupeur. C'était la première fois que Maryika laissait clairement entendre qu'il pouvait être le père de l'enfant. Jusqu'alors, elle avait toujours fait croire que les circonstances favorisaient Dimitri : une fois chacun, mais deux chances pour lui.

Elle s'était rapprochée. Elle le dévisageait avec une tendresse infinie, et il pensait qu'en effet elle était sa seule famille, la personne qu'il aimait le plus au monde, et que si les circonstances avaient été différentes il fût peut-être parti avec elle.

Sa colère était tombée d'un coup. Comme un fruit trop rouge, trop mûr, trop lourd.

« Maryik ! avait-il murmuré en la serrant contre lui, Maryik, Maryik ! »

Il avait songé que la première fois, la seule jusqu'alors, ç'avait été le soir de leur arrivée à Paris, le 6 février 1934, à l'hôtel Crillon. Et que, cette fois-là, ce serait peut-être encore dans une ville étrangère, où les mêmes les avaient poussés. Mais jadis ils fuyaient, tandis qu'aujourd'hui ils faisaient face. Ou, du moins, le tentaient.

« Nous nous sommes déjà sauvé la vie, avait dit Maryika en s'éloignant d'un pas pour mieux le voir. Il faut maintenant nous protéger l'un l'autre. »

Il avait froncé les sourcils : qu'allait-elle lui proposer ?

« Je rentre aux États-Unis. Je te suggère de m'accompagner et de... »

Elle avait avalé sa salive, gonflé imperceptiblement les joues et ajouté :

« ... et de t'installer avec Sean et moi. Nous pourrions vivre ensemble. Tu exercerais ton métier là-bas, et moi le mien. Nous... »

Elle avait combattu sa propre gêne lui brossant un tableau alléchant de l'existence qui les attendait : Boro vendrait ses photos aux plus grands magazines new-yorkais, qui n'attendaient que de le publier ; il parcourrait le monde, choisirait ses sujets de reportage, comme avant. Rien ne changerait sinon qu'il ne serait plus basé en Europe, où, naturellement, il reviendrait aussi souvent qu'il le souhaiterait. Ils vivraient à Beverly Hills, où elle avait sa maison. Mais, s'il préférait habiter ailleurs qu'à Los Angeles, elle était prête à le suivre. Sean, de toute façon, n'avait que peu d'attaches là-bas. Un déménagement n'était rien pour elle. Et sans doute une aubaine pour eux deux, qui partiraient sur des bases réellement communes, ayant choisi le cadre de ce bonheur qu'elle lui offrait sur un plateau, pourrait-on dire, ou, « si tu préfères, avait-elle ajouté en levant vers lui un regard interrogateur, dans l'écrin d'un bonheur dont nous avons si longtemps rêvé ».

Il en était resté muet. Il avait le souffle court. Elle ne croyait certainement pas au tableau idyllique qu'elle lui avait présenté. La question qui rôdait en lui depuis le début de son petit exposé était très simple : pourquoi ? Quelle était la raison qui avait présidé à cette absurde proposition, qui ne pouvait convenir à aucun des deux, l'un et l'autre partageant la même exigence de liberté, la même fougue face à la vie, un respect identique de la personnalité d'autrui ?

Il ne l'avait pas interrogée. Renouant avec le langage muet de leur enfance, lorsque assis à la même table ils échangeaient des mimiques complices au milieu d'un repas d'adultes des plus ennuyeux, il avait tiré légèrement la commissure gauche de sa lèvre vers le côté, soulevé le sourcil opposé et plongé un regard ironique dans l'œil de sa cousine.

Cela avait suffi à la faire rire. Cela avait rompu les interrogations d'usage. Elle avait dit :

«J'ai peur que tu ne t'engages trop loin et qu'il ne faille remuer ciel et terre pour te retrouver.
– As-tu cru un seul instant que ta proposition me ferait renoncer ?
– Je l'ai faite, c'est tout.
– Qui te le commandait ?
– Moi seule.
– Je n'en crois rien. Je te connais assez. La vie que tu me proposes n'est pas celle que tu souhaites.
– Admettons qu'il y ait quelques raisons supérieures.
– Tu m'as déjà dit cela.»
Il l'avait empoignée par le bras et l'avait conduite dans la chambre. C'était une pièce sombre aux fenêtres barrées d'adhésif. Tous les vitrages de Londres étaient ainsi protégés contre l'éclatement du verre sous les bombardements.

Maryika s'était assise sur l'un des lits jumeaux. La courte magie née les premières minutes de leur rencontre s'était évanouie comme une buée devenue invisible.

«Je vais rentrer, Maryik, mais je ne sais pas comment. Je ne connais personne à Londres...
– Julia Crimson.
– C'est elle qui t'a demandé de me faire venir ?
– On peut l'imaginer.
– Est-ce cela, la raison supérieure dont tu parlais ?»
Elle avait acquiescé.
«Je peux savoir ?
– Non.»
Elle le regardait avec cette autre expression qu'il lui connaissait depuis toujours, quand elle serrait les lèvres jusqu'à les plisser pour lui signifier qu'il lui était interdit d'avancer au-delà – aucun baiser, nulle promesse.

«Je t'ai fait venir, avait-elle dit, et je te renverrai. Cela prendra seulement un peu de temps.»

Ils avaient passé une partie de ce temps ensemble. Trois semaines, dormant dans cette chambre de l'hôtel Ruby-Valy, chacun dans un lit, sans se rejoindre. Maryika ne découvrit jamais à quoi son cousin passait ses journées quand il n'était pas avec elle. Il répondait aux questions posées par un membre de l'Intelligence Service chargé de débriefer ce bien étrange voyageur. L'entretien avait lieu à la Royal Patriotic School, où se déroulaient les interrogatoires des nouveaux arrivants ; dans une salle munie d'une vitre opaque derrière laquelle deux personnages suivaient attentivement les déclarations de Blèmia. Un homme, une jeune femme.

Elle, la merveilleuse Julia Crimson, avait offert sa fougue et son ardeur au Hongrois habilement questionné.

Lui, gentleman british doté d'un accent indéfinissable, n'ignorait rien des goûts de la belle espionne pour les zeppelins, les sous-marins et les grandes roues de fête foraine. Mais elle ne savait pas qu'il savait. De même qu'elle ignorait pourquoi Sir Artur Finnvack, numéro deux des services secrets britanniques, connu sous un nom qui était une anagramme, veillait tout particulièrement sur celui qu'elle eût volontiers protégé une fois de plus, par exemple dans le métro de Londres, à une heure de grande affluence, sous un trench-coat qu'elle eût fait adapter spécialement pour leur jeu préféré.

Les gorilles dans l'escalier

Même la rue Kléber sentait la mer. Boro, cependant, ne s'attarda pas. Il pénétra sous le porche du numéro 103, repéra un premier nom sur les boîtes aux lettres de l'entrée, grimpa les étages et s'arrêta devant la porte que Bleu Marine lui avait indiquée. Il toqua : un coup long, deux brefs, deux longs. D'abord, il n'entendit rien. Puis il sut que quelqu'un derrière le battant écoutait mais n'ouvrait pas. Une silhouette certainement collée au panneau, ou scrutant à deux pas.

Il frappa de nouveau. Il perçut comme un froissement de l'autre côté. Peut-être un pas glissant sur le sol. Une porte grinçant au loin. Le silence. Il s'écarta et observa la cage d'escalier. Se penchant, il compta les étages. Il ne pouvait pas s'être trompé. De plus, il n'y avait qu'un appartement sur le palier.

Il lui sembla entendre un mouvement à l'étage inférieur. Il aperçut une main sur la rampe. Quelqu'un montait. Il s'effaça pour laisser le passage. Un homme jeune, engoncé dans un pardessus au col relevé, fila devant lui. Au moment où il allait poser le pied sur la première marche du palier supérieur, il se tourna vers Boro et lui planta le canon d'une arme dans le gras du ventre. Ce faisant, il dit :

« On ne bouge pas. »

À quoi Blèmia obéit, bien obligé. Ce qui ne l'empêcha pas de remonter légèrement la tige de sa canne et de la tenir fermement entre l'index et le majeur.

L'homme le palpa expertement. Il ne trouva rien, sinon l'œil résigné d'un suspect qui comprenait qu'on dût en passer par là.

Le mieux positionné des deux était ce gaillard très maigre, grand, sec, qui avait en lui quelque chose de militaire. Il tenait fermement son revolver et s'était approché si près de Boro que celui-ci ne pouvait esquisser le moindre geste – défense ou attaque.

Du pied, l'homme frappa contre le battant de la porte : un coup long, deux brefs, deux longs.

« C'est pourtant ce que j'ai fait, déclara placidement Boro. Est-ce que vous seriez mieux entendu que moi ? »

Il le fut. Le battant s'ouvrit aussitôt. Un individu se tenait à l'intérieur, armé lui aussi. D'un geste du poignet, il ordonna à Boro d'entrer.

« J'accepte, répondit ce dernier, à condition que votre homologue me laisse passer. »

L'autre s'écarta imperceptiblement. Puis referma la porte derrière lui.

« Qui êtes-vous ? »

La voix dérapait bizarrement dans l'aigu, comme si l'individu cherchait des candeurs de prépubère.

« Je viens de la part d'une jeune fille.
– Son nom ?
– Je ne le connais pas. »

Boro s'interrompit aussitôt : rien ne prouvait qu'il fût tombé entre de bonnes mains. Dans l'ombre d'un couloir glacial, il distinguait à peine son interlocuteur : plus très jeune, lui semblait-il, portant un feutre qui lui mangeait la partie supérieure du visage.

« Qui est cette jeune fille ?
– Ma fiancée. »

Il avait opté pour le mode guilleret. Seul le microfilm lui permettrait de se faire admettre comme l'émissaire de la joueuse d'harmonica. Il ne comptait pas le remettre aux olibrius qui le tenaient en respect : aucun d'eux ne portait de cicatrice au cou.

« Elle a le regard bleu marine », poursuivit-il, lançant un hameçon.

Auquel personne ne mordit.

« Elle m'a donné rendez-vous ici, mais peut-être me suis-je trompé d'étage.
– Si vous êtes son fiancé, grommela l'homme au feutre, vous devez savoir où elle habite.

– Point, objecta le reporter. Car, pour vous faire une confidence, elle est ma fiancée depuis… admettons, depuis une seule fois.

– Allons voir au-dessous, proposa le plus jeune.

– Tu n'y penses pas ! refusa l'autre.

– Alors au-dessus.

– Il a un haricot blanc dans le ciboulot, dit l'individu au chapeau, prenant Boro à témoin.

– Je suis un patriote tout comme toi.

– On ne parle pas devant le monsieur… Le monsieur ne doit pas connaître nos activités.

– Chacun les siennes, confirma Boro, rassuré. Pourriez-vous en référer au-dessus ?

– C'est imprudent, comme on vous l'a déjà signifié.

– Je voulais dire : au-dessus dans l'ordre hiérarchique.

– Il se peut.

– J'attendrai le temps nécessaire. »

Les deux gorilles échangèrent un regard nimbé d'interrogations diverses. Boro se reprochait quant à lui d'avoir manqué de suite dans les idées lorsqu'il avait quitté la jeune fille blessée : il aurait dû lui demander un mot de passe ou un quelconque signe de reconnaissance. Il ne nourrissait cependant aucune inquiétude quant à la suite des événements : les deux sbires auxquels il était confronté avaient la cervelle en salade verte ; il suffirait d'un petit rien pour leur assaisonner l'esprit.

« S'il se peut, reprit-il, cela signifie que vous n'êtes pas seuls dans cette maison.

– Ah ! »

Le plus jeune des escogriffes leva un index en signe d'admiration.

« Il suffirait donc que vous allassiez demander conseil pour savoir comment débrouiller cette situation.

– Allassons ! s'enthousiasma le même.

– J'y file.

– Non. C'est moi.

– Je suis l'adjoint de Bertin.

– Peut-être, mais je suis le plus fort.

– Et le moins intelligent.

– Le plus rapide sur cent mètres !

– Tirez-le donc à la courte paille ! suggéra le reporter.

LES GORILLES DANS L'ESCALIER

– Y'a pas de paille dans la maison.
– Permettez », fit Boro.

Il rompit le rang et se dirigea vers une porte close, au bout du couloir. Comme les deux lascars, ayant repris leurs esprits, se lançaient dans un cinq mètres sans haies derrière lui, il pressa le pas et poussa le battant. Dans une pièce aux volets fermés, éclairée par la pâle lumière d'un globe en verre dépoli tombant du plafond, quelques hommes se faisaient face autour d'une table : l'état-major de la Résistance intérieure.

Rex

« Dégagez-moi ces olibrius », déclara Blèmia Borowicz en guise de visa d'entrée.

Son irruption dans la pièce causa un émoi à peine perceptible. Les participants à la réunion semblaient momifiés par le froid : ils portaient tous des pardessus et des écharpes de laine. Ils fixèrent l'intrus sans ciller. Les mains ne se déplacèrent même pas vers des poches intérieures qui, sans doute, recelaient des crosses assorties à des armes prêtes à servir. Ni Henri Frenay, chef du mouvement Combat, ni Chevance-Bertin, son adjoint, ni celui auquel ils faisaient face n'esquissèrent le moindre geste de défense. Pas plus que leurs visages n'exprimèrent de crainte ou de surprise. Contrairement à leurs porte-flingues, ces combattants-là étaient trempés dans l'acier.

« Je regrette de troubler votre petite réunion, déclara Boro tout en se plaquant contre le mur afin de n'offrir aucune prise aux deux veilleurs de nuit. Je suis porteur d'un message. Celui à qui je dois le remettre porte une cicatrice au cou. »

Il remarqua une grosse liasse de billets posée sur la table. Avec un peu d'imagination, on se fût cru dans un tripot.

« Vous êtes parfaitement imprudent, critiqua le plus âgé des trois hommes assis autour de la table. Vous ne savez pas qui nous sommes et, déjà, vous êtes prêt à dévoiler tous vos secrets…

– Je n'en ai qu'un, et je ne vous ai rien dit encore.

– À nous non plus ! » glapit le jeune homme de l'escalier.

Il se tenait de côté, l'arme braquée.

« Il n'a pas voulu répondre à nos interrogations, renchérit celui qui portait un chapeau.

« – Pourtant, nous l'avons mis à la question ! reprit son acolyte. On lui a copieusement chatouillé le bide !

– Laissez-nous ! » intima l'homme assis en face des autres.

Croyant que l'ordre avait été donné à l'échalas boiteux, les gardiens du temple opérèrent un mouvement tournant en vue de lui couper la route. Ils furent repris en main par une nouvelle injonction :

« Messieurs, veuillez sortir et nous laisser avec lui. »

Celui qui avait parlé semblait être le chef du petit groupe. Dès l'entrée, Boro l'avait reconnu. Il avait un regard noir et profond. Il s'exprimait sans élever le ton. Le nervi au chapeau s'adressa à l'un des hommes assis autour de la table.

« Monsieur Bertin ?

– C'est bon, Multon. Attendez dehors. »

Les nervis obtempérèrent sans broncher, décanillant fissa. Lorsque la porte se fut refermée, l'homme dénoua une écharpe blanche soigneusement fermée sur le devant. Il démasqua une estafilade mal cicatrisée. Ce faisant, il dit à Boro :

« Nous nous sommes déjà rencontrés. »

Blèmia glissa une main dans sa poche et fit un pas en avant.

« Êtes-vous Rex ?

– Oui.

– Une demoiselle m'a confié ceci pour vous. »

Il montra une boîte d'allumettes dans laquelle il avait enfermé le microfilm.

« Et si aucun de nous ne s'appelait Rex ? interrogea le plus âgé d'entre tous. Qu'est-ce qui vous prouve, jeune homme, que vous êtes tombé là où vous espériez être ?

– Je n'ai pas à le dire », répondit sèchement Boro.

Il se tourna vers l'individu suspicieux qui le fixait avec froideur. Il portait des culottes de cheval et avait le maintien militaire.

« Vous avez le droit de me demander des comptes, mais, dans la situation où nous sommes, j'ai le devoir de ne pas répondre aux questions qui me paraissent intempestives, et le plaisir de refuser celles qui ne m'agréent pas. »

Il tendit la boîte d'allumettes à Rex. Celui-ci le remercia d'un sourire où notre reporter perçut comme un élan de satisfaction.

« Je vous mets à l'aise, reprit Rex en s'adressant aux individus assis en face de lui. Si cette petite boîte contient ce que j'attendais, vous ne courez aucun risque à prendre connaissance de son contenu. »

Il l'ouvrit et éparpilla les allumettes sur la table.

« Bien au contraire, car elle recèle un trésor qui vous est destiné. »

Il renversa la boîte dans la paume de sa main et exhiba un petit rectangle transparent. Il l'observa et le tendit au capitaine Fresnay.

« Je suppose, Charvet, que vous savez lire un microfilm. »

Celui qui répondait à ce nom avait sorti une loupe de sa poche. Il s'empara du microfilm et entreprit de déchiffrer son contenu.

« Vous pouvez lire à voix haute », lui dit Rex.

Charvet ajusta la loupe à son regard et, le timbre noué par l'émotion, lut les mots qu'il découvrait :

Mes chers amis... Rien ne peut plus diviser les Français. Ils n'ont qu'une volonté : sauver leur pays par la victoire. Rien ne compte pour eux, sinon la haine de l'ennemi; la fidélité envers leurs alliés; la fraternité nationale. Je sais ce que vous faites. Je sais ce que vous valez. Je connais votre grand courage et vos immenses difficultés. En dépit de tout, il faut poursuivre et vous étendre. Nous, qui avons la chance de pouvoir encore combattre par les armes, nous avons besoin de vous pour le présent et pour l'avenir. Soyons fiers et confiants! La France gagnera la guerre et elle nous enterrera tous. De tout mon cœur.

Il marqua un temps avant de conclure :

« C'est signé Charles de Gaulle. »

Chacun respecta un silence d'au moins cinq secondes. Tous avaient oublié Blèmia Borowicz. Celui-ci glissa vers la porte.

« En quoi consiste votre tâche ? demandait Charvet à Rex.

– J'ai deux ordres de mission qui la précisent... Je suis ici comme le représentant personnel du général de Gaulle, et comme délégué du Comité national français pour la zone non directement occupée de la métropole. Je suis chargé de réaliser l'unité des mouvements, de veiller à la séparation du politique et du militaire, de vous faire accepter la centralisation et la coordination venues de Londres... »

Boro n'entendit pas le reste de l'intervention. Il avait filé dans le couloir. Il dégringola les escaliers sous le regard mauvais du plus jeune des deux porte-flingues, qui montait la garde sur le palier. Son collaborateur se trouvait en bas, sur le trottoir opposé. Lorsque Blèmia Borowicz passa devant lui, il feignit de regarder au loin. Tout en se dirigeant vers la gare Saint-Charles, le reporter songeait que le cloisonnement avait empêché Bleu Marine et Rex de se rencontrer dans le Wellington Vickers, et que si les deux hommes n'avaient pas voyagé ensemble, la situation eût tourné autrement. Boro se rappelait désormais avec précision qu'ils s'étaient croisés lors de l'apprentissage du saut en parachute. Rex, qui portait alors un autre nom, souffrait terriblement lors des séances d'entraînement. Un soir, Boro l'avait même surpris penché au-dessus de l'herbe rase du champ d'aviation. Il vomissait. Il lui avait demandé s'il avait besoin de quelque chose. Rex l'avait remercié. Il s'était aussi excusé.

Ce jour-là, il ne portait pas d'écharpe.

Le train de 8 h 11

La gare Saint-Charles grouillait de ces foules inquiètes qui essaimaient alors dans les lieux publics. Les gens pressés avaient appris à ralentir le pas pour ne pas être suspectés de fuir le gourdin du gendarme. Les amoureux ne s'embrassaient plus les yeux fermés sur du bonheur tout rose. Les mères déposant un enfant dans une voiture en partance pour une ville éloignée dissimulaient mal une larme plus lourde que les afflictions ordinaires. On se quittait sans savoir quand on se reverrait, et même, parfois, si... On feignait des décontractions exagérées lorsqu'un policier ou un homme des SOL demandait à contrôler une carte d'identité. Les rassemblements étaient interdits. Les longs imperméables suscitaient l'angoisse ; les chapeaux à bords rabattus, la terreur. Une femme trop bien fardée engendrait la méfiance ; un homme trop bien vêtu, le doute. Tout était louche. Chacun se méfiait du voisin. S'il trafiquait ? S'il dénonçait ? S'il résistait ?

Blèmia Borowicz, quittant la consigne, provoqua quelques émois minuscules chez les uns et certains autres. Il était grand, il était jeune, il était beau. Mais il boitait. Il avait le cheveu noir et dru, la peau un peu sombre sinon le teint mat, une élégance de bon aloi en temps de paix, le regard fermé de ces temps de guerre. Il marchait un peu trop rapidement pour n'avoir rien à cacher. Il trimballait une valise bizarre, du neuf devenu vieux trop vite. Sa canadienne doublée de fourrure avait vécu. Ses souliers brillaient trop pour ne pas avoir été astiqués la veille.

On s'observait, on se jaugeait. On établissait en trois secondes des bilans d'ensemble d'après lesquels on décidait de poursuivre sur le même trottoir ou, au contraire, de traverser et de disparaître. Le métèque distingué claudiquant vers le quai numéro 7, d'où partirait à huit heures onze l'express pour Paris, suscitait l'intérêt des dames et la crispation des messieurs. Eux, parce qu'ils étaient avec elles; elles, parce que le Hongrois ne laissait pas indifférentes celles qui s'ennuyaient et espéraient un plus bel avenir.

Boro lui-même se gardait à droite, à gauche, devant et, jouant des reflets des vitrines, derrière. Telle une vigie surveillant une mer démontée, il observait tout et tous. Son œil de photographe, rompu à la recherche du détail, voyait ce que d'autres ignoraient. Aussi bien la démarche faussement assurée de celui qui feignait l'insouciance que la mine sourcilleuse de tel autre. Il savait à coup sûr distinguer les quidams anonymes des loups planqués dans la bergerie. À deux ou trois reprises depuis le début de l'Occupation, cette faculté à caractère pour ainsi dire professionnel lui avait permis de se tirer de quelques mauvais pas. Il allait à gauche lorsque la droite lui paraissait menaçante, et inversement si nécessaire. Jusqu'à présent, cette vigilance de tous les instants n'avait jamais été prise en défaut.

Il pénétra dans l'une des buvettes de la gare. Fit le tour de l'assistance, s'appuya au comptoir, près du téléphone, désigna l'une des quelques boulettes pâtissières qui pouvaient prétendre à un très ancien statut de gourmandise, commanda et, profitant d'une vague considération due à l'énormité de la dépense (cinq francs), montra le téléphone accroché au mur adjacent et demanda s'il pouvait.

On accorda la permission.

Il se pencha par-dessus le bastingage en vieux marbre et, s'étant assuré que nul n'épiait ses gestes, composa un numéro à Lyon.

Il demanda à parler à Mlle Anne.

Il n'y avait pas de Mlle Anne de l'autre côté de la ligne.

« En êtes-vous sûr ? »

On confirma.

« Une brune jolie comme un ciel d'orage... Avec une voix fine comme l'éclair ? »

Il ne cherchait pas à dissimuler son timbre : bien au contraire.

« Elle m'avait demandé de l'appeler avant – il consulta sa montre... avant seize heures quinze... »

Il y eut du grondement sur la ligne. Boro éloigna ostensiblement le combiné de son oreille. Puis y revint :

« Mlle Françoise, bureau 110 à la préfecture de Lons-le-Saunier ?... Ah ! »

Il afficha une moue gravement déçue, marmonna une excuse entre deux eaux et reposa le combiné sur sa double croche. À son voisin le plus immédiat, il grommela que, si même les communications ne passaient plus, il faudrait envisager un transfert de compétences. Formule vague qui permettait de croire ce que l'on voulait et ne prêterait pas plus à conséquence que l'identification de ladite Françoise, dont Boro ne savait rien sinon qu'elle travaillait en effet au bureau 110 de la préfecture de Lons-le-Saunier, pour le compte de Vichy.

Dans la réalité moins collaborationniste, Blèmia Borowicz venait d'appeler le sieur Dédé Mésange, au dépôt ferroviaire de Lyon-Perrache, pour lui demander d'informer sa femme, la chère Liselotte, qu'il la retrouverait au parc de la Tête-d'Or, à seize heures quinze.

Cela fait, notre voyageur quitta le comptoir, prit sa valise dans une main, sa canne dans l'autre, et marcha gaillardement vers le quai numéro 7.

Il trouva une place au sein d'une famille nombreuse qui occupait tout un compartiment : un homme, sa femme, une progéniture bruyante qui l'accueillit avec la considération d'un ensemble de quilles lorgnant une boule des plus malvenues. Boro sourit à tous, jeta sa valise dans le filet et s'installa. Il vérifia machinalement que ses papiers se trouvaient bien dans la poche intérieure de sa canadienne, ferma les paupières et feignit de s'endormir.

Tandis que les petits atomes l'environnant charcutaient à mi-voix sa boiterie, sa juiverie et sa tête de Nègre clair, Boro pensait à Liselotte. Elle était son contact à Lyon. Chaque fois qu'il descendait dans la capitale des Gaules, il lui fixait rendez-vous au parc de la Tête-d'Or, sous les hautes branches d'un châtaignier qui abritait leurs confidences. Elle ignorait qu'il était parti pour Londres. Il n'avait pas de raison particulière pour la rencontrer, sinon de mettre en place une infrastructure qui serait peut-être utile un jour. Car, durant ses trois semaines d'absence, le reporter n'avait pas seulement été interrogé par les limiers de l'Intelligence Service, à la Royal Patriotic School. Il s'était également rendu à Hyde Park, dans une chambre de l'hôtel Vere transformée en bureau, où le commandant Passy, chef du service du renseignement des Forces françaises libres, l'avait à son tour questionné. Aux uns comme aux autres, Boro avait dit : « Je veux servir. Demandez-moi quoi, mais pas qui. »

Il combattrait les nazis en travaillant avec tous ceux qui accepteraient ses services. Il avait refusé de se plier aux injonctions des Britanniques, dont certains voulaient qu'il collaborât exclusivement avec le MI-6, quand d'autres, moins hostiles aux Français, avaient accepté qu'il s'entretînt avec l'un des collaborateurs du général de Gaulle. Il avait refusé tout autant d'être parachuté comme représentant de la France libre. Il était, il serait, il resterait lui-même. C'était l'avantage des apatrides que de pouvoir collaborer avec les uns autant qu'avec les autres.

Il n'avait aucun plan de campagne. Il avait seulement projeté de visiter les quelques relais qu'il avait établis ici et là, en fonction des circonstances, points épars et non accordés de ce qui ne constituait pas encore un réseau. Il avait choisi de commencer par Liselotte, car elle se trouvait sur le chemin du retour.

Il l'avait connue en 1936, aux Galeries Lafayette. Il l'avait soutenue après la mort de son père, Émile Declercke, mineur de fond victime du grisou. Ensemble, ils avaient déjoué les plans de la Cagoule et détourné au profit de la République espagnole les armes que l'organisation d'extrême droite accumulait pour plus tard[1]. Depuis, Liselotte s'était mariée. Elle n'aimait pas qu'on l'appelât Mme Dédé Mésange. Ça faisait vaudeville. Ce n'était pas elle. Elle avait un nom, on n'avait qu'à le respecter !

Elle refusait obstinément qu'on moquât sa migration lyonnaise comme étant une preuve d'assujettissement à son époux. L'usine de roulements à billes qui employait celui-ci à Créteil s'était repliée en zone sud. Il y était parti, bien obligé ! Elle n'avait pas suivi : seulement accompagné. Et c'était elle qui avait fait bouillir la marmite en trouvant du travail dans un atelier de canuts quand il avait été débauché.

Elle avait gardé son emploi après que les chemins de fer eurent engagé Dédé au dépôt de Lyon-Perrache. Un poste qui pourrait se révéler précieux plus tard, et qui n'était pas dû au

---

[1]. Voir *Les Aventures de Boro, reporter photographe, Le Temps des cerises.*

seul hasard : les camarades communistes avaient habilement manœuvré pour que le contrôle des aiguillages fût assuré par l'un d'eux.

Quelques semaines avant de partir pour Londres, Boro avait chargé Liselotte de lui trouver une chambre où il pourrait venir, lui-même ou un autre, au cours des opérations qui le mèneraient dans la capitale des Gaules. Elle avait accepté la mission sans broncher. Il s'était étonné qu'elle ne se rebiffât point, elle qui enfourchait cent chevaux d'orgueil sitôt qu'elle se sentait commandée.

« Nous réglerons ces questions après la guerre », avait-elle répondu avec du sérieux dans la voix.

Ce qui signifiait que, jusque-là, elle acceptait de se ranger sous sa bannière. Boro avait mesuré – et apprécié – l'honneur qui lui était fait.

Il songeait à cela tout en percevant alentour les commentaires émis par les enfants de la bonne et grande famille vichyste assise à ses côtés. On le croyait endormi. On tapait dur sur la matité de son faciès. On répétait les leçons apprises dans les écoles du Maréchal. Travail, Famille, Patrie, la France aux Français, les autres dehors.

Lorsqu'il se fut lassé de ces élégances, Boro se redressa légèrement sur la banquette. Il assura le lacet de sa canne dans la main droite, puis la fit mouliner, la rattrapa par le pied et tendit brusquement le bras. Il y eut un froissement, une zébrure dans l'air. Le jonc alla frapper la vitre latérale à deux centimètres du nez d'un premier garnement ; il se posa sur le genou d'un deuxième avant d'effleurer la joue d'un troisième – qui peut-être était une fille. Enfin, le lacet s'enroula autour de l'oreille d'un paterfamilias dégringolant pour le coup de son piédestal de père et d'époux.

« Faites taire votre descendance », ordonna Boro.

Il ramena sa canne.

« Même les juifs ont le droit de dormir. »

Il ferma un œil sur les deux.

Parc de la Tête-d'Or

À seize heures, Boro pénétrait dans le parc de la Tête-d'Or. Les allées étaient désertes. Quelques rares moineaux s'ébattaient sur les pelouses atrophiées par le froid. Le reporter songea qu'il faudrait changer de lieu de rendez-vous : s'il était facile au printemps de se couler dans le flot des promeneurs, l'hiver exposait les rencontres à tous les regards.

Il se tint à distance du châtaignier dont les branches basses ployaient tristement vers le sol. Il était certain que Liselotte se trouvait un peu plus loin, dissimulée pareillement derrière un taillis, vérifiant elle aussi que les abords n'étaient pas menacés par une présence incongrue.

À seize heures treize, Boro la vit qui avançait d'un pas alerte sur l'allée gravillonneuse menant à leur arbre. Une joie chaude le réchauffa. Il fut tenté de courir vers elle, de la prendre dans ses bras et de la faire virevolter vers un soleil invisible. Mais il s'abstint et demeura quelques instants encore immobile. Selon un code inexprimé, elle s'était approchée la première, car, si l'un des deux devait être pris, mieux valait que ce fût elle, qui avait moins à cacher. Boro pensa qu'il conviendrait de renverser cette hiérarchie ou, tout au moins, de l'équilibrer davantage. L'idée même que des tortionnaires pussent gifler Liselotte, la battre ou l'étendre sur un carreau lui était insupportable.

Il voulut s'élancer, mais s'arrêta soudain. Un long escogriffe enfermé dans un pardessus gris avait surgi derrière la jeune fille. Il portait un feutre dont le bord latéral était cassé et tenait ses deux mains dans ses poches. Il avançait d'un pas décidé en direction de Liselotte.

En une seconde à peine, Boro avait vérifié que l'individu n'était pas accompagné par un double : aucune silhouette policière ne semblait appuyer sa présence. À moins qu'il n'y eût des renforts à couvert. Le Hongrois scruta les herbes, les taillis, les troncs, les feuilles, les vallonnements plus loin. Il avança de quelques pas, sifflotant, mine de rien, feignant de chercher ostensiblement une présence. Comme s'il avait un rendez-vous galant ou familial. Le parc de la Tête-d'Or paraissait vide de toute présence dangereuse.

Le reporter fondit sur Liselotte. Par-devers soi, il se félicita d'avoir laissé son bagage à la consigne. Il n'avait que sa canne et son Leica préféré, glissé dans la poche de sa canadienne.

Il atteignit la jeune fille au moment où elle pivotait pour affronter l'escogriffe. Elle avait compris de quoi il retournait. Boro glissa son bras autour de sa taille, la souleva légèrement pour atteindre sa bouche et l'embrassa délicatement sur les lèvres. Tout contre lui, elle se rebiffa. Ce fut à peine sensible, et il la reconnut bien là. Du haut de son mètre quatre-vingt-sept, il considéra l'homme au feutre cassé qui s'était approché.

« Il vous manque quelque chose ? »

L'autre régurgita une vomissure informe et tourna les talons.

« Vous n'avez pas le droit de m'embrasser ainsi ! s'insurgea la jeune fille.

– Vous auriez préféré qu'il le fasse lui-même ?

– Je sais très bien me débrouiller toute seule ! »

Il lui prit les mains, l'éloigna de quelques centimètres et l'observa avec un sourire chaleureux.

« Vous êtes très jolie. Aussi jolie qu'avant la guerre !

– Ça m'étonnerait bien ! »

Elle n'avait rien perdu de sa vivacité. Elle exprimait par le regard et par le geste les sentiments qui la traversaient. La colère qui lui avait brûlé les joues un instant auparavant s'effaçait au profit d'un contentement enfantin. Elle était une princesse et voulait être reine. Toute petite encore, grelottant de froid dans un imperméable trop léger, ses cheveux blonds tirés à quatre épingles sous un fichu transparent d'un autre âge.

Boro avait toujours voulu la protéger. À la mort de son père, il l'avait prise sous son aile. Mais elle n'avait à peu près rien accepté de lui, sinon des études de droit qui ne l'avaient finalement menée nulle part. Elle était fière, elle n'avait pas le temps.

PARC DE LA TÊTE D'OR

Dédé Mésange lui avait enseigné que, pour les fils de prolos et les filles de mineurs, il n'y avait pas d'autre destinée que celle dévolue à leur classe sociale. Mais aussi que l'avenir leur appartenait, à eux qui n'avaient rien à perdre et qui combattaient pour tous.

La dernière fois que Boro avait partagé un repas avec eux, dans la mansarde d'anciens soyeux où ils avaient élu domicile à Lyon, il avait été impressionné par la lecture généreuse que ses hôtes faisaient des événements : ils considéraient que la classe ouvrière allemande était du même bord qu'eux et qu'il fallait rallier à la lutte antinazie le prolétariat du monde entier, à commencer par les hommes de troupe de la Wehrmacht qui n'avaient certainement pas demandé à envahir l'Europe. Ce point de vue conduisait à des actions d'infiltration courageuses, risquées, mais très profitables : grâce à divers relais, Liselotte et Dédé avaient connaissance d'informations venues de l'intérieur même de l'armée allemande. Boro ne l'ignorait pas et comptait bien mettre à profit cette source miraculeuse pour informer Londres des actions projetées par ceux qui n'avaient aucun droit.

« D'où arrivez-vous ? lui demanda la jeune femme avec un brin de sévérité dans la voix.
– De Londres.
– Vous auriez pu prévenir !
– C'est un genre d'information à caractère confidentiel.
– Je me suis fait du souci... Et même, un sang d'encre. »
Il lui prit le bras, et ils marchèrent sur les allées.
« La prochaine fois, vous seriez aimable de me tenir au courant. Je ne suis pas n'importe qui dans votre vie, il me semble.
– Certainement, approuva-t-il. Mais, pour autant, vous n'en saurez jamais plus... Parlez-moi de vous et de ce que vous faites...
– Pardonnez-moi, fit-elle avec une pointe d'ironie dans la voix, mais ce que vous me demandez est un genre d'information à caractère confidentiel.
– Vous m'énervez !
– Je le vois bien ! »
Elle se serra contre lui. C'était une manière de faire la paix.

« Je vous ai trouvé un logement. Une seule pièce chez une femme qui ne veut pas d'histoires.

– Où ?

– Place Raspail.

– Allons-y. »

En chemin, il lui donna quelques explications sur son voyage en Angleterre. Elle l'écouta avec une grande attention. Il lui confia ce qu'il attendait d'elle. Ils convinrent d'un système de code qui leur permettrait de communiquer d'une zone à l'autre. Comme ils approchaient du Rhône, elle lui demanda s'il retournerait à Londres.

« En cas de nécessité.

– Comment ferez-vous pour transmettre les informations que vous recueillerez ?

– Par contacts.

– S'il y a urgence ?

– Un radio sera mis à notre disposition. »

Jusqu'alors, il s'en était passé. Il avait agi au hasard des circonstances, sans aucun résultat : à Londres, il avait en effet pu vérifier que ses messages n'étaient jamais arrivés nulle part.

« Donc, releva Liselotte, nous avons travaillé pour rien.

– Je le crains. Mais pas pour les raisons que vous croyez. »

Au mois de novembre, elle lui avait demandé de la rejoindre muni de ses appareils. Dédé l'avait introduit dans un hangar mal gardé où il avait photographié un monstre de technologie : une énorme locomotive noire et brillante capable d'atteindre la vitesse de 180 km/h. Ils croyaient avoir affaire à un nouveau modèle de traction qui emporterait les divisions de panzers à travers toute l'Europe. Boro avait imprimé deux rouleaux de pellicule. Il les avait microphotographiés et dissimulés dans le revers du pantalon qu'il portait en arrivant à Londres. Le MI-6 avait développé les clichés. Il s'agissait d'une locomotive d'un modèle ancien qui, avant la guerre, avait battu un record de vitesse mondial.

« Ils n'en ont rien fait ? s'indigna Liselotte.

– Seulement des confettis.

– Nous avons pris tous ces risques pour une loco de foire !

– C'est ce qu'il faudra éviter désormais.

– Et tout le reste était pareil ?

– Du même genre.

– C'était bien la peine de se donner tout ce mal ! se désespéra la jeune fille.

– Désormais, expliqua Boro, nous agirons sur ordre.

– Ordre de qui ?

– De Londres. Nous ne prendrons pas d'autres risques.

– Nous voilà comme dans une manufacture, gronda Liselotte. Avec des chefs qui ordonnent, et nous qui devrons obéir.

– Si quelque chose nous paraît intéressant, nous en référerons à eux.

– C'est très bureaucratique.

– Nous sommes nombreux, dit Boro. Il faut nous protéger un peu.

– Combien ? »

Il ne donna aucun chiffre. En vérité, ils étaient trois aux manettes, et chacun d'eux disposant d'un réseau d'une demi-douzaine d'informateurs. Liselotte comptait parmi ceux qui renseignaient Boro. Bèla Prakash et Pierre Pázmány avaient les leurs. Aucun des fondateurs de l'ancienne agence Alpha-Press ne connaissait les contacts des deux autres. Ils opéraient en fonction des objectifs communiqués et ne rendaient compte qu'une fois la mission effectuée : ainsi limitaient-ils les risques de fuite et de divulgation. Comme tous ceux qui participaient à cet embryon d'organisation, Liselotte ignorait avec qui travaillait Boro et ce qui avait été fait. Elle savait seulement que, fidèle à la passion de son enfance et à la mémoire du caporal Gril, son père, photographe mort pour la France dans les fondrières du Chemin des Dames, Blèmia Borowicz utilisait ses 24 × 36 contre les Allemands.

Ils arrivaient place Raspail.

« Vous irez seul, dit Liselotte. La logeuse est très à cheval sur les questions de couche partagée.

– Elle est fiable ?

– Comme les logeuses. N'en attendez rien sinon un rappel automatique question loyer. »

Elle l'entraîna dans un dédale de couloirs qui lui parurent aussi inextricables qu'un labyrinthe.

« C'est l'avantage », commenta Liselotte.

Elle le promena pendant une heure d'un passage à un autre, suivit une galerie qui débouchait sur une passerelle, le guida dans une série de boyaux, parvint à un corridor un peu élargi où était accrochée une ribambelle de boîtes aux lettres dépareillées.

« La vôtre est là. »

Liselotte lui en montra une parmi cinquante autres. Elle n'avait pas de serrure.

« Mémorisez-la : la vingt-quatrième en partant du haut, la trente-sixième depuis la droite... Vingt-quatre trente-six, vous vous souviendrez ?

– C'est vous qui l'avez posée ?

– Oui. Elle n'est à personne. Quand vous descendrez à Lyon, vous y abandonnerez vos messages et retrouverez les miens. Les boîtes aux lettres constituent un avantage déterminant de notre ville sur la vôtre, cher monsieur ! »

Il n'avait rien à redire à cela. En ces années grises, Lyon était réputée pour trois avantages : sa situation géographique en zone sud, ses traboules – qui permettaient de déjouer un grand nombre de filatures –, ses boîtes aux lettres – innombrables et multipliables.

« Saurez-vous vous repérer tout seul ? questionna Liselotte en s'arrêtant à l'embranchement de deux couloirs.

– Je le crois », fit Boro, qui était doué d'une mémoire exceptionnelle.

« Quand rentrez-vous à Paris ?

– Cette nuit. »

Elle lui montra une porte sur laquelle un fragment de papier était punaisé.

« La logeuse habite là. Je vous retrouve à la Tête-d'Or.

– Non, fit Boro. Pas deux fois au même endroit. Sur le pont que nous avons traversé... »

Elle s'éloigna.

Boro cogna à la porte où figurait le nom de la logeuse : *Mlle Labonne*. Le battant s'ouvrit sur une femme en savates coiffée d'un fichu. Ses joues étaient parcourues de milliers de rides qui se croisaient comme l'entrelacs de ses couloirs. Un couple de canaris chantait derrière elle.

Blèmia se présenta comme un voyageur de commerce habitant Paris et désireux de trouver un point de chute à Lyon, où son activité professionnelle le menait souvent.

« Souvent, c'est quoi ? » questionna la logeuse.

Elle avait le ton âpre.

« Une ou deux fois par mois.

– Allez à l'hôtel.

– Je déteste les hôtels », répondit Boro.

Il chercha une suite judicieuse avec la frénésie d'un poisson quêtant l'eau. Lorsqu'il l'eut trouvée, il s'arc-bouta à sa bouée sous-marine.

« On y dort mal. Les murs sont minces. On entend gémir...

– Ah! fit la demoiselle Labonne avec de l'intérêt dans le regard.

– Les hôtels sont pleins de fornicateurs qui dérangent le monde des gens seuls.

– Pas d'enfants? questionna la logeuse.

– Quelle engeance!

– Pas de femme?

– Pour vous faire une confidence, j'ai essayé une fois.

– Moi, deux.

– À mon avis, si je puis me permettre d'après ma propre expérience, c'était une fois de trop.

– Et même deux! »

Ils devinrent presque amis.

Boro paya six mois d'avance. En échange, il reçut une clé qui ouvrait la porte d'une chambre comme il n'en avait jamais habité, même du temps où il travaillait comme garçon de laboratoire chez le sieur Tourpe, agence Iris, un œil sur le monde : quatre mètres dans un sens, trois dans l'autre, un lit étroit avec quelques ressorts émergents et une croix en bois avec Jésus fichée au-dessus.

« Le paradis! », s'extasia-t-il.

Il salua Mlle Labonne d'une bonne et solide poignée de main.

Il retrouva Liselotte sur un pont surplombant le Rhône.

Il se fit accompagner jusqu'à la gare.

Il récupéra sa valise à la consigne.

Il monta dans le train pour Paris.

La Petite Ceinture

L'avenue d'Orléans circulait droit comme une lanière tendue entre l'église d'Alésia et les banlieues du sud. Le ciel était couleur des âmes : gris fer. Par chance, la neige n'avait pas encore crevé les nuages. Elle pesait comme le contenu d'une outre, mais l'enveloppe résistait. On ne glisserait pas en descendant des toits. Les bouteilles ne se briseraient pas au détour d'un mauvais pas. On sauverait sa vie.

Dimitri se coucha sur le dos et ouvrit son manteau. Il saisit les goulots et tira doucement les bouteilles des deux poches intérieures spécialement cousues pour elles. Il fallait les protéger. Si elles tombaient, on tombait avec. Un joli feu d'artifice. Du bon gros rouge hémoglobine. Pas de gueule de bois, oubli assuré, chagrins évaporés. Tout nu, le petit bout d'homme. Sans passé, sans avenir. David Biekel – mais qui connaissait sa véritable identité ? –, venu d'un bout de l'Europe situé quelque part à l'est, point cardinal occupé, descendu vers l'ouest, point cardinal vert-de-gris, aboutissant au sud, point cardinal perdu, remontant vers un centre où il ne restait plus qu'à ouvrir les bouteilles. Pour trinquer avec la mort et saluer les copains tombés.

Son père, membre du Spartakusbund, avait été abattu à Berlin en janvier 1919. Quelques années plus tard, Dimitri avait pris la relève. À dix-huit ans, il était entré au KPD. Depuis, il n'avait pas cessé de combattre le fascisme à travers toute l'Europe.

Au début de la guerre, il s'était évadé du camp d'Argelès où les Français l'avaient enfermé. Il en avait suffisamment crevé, des nazis, des franquistes, pour ne pas se satisfaire d'une paillasse sur laquelle des vendus l'avaient jeté en attendant de le livrer, pieds liés, poings coupés, à des hordes dont il chahuterait les défilés.

Ce jour-là, ils seraient deux douzaines. Une escouade. Menés par quelques Feldwebel à calot qu'il ne viserait pas particulièrement, faute de temps et compte tenu des risques – il faut aussi penser un peu à soi-même. Au moins pour recommencer. Il sait bien, Dimitri, qu'à la longue les bouteilles auront sa peau. Déjà, à la bataille de la Jarama, une balle l'a manqué de peu. Huit jours de coma, deux mois d'hôpital. Depuis, tout va bien, vieil Adolf. Je ris parfois un peu bizarrement, comme un chien qui ricanerait au passage de l'ordure. Les vertiges me gagnent de temps en temps. Pas de quoi fouetter un type de mon genre. La main ne tremble pas. Le regard n'a rien perdu de son acuité.

Il sait aussi, Dimitri, que les mois ne s'enfileront pas comme des perles sur le fil d'un collier d'années joliment porté par une sage personne. Le bourreau tranchera. À la hache ou à la corde. Un jour, le plus tard possible. Non pour la joie de survivre : pour trinquer encore avec les nazis. Les plaisirs du jeune homme ne sont pas comptés : il n'a pas de plaisirs. Il est né avec un rêve de monde meilleur devant les yeux. Depuis, ses paupières se sont alourdies. Elles pèsent une tonne. Autant ne plus dormir.

Dimitri se couche sur le ventre et rampe, s'aidant des coudes et des pointes de pieds. Il progresse sur un toit aux tuiles mal assemblées, en tenant chacune des bouteilles par le col. En contrebas, l'avenue est déserte. Pas une voiture, pas un piéton. De l'autre côté s'étend le désespoir d'un terrain vague. Il vaut toutes les façades aux fenêtres curieuses. Dimitri a choisi le sommet d'un garage désaffecté sans voisinage immédiat. Une corde l'a conduit là, au-dessus de la Petite Ceinture, dont les rails courent autour de Paris. Il servira à boire aux envahisseurs, puis il quittera la cérémonie par l'entrée principale, un dégagement invisible du bas qui court le long d'une cornière jusqu'aux branches hautes d'un figuier centenaire dont les racines plongent à quelques mètres seulement du chemin ferroviaire. Lorsque les Feldwebel, mordant au piège, le chercheront du côté des hauteurs indiquées par la corde, il sera tout en bas, à l'entrée des catacombes. Salut messieurs, au plaisir. Mon seul regret : n'avoir pu placer une bonne paire de grenades dégoupillées sous vos fesses lorsque vous monterez ; ou une mitrailleuse qui vous aurait fait danser le fox-trot sur l'avenue d'Orléans au moment de votre passage.

Il les voit. Douze hommes allant au pas. Tenue moisie, manteaux lourds. Une relève quelconque dont Dimitri n'a pu savoir où elle se rendait. L'information est parcellaire. Mais elle suffit. Dix jours pour repérer, deux heures pour préparer le breuvage. C'est le même qu'en Espagne : essence, acide, clous, chiffon, amadou. Dimitri a appris là-bas. Depuis 1939, c'est la première fois qu'il va reproduire ces gestes meurtriers.

Tout en surveillant la progression de la troupe, il cale l'une des deux bouteilles devant lui, fait sauter le bouchon d'un mouvement tournant du poignet, sort l'étoupe, la tord, ajoute un cordon tiré de sa poche, l'enfonce, le noue, le tire. Et recommence avec la deuxième bouteille. Douze hommes dont six, espère-t-il, vont sabler la mort. Il espère que ce seront les plus gradés, les mieux décorés. Sur ce point, il s'en remet au sort.

Ils avancent sans tambour ni trompette. Cent mètres encore. Une poignée de secondes. Dimitri est aussi froid qu'une lame trempée dans la glace. Imperméable à toute sensation. Il se tient allongé, le visage au ras du toit, la main droite serrant le goulot de la première bouteille tandis que ses doigts battent déjà le briquet. Un, deux, trois. Il regarde. Loin. À dix centimètres. Comme une ligne de tir. De la cible au guidon. Il couche les deux bouteilles et approche la flamme. Commande le feu à voix basse et l'enclenche. Quatre, cinq, six. Tend les deux mains et prend appui sur les coudes. Sept, huit, neuf. Se lève, écarte le bras gauche et lance. Dix. Onze.

Il ne regarde pas, fait demi-tour et file sur le toit. Il court, saute, glisse, prend appui, escalade, dégringole, écoute. Il a entendu les deux explosions. Heureux décibels. Puis des cris, des sifflets, et rien. On doit courir alentour. Alerter, réclamer des renforts. Douze, c'est le nombre idéal. Plus nombreux, ils divisent les tâches, les uns secourant tandis que les autres recherchent, épaulent et tirent. À moins de douze, le jeu n'en vaut pas la chandelle : trop de risques pour un faible résultat.

Dimitri cavale sur les rails, coudes au corps. Depuis trois semaines qu'il repère, il sait que deux courbes le protègent de l'avenue d'Orléans. Déjà, on ne le voit plus. Il longe les fourrés, emprunte un passage préparé sur la gauche, se griffe à quelques épineux mal dégrossis, passe sous un pont minuscule envahi par les ronces et débouche à quelques centaines de mètres des réservoirs de Montsouris. Il gravit un talus et redescend de l'autre côté. Vingt pas encore, et le voilà sur les hauteurs qui surplombent le Petit Montrouge. Il dégringole une volée de marches et se retrouve, passant ordinaire, aux confins du XIVe arrondissement. Il marche en sifflotant. À cinq cents mètres, le lion de Belfort surveille Denfert. Aux bruits qui lui parviennent, Dimitri comprend qu'une noria de camions tournent autour de la place. Mais aucun ne redescend vers Montsouris. Ils se lancent avenue d'Orléans pour secourir les frères d'armes et chercher les tueurs.

« Je suis tout seul, fredonne Dimitri, et vous ne m'aurez pas cette fois-ci... »

Il s'arrête, surveille, se glisse dans une excavation naturelle creusant la base d'un mur lépreux. Un terrain vague, crayeux et humide, s'étend sur l'entrée d'une carrière désaffectée. Dimitri connaît son chemin. Il va, longeant le mur, jusqu'à une voûte s'élevant à hauteur de buste. Il se baisse, passe les jambes, le torse, s'accroche, bras tendus, puis se laisse tomber. La terre le recueille. Une terre meuble, foulée par les rongeurs. Il faut descendre encore dans l'obscurité totale. Quelques canalisations laissent sourdre de l'eau mêlée à de la rouille. Dimitri suit les parois d'un ancien ossuaire. Ses mains effleurent la rondeur d'un crâne, le creux d'une orbite. Il avance toujours. Il tourne à droite et se baisse pour passer sous le filin d'acier tendu entre les deux mâchoires du piège qu'il a lui-même installé afin de surprendre les intrus qui se risqueraient jusqu'à lui. La pente devient plus raide. Les catacombes sont à gauche. En face, au-delà d'un genre de tunnel qui sinue à dix mètres sous terre, une porte en bois mène à une pente qui remonte sèchement vers un univers mieux habité : les profondeurs d'une bâtisse abandonnée, autrefois entrepôt d'un bougnat qui a largué les amarres pour les Amériques à l'orée de la guerre d'avant. Tout est vide, tout est pourri. Mais il y a des caves. Celles-ci jouxtent une demi-douzaine de sœurs jumelles, elles-mêmes dépendances d'un immeuble haussmannien grandement et bourgeoisement habité. Une cave à double entrée : Dimitri ne pouvait rêver mieux pour conduire ses petites affaires.

Sous-sol

Il a aménagé son espace en fonction de ses activités. Il a équipé son domicile principal avec les reliquats des caves voisines. Pour accéder à l'immeuble, il faut gravir des échelons métalliques scellés dans la pierre, se hisser le long d'un soupirail qui communique entre les deux bâtiments, pousser une trappe dont l'ouverture est creusée dans le sol d'un local en surplomb. Ce local abrite des casiers à bouteilles vides. Il est fermé par une porte en bois à laquelle Dimitri a fixé une serrure. Ainsi, sortant de sa cachette, il peut guetter si quelqu'un approche. Lorsque la voie est libre, c'est-à-dire presque toujours, il déverrouille et s'enfonce dans un nouveau dédale de couloirs obscurs jusqu'à un escalier en pierre qui mène à l'entrée des caves d'un immeuble de quatre étages situé rue Dareau[1], Paris XIVe. Dimitri y a récupéré ce qu'il lui fallait de coussins et d'ustensiles pour survivre sans désagrément majeur dans les caves des rupins du quartier.

Il dort dans sa cache sur des matelas abandonnés. Il lit des ouvrages mis au rebut. Il mange quelques conserves oubliées. Il reçoit même son courrier, jeté par des mains amies dans la fente du soupirail qui prodigue une lumière ténue et un renouvellement d'air suffisant. Personne ne sait où il se terre. Pour le rencontrer, il faut glisser une demande dans la trappe, à quoi il est répondu quelques heures plus tard par un message codé, déposé dans le creux d'un tronc d'arbre de l'avenue Reille – le seizième marronnier du côté gauche en partant de Denfert.

---

1. Devenue rue Rémy-Dumoncel.

Ce message contient la plupart du temps un chiffre compris entre 1 et 10, chacun d'eux correspondant à l'une des dix adresses où Dimitri rencontre habituellement ses camarades. Il est accompagné d'une lettre, de A à X, indiquant une heure parmi vingt-quatre ; il a été entendu entre tous qu'il faut compter vingt minutes à partir de l'indication, pas une de plus. Les dix lieux choisis par Dimitri sont des places, de larges fontaines, des avenues dégagées où il arrive longtemps avant l'heure fixée afin de vérifier que rien ne menace. Alors seulement il avance au-devant de son rendez-vous auquel il remet les documents demandés.

La plupart du temps, les enveloppes déposées dans la fente du soupirail et atterrissant au bas de l'échelle métallique sertie dans le mur comprennent une identité, une adresse et une fiche signalétique, d'après lesquelles Dimitri fabrique les papiers.

Il est devenu faussaire. Il a appris le métier auprès de celui qui habitait précédemment les lieux, et dont il a en quelque sorte repris la charge. Hans Klaus. C'était un Allemand engagé dans les Brigades internationales que Dimitri a rencontré sur le front de l'Èbre, en 1938. Ils ont passé la frontière parmi les derniers. Comme cadeau d'accueil, les gardes mobiles français leur ont offert un séjour sur la plage. Avec barbelés et miradors. D'un camp à l'autre, après un court séjour de liberté, ils se sont retrouvés au Vernet, dans les Pyrénées-Orientales. Arthur Koestler et Gustav Regler ont partagé leur chambrée. Grâce à de solides interventions venues du monde entier, les deux écrivains ont été élargis. Dimitri s'est évadé quelques jours après l'entrée de la Wehrmacht en Belgique. Hans Klaus n'a pas voulu le suivre. C'était un vieil homme. Les combats l'avaient épuisé. Il avait édifié sa première barricade à Berlin, avec les spartakistes, à la fin de la première guerre. Depuis l'âge de quatorze ans, il nourrissait des espoirs fous qui s'étaient défaits les uns après les autres. Il n'y avait pas de monde meilleur que celui dans lequel ils se trouvaient. Dimitri devait fuir pour sauver sa peau. Lui-même ne bougerait plus.

« Écoute-les, disait-il à son compagnon en désignant les paillasses voisines sur lesquelles râlaient des hommes pourtant vigoureux. Leur vie leur revient la nuit. Elle les hante. Je partageais les mêmes espoirs. Autant mourir. »

La fine fleur des combattants internationaux, ceux qui venaient de tous les pays du monde, qui s'étaient aguerris sur bien d'autres fronts, qui s'étaient battus à l'arme blanche dans les couloirs de la Cité universitaire de Madrid, au fond des tranchées gelées de Catalogne, à Valence, Madrid et Alicante, ces hommes trempés dans l'espoir et la douleur, qui avaient survécu à mille blessures, chialaient dans leur lit, la nuit. À la veille d'être défaits pour toujours, d'anciennes terreurs leur remontaient à la gorge. Ils seraient pris. Ils l'avaient déjà été. Beaucoup avaient connu les prisons de la Geheime Staatspolizei, la Gestapo. Ils savaient ce qui les attendait. Cette fois, ils ne s'en sortiraient plus.

Les plus jeunes poussaient les plus vieux à fuir avec eux. Partir. Recommencer.

« Pour fuir, il faut savoir où, répondait Hans Klaus à Dimitri. Trace-moi la géographie d'un monde possible. »

Il y avait l'Amérique latine.

« Trop loin. »

Le continent africain.

« Trop vaste. »

L'Europe, quelque part.

« Elle est prise.

– Je ne renoncerai pas, s'entêtait Dimitri.

– Retourne à Paris, prends les rênes que je t'offre, et débrouille-toi. »

Les catacombes, à la croisée des XIIIe et XIVe arrondissements. Hans Klaus y avait aménagé une cache imprenable, proche de ce labyrinthe souterrain.

« D'un côté, tu entres avec la haute, et tu ressors de l'autre, minuscule comme un ver. Entre les deux, tu te promènes dans le vaste monde des sous-sols. J'y ai installé un atelier de faux papiers. »

Dimitri l'avait découvert un mois après son évasion du camp du Vernet. Il avait replié une partie du matériel dans la cave principale, celle où il avait placé les matelas et les coussins chapardés dans les entrepôts de la bourgeoisie huppée. Apprendre n'avait pas été très difficile : Hans Klaus lui avait enseigné les bases esthétiques du maniement de l'encre, des tampons et des bouchons. Surtout, il avait fait un inestimable cadeau à ceux qui déposaient une enveloppe dans la fente du soupirail : un lot de cartes d'identité vierges, dérobées par un truand revendeur. Avant d'être repris et interné au camp du Vernet, Hans Klaus avait délivré des identités françaises à tous ses compatriotes menacés. Il n'avait pas eu le temps d'en profiter lui-même.

Avant de laisser son camarade passer la tête, puis les épaules et le buste dans l'ouverture barbelée échappant à la vision des miradors, il lui avait donné un ordre et un conseil. L'ordre, c'était de maintenir le système de correspondance avec l'extérieur comme il existait :

« Ainsi, tu n'auras pas à chercher ta clientèle. Elle reviendra tout naturellement en cas de danger. Il faut aider ceux qui ont besoin de nous. »

Le conseil était plus pragmatique :

« La première fausse identité est pour toi. »

Dimitri était né le 17 mai 1916 à Arcachon. Il s'appelait Jean-Paul Duval. Il était tourneur-fraiseur et parlait le français sans accent.

Herr Boro Maryik

Lorsqu'il descendait du train en gare de Lyon, Boro ressentait le plus souvent un soulagement qui allégeait tous ses muscles. Ses épaules se libéraient, sa nuque se détendait, son regard se faisait moins scrutateur. Il prenait alors conscience d'être resté sur ses gardes tout au long du voyage entre Lyon et Paris. Le passage de la ligne de démarcation était une épreuve redoutable. À cinquante kilomètres de Châlons, Boro se remémorait la tirade qu'il récitait chaque fois à l'officier allemand auquel il tendait ses papiers, sans avoir été contredit ou menacé jusqu'à présent. Nom : Brador ; prénom : Serge ; pourquoi un accent ? Parce que ma mère était hongroise... La Hongrie était l'amie du Grand Reich, ce qui facilitait les choses. Lorsqu'il sentait une méfiance, Boro lâchait un commentaire germanophile dont il avait honte, mais qui assurait l'essentiel : on le laissait tranquille.

Après une heure d'arrêt, les sentinelles faisaient un pas en arrière, leurs casques luisant sous les ampoules blafardes de la gare. Les portes se refermaient, et le train s'ébrouait avant de repartir. Tous les voyageurs réglaient leur montre sur l'heure allemande, deux heures de plus en zone nord. Et on roulait interminablement à travers des paysages plongés dans une obscurité malsaine.

Avec l'aube naissait la perspective d'autres dangers. Ceux de la vie quotidienne. Les doutes, les contrôles, les arrestations. Mais, quand Paris s'annonçait, Boro retrouvait une sorte de paix, car, connaissant la ville, il se disait qu'il se défendrait mieux ici qu'ailleurs. Il saurait fuir et se cacher, trouver quelques soutiens amis. La capitale comptait certainement plus d'ennemis qu'ailleurs, mais elle abritait aussi des refuges sûrs.

Quand il posa le pied sur le sol de la gare de Lyon, en ce petit matin de janvier 1942, notre reporter éprouva même une sensation agréable : celle du voyageur de retour au bercail après un long périple.

Il assura sa valise dans une main, sa canne dans l'autre, et avança sur le quai en direction des contrôles. Il sifflotait. Son regard furetait de droite à gauche, un peu en biais, évaluant, repérant. Le seul danger, apparemment, se situait en face, cent mètres après les petits geysers de fumée lâchés par la motrice. Un groupe formé de quatre gestapistes en chapeau et manteau de cuir noirs, assistés d'une petite section de Feldwebel en uniforme, montait la garde à la sortie du quai. Les sbires en civil tendaient parfois le doigt en direction d'un voyageur. Il fallait alors présenter ses papiers. Une queue se formait. À la crispation des mains, aux coups d'œil jetés alentour, à une certaine manière de rentrer les épaules, Boro savait toujours si ses voisins étaient ou non plus à l'aise que lui-même. Cette fois encore il eût souhaité mesurer dix bons centimètres de moins, avoir le teint un peu plus clair, une allure banale. Surtout lorsqu'il vit l'index ganté de noir du premier gestapiste de la grappe se tendre vers lui, en même temps qu'un homme de la troupe moisie faisait un pas dans sa direction.

« *Ausweis, bitte !* »

Il n'y avait rien d'autre à faire qu'à obtempérer. Dans ce genre de circonstances, Boro n'oubliait jamais qu'il lui manquait un avantage par rapport à tout autre : il ne pouvait pas courir.

Il s'arrêta donc, présenta sa carte d'identité et attendit. Il était sûr de la qualité de ses papiers. Ils avaient été exécutés au début de la guerre par un réfugié allemand qu'il avait rencontré à l'hôtel Florida, à Madrid. Il était persuadé de savoir répondre aux questions qu'on lui poserait. Il était également certain qu'on ne trouverait rien qui fût compromettant dans sa valise ou sur lui-même. D'où lui venait, alors, ce poids qui comprimait sa poitrine ? Cette pince qui lui serrait le ventre ?

« *Machen Sie den Koffer auf !* »

Il prit son bagage et le posa sur la plate-forme dévolue à l'ouverture des valises. Il déverrouilla les serrures. Il avait acheté quelques vêtements à Londres, mais avait pris soin d'ôter toutes les étiquettes compromettantes.

S'aidant d'une badine, l'un des hommes de la Gestapo soulevait les chemises. Il était grand, sec, avait les joues creuses et les ongles manucurés. Son long manteau noir ne portait pas une éraflure. Sous le col relevé, la chemise blanche paraissait impeccable.

Il rabattit le couvercle de sa valise.

« *Woher kommt dieser Koffer?* D'où vient cette valise ?

– De Hongrie », répondit Boro.

Il comptait gagner quelques points en servant son discours habituel sur l'amitié entre les peuples magyar et allemand. Mais le nazi ne lui en laissa pas le temps.

« *Dieses Gepäck kommt aus London.* »

Il secoua l'index tel César condamnant un gladiateur à mort. Aussitôt, délaissant le flot des voyageurs qui, profitant de l'aubaine, pressèrent le pas en direction de la sortie, la section de Feldwebel fit cercle autour de Boro.

« Vous venez de Londres ! » reprit le gestapiste dans un parfait français.

Boro avait aperçu une paire de boutons de manchette. Une dent en or brillait sur le devant.

« *Juden!* » cracha l'autre homme en noir d'une voix de rogomme. Il leva sa badine vers le visage du reporter. En un réflexe insensé, celui-ci fit de même avec sa canne. Puis, mesurant aussitôt le mauvais pas dans lequel il venait de se mettre, considérant que la fuite était impossible et les dés jetés dans un très mauvais ordre, il se lança dans une partie dont il n'eût rien présagé de bon s'il avait eu à la répéter avant de la jouer.

« Je suis reporter photographe ! s'écria-t-il en allemand. Hongrois par ma mère, mais serviteur du Reich par conviction ! Regardez ! »

Il plongea la main dans la poche de sa canadienne et en sortit le Leica que sa cousine lui avait offert en 1932.

« Voici la preuve. »

Il exhiba l'appareil.

« Un Leica modèle C offert par Herr Hoffmann lui-même !... Connaissez-vous Herr Hoffmann ?

– Et vous, connaissez-vous Herr Gustav Mensch-Hobenfold ?

– Non.

– C'est moi.

– Herr Hoffmann est le photographe officiel du Führer !

– *Führen Sie ihn fort !* Emmenez-le ! ordonna le nazi à la voix de rogomme.

– Lisez ! » s'emporta héroïquement le reporter.

Il montra l'inscription que sa cousine avait fait graver de part et d'autre de l'œilleton.

« Boro Maryik ! Herr Boro Maryik ! Celui-là non plus, vous ne le connaissez pas ? »

Il fut empoigné à l'épaule et poussé sans ménagement. On l'entourait de toutes parts : il ne pouvait rien tenter. Alentour, les passants s'éloignaient, tête baissée. Les nazis lui avaient laissé sa valise, ce qui expliquait sans doute qu'on ne lui eût pas passé les menottes. Lorsque ce moment-là viendrait, la situation serait verrouillée. Et lui-même, condamné.

Trois conduites intérieures sombres attendaient devant l'entrée principale de la gare. Le prisonnier fut conduit vers la première. Quatre manteaux noirs montèrent à l'intérieur de la voiture : deux à l'avant, deux à l'arrière. Sa valise fut posée sur les genoux du reporter. Qui demanda, d'une voix aussi ferme que possible :

« Je vous prie de me conduire à l'hôtel Lutétia. »

L'hôtel Lutétia abritait l'Abwehr allemande.

Herr Gustav Mensch-Hobenfold se tourna vers l'arrière. C'était sans doute lui, le chef de la petite escouade.

« *Warum l'hôtel Lutétia ?*

– Pour rencontrer Herr Boro Maryik.

– *Wo ist Herr Boro Maryik ?* »

Blèmia posa son regard dans l'œil du nazi. Le globule sombre strié de veinules en toile d'araignée ne faiblit pas d'un dixième de seconde. Il affichait une fermeté définitive qu'aucun battement de cils ne vint fragiliser.

« Vous permettez ? » fit le reporter.

Il glissa la main dans la poche de sa canadienne et en sortit son Leica fétiche. Il le tendit à l'Allemand.

« Lisez. » insista-t-il.

Son doigt désignait l'inscription gravée au dos de l'appareil. L'autre regarda puis revint en face du bâtard. Pointait une interrogation aisément déchiffrable à laquelle, entre deux possibilités, il fut répondu par la moins fantasque. C'était pile ou face.

« Herr Boro Maryik est le représentant en France du contre-amiral Canaris. Wilhelm Franz Canaris. »

L'œil demeura d'une immobilité impeccable, mais la lippe béa.

« Canaris ? »

Boro avait cité son nom parce qu'il n'en connaissait que deux dont l'influence sur la vie et le destin du Grand Reich pouvait le servir ou le desservir : l'autre lui eût directement ouvert les portes de l'enfer ; aussi n'avait-il pas cité les titres et les galons du SS-Obergruppenführer Friedrich von Riegenburg.

« Je connais parfaitement bien Wilhelm, déclara froidement Blèmia Borowicz. La dernière fois que nous nous sommes rencontrés, c'était dans son Junker personnel. Nous faisions un voyage d'agrément au-dessus de la Grande Allemagne. »

Il avait marqué un point. Les deux gestapistes qui le coinçaient latéralement s'étaient éloignés d'un demi-centimètre. Devant, Herr Mensch-Hobenfold globulait du viseur du Leica à celui de cet énigmatique personnage qui sentait le juif et le métèque à plein nez, mais qui, malgré ces tares apparentes, semblait connaître du monde : notamment le chef de l'espionnage et du contre-espionnage de tout le saint empire germanique.

« Wilhelm m'avait alors chargé d'une mission secrète dont je viens de m'acquitter. »

Il s'en était acquitté depuis longtemps : à la veille de la guerre, le contre-amiral Canaris avait chargé Blèmia Borowicz d'un double message adressé à Sir Stewart Graham Menzies, alors chef de la section allemande du War Office[1].

« Rien ne me prouve que ce que vous affirmez est réel.

— Herr Boro Maryik vous le confirmera.

— Pourquoi lui ?

— Je ne devrais pas vous le dire », assura Blèmia Borowicz en se penchant d'un petit mètre vers l'avant.

Il approcha sa bouche d'une couperose naissante et ajouta à mi-voix :

« C'est à lui que je dois rendre compte de ma mission. »

Il enfonça le clou en tapotant le dessus de sa valise.

---

1. Voir *Les Aventures de Boro, reporter photographe*, *Mademoiselle Chat*.

« Vous vous êtes trompé : elle ne vient pas de Londres, mais de Dublin. »

Les deux conduites intérieures qui accompagnaient la Traction avant dans laquelle se déroulait cet échange décisif avaient pris le large depuis longtemps. Il restait donc quatre hommes à neutraliser, ce qui, à condition de savoir feindre, restait dans l'ordre du possible.

« Je vous demande de me conduire boulevard Raspail, reprit Boro avec une assurance nouvelle. Nous perdons du temps. Si Herr Boro Maryik ne confirme pas mes propos, il sera toujours temps de m'emmener rue des Saussaies.

– *Jawohl* », se décida enfin Herr Gustav Mensch-Hobenfold.

Il se tourna vers le chauffeur et ordonna :

« *Nach hôtel Lutétia.*

– Entrée principale », précisa Boro.

Il se replia dans le fond de la voiture et, bien que n'en menant pas large, se mit à siffloter les premières notes de la symphonie *Jupiter*.

À l'hôtel Lutétia

Les drapeaux tricolores avaient disparu au profit de l'aigle germanique. Les panneaux indiquaient en caractères gothiques où se trouvaient le théâtre du Châtelet, le musée du Louvre, la place de la Concorde. Les vélos avaient remplacé les voitures. Le moisi régnait en maître sur les chaussées et les trottoirs.

Boro se promettait, s'il s'en sortait, de s'habiller avec autant d'élégance que le nazi à boutons de manchette. Il retrouverait sa garde-robe. Porterait gilet et cravate. Il était persuadé que sa canadienne avait attiré l'œil des gardes-chiourme. Il avait oublié que, au nord de la ligne, on s'habillait plus rigide qu'au sud. Il se demandait aussi comment les sbires de la Gestapo avaient repéré que sa valise venait de Londres. Il envisageait un bluff tout en considérant qu'il était trop tard, de toute façon, pour nier. Et admettait, enfin, que c'était cela, la toute-puissance de l'arbitraire : condamner sans devoir prouver.

Surtout, il pleurait à l'avance sur l'objet qu'il avait sacrifié pour tenter de sauver sa peau, le Leica fétiche que le gestapiste manipulait à l'avant de la Traction.

Mais que ferait-il lorsqu'il serait poussé sur le parvis de l'hôtel Lutétia par quatre tortionnaires en manteaux noirs ? Comment cette idée avait-elle germé en lui ? Par quelle aberration avait-il songé, ne fût-ce qu'un instant, qu'il s'en sortirait mieux dans un hall d'hôtel occupé par cent Allemands en armes et en uniforme plutôt qu'à l'entrée d'un quai de gare où la fuite était encore possible ?

Non, elle ne l'était pas. Il était inutile de se morigéner. Il savait parfaitement pourquoi il avait parlé de l'hôtel Lutétia. S'il avait proposé un lieu moins exposé, les tortionnaires de la Gestapo ne l'y auraient pas conduit. Merci de me déposer au pied de la tour Eiffel; revenez me prendre dans une heure...

Il avait choisi l'hôtel Lutétia parce que, dans le labyrinthe où il venait de passer la tête, il n'avait pas entrevu d'autre issue.

D'autre issue que celle donnant dans la rue de Seine, une double porte battante au pied de laquelle attendaient habituellement une nuée de vélos-taxis.

Il sortirait par là.

À condition d'y parvenir.

Tandis que la Traction grinçait de toutes ses vitesses pour assurer un freinage des plus approximatifs sur l'asphalte gris, Boro se demandait sur quelles facultés il pourrait compter afin de desserrer les mâchoires de ce piège mortel dans lequel il était tombé. Mensch-Hobenfold demanderait Herr Boro Maryik. On chercherait. On ne trouverait pas. Il faudrait inventer un nouveau mensonge. Qui, bien entendu, ne convaincrait personne. L'opération se solderait par quelques coups de matraque, un nouveau voyage en Traction avant jusqu'à la rue des Saussaies. Là, ce serait enfer ou paradis. Pour gagner celui-ci, encore faudrait-il pouvoir atteindre le revers du pantalon où la petite boulette était dissimulée.

Quelles facultés, donc?

Ni la course ni l'effort physique.

L'intelligence. Mais elle avait déjà indiqué la voie.

Le culot.

Boro ne voyait que cela. Lorsqu'ils étaient encore très jeunes, sa cousine Maryika lui répétait sans cesse qu'il conquerrait le monde grâce à son courage et à son insolence. Cette faculté qu'il avait développée dès l'enfance, déstabilisant son adversaire par une assurance inouïe qui lui donnait quelques secondes d'avance dans les joutes et les épreuves. Ainsi, maintes fois, avait-il pris le dessus sur son beau-père, Jozek Szajol, épicier en gros et sans détails, qu'il clouait sur sa chaise par une saillie énorme et imprévisible qu'il payait plus tard d'une solide raclée, mais qui lui permettait, sur le moment, de prendre la poudre d'escampette. Le temps que l'autre réalise qu'il avait été berné, l'enfant était loin. Le jour où il avait été assez grand pour se débrouiller seul, dix-sept ans, âge rimbaldien, il avait pris ses cliques, ses claques et son baluchon pour Paris.

Assis à l'arrière de la voiture qui le menait en un lieu terrible, Boro se rappelait toutes les chausse-trapes mortelles dont il s'était finalement échappé : à Berlin, en 1933, et aussi quelques années plus tard ; en Espagne, avant la chute de Madrid ; en Inde, après sa rencontre avec la comtesse Romana Covasna ; à Paris, maintes fois... Le souvenir de ces épreuves lui redonnait quelques grammes d'assurance. Oui, toujours, le culot lui avait servi de sésame. Il en serait encore ainsi. Il fallait qu'il en soit encore ainsi. À moins de se résoudre à des perspectives sanglantes dont le terme le conduirait, au mieux, sur les collines du mont Valérien, au pis, sur un bat-flanc d'une prison berlinoise.

« Êtes-vous déjà descendu au Regina Palatz de Munich ? » lança-t-il à la cantonade.

La cantonade lui répondit par un grognement multiple et assourdi, sans lever le nez des gris paysages qui défilaient devant eux.

« J'y ai rencontré Herr Goebbels, un soir de mai 1938. Il faisait une petite conférence sur l'occupation de la Sarre. Nous avons dîné avec Boro Maryik au Baylaucq Café... Connaissez-vous le Baylaucq Café ? »

Cette fois, il n'y eut pas de grognement. Les manteaux noirs feignaient d'être ailleurs, mais ils écoutaient. Le Baylaucq Café était à tous points de vue un lieu de rêve : il n'existait pas.

« C'est là que nous avons préparé la conférence de Munich. » Kurt Schlassenbuch se retourna.

« Au Baylaucq Café ?

– *Jawohl*. Et nous avons affiné toutes les hypothèses quelques jours plus tard, au café Luitpold.

– Toujours à Munich ? » susurra le nazi.

Sa lippe s'était tendue. De part et d'autre de lui-même, Blèmia sentit se rapprocher les corps graisseux de ses geôliers. Celui de droite empestait un mélange de poivre et de naphtaline.

« Vous devriez prendre des leçons particulières de géographie, railla le Hongrois. Le café Luitpold se trouve à Berlin, pas à Munich ! »

Il s'y était promené jadis avec Maryika. Comme ils en sortaient, ils avaient fait une rencontre qui les avait marqués l'un et l'autre : Dimitri.

À L'HÔTEL LUTÉTIA

« Vous-même, poursuivit le reporter en désignant le chef de bande, il me semble vous avoir rencontré devant la galerie Katia Stein.

— Je ne m'intéresse pas à la peinture, grommela le nazi.

— Du temps où on exposait Grosz et Kokoschka, comme je vous comprends! Mais aujourd'hui? Tous ces peintres dégénérés ont été brûlés! Condamnés! Exclus! »

La cantonade restait sur sa réserve. Il y avait du doute, ce qui valait mieux que des certitudes négatives. Mais cela ne suffisait pas. Entre le moment où la Traction franchit les quais et celui où l'on vit se profiler le boulevard Raspail, Blèmia Borowicz avait parlé de Ruddi Reineke, de Herr Rumpelmayer, du *Berliner Tageblatt*, de la lecture de *Mein Kampf*, des trois singes symbolisant l'Abwehr... bref, de tout ce qu'il savait de l'Allemagne et laissait croire qu'il avait une connaissance intime de certains lieux, personnages, secrets liés au régime du Troisième Reich. Il comptait sur cet étalage pour attendrir la viande qui le cernait, et fut pris de panique lorsque, à l'approche du Lutétia, Herr Mensch-Hobenfold commanda à son subordonné assis derrière lui de passer les menottes au prisonnier. Le temps que Poivre-et-Naphtaline sortît ses bracelets, Boro avait repéré une rangée de vélos-taxis stationnant devant la façade imposante de l'hôtel, côté Croix-Rouge. Il avait également compris que ces bicyclettes ne lui seraient d'aucune utilité s'il entrait menotté dans les couloirs du bâtiment. Jamais il ne passerait. Il ne pourrait se cacher nulle part. Personne ne lui viendrait en aide dans cette fourmilière allemande.

« *Sie machen sich über mich lustig?* Vous vous moquez de moi? » grinça-t-il en allemand.

Il exhiba le pommeau de sa canne.

« Comment voulez-vous que je marche les mains prises?

— On t'aidera », riposta son voisin de droite.

Le chauffeur avait mis sa flèche sur la gauche.

« J'ai demandé qu'on se présente à Herr Boro Maryik par l'entrée principale! poursuivit Boro sur le même ton. Il se tient toujours dans les grands salons. Nous n'allons tout de même pas passer par les communs! »

Son œil scintillait. Ses mâchoires étaient comprimées. La fureur s'était réellement emparée de lui. Il avait besoin d'elle pour pousser ses pions en avant. C'était maintenant ou plus jamais.

«*Ach so!*», fit Mensch-Hobenfold en renonçant.

Les connaissances géographiques du Hongrois sur l'hôtel Lutétia l'avaient manifestement plus impressionné que sa culture néo-allemande.

Il ordonna au chauffeur de poursuivre sur le boulevard Raspail, puis de tourner devant les plantons en vert et en armes qui montaient la garde devant la grande porte à tambour. Fugitivement, Blèmia se revit deux ans plus tôt, lorsqu'il passait la même porte, venant de chez lui, passage de l'Enfer, cinq cents mètres plus haut, pour retrouver dans les fauteuils rouges du grand salon une amoureuse ou ses amis si chers, Bèla Prakash ou Pierre Pázmány.

Les reverrait-il un jour?

La Traction freina. Boro avait peur. Il sortit derrière Poivre-et-Naphtaline. Il posa sa valise sur le trottoir.

«Je vous abandonne mon bagage!»

Il souriait. Il n'espérait pas qu'on le laisserait aller seul. Il n'espérait rien. Il savait seulement qu'il devait faire très vite. Il jouait sa vie.

«Suivez-moi!»

La canne en avant, il grimpa les escaliers, leva une main en passant devant les soldats et cria:

«*Heil!*»

Il répéta ce cri qui lui arrachait le ventre en ressortant de la porte à tambour, le renouvela au passage de deux officiers supérieurs portant des uniformes aux parements rouges, et s'approcha d'un groom en livrée.

«*Herr Boro Maryik?*

– *Herr Boro Maryik?* questionna le loufiat, déconfit.

– *Jawohl! Herr Boro Maryik!*»

Boro tendit le bras en direction du grand salon.

«*Danke...*»

Les manteaux noirs étaient à cinq pas.

«Il est là-bas», dit-il, feignant d'avoir obtenu une réponse à sa question.

Il fila. Il ne pouvait pas courir, mais nul ne savait se faufiler avec autant d'adresse. Il obliqua à gauche après l'entrée et zigzagua entre les groupes et les individus, manteaux de cuir et casquettes plates, qui encombraient le hall. Il traversa comme sur un fil le grand salon. Pas une seule fois il ne se retourna. Il redoutait le cri, l'ordre ou la main crochetant son épaule, qui mettrait un terme à tout cela. Cependant, il ne regardait pas en arrière. Il fonçait. Le grand salon lui paraissait aussi vaste qu'une esplanade. Il y avait le couloir, au bout, puis une première porte.

Il y fut. Il la poussa d'un coup d'épaule. Un hurlement rauque fusa derrière lui :

« *Stehenbleiben* ! »

Il profita de l'obscurité du passage pour courir un peu, appuyant horriblement sur sa jambe fragile, poussa une deuxième porte, passa en gémissant muettement dans le bar où il s'était retrouvé tant de fois, ouvrit une autre porte, courut de nouveau, le sanglot aux lèvres, poursuivit malgré les risques dans le restaurant de l'hôtel, six pas, vingt pas, trente pas.

À cinquante, il était dehors.

Il se jeta dans le premier vélo-taxi et cria plutôt qu'il ne dit :

« Foutez le camp ! Je vous en supplie, foutez le camp ! »

Le 10, à Barbès

Olga Polianovna surveillait ses filles. À cinquante ans et quelques beaux souvenirs, l'ancienne danseuse de chez Balanchine avait taillé des croupières à ses consœurs des faubourgs. Désormais, elle régnait sur son petit commerce. Plus de michetons, pas d'associés. Elle se trouvait à la tête d'une flottille de six anciennes marcheuses, deux brunes, trois blondes, une rousse, formation faite, compétences vérifiées. Elle les avait choisies sur réputation. Arguant de ses antécédents, preuve de compréhension, d'un goût prononcé pour le commerce, gage d'ouverture, elle était parvenue à les soustraire au trottoir pour les cantonner à l'intérieur d'un dix-pièces sur deux étages sis 10, boulevard Barbès.

Chaque jour, entre seize heures et vingt-deux heures trente, c'est-à-dire de l'ouverture jusqu'à l'orée du couvre-feu, Olga recevait. Campée dans le petit salon du premier, derrière la tenture dissimulant l'entrée, elle se levait pour accueillir le chaland. Si c'était un habitué, on se faisait la bise. On devisait aimablement quelques instants, après quoi on grimpait à l'étage. Un autre salon en tous points semblable au premier, sauf qu'il avait un bar pourvu en rafraîchissements, accueillait la clientèle. Madame Olga appelait la fille auprès de qui monsieur avait ses habitudes, puis les laissait se débrouiller et redescendait d'un étage, là où elle avait ses propres appartements.

Si c'était un nouveau venu, on discutait ferme. Madame Olga voulait tout connaître des goûts et des appétences du client. Les exigences étaient interdites : les filles étaient des dames, on ne les humiliait pas. S'il fallait refouler, la patronne avait ce qui convenait à disposition : quand la sonnette retentissait et qu'elle-même gagnait le salon d'accueil, un grand Noir magnifique et solidement charpenté se hâtait vers la porte ; c'était lui qui introduisait puis saluait le dernier, après avoir encaissé la monnaie.

Il avait plusieurs fonctions dans la maison, dont la plus importante était celle, privée et amoureuse, qui liait ce père de huit enfants à l'ancienne danseuse de chez Balanchine. Naguère, Albert Toussaint – c'était le nom de l'artiste – avait posé pour Foujita et les peintres qui avaient fait la grandeur de Montparnasse.

« Désormais, avait exigé la Polianovna, je serai la seule à te voir en peinture. À cette condition je t'offre le gîte, le couvert, et moi-même à volonté. »

Albert Toussaint avait dit oui. La passation des pouvoirs avait eu lieu un samedi de 1939, sur les bords de la Marne.

« Redonne-toi en un ultime effort, avait exigé l'ancienne pierreuse, que je voye combien de pièces t'auras dans mon cœur. »

Elle lui avait offert un bail à vie.

Chez Madame Olga, les nouveaux venus avaient seulement le droit de consentir ou non au choix des filles. C'étaient elles qui mataient et eux qui acceptaient ou refusaient l'hommage. Il arrivait donc souvent que les braquemarts s'en fussent du cloaque après avoir demandé mais non obtenu leur reste. Ce qui, tout compte fait – et vérifié –, ajoutait à la réputation de l'endroit.

« Quand je dansais Prokoviev, se justifiait l'hôtesse, je ne faisais pas du Carmina Burana ! »

Lorsqu'elle jetait un coup d'œil dans le rétroviseur de son existence, la belle était satisfaite de la courbe et de la prestation. Elle avait arpenté les planches, puis les trottoirs, et maintenant elle tenait son petit intérieur. Elle avait grimpé dans la haute. Après s'être fait passer pour une authentique princesse russe, voici qu'elle était devenue une vraie cheftaine de bordel. Mais un bordel très particulier, comme aimait à le lui rappeler son grand amour de toutes les couleurs : un bordel social.

Voilà à quoi elle songeait ce jour-là, comme tous les autres jours, quand la sonnette de l'étage fit entendre un long gémissement. Les filles vaquaient à l'étage. Olga dit :

« Bizarre. »

Il n'était l'heure de rien. Trop tôt pour une urgence, trop tard pour une session de rattrapage.

« La maison est fermée », grommela l'entrepreneuse.

Elle lavait son petit linge dans une bassine en fer.

Le timbre retentit de nouveau. Monsieur Toussaint était parti aux commissions avec les premiers tickets du mois. Olga se résolut à aller quérir l'information. Elle s'essuya les mains sur les pans de son peignoir, referma la porte de ses appartements privés et passa dans le salon d'accueil. Par une fenêtre dont elle entrouvrit le rideau, on apercevait la cour de l'immeuble. Il y avait quelques plantes, un arbre au milieu, Catherine et monsieur (deux voisins) s'éloignant – elle, jolie, menue et brune, lui, altier, fort et un peu chauve. Rien d'anormal. Olga poussa jusqu'à l'entrée principale, colla l'oreille contre le panneau et attendit. Lorsqu'on sonna pour la troisième fois, elle demanda :

« C'est qui, et pourquoi ?

– Le petit czar. Viens vite, ma princesse !

– Blèmia ! »

En une seconde, la porte fut ouverte puis refermée, et lui dans ses bras.

« D'où viens-tu ? Sept mois sans nouvelles ! »

Son cœur battait le fox-trot. Elle y appliqua sa paume tout en faisant trois pas en arrière. Boro avait le teint mauve.

« C'est pas des façons, ça ! Disparaître soudainement pour revenir dans un état pareil ! »

Elle le scruta avec attention. Des cernes profonds dessinaient ses orbites. Il s'efforçait de contenir un halètement dont le muscle cardiaque conservait l'empreinte.

« Tu t'es blessé ? »

Il secoua la tête. Il avait seulement besoin de reprendre son souffle. Même s'il était resté immobile dans le vélo-taxi, il lui semblait avoir pédalé avec autant d'énergie que le cycliste. Il avait abandonné son équipage trois cents mètres avant les Grands Boulevards, et, bien qu'étant sûr d'avoir semé ses poursuivants, il avait continué au pas de course.

« J'ai eu peur, dit-il en prenant les mains d'Olga dans les siennes. Peur comme jamais de ma vie.

– Par les temps qui courent, il vaut mieux rester couché, petit czar !

– Figure-toi, ma belle étoile rouge...

– Blanche ! rectifia-t-elle ! Même si le monde se déchire, je reste à cheval sur mes principes !

– J'étais poursuivi par une meute de loups comme tu en as connu en Sibérie, poursuivit Boro, et la seule façon de m'en sortir était de me livrer à un inconnu qui passait par là...

– En l'occurrence ? »

Ses paupières papillonnaient. Elle vivait l'aventure. Elle avait assis Boro dans l'un des deux fauteuils occupant le salon de réception. À l'étage, les filles commençaient à s'agiter.

« J'ai sauté dans un vélo-taxi. Il y avait une chance sur deux pour que le type refuse de me charger. Je suis tombé sur Léontieff. Te souviens-tu de Léontieff ?

– Un Russe, ça, c'est sûr ! conjectura Olga Polianovna.

– Un ancien officier du tsar devenu chauffeur de taxi !

– J'en ai connu beaucoup... Les Russes blancs ont quitté la Néva pour la Seine, et leurs chevaux pour des taxis... L'immigration froisse le cœur...

– Léontieff m'a reconnu. Il a fouetté son vélo, et nous sommes partis. Il a eu la bonne idée de passer par les petites rues qui bordent l'église de Saint-Germain...

– Et te voilà, ma rose ! » s'écria la pierreuse en joignant les mains.

Elle s'affaira. Héla l'étage pour demander qu'un thé fût servi. Tapota les joues de cet hôte de marque qui l'avait secourue naguère et qu'elle comptait bien garder du côté de son cœur. Elle n'attendit même pas qu'il lui en fît la demande. Comme il ralentissait le pas de son récit, étant arrivé au seuil de la porte cochère qui donnait sur la première cour de l'immeuble, elle se campa face à lui, croisa les bras et, sur le ton de la maquerelle inspectant le client, posa quelques devinettes.

« Question domicile, tu es grillé ?

– Il est raisonnable de l'admettre. »

Avant de partir pour Londres, il partageait un appartement minuscule avec Prakash et Pázmány, sa garde rapprochée hongroise.

« Tu vivras là, décréta la sibylle. Nous te donnerons la chambre violette.

– Il faudra prévenir mes amis hongrois.

– Je m'en chargerai personnellement. Nous devrons les loger aussi ?

– On doit l'envisager.

– Je ne peux quand même pas fermer la boutique ! se désespéra l'hôtesse.

– Nous aviserons, la rassura Boro.

– Question petit linge, tu es pourvu ?

– Dans mon ancien logis.

– Nous récupérerons… Tu as des tickets ? Des papiers ?

– C'est là que le bât blesse », admit le reporter.

Il se renfrogna. L'Espagnol qu'il avait rencontré à Madrid et qui lui avait fabriqué son premier jeu de faux papiers poursuivait-il son activité ? Et ne courait-on pas un grand danger en utilisant un système clandestin qui, certes, avait fait ses preuves, mais qui datait du début de l'Occupation ?

Il regarda Olga Polianovna. Il avait accouru chez elle en raison d'une association d'idées qui lui était venue grâce à Léontieff. Irait-il jusqu'à lui demander davantage ? Pouvait-il lui faire courir un risque supplémentaire ?

Il s'apprêtait à ouvrir la bouche lorsqu'il entendit une clé tourner dans la serrure. Immédiatement, il se leva.

« Tu es très effrayé, cher petit czar ! » caqueta la maquerelle.

Elle souleva la tenture qui séparait la pièce de l'entrée. Un grand Noir fit son apparition dans le salon. Il portait un costume à carreaux et une casquette plate. Un maigre cabas pendait à son bras. Il le posa à terre. Son regard roulait sous la paupière. Un large sourire éclaira son visage, comme une guirlande.

« Borop'tit ! » s'écria-t-il.

Blèmia fit un pas. La poigne de Scipion se referma sur son cou. C'était comme si la guerre était finie.

L'hôtel de la Chaise

À l'heure exacte où les hommes noirs de la Gestapo arrêtaient Blèmia Borowicz en gare de Lyon, une jeune femme descendait de l'express de nuit en provenance de Berlin. Un homme l'attendait à la portière de sa voiture. Il portait un feutre beige et un pardessus en poil de chameau. L'Oberfeldwebel Kurt Schlassenbuch appartenait au Sonderkommando de la Kurzwellenüberwachung, le service de détection d'émetteurs clandestins de l'armée allemande. Il avait été détaché de ses fonctions le temps d'une courte mission.

Il héla un porteur qui se chargea de la malle en cuir fauve de la voyageuse. Puis le trio s'en fut vers une conduite intérieure vaste et confortable qui prit le chemin de l'hôtel de la Chaise, rue Le Verrier.

Barbara Dorn était trop tendue pour admirer des paysages qu'elle connaissait déjà : elle avait fait plusieurs longs séjours à Paris quelque douze ans auparavant, quand elle s'exerçait au métier de comédienne. Elle y avait rencontré Wilhelm Speer, alors en visite sur un tournage de Marcel Carné, qui lui avait confié la doublure image de Maryika Vremler dans *L'Aube des jours*. À l'époque, Paris était une fête. Lorsqu'elle se promenait en voiture avec un inconnu, Barbara pouvait croire – et dans certains cas espérer – qu'il rejoindrait la longue cohorte de ses joyeux amis, compagnons de réjouissances quotidiennes dont le souvenir égayait souvent le cœur de la jeune femme.

Désormais, elle voyageait au côté d'un flic spécialement attaché à ses basques. Certes, il ne lui voulait aucun mal. Il était même là pour l'aider et la protéger. De Berlin, lui expliqua-t-il après l'avoir cueillie à la descente du train, un SS-Obergruppenführer, membre du Schwarze Korps de la SS, avait exigé de ses homologues stationnés en France qu'ils veillassent sur cette touriste qui, officiellement, visitait Paris pour y organiser son futur voyage de noces. Ce qui paraissait très incongru à la demoiselle : elle ne voyait pas à qui dans son entourage, sinon à Dieter lui-même, elle eût cédé sa main pour une promenade amoureuse dans une ville étrangère. Elle considéra donc que la présence de ce mentor en feutre et cuir était une attention de son bel amoureux, et elle l'accepta avec une certaine curiosité.

Car l'Oberfeldwebel Kurt Schlassenbuch devait veiller sur elle alors même que Barbara se trouvait en France pour comploter contre ses services et ceux de l'Allemagne nazie tout entière. Elle était chargée d'une mission très particulière. La jeune personne qui était assise au côté du Wehman n'était pas une future épouse, mais une ennemie de la patrie. Elle était là pour trahir. S'il la démasquait, l'homme en noir la conduirait dans des caves profondes où les supplices auraient raison d'elle. Barbara Dorn ne bénéficiait d'aucune marge d'erreur. Le moindre faux pas lui serait fatal, comme il serait fatal à Dieter et à ses amis Harro et Libertas Schulze-Boysen. Ses épaules étaient lourdement chargées.

La rue Le Verrier conduisait de la rue d'Assas à la rue Notre-Dame-des-Champs. C'était une artère calme et peu passante que Dieter et Harro avaient choisie pour sa proximité avec le territoire que Barbara aurait à explorer. Ils avaient tracé un quadrilatère sur un plan de Paris, défini par les boulevards du Montparnasse et Edgar-Quinet, l'avenue de l'Observatoire et la rue Delambre, et avaient cherché les hôtels discrets contenus dans ces limites. L'hôtel de la Chaise leur avait semblé parfait.

Il était tenu par une jeune femme aux yeux noisette et à la chevelure bouclée, entièrement vêtue de noir. Le jour de son arrivée, Mme Gabipolo – c'était son nom – expliqua à sa nouvelle locataire qu'elle avait pris le deuil le jour de l'entrée des Allemands à Paris et qu'elle ne le quitterait qu'après leur anéantissement définitif. Ce furent les termes qu'elle employa, signifiant à Barbara Dorn qu'elle ne souhaitait pas seulement le départ de l'occupant, mais sa défaite. Elle tint ces propos derrière le comptoir d'entrée, s'exprimant à haute et intelligible voix face à un Schlassenbuch violet à qui Frau Dorn intima le silence d'un geste autoritaire.

Mme Gabipolo portait des lunettes noires. Elle les remonta sur son nez.

« Vous avez mal aux yeux ? » demanda Barbara.

L'hôtelière ôta sa monture. Son regard noisette souriait.

« Lorsque je sors, désormais, j'enfile mes verres. Ça rend les paysages plus doux. »

L'Oberfeldwebel étouffa un juron. Barbara vint vers lui. Usant d'une pression hiérarchique qui portait le nom de Dieter von Schleisser et le grade d'Oberleutnant dans la Luftwaffe, elle le pria très officiellement de disparaître.

Cet épisode suscita une certaine curiosité chez Mme Gabipolo. Sa cliente venait d'Allemagne ; un nazi l'accompagnait, à qui elle avait donné son congé.

Mme Gabipolo se garda bien de poser la moindre question à sa locataire. Cependant, au fil des jours, elle perdit cette rugosité acide qu'elle réservait au vert-de-gris, et se montra bientôt sous son aspect le plus habituel : celui d'une personne aimable, moqueuse, au sourire éclatant, déterminée, passant d'un avis à son contraire avec une allégresse toute juvénile. Ainsi, après avoir tenu Barbara en suspicion pendant quelque temps, elle s'évertua à faciliter le séjour parisien de sa nouvelle protégée.

Barbara, cependant, ne pouvait confier son secret à personne. Elle devait agir seule, et savait comment. Elle disposait d'une adresse. Une seule. De son point de vue, c'était trop peu pour avoir une chance de réussite. Mais Dieter avait insisté : il fallait essayer.

« Pourquoi moi ? avait-elle demandé.
– Parce que tu connais Paris.
– Mais encore ?
– Tu parles la langue. »

Elle avait secoué la tête.

« Ce ne sont pas des raisons suffisantes. Il y a trop de risques. »

Ils se trouvaient dans le bureau de Harro Schulze-Boysen, au cœur de l'appareil de la Luftwaffe. Un feu de cheminée brûlait sous le portrait du Führer. Le chef de la Société des amis se tenait assis derrière sa table de travail. Il jouait avec un coupe-papier orné d'un svastika noir sur fond rouge. S'étant déplié, il avait rejoint son camarade auprès de la jeune femme. Tous deux portaient l'uniforme de leur corps d'armée. La croix de fer battait sur ces poitrines patriotes. Harro s'était débarrassé d'une paire de bottes imposantes qui trônait au milieu de la pièce. Il avait des chaussettes jaunes émaillées de Mickey farceurs.

« La mission qui nous occupe n'est pas dangereuse.

– Ce n'est pas la question, avait répliqué Barbara. Elle me semble vouée à l'échec. »

Il s'agissait de se rendre à Paris pour y rencontrer une personne qu'on ramènerait ensuite à Berlin. À condition qu'on mette la main dessus et qu'elle accepte de courir le risque absolument fou de venir en Allemagne ; à supposer que cette personne n'ait pas déménagé depuis 1938...

« Le seul danger se trouve là, mais il ne vous concerne pas », avait dit Harro.

Il s'était levé pour souffler sur l'âtre. Accroupi devant la cheminée, il ressemblait à un personnage de dessin animé américain : l'arrière du crâne rasé, le ceinturon parfaitement ajusté, le baudrier laissant apparaître la crosse du Luger, Mickey ricanant en jaune de toute la force des chaussettes... En l'observant, Barbara Dorn s'était fait la réflexion que tous ces officiers félons manquaient de sérieux ; ils s'agitaient comme des enfants, faisaient montre d'une insouciance qui ressemblait fort à de l'inconscience, jouaient aux billes avec leur vie...

« Nous allons vous dire de quoi il s'agit. »

Harro s'était relevé. Il avait lancé un regard interrogateur à Dieter, qui avait approuvé. En même temps, son amant avait appuyé les mains sur les épaules de la jeune femme. Harro s'était assis devant elle, par terre, jambes croisées. Il avait parlé à voix très basse. Il avait dit que, au cours de l'année qui venait de commencer, la Wehrmacht allait recevoir un nouveau modèle de char, le Tigre, dont il fallait transmettre le plan et les caractéristiques aux Soviétiques. Car, lorsqu'il serait lancé sur le front russe, on ne pourrait plus l'arrêter.

« C'est un monstre, avait renchéri Dieter. Aujourd'hui, aucune arme ne peut le contrer. Pour l'anéantir, il faut se préparer, donc connaître ses caractéristiques et ses points faibles avant de le voir. Deux panzerdivisions armées de Tigre mettront Moscou à genoux en une semaine.

– Sauf si le génie de l'Armée rouge est capable de creuser des fondrières ou d'édifier des barrages minés beaucoup plus performants que ceux qui arrêtent aujourd'hui nos blindés, avait complété Harro Schulze-Boysen.

– ... Ou si, en face, on peut opposer un armement comparable, avait conclu Dieter.

– Je ne vois pas en quoi la personne que je dois aller chercher peut vous aider à résoudre ce problème », avait objecté Barbara.

Elle avait proposé de coder un message destiné au Centre.

« Pour des raisons de sécurité, les communications radio sont définitivement coupées avec Moscou. »

On lui avait expliqué ce qu'on attendait d'elle. Et Barbara, en effet, s'était persuadée que Dieter et Harro avaient réellement besoin d'elle pour accomplir cette mission qui justifiait son séjour à Paris, hôtel de la Chaise, rue Le Verrier. Et il est vrai que, arpentant le périmètre qu'on avait tracé pour elle entre les boulevards du Montparnasse et Edgar-Quinet, l'avenue de l'Observatoire et la rue Delambre, elle se persuadait que personne d'autre n'aurait pu accomplir la mission que la Société des amis lui avait confiée : car, dans l'entourage des conjurés, nul ne connaissait mieux qu'elle la personne qu'elle devait conduire à Berlin et qui, avant la guerre, habitait à Paris, 21, passage de l'Enfer.

Soupirs, cris et chuchotements

Blèmia Borowicz passait ses journées cloîtré dans le bordel de la Polianovna. Au début, la vie de cette maison de caractère l'amusa prodigieusement. Il devint le meilleur ami des filles, avec qui il partageait l'ordinaire, soit les repas et les temps libres. Elles se levaient tard, lui aussi. Elles ne sortaient pas, lui non plus. Elles par convenance, lui parce que sans papiers il n'était pas question de mettre le nez dehors. Il se retirait dans les salons d'Olga lorsqu'elles officiaient, autant par commodité que par discrétion. Quatre jours après son arrivée dans les murs, il était capable de distinguer les cris, soupirs et chuchotements des pensionnaires. Nicole, la rousse, qui grimpait aux rideaux à la vitesse que mettait son Aston Martin pour atteindre les cent kilomètres à l'heure – car, fermant les yeux, elle s'imaginait entre les bras d'un capitaine au long cours auprès de qui, dans les années 20, son cœur avait fait naufrage. Solange, la plus jeune des deux brunes, passée maîtresse dans l'imitation des jappements et halètements d'un des cent quatre-vingts fox de chasse à cour que possédait son arrière-grand-père au temps où la famille régnait sur six mille hectares dans la Haute-Loire. Micheline, l'autre brune, qui pleurait à l'image de sa vie, orpheline à trois ans, mariée à seize, divorcée à vingt, amoureuse aujourd'hui de Louise, qui officiait dans la chambre 5, laquelle était contiguë à celle de la soupirante qui soupirait plus encore lorsque sa dulcinée mettait les gaz.

Boro occupait la 6, voisine de celle de la plus jeune des pensionnaires, Laure, qui connaissait la vie pour en avoir subi les coups et dont le rêve familier caressait un chat à moustaches qui s'appelait Bébé et qu'elle prenait dans ses bras comme un baigneur rose.

Toutes espéraient une kyrielle de bambins, un salaire fixe, deux semaines de congés payés et un prince charmant. Avant que Boro s'installât à l'étage, elles donnaient à ce dernier des couleurs indistinctes, un jour préférant du charme et de la rondeur, le lendemain des sous et une Torpédo, trois jours plus tard une autorité de bon aloi, et une maison de campagne en fin de semaine. Après que le reporter eut élu domicile dans les murs du sautoir, le prince charmant devint collectif et partagé ; il avait dans la trentaine, il venait d'un pays où coulait le Danube, il usait d'une canne.

« Ne bouffe pas dans ma gamelle ! » s'emporta Olga Polianovna, un jour où Micheline souriait à table parce que le Hongrois lui avait cédé sa minuscule portion de pain.

La patronne craignait la sécession.

« Ne t'inquiète pas, répondit Boro... Demain, elle sanglotera comme de coutume. »

Le lendemain, il pleuvait : ce fut un grand désespoir.

Il était leur ami. Elles lui racontaient les détours de leur existence. Elles s'estimaient mieux loties que lui, qui ne travaillait pas, vivant sur les restes d'une agence photographique sabordée en son temps. Pour l'aider, elles lui offraient de la pellicule, quelques rubans glanés auprès de la clientèle. La denrée étant rare, Boro la recevait comme un don qu'il redistribuait très parcimonieusement. De toute façon, la prudence commandait d'impressionner le moins possible, et de développer exceptionnellement.

Après avoir longuement réfléchi à son sort et constaté qu'il ne connaissait aucune autre filière que celle déjà utilisée, Blèmia se résolut à enfreindre quelques règles bien établies ayant trait à la sécurité des clandestins. Il décida de tenter une échappée du côté du XIVe arrondissement.

« Jamais, fit Olga en établissant un premier barrage de son corps. Et rappelle-toi qu'une louve de Sibérie sait mordre.

– Autant qu'un éléphant carnivore, répliqua Scipion, campé devant la porte.

– Je vous aime beaucoup, déclara Boro en évaluant la menace, mais celui qui m'empêchera d'avancer n'est pas encore né.

– Mon frère, rappelle-toi nos excursions en pays ennemi, reprit Scipion. Nous étions deux. Tu faisais un pas, je faisais l'autre. Nos promenades n'ont jamais fini dans un cul-de-sac. Nous allons procéder pareillement.

– Explique-toi.

– Pas ici. »

Le portier de nuit leva le bras en direction du manège qui se préparait à l'étage. Il était seize heures : les filles s'apprêtaient pour le voyage.

« Allez chez toi », proposa la Polianovna.

Disant cela, elle exprimait une position doublement satisfaisante : elle se retirait de la place au profit d'une autorité légitime et aimante qu'elle reconnaissait comme telle, et elle conférait à la chambre de son protégé un statut définitif. Elle devenait indispensable à l'un comme à l'autre.

Les deux hommes s'exécutèrent. Après qu'ils se furent enfermés au sein du paysage poire et lilas qui tapissait les murs, Scipion s'expliqua :

« Une fois, je t'ai accompagné à Munich, et plus tard, je suis venu te chercher à Berlin. Tu avais besoin de moi.

– Peut-être.

– Si, aujourd'hui, tu n'acceptes pas que j'aille me promener dans Paris pour ton compte, c'est que ton estime a baissé et que tu n'as plus confiance. »

Le Noir roulait des yeux irisés. La colère montait.

« Tu me prends pour qui ? Un tenancier de bordel ? Un marlou ayant abandonné ses dix-huit enfants pour servir les plats aux madames ? »

Le ton grimpait aussi. Sans savoir comment, Boro avait réveillé le Vésuve.

« J'irai te chercher tes papiers, et rien ne m'en empêchera ! Surtout pas toi, Borop'tit ! »

Scipion remonta ses poings, ses bras et ses épaules.

« Je ferai équipe avec toi aujourd'hui comme hier !

– Replie tes humeurs, dit Boro. Prends cette photo et pars.

– Donne-moi l'adresse. »

Ainsi muni d'une ancienne photographie que le reporter avait décollée d'une carte de presse périmée, Scipion s'en fut pour l'aventure. Paris, il connaissait. Le XIVe, il vénérait : c'était là qu'il avait fait ses classes de modèle, quand Montparnasse accueillait tous les bohèmes de l'univers. Il avait exposé ses muscles et sa prestance dans les écoles de sculpture de la Grande-Chaumière, dans les ateliers de la rue Joseph-Bara, aux quatre coins de Denfert et du Petit Montrouge. Avec les rapins de cette banlieue du monde, il avait empilé les soucoupes au Dôme et à la Rotonde, il avait applaudi le poète Paul Fort à la Closerie des Lilas, il avait volé le champagne le soir de l'ouverture de la Coupole, en décembre 27. Aujourd'hui, il fallait raser les murs. Un Noir dans Paris, ça grimaçait avec le vert-de-gris. Quand les biffins de l'armée des cloportes l'arrêtaient pour contrôle, ils lui demandaient si ça se nettoyait, si ça s'enlevait, comment c'était en dessous, si tous les Amerloques se teignaient avec le même charbon. Les questions ne variaient pas si c'étaient des nationaux qui assuraient le travail. Qu'ils fussent en kaki ou en bleu marine, de la Wehrmacht ou de la maréchaussée, les vampires étaient les mêmes. Scipion ne voyait pas de différence notable. Ils suçaient le sang pareillement. Paris leur appartenait.

L'ancien modèle se bougeait à bicyclette. Quand il avait été engagé comme chauffeur personnel du vieil Ettore Bugatti, il lui avait été recommandé de rouler des mécaniques : ça assurait à la marque une réclame gratuite. Jadis, il était le seul des pilotes de la firme à savoir lancer les dix tonnes de la Royale dans des tête-à-queue vertigineux. On l'appelait l'as de pique du volant. Depuis la guerre, il avait assuré sa reconversion. Il était le valet de cœur de l'hirondelle. Il pédalait à la course. Virait couché. Grimpait en danseuse. Piquait dans les descentes. Couché sur le cadre, il filait à l'allure d'une balle fendant la purée de pois. En sorte que, lorsqu'il était sifflé, le temps que la flicaille fît usage de ses armes, il était loin. Les rats se demandaient si c'était du lard, du cochon ou un mirage : avaient-ils bien vu un Nègre sur une bécane ?

Personne ne le rattrapait.

Il fut à Vavin en sept minutes. Le haut du boulevard Raspail fut avalé en moins de cinquante secondes. Le vent recouvrit le rugissement du Lion de Belfort. À gauche, le vélocipédiste tomba sur Hallé, dont il fit une seule bouchée. Une jeune femme blonde sortait du 56. Elle suivait une petite fille mignonne.

« Lili ! » s'écria-t-elle avec effroi.

Le sportif passa à cinq centimètres de la petite sans l'effleurer.

« Pas d'inquiétude, jolie maman ! s'écria-t-il en serrant ses tambours. J'l'avais vue quand elle était encore de l'autre côté de la porte.

– Même si elle est fermée ? questionna la fillette.
– Je distingue tout.
– Et c'est quelle couleur ?
– En ce moment, caca.
– On dit pas caca ! » glapit la petite fille.

Une Traction avant noire transportant trois cuir et feutre vira sur la petite place qui fait l'angle entre Hallé et Duvernet. L'enfant la montra du doigt :

« On dit merde !

– Elle est bien élevée », sourit Scipion en congratulant la maman.

Il trouva le soupirail qu'avait indiqué Boro, et y glissa l'enveloppe remise.

Le vent soufflant en sens contraire, il lui fallut quatorze minutes pour rallier le boulevard Barbès.

La chèvre et le loup

L'enveloppe tomba du soupirail pour atterrir, blanche et froissée, sur le sol de son tunnel. Dimitri en recevait ainsi deux ou trois chaque mois. Elles lui étaient adressées par d'anciens camarades de Hans Klaus ou par des combattants anonymes qui avaient pris la relève et à qui les premiers avaient confié le secret de la filière.

Cette fois-là, le faussaire reçut un choc en découvrant la photo de celui qui réclamait son aide : Borowicz ! Blèmia ! Le compagnon de tant de fêtes, de tant de drames, de tant d'épreuves ! Son ami, son frère ! Ainsi, il était donc là ! Il vivait ! Ils allaient se revoir !

Pour la première fois depuis le début de la guerre, Dimitri ressentit quelque chose comme un petit bonheur. Boro, c'était une partie de lui-même. À deux, ils seraient plus forts. Ils lanceraient ensemble les cocktails Molotov. Ils trinqueraient à un meilleur avenir, à des soleils rouges, à de nouvelles lunes ! Ils s'étaient retrouvés à Berlin, à Madrid, et maintenant à Paris !

Dimitri découvrit le feuillet replié protégeant la photo. Il était inscrit : *identité, lieu de naissance et profession, indifférents ; date de naissance, dans les années 10.*

Boro avait ensuite inscrit les détails de son signalement, qui devaient obligatoirement figurer sur sa carte d'identité :
Taille : 1,87 m.
Visage : ovale.
Teint : coloré.
Moustache : sans.
Front : haut.

Yeux : noirs
Nez : droit.
Bouche : moyenne.
Menton : fort.
Signes particuliers : néant.

Évidemment, le mot n'était pas signé. Il ne comportait aucun signe qui eût un sens caché. Seule la photo donnait une indication. Mais la photo était indispensable. Cependant, elle constituait aussi un sésame ouvrant une porte par laquelle tous les diables pourraient s'engouffrer. Ce cliché de Boro était peut-être un piège tendu au loup pour le faire sortir de sa tanière. Dimitri décida de prendre quelques précautions élémentaires.

Il quitta sa cave et se rendit passage de l'Enfer. Jusqu'en 1941, il s'était souvent aventuré là pour y chercher un signe du reporter. Les volets étaient toujours clos. Il se dit que s'ils étaient ouverts cette fois-là, cela signifierait qu'en effet *on* comptait sur la photo pour l'attirer sur une voie où il ne devait pas aller.

Mais les volets étaient fermés, et le passage désert. Il n'y avait qu'une femme. Elle observait la façade du 21. Elle entra, ressortit. Dimitri supposa qu'elle avait visité les étages. Cette coïncidence lui parut étrange. Deux personnes, le même jour, intéressées par une même adresse. Il rabattit la visière de sa gapette, glissa les mains dans ses poches et avança en sifflotant comme un titi cherchant l'aubaine. Il s'arrêta net à dix pas de la curieuse. Elle le vit. Elle ne dit rien. Son œil ne cilla pas. Lui, il fit aussitôt demi-tour. Sa cervelle était en feu. Il sentait monter en lui ce ricanement horrible qui le gagnait en même temps que l'émotion, depuis sa blessure à la bataille de la Jarama. Le vertige aussi grimpait. Il avait le souffle plus court. L'eau pissait hors de lui comme des grêlons de sueur. Il était pris. Ils allaient surgir des arbres du boulevard Raspail, l'assommer en hurlant : « Police allemande ! »

Il résista au besoin de courir. De toute façon, il était trop tard. La chèvre était bien là, même s'il ne s'attendait pas à ce que ce fût elle. Ils tenaient la longe. Ils allaient fondre sur lui. Elle l'avait trahi. Comment ? Pourquoi ?

Il attendait, et rien ne venait. En même temps que ses sens alertés épiaient de tous côtés, cent images l'assaillaient. Il se colla contre un arbre, guettant. Pas de voitures noires, pas de camions militaires, pas de sifflets. Elle, dans ses bras, dix ans auparavant, sur le matelas d'une soupente où elle l'avait caché, à Berlin. En Espagne, quelques années plus tard, tandis que Boro et lui-même se boxaient pour elle. Un enfant – le sien ? Et elle, aujourd'hui, le croisant sans manifester le moindre étonnement, comme si elle l'attendait, comme si elle voulait lui signifier, par son impassibilité, qu'il ne devait pas approcher parce qu'elle était maintenue en laisse, elle chèvre, lui loup, Boro ayant un rôle pour l'heure indiscernable.

Dimitri l'observa comme elle quittait le passage de l'Enfer. Il ne se souvenait pas qu'elle eût cette démarche un peu balancée, ni les cheveux si bouclés. Mais il ne l'avait pas vue depuis si longtemps !

Il la laissa prendre de l'avance sans comprendre : la longe, apparemment, n'était tenue par personne. Elle allait seule le long du boulevard Raspail. Aucune ombre, ni devant, ni derrière, sinon la sienne propre, qui se mit en marche, à distance. Le souffle lui revenait. Sa peau s'asséchait. Il ne ricanait plus. L'histoire suivait un cours qu'il ne comprenait pas. Mais on ne le saisirait pas aujourd'hui. Le danger était là, comme les autres fois. Ni plus ni moins. Et elle, qui, tout comme lui, cherchait Blèmia Borowicz.

Pourquoi ?

Il traversa le boulevard du Montparnasse à cent pas derrière elle. Ils descendirent la rue de Chevreuse, tournèrent à droite dans Notre-Dame-des-Champs, puis à gauche dans la rue Le Verrier. Elle poussa la porte d'un hôtel, et il continua jusqu'à la rue d'Assas. Ce jour-là, l'Oberfeldwebel Kurt Schlassenbuch n'assurait pas sa mission de protection. Considérant que sa protégée ne courait aucun risque à se promener dans Montparnasse, il était parti baguenauder dans les guinguettes du bord de Marne.

Dimitri rentra chez lui. Le soir, grelottant de froid dans les profondeurs des catacombes, il affûta ses bouchons, ses compas et ses encres, et colla un visage sur les papiers d'Adolphe Franchet, agent technique, né le 25 février 1909 à Paris, signes particuliers : néant.

Le lendemain, il écrivit *4 N* sur un fragment de papier qu'il roula en boulette, puis dissimula dans un creux du seizième marronnier côté gauche en partant de la place Denfert-Rochereau.

CHER BORO

Le surlendemain, à dix-huit heures passées de vingt minutes, il observa un grand Noir rôdant autour du lieu N : la place Saint-Georges, dans le IX{{e}} arrondissement de Paris.

Les deux hommes ne s'étaient pas revus depuis 1934. Au premier regard, Dimitri avait reconnu l'ancien chauffeur de Bugatti.

Kolkhozes

«Entre», fit Scipion avec une certaine cérémonie.
Il poussa la première porte. Dimitri le précéda dans un hall qui conduisait à une deuxième porte. Ils traversèrent une cour plantée d'arbres et montèrent un escalier. Scipion salua joyeusement la jolie brune du premier – «Bonjour, mademoiselle Catherine!» –, qui descendait avec hardiesse sur des talons en pointe d'épingle.
Dimitri s'écarta prudemment.
Après avoir introduit une clé dans une serrure, tourné dans le sens inverse des aiguilles d'une montre et pesé de la main sur un battant en bois, Scipion introduisit le nouveau venu dans le sein du sein d'Olga Polianovna.
En manque de nouvelles, la patronne s'était précipitée, toute poitrine dehors. Après avoir franchi les frontières polonaises, allemandes, françaises et espagnoles, le jeune révolutionnaire buta sur la ligne de front d'un pare-chocs en dentelle qui sentait la violette. Il heurta du doux et revint précipitamment sur un territoire plus ferme.
«J'amène de la clientèle particulière!» s'écria l'ancien modèle de Foujita en refermant le seul itinéraire de fuite mis à la disposition des intéressés.
Il affichait un sourire tout en chromes.
«Comment s'est déroulé le voyage? interrogea Olga Polianovna.
– Verigoud. Monsieur peut en témoigner.
– Monsieur comment?
– Monsieur, c'est tout», répondit froidement Dimitri.

Il se demandait en quelle maison il avait chu.

« Si Monsieur Cétout veut bien se donner la peine d'entrer, proposa la tenancière... Nous avons quelques disponibilités et bien des avantages. Comment avez-vous connu notre établissement ? »

Scipion laissait dire, énamouré par la prestance de celle dont les doigts de fée jouaient chaque soir sur son dos bénévole.

« Je suis venu pour tout autre chose.

— Ah ! fit la Polianovna avec une petite moue. Vous voulez dire que vous souhaitez assouvir quelques désirs un peu... un peu particuliers ? »

Elle croisa les bras sur les fuseaux horaires de sa poitrine. Les lorgnant, Scipion faillit proposer un tour du monde avec départ immédiat.

« Je cherche quelqu'un, maugréa Dimitri.

— Quelqu'une, plutôt ? suggéra la louve.

— Non. Quelqu'un.

— Ce n'est pas dans les habitudes de la maison, riposta froidement l'Olga. Nous pourrions, certes, faire dans le travestissement des genres et le retournement des situations. Mais nous ne le souhaitons pas. Vous ne trouverez pas ici ce que vous allez devoir chercher ailleurs. »

Elle portait une jupe noire à volants, un corsage blanc crème qui pétait aux échancrures. Un sein menaçait.

« Planque tes pouët-pouët », rouspéta le Noir, qui les voulait pour lui tout seul.

« Monsieur n'est pas venu pour toi, mais pour Blèmia. Fais-le monter.

— Fallait le dire ! s'exclama la mère maquerelle en arborant un sourire de princesse octogénaire. Je vais vous conduire. »

Elle s'inclina en une petite révérence qui galba le mollet. Fit demi-tour et précéda l'étranger dans un escalier en colimaçon d'où l'on voyait tout l'intérieur à condition de lever le nez. Ce que Dimitri s'abstint de faire.

Il déboucha sur un petit palier décoré de guirlandes lumineuses, façon Noël. Trois filles l'observaient en faisant des mines. L'une était en tutu, l'autre arborait des dentelles quasi transparentes, la troisième portait un manteau de soie entrouvert sur le devant.

« Moi ! fit Solange.

— Non, moi ! objecta Louise.

– Laissez-moi un petit bonheur ! sanglota Micheline.
– Chez nous, expliqua la puissance législative, les filles choisissent et la clientèle subit.
– Pas tant que ça ! minauda Solange en faisant un pas aux ongles laqués en direction du nouveau.
– J'ai fui les bolcheviques, expliqua Olga, mais y avait du bon à prendre chez eux. Des putes prolétaires, ça doit se mettre en kolkhoze.
– À condition d'abouler la monnaie, gronda Louise.
– C'est pas l'heure de l'autogestion, les petites ! »
Olga claqua des mains.
« Laissez Monsieur Cétout : il va dans la 6. »
Le trio fit les yeux ronds. C'était perdu pour elles, et la question du prince charmant était réglée.
« C'est pas ce que vous croyez ! brama Scipion qui avait à son tour grimpé les marches. Ces messieurs ont simplement une affaire personnelle à régler. Après, le beau temps reviendra peut-être ! »
Olga avait toqué contre le panneau de la 6. Elle entrebâilla. Dimitri découvrit Boro, qui découvrit Dimitri. Il y eut un « Oh ! » réciproque.
Par discrétion, Olga les laissa seuls.
Le reporter était assis sur un lit à usages multiples, appuyé contre trois oreillers à fanfreluche. Le papier peint était orné de fruits et légumes. Il y avait un bidet dans un coin. Les glaces du plafond renvoyaient à un miroir sur pied le spectacle peu coquin de deux individus stupéfaits qui se reflétaient aussi dans une psyché posée sur un guéridon surmonté d'un triptyque sous verre représentant *Les Vices et la Vertu,* peint par Pinsart. Des instruments bizarres et contondants pendaient lascivement de cordes clouées sadiquement sur les murs.
Les ressorts du lit soupirèrent : Blèmia Borowicz s'était levé. Il alla vers son ami et lui ouvrit les bras.
« Tu as fait retraite dans un bordel ? questionna ce dernier avec surprise.
– Par chance, je vais en sortir », répliqua Boro.
Ils repoussèrent à plus tard les milliers de questions essentielles qui appelaient des réponses circonstanciées. Ils s'étreignirent comme deux frères. Ils se saisirent, s'écartèrent pour mieux se considérer, s'embrassèrent encore.

«Je te retrouve enfin, sourit Dimitri. Nous allons faire de grandes choses...
— Comment es-tu arrivé jusque-là ?»
Boro aussi riait. Soudain, il se sentait plus fort.
«Le hasard nous a réunis...
— Parle encore, le coupa Blèmia. Raconte-moi tout...»
Quelque chose lui paraissait bizarre. Un changement imperceptible et pourtant essentiel.
Une heure plus tard, après que Dimitri lui eut raconté comment il se trouvait là, par quel miracle il avait fabriqué les faux papiers nécessaires à son ami et dans quelles circonstances il avait été entraîné à suivre le fil d'une aventure dont la conclusion allait paraître inouïe au reporter, une heure plus tard, donc, Boro n'avait toujours pas saisi l'étrangeté que sa conscience tentait d'emprisonner. Ce n'est que lorsque Dimitri eut lâché l'incroyable information qu'il comprit. Sans doute parce que la nouvelle précipita ses neurones les uns contre les autres à une telle allure que leur fission provoqua un éclaircissement aussitôt traduit par le langage :
«Tu n'as presque plus d'accent!»
Il répéta, abasourdi :
«Tu n'as presque plus d'accent!».
Et en même temps, ce n'était pas cette phrase-là qu'il croyait dire, mais celle que Dimitri venait de prononcer et qu'il ânonna à son tour, abasourdi :
«Maryika est là!
— Oui, confirma Dimitri. Maryika est là.
— Maryika est là! répéta Boro.
— Elle ne m'a pas reconnu. Elle doit être très malade.
— Je crois plutôt qu'elle a besoin de nous», commenta Boro.
Cette fois, il avait vraiment compris.

Le baiser de la lépreuse

Mme Gabipolo regardait le couple étrange qui lui faisait face, au comptoir de l'hôtel de la Chaise. Le plus petit des deux avait l'allure juvénile et le regard vif. Mais ses traits étaient tirés. L'œil un peu plombé. Il carrait les épaules comme les aventuriers au repos. Tout cela dénotait à la fois une conscience du danger et une longue histoire derrière soi. Mme Gabipolo savait regarder. Après tout, c'était un peu son travail.

« Une jeune femme, avez-vous dit ? Décrivez-la-moi.

– Elle est assez grande, commença Dimitri. Mince. Ses cheveux sont bouclés... »

Le jeune homme parlait avec un accent très léger, difficile à définir. Il y avait du polonais, de l'allemand et de l'espagnol. Mélange improbable qui conférait à l'inconnu un vrai mystère, comme s'il était une sorte de baroudeur. Un type né en Espagne et ayant voyagé en Allemagne et en Pologne. À moins que ce ne fût l'inverse. Cependant, réfléchissait Mme Gabipolo, son interlocuteur n'avait pas du tout le type polonais. Probablement s'agissait-il donc d'un Allemand d'origine incertaine. Il avait voyagé en Espagne où il était resté quelque temps, suffisamment pour avoir appris la langue, dont les accents avaient enrichi sa syllabique. Il avait donc fait la guerre d'Espagne.

« Cet homme est un héros », se dit-elle.

Elle s'intéressa à son compagnon. Malgré une nervosité exsudant de toute sa personne, il dégageait un charme indéfinissable. Il avait posé un feutre aux larges bords sur le bois du plateau et dardait sur l'hôtelière un regard brûlant.

« Redites-moi le nom de cette personne...

– Maryika Vremler, répéta Boro.
– Aucune Maryika Vremler n'est descendue dans mon hôtel... »

Ils étaient là, se jaugeant de part et d'autre d'une incompréhension palpable, lorsque Barbara Dorn fit son apparition au bas de l'escalier. Elle venait de sa chambre. Au premier coup d'œil, Boro comprit qu'il n'avait pas affaire à celle qu'il s'était préparé à rencontrer. Mais la ressemblance était si troublante qu'il ne parvint pas à détacher son regard d'un visage très pur, bien qu'un peu plus marqué, d'une ligne de sourcils absolument semblable, et d'une allure aussi svelte, aussi jeune, aussi désirable.

Il sourit à l'inconnue.

« Nous vous avons prise pour une autre. Pardonnez-nous. »

Dimitri acquiesça d'un mouvement bref du menton. Il n'était pas aussi convaincu que son camarade.

« Je vous cherchais cependant, répondit la jeune Allemande. C'est incroyable que vous soyez venu là. »

Elle s'adressait au reporter, ne portant aucune attention à Dimitri : elle ne le reconnaissait pas.

« Nous nous sommes croisés en Allemagne, à Munich exactement, vers 1933 ou 1934. »

Boro fouillait sa mémoire. Deux ou trois images apparaissaient, comme des volutes circulant dans un couloir blanc.

« Je m'appelle Barbara Dorn.
– *L'Aube des jours* », compléta le reporter.

Son visage s'éclaira.

« J'étais la doublure image de Maryika Vremler. Ce rôle m'a certainement coûté ma carrière !
– Je me souviens, dit enfin Dimitri. Nous nous sommes promenés ensemble sur les toits, à Munich.
– C'était vous ! »

Grâce à lui, elle avait échappé aux cohortes de SS lancés à ses trousses. Il lui avait sauvé la vie. Et pourtant, elle ne l'avait pas reconnu. Ni dans le passage de l'Enfer, où, elle s'en souvenait maintenant, elle l'avait croisé quelques jours plus tôt, ni même en cet instant, alors que deux mètres seulement les séparaient.

« Je suis une ingrate, avoua-t-elle en accompagnant son propos d'un geste navré.
– Les années ont raison de tout, laissa tomber Dimitri.

– Il s'est beaucoup battu, conclut Boro en passant un bras fraternel autour des épaules du jeune Allemand. Les champs de bataille transforment les hommes.

– Vous ne devriez pas rester là, conseilla Mme Gabipolo, dont l'œil exercé courait le long de la façade d'en face pour détecter des présences malodorantes. Passez au salon. Je vous servirai du thé.

– Dans ma chambre, plutôt, proposa Barbara. Les murs nous protégeront. »

Ils montèrent. Ils s'enfermèrent. Les deux hommes dissimulaient aussi bien que possible un trouble partagé. Cette situation leur rappelait à tous deux une scène lointaine qui datait du début de la guerre d'Espagne, un soir où Maryika s'était trouvée entre eux deux[1]. Et l'un et l'autre se posaient la même question qu'alors : qui était le père de Sean ?

« Je vous cherche depuis mon arrivée à Paris, commença Barbara. Je disposais d'une adresse, 21, passage de l'Enfer, où on m'a dit que vous n'habitiez plus.

– Pourquoi êtes-vous là ? demanda Boro, dissipant le trouble qui engourdissait les deux hommes.

– Je ne peux le dire qu'à vous », répondit Barbara Dorn.

Elle n'avait pas la même voix que Maryika. Plus claire, peut-être, et, en même temps, moins précise.

« Vous pouvez avoir confiance en lui autant qu'en moi, répondit Boro. Nous partageons tout, jusques et y compris nos secrets. »

Le reporter ponctua sa phrase d'un regard ironique adressé à Dimitri. Celui-ci haussa les épaules, montrant qu'il avait compris.

« Ne m'en veuillez pas, mais ce n'est pas possible. »

Dimitri se leva.

« Je regrette vraiment... »

La jeune femme était sincère.

« Je ne me vexe pas pour ce genre de choses », répliqua Dimitri.

Il posa ses deux mains sur les épaules de son ami hongrois.

« Je sais où te trouver. Je viendrai. »

Il pressa légèrement les phalanges, faisant rouler ses muscles. Il tendit une main ferme à Barbara Dorn.

---

1. Voir *Les Aventures de Boro, reporter photographe, Le Temps des cerises.*

« Tu vas me manquer, fit Blèmia, comme s'ils devaient se quitter pour longtemps.
— Nous avons l'habitude. »
Dimitri referma doucement la porte sur lui.
« Et maintenant ? questionna Boro.
— Je suis envoyée par des gens sérieux, commença Barbara.
— Qui sont-ils ?
— Des antinazis de la première heure.
— Que me veulent-ils ?
— Vous seul pouvez les aider. »
Elle s'avança légèrement sur le lit où elle avait posé ses fesses, et rectifia :
« Nous aider.
— De quoi s'agit-il ? » demanda le reporter.
Il s'était assis sur un fauteuil crapaud disposé au pied du lit.
« Rapprochez-vous. »
Lorsque ses genoux touchèrent le matelas, Barbara s'approcha encore. Elle parla pendant vingt minutes à voix basse. Quand elle eut fini, Boro ne posa qu'une seule question : pourquoi lui ?
Elle répondit que la Société des amis n'ignorait pas que, au moment de la déclaration de la guerre, il avait rencontré l'amiral Canaris.
« C'est un bon point pour tout le monde, précisa-t-elle. Cela prouve que nous sommes dans le même camp.
— Canaris n'a pas changé de bord ? » questionna le reporter.
Elle secoua la tête.
« C'est extraordinaire, murmura-t-il... Le chef du contre-espionnage allemand rebelle à ses chefs !
— Profitons-en. C'est aussi pourquoi nous avons pensé à vous : l'amiral Canaris est très puissant. Vous connaissant, il vous protégera. »
Boro n'en doutait pas. L'amiral Canaris lui avait lui-même raconté comment, dès 1938, il avait envoyé un émissaire auprès de son homologue britannique afin de lui demander de tenir tête à Hitler et de ne pas sacrifier la Tchécoslovaquie. Un grand nombre d'officiers allemands avaient vainement attendu un signe de Londres : ils étaient prêts à s'emparer de Hitler, de Goering, de Heydrich et de Himmler. Chamberlain n'avait pas répondu.

Canaris avait également chargé Boro de transmettre aux Britanniques une information majeure : lorsque la guerre éclaterait, ses services tenteraient d'établir un contact avec eux par l'intermédiaire du Vatican[1].

Qu'en était-il?

Rien, sans doute, puisque, une fois encore, on faisait appel au reporter hongrois pour servir d'intermédiaire.

Barbara Dorn attendait une réponse. Boro n'avait pas encore prononcé un mot qui fût interprétable.

« Rien ne nous prouve que je saurai transmettre les documents que je rapporterai. »

Il avait dit oui! Elle battit des mains, comme une petite fille.

« Vous bénéficiez évidemment de plus d'ouvertures que nous-mêmes. Avant, nous communiquions avec Moscou. Les fils sont coupés. Sinon, nous nous serions débrouillés sans vous.

— On me laisserait entrer en Allemagne?

— J'ai tout ce qu'il faut.

— Et sortir?

— Nous y veillerons.

— Quand faut-il partir?

— Le plus vite possible. »

Boro se leva. Son mètre quatre-vingt-sept sembla immense dans la petite pièce.

« L'express pour Berlin quitte la gare de l'Est à vingt-deux heures trente. Pourrions-nous l'avoir? Il suffirait que je passe à la Kommandantur, place de l'Opéra, pour me faire délivrer les papiers nécessaires...»

Il se pencha vers elle et l'aida à se redresser.

« Accompagnez-moi. Je dois prévenir et prendre quelques affaires. »

Elle régla sa note à Mme Gabipolo, qui grimaça lorsqu'elle lui annonça qu'elle rentrait à Berlin.

« J'avais espéré mieux, gronda l'hôtelière en dévisageant sa cliente avec sévérité.

— Vous ne savez pas tout, répliqua Barbara Dorn.

— J'ai toujours été bonne en géographie. Je sais de quel côté du monde se trouve l'Allemagne. »

---

1. Voir *Les Aventures de Boro, reporter photographe, Boro s'en va-t-en guerre.*

Mme Gabipolo se tordit la lèvre en signe de dégoût et chaussa ses lunettes noires.

Elle les conserva toute la journée. Elle les ôta vers le soir et les remit lorsque l'Oberfeldwebel Kurt Schlassenbuch fit son entrée dans ses murs. L'Allemand lui demanda si la cliente qu'il avait déposée une semaine plus tôt se plaisait à Paris.
« Elle est partie, dit froidement la patronne.
– Quand ? »
Le spectacle d'un nazi accablé lui assurerait de bons souvenirs pour le soir.
« Quand ? répéta le gestapiste.
– Elle prendra le train ce soir pour Berlin. Vous pourrez faire la fête ensemble. »
L'Oberfeldwebel tourna les talons avec l'adresse d'un danseur de claquettes évoluant sur glace.
Il agita la main dans la rue Campagne-Première pour signifier à une Mercedes porteuse d'une capote repliée qu'elle devait se rapprocher.
Il monta.
À vingt et une heures trente, il faisait son entrée gare de l'Est. Deux minutes plus tard, il se postait à quelques mètres du double portail protégeant l'accès au train pour Berlin. Trois soldats en armes montaient la garde. Une pancarte rédigée en allemand fléchait le parcours des officiers et celui des hommes de troupe. Les barrettes avaient droit aux oreillers et aux couvertures des première classe. Les sans-grade s'entasseraient dans les voitures de troisième classe.
À vingt-deux heures tapantes, Barbara Dorn se présenta au contrôle. Elle était accompagnée d'un boiteux portant une canne et une valise.
L'Oberfeldwebel attendit qu'ils eussent franchi le portail. Alors, il montra sa carte d'appartenance au Kurzwellenüberwachung, les services de goniométrie allemande, et les suivit à distance. Il s'assura qu'ils étaient bien montés, revint au contrôle, s'engouffra dans un bureau où les gardes-chiourme allemands avaient chassé les cheminots français, posa son fessier sur une table auprès d'un téléphone, demanda l'international, Berlin, le 635 335 918, se releva quand il eut son interlocuteur en

ligne, et annonça, très militaire, que la Fräulein n'avait manqué de rien à Paris et qu'elle serait de retour le lendemain.

« *Allein ?* demanda le correspondant.

— *Nein, Herr Kommandant !* glapit un Schlassenbuch aux anges de pouvoir prouver qu'il avait correctement accompli sa tâche de protection. Un homme l'accompagne.

— *Die Hure !* Qui est cet homme ?

— *Ich weiss nicht,* répondit l'Oberfeldwebel. Il est grand, il a le teint juif et s'appuie sur une canne.

— *Ach so !* »

Ce fut plus qu'un cri et moins qu'un hurlement. Un passage guttural qui sembla résonner sur les parois abdominales de l'individu assis sur sa chaise, à qui une femme maintenait le récepteur contre le tympan.

L'Oberfeldwebel Kurt Schlassenbuch entendit encore un glougloutement de dindon extasié, auquel succéda un « hi, hi ! » mi-sanglot mi-éructation, puis il y eut une pause dans l'orchestration générale avant qu'une voix plus raisonnable halète un « *Danke, auf Wiedersehen* » précédant le clic annonciateur de la coupure.

De l'autre côté, loin au-delà de la frontière, le téléphone pendait à l'extrémité de son fil. L'infirme assis sur sa chaise avançait puis reculait le cou avec la régularité d'un piston brassant l'air, tandis que sa garde-malade clignotait des paupières comme si elle commandait à une nuée de braises éclaboussant un feu de joie. N'y tenant plus, elle tendit la lippe supérieure et rentra l'autre, se plaça sur le côté de la chaise, puis se baissa d'un coup, les mains lardant les deux joues du SS-Obergruppenführer en tenue, ses lèvres mordant une langue molle et inerte, des chairs en lambeaux, l'écume d'une joie bouillonnante.

Frau Spitz n'avait jamais embrassé un homme.

« On le tient ! » rota Friedrich von Riegenburg en évacuant une humeur par le dessous.

DEUXIÈME PARTIE

La Société des amis

L'Alsace et la Lorraine

Elle bougea dans l'ombre, bien avant l'Alsace et la Lorraine. Il la regardait, allongé sur sa couchette. Elle respirait profondément, avec parfois comme une plainte sourde, un murmure délicieux qui se perdait dans les brumes du voyage.

Il se demandait combien de fois il avait pris le train avec sa cousine Maryika depuis leurs retrouvailles loin de Budapest, et n'en dénombrait qu'une : Berlin-Paris.

Il se souvenait des villes qu'ils avaient traversées : c'étaient les mêmes. Avec une différence essentielle : ils allaient dans l'autre sens. Il ne s'agissait pas seulement d'une question d'itinéraire ou de géographie. Depuis 1933, on n'entrait pas en Allemagne de la même manière qu'on en sortait.

Ceci expliquait cela : Boro justifiait ainsi son appétence. Certes, il s'en voulait un peu de tant désirer découvrir un paysage nouveau pour des raisons qui avaient plus à voir avec la curiosité qu'avec l'envie très pure de se promener sur une terre inconnue, mais il se donnait une excuse et une circonstance atténuante : l'excuse, c'était la perspective d'un très grand danger, et la circonstance, c'était Barbara elle-même, épreuve érotique d'une image parfaite. Cette nuit-là, entre Paris et Berlin, elle était le positif présent d'un négatif absent.

Elle bougea légèrement. D'abord, ce fut une ondulation du corps, un mouvement souple, perceptible au seul froissement du drap. Le visage demeurait immobile, dissimulé par une main repliée. Une épaule apparaissait, légèrement satinée sous le filet de la veilleuse. Se penchant par-dessus la rambarde cuivrée du châlit, Boro voyait la blancheur de la literie, une couverture repoussée au pied du matelas, un étirement très lent de cette silhouette qu'il imaginait sans peine, nue, poursuivant au creux d'un rêve l'esquisse d'un désir sans réalité.

Il lui semblait que le souffle de la jeune femme gagnait en profondeur, que la plainte qu'il avait perçue devenait soupir, gémissement, un appel dont la réponse se trouvait vers la paroi où s'appuyait la couchette et où, semblable à l'ondoiement d'une vague, le corps se laissait aspirer.

Blèmia regardait encore, paralysé par ce spectacle magnifique d'une femme s'oubliant sous son regard. Il lui paraissait impossible qu'elle n'eût pas compris combien, bougeant devant lui, elle provoquerait un mouvement comparable, solidaire, complice, auquel ils n'échapperaient pas.

Mais si, elle l'avait compris. Car, à l'instant même où Boro se laissa tomber de sa couchette, elle poussa le bassin plus loin, lui abandonnant une place qu'elle lui avait sans doute réservée depuis longtemps.

Il ne la voyait pas. Il respirait son odeur, l'imaginait semblable à celle de Maryika – douce et légère, musc, peau, désir.

Il souleva le drap et se glissa près d'elle. Aussitôt, elle vint se coller contre son ventre. Il se déroba. Soie et dentelles cherchèrent une empreinte qu'il éloignait chaque fois. En même temps, elle émit un petit grognement, un ordre muet. Ses reins fouillaient toujours dans le vide. Il voulait attendre. Mais pas elle. Dans un murmure, elle dit : « Ich bitte Sie. »

Sa main descendit le long de la poitrine, des reins, du ventre, vint à la base du dos et le bloqua ainsi, tandis que son corps cherchait, allant, venant, roulant, tournant, en une danse silencieuse, éloquente.

Il ramena la paume sur la hanche, serra, glissa rapidement sur la peau douce de l'abdomen et remonta. Il n'éprouvait pas le désir de croiser son regard. Il voulait imaginer encore. Tout à la fois confondre et oublier. Exorciser, comme elle faisait elle-même. Croire qu'elle était non pas la doublure image, mais l'image elle-même.

Elle laissait aller son visage de droite à gauche, gémissant doucement. Elle avait plaqué ses paumes devant elle, sur le bois du compartiment. Elle portait un brillant à la main droite et un bracelet de saphirs au poignet gauche.

L'ALSACE ET LA LORRAINE

À la lueur de la veilleuse, il aperçut l'ombre de la joue, puis, rendu précis par le passage d'un lampadaire, le dessin d'une boucle d'oreille. C'était une fleur de lis.

À cet instant, une voix nasillarde passant dans le couloir annonça la frontière.

Elle se dégagea.

« *Später !* »

Elle tourna brusquement la tête vers lui.

Il répondit :

« *Jetzt !* »

Et, la saisissant à l'aine, les mains refermées sur les hanches, il fit comme il avait dit.

Wer reitet so spät durch Nacht und Wind?

À Berlin, ils étaient attendus. À peine avait-il posé le pied sur le quai de la gare que Blèmia Borowicz se retourna vers la portière de la voiture dans l'idée de faire immédiatement demi-tour : trop de drapeaux, trop de croix gammées. Il se heurta à un SS en grande tenue qui s'apprêtait à descendre à son tour. L'officier s'écarta aimablement pour laisser le passage au voyageur.

«Je vous en prie», dit-il en allemand.

Boro revint vers le quai. Un blond escogriffe, en casquette et vert-de-gris, lui souriait, main tendue. Le reporter tourna ostensiblement le visage.

«Voilà Dieter, fit Barbara.

– Je suis Borowicz», répliqua le Hongrois en serrant les maxillaires.

Il ajouta, comme une provocation :

«Blèmia, pour le prénom, Borowicz pour le nom, Boro pour la signature.»

Et aussitôt, il se sentit d'aplomb : pour la première fois depuis 1940, il avait poussé son cri de guerre.

«Cela me change, dit-il à Barbara tout en glissant son bras sous le sien. Voyez-vous, à Paris, je vis sous un faux nom, je peux à peine dire que je suis le fils d'un caporal français mort pour la France à Verdun, et tous les Allemands que je croise me demandent mes papiers, prêts à me jeter en prison ou à me balancer devant un peloton d'exécution du côté du mont Valérien.»

WER REITET SO SPÄT DURCH NACHT UND WIND ?

Il pirouetta sur place, dégainant sa canne comme il savait si bien faire. Le jonc cingla les bottes lustrées du SS voyageur, lequel ouvrait les bras à une jolie Gretchen accompagnée par une fillette de quatre ans tirant un chien.

«*Schöne Familie!* »

Il s'inclina un peu plus bas que nécessaire.

« Je vous félicite, monsieur ! »

Puis, s'adressant de nouveau à Barbara :

« À Paris, ce Feldstrumpf terrorise les populations. Il arrête, il incendie, il torture. Ici, il n'est plus qu'un père de famille rentrant au bercail. Une culotte de peau aimable comme un toutou !

— Venez », dit précipitamment la jeune femme.

Elle l'entraîna.

« Vous ne pouvez pas vous conduire ainsi ! gronda-t-elle.

— Je libère ma bile. Depuis deux ans, je la contiens.

— Berlin n'est pas précisément le meilleur endroit pour le faire », intervint l'Allemand qui était venu les chercher et dont Boro croyait se souvenir qu'il s'appelait Dieter.

« Dieter von Quelque Chose ? railla-t-il en toisant le Germain avec la morgue d'un métèque doublé d'un insupportable garnement.

— Von Schleisser, répondit le Hauptmann.

— Combien de cordes à votre arc ?

— Luftwaffe et Wehrmacht.

— Ainsi que la demoiselle », enchaîna Boro qui avait tout vu tout compris tout admis.

Les joues de Barbara s'empourprèrent.

« Demandez-lui de me conduire à l'hôtel, de m'expliquer pourquoi je suis là et de me ramener ensuite le plus rapidement possible au premier train pour Paris.

— Faites vos commissions tout seul, bouda la jeune femme.

— Je ne parle pas aux casquettes plates. »

Dieter se découvrit.

« C'est mieux ainsi ?

— Je n'ai jamais apprécié les têtes couronnées », répliqua Boro.

Son insolence naturelle lui était revenue, comme elle jaillissait toujours hors de lui chaque fois qu'un danger semblait se présenter. Il ne croyait pas à la fable que lui avait contée Barbara Dorn à Paris. Le vert-de-gris qui l'accompagnait servait son ordre et aucun autre. Il portait l'uniforme à ravir. Il était évidemment de mèche avec cette fausse Maryika qui l'avait piégé – tout en se donnant avec une admirable spontanéité. Quel sot il était ! Comment avait-il pu croire un seul instant qu'un groupe d'antinazis avait besoin de ses services au cœur même du Troisième Reich ?

Pour autant, il n'estimait pas que sa vie fût réellement en danger. Il pensait que l'amiral Canaris l'avait fait venir pour lui délivrer un message qu'il devrait transmettre. Comme la première fois. Il resterait à Berlin le temps de rencontrer le grand manitou de l'espionnage germanique. Après quoi, il rentrerait.

« Qu'on en finisse au plus vite ! dit-il comme ils descendaient un grand escalier en pierre au bas duquel une noria de camions beiges chargeaient et déchargeaient des hommes du rang. Conduisez-moi où je dois aller... »

Il se dégoûtait lui-même de se trouver là, dans la chambre noire de l'appareil nazi. Ces troufions escaladant les ridelles des camions, les véhicules crottés happant des tortionnaires devenus doux comme des papas, les svastikas brodés sur les bonnets des enfants, les « Heil » esquissés, mais Grosz interdit, Soutine déchiré, Brecht brûlé, et lui, d'une certaine manière, pactisant.

Que faisait-il là ?

Dieter von Schleisser s'arrêta au bas des marches. Il leva le bras en direction d'un coin d'ombre dont Boro se désintéressa, car son attention fut attirée ailleurs, dix mètres en arrière d'après la vitrine de l'Apotheke qui bordait la rue, de l'autre côté de la chaussée.

Il évita soigneusement de se retourner. Feignant l'insouciance, il déposa sa valise à ses pieds, enfouit ses mains dans ses poches et se mit à siffloter un *Kindertotenlieder* tel que l'eût transcrit Kurt Weill s'il s'était attelé à cette tâche.

Deux voitures s'arrêtèrent devant le Hauptmann. L'une était une DKW crème aux roues boueuses. L'autre scintillait de tous ses chromes. Sans ouvrir la bouche, en connaisseur, Boro admira : Mercedes noire, modèle 770 datant de 1930, 150 CV au frein. Deux fanions ornés de l'aigle noir étaient plantés sur les ailes galbées, prolongeant les tubulures d'échappement. Derrière les glaces aux rideaux baissés s'abritait sans doute un ministre, peut-être un chef de guerre, en tout cas un éminent dignitaire du régime.

On s'éloignait du trottoir. Crainte et respect. Chacun se demandait qui oserait poser le pied sur les marchepieds impeccablement cirés d'un tel carrosse...

«Nous prendrons celle-ci», déclara Dieter en conduisant Barbara vers la DKW.

Il ouvrit la portière et s'effaça devant Frau Dorn.

«Vous monterez dans l'autre», dit-il à Boro en désignant la Mercedes.

Un chauffeur descendit de la DKW, amarra la valise sur le toit et retrouva sa place derrière le volant.

Boro regarda la Mercedes. Deux hommes portant une livrée noire en étaient descendus. Ils entouraient le reporter, à moins de cinq centimètres chacun. Alors qu'il s'apprêtait à allonger les coudes perpendiculairement aux épaules dans le but d'élargir un peu son espace, Boro fut délicatement mais fermement poussé en avant. Une paroi avait glissé sur le côté de la voiture, recouvrant l'aile. Un homme se tenait à l'intérieur. L'ombre dissimulait les visages.

«*Stehen Sie auf!*»

Victime de la poussée, Boro se retrouva assis dans la conduite intérieure. La portière coulissa sur le côté. Aussitôt, la lampe blafarde d'un plafonnier éclaira la scène et celui qui allait l'animer.

Ce n'était pas le contre-amiral Wilhelm Franz Canaris.

Vol avec effraction

La DKW avait fait demi-tour. Dieter prit la main de Barbara dans la sienne. La jeune femme la lui laissa. Elle ne ressentait aucune culpabilité du fait d'avoir obéi à son désir dans le train. Avant et après la frontière. Une question de tension nerveuse. De son côté, Dieter dormait quotidiennement sur la couche conjugale. Et puis ils ne vivaient pas ensemble. Et puis ils n'avaient pas de projets. Et puis ils rompraient un jour. Cette histoire n'était qu'une fable.

« Votre voyage ? s'enquit le Hauptmann. Quelles sont les couleurs de Paris ?

– Brunes, répondit froidement Barbara.

– Merci d'avoir ramené ce jeune homme », dit encore Dieter.

Barbara était loin. Elle avait repris sa main. Ils roulaient dans une ville blanchie par le givre. À l'avant, le chauffeur conduisait avec des gants. Quelques rares passants allaient sur les trottoirs. Ils marchaient vite, enroulés dans des cols et des écharpes. Berlin était frigorifiée. Comme prise dans la glace.

« Nous arrivons », constata Barbara à l'approche des magasins Wertheim.

Elle détestait le silence. Elle était faible.

Dieter reprit sa main. Elle la lui laissa. Une crainte l'avait saisie, qui disparut comme un voile s'envolant lorsqu'elle constata qu'il n'y avait plus de fourgonnette des postes entre les numéros 74 et 76. La Mercedes au capot allongé comme une mâchoire de crocodile avait elle aussi disparu.

Barbara coucha son visage sur l'épaule de Dieter.

« J'ai été contente de revoir Paris, dit-elle en esquissant un sourire de paix.

VOL AVEC EFFRACTION

– Je préfère que vous soyez là, répliqua-t-il gentiment.
– Est-ce à dire que vous m'aimez ?
– Presque. »

Elle lui frappa le torse de ses deux poings refermés. Ils rirent. Elle comptait l'emporter chez elle, l'allonger sur le lit, lui ôter cette vareuse rêche, sa chemise empesée, son grade d'officier, et l'entraîner dans une ronde folle et tendre – deux enfants de troupe jouant à colin-maillard.

Elle lui en fit la confidence.

Ils sautèrent de la DKW, s'embrassèrent sous le porche, filèrent dans la première cour, s'appuyèrent à la deuxième porte, elle contre le battant, lui près d'elle, gravirent quatre à quatre les marches tandis qu'elle fouillait dans son sac à la recherche des clés, parvinrent enfin à l'étage, le souffle court et l'incendie se propageant. Là, deux événements tarirent aussitôt la folie de leurs humeurs. Il leur fallut trois secondes pour appréhender le premier, quatre pour découvrir le second.

La serrure avait sauté. Deux barres de bois grossièrement vissées sur la porte fermaient l'appartement. Un fil de laiton était tendu entre la poignée et le chambranle. Il partait d'un cachet apposé à la cire rouge sur le bois du pourtour et en rejoignait un autre, en tous points semblable, collé sur le panneau.

Barbara ne comprit pas aussitôt. Déjà Dieter s'était précipité, épaule en avant. En trois secondes, il avait brisé les scellés et fracassé la porte. L'instant d'après, consternés, ils découvrirent que le logement de Barbara avait été débarrassé de tous ses meubles.

Les meubles, les papiers, les livres.

Les *Médiocrités* de Gerhard von Vil avaient disparu.

Rideaux, blindage et confidences

La Mercedes s'était éloignée de la gare. D'après la vitesse, le rythme des freinages et des accélérations, Boro supposait qu'elle roulait toujours dans les rues de Berlin. Il ne voyait ni n'entendait rien en provenance de l'extérieur : les passagers de la limousine étaient protégés des bruits alentour par un vitrage épais, et des visions désagréables par des rideaux de velours tendus sur toutes les glaces.

Le reporter était assis sur un siège bas qui faisait face à une triple banquette au fond de laquelle un homme était confortablement installé. Cet homme portait un manteau sombre, ouvert sur une vareuse militaire bordée au col par les insignes de la Luftwaffe : l'armée de l'air allemande. Il avait accueilli son passager avec quelques mots aimables prononcés en allemand. Puis il avait demandé à son hôte s'il préférait que l'entretien se poursuivît dans cette langue, en russe, en français ou en hollandais.

« Ce qui suppose, avait froidement répliqué Boro, que vous êtes capable d'honorer votre Führer dans ces quatre langues. »

Il avait choisi le français.

« Je ne l'honore qu'en argot.
– Faites, je vous en prie.
– Nous ne sommes pas là pour cela.
– Mais pour quoi, alors ? »

L'officier assis sur la banquette n'avait pas répondu aussitôt. Les deux hommes s'observaient, chacun restant sur ses gardes.

« Si vous êtes un opposant à Hitler, pourquoi circulez-vous dans cette voiture ? Pourquoi tant de drapeaux plantés sur les ailes ?

– Cette Mercedes appartient à mon père. Pour le moment, il est en Hollande. Il a été nommé chef d'état-major du général qui commande à nos troupes stationnées là-bas.

– Pendant ce temps-là, vous faites joujou avec son automobile ? »

La réplique était narquoise. La réponse fut cinglante.

« Le seul jeu auquel je me livre a ma vie pour enjeu. Quant aux automobiles, je pourrais disposer de toutes celles de la Wehrmacht et de la Luftwaffe.

– Alors pourquoi celle-ci ?

– Elle est blindée, donc inattaquable. Elle sort du garage de mon père, ce qui la rend très sûre. »

L'homme tapota le plafond de sa main gantée.

« Pas de micros. »

Il se pencha vers son passager. Ses traits étaient d'une régularité parfaite, son regard bleu, empreint d'une légère gravité.

« Je suis venu vous chercher, monsieur Borowicz, pour une petite promenade dans Berlin. J'ai choisi cette voiture car nous pouvons y parler sans risque. Par ailleurs, comme je comprends que vous vous montriez réticent à ma personne et sceptique quant aux informations que je vais vous livrer, je vous conduis à une petite fête qui devrait vous rassurer sur nos intentions. »

Harro Schulze-Boysen se pencha plus encore et, à voix basse, retraça pour son invité l'historique de l'organisation qu'il avait créée longtemps avant la guerre avec son ami Harnack. Boro l'écouta attentivement.

« Je vous parle en confiance, expliqua le jeune officier, car nous n'avons pas le temps. C'est moi qui vous ai fait venir, et je vous reconduirai. Si vous livrez mes confidences à un tiers mal intentionné, je suis un homme mort. Moi, et tout le réseau que j'ai construit. »

Il s'interrompit, leva les bras au-dessus de la tête en faisant « Boum ».

« Regardez donc... »

Il se pencha et, de dessous la banquette, sortit quelques exemplaires d'un journal grossièrement imprimé.

« Notre feuille s'appelle *Front intérieur*. C'est un bimensuel. »

Il se pencha de nouveau et exhiba une demi-douzaine de brochures de propagande aux titres significatifs : *Qui a rendu la guerre inévitable?*, *Appel à la Résistance*, *Pourquoi la guerre est perdue*, *La Naissance du parti nazi*...

« Mais le petit bouquin que je préfère, c'est celui-ci ! »

Il s'enflammait.

« *Napoléon Bonaparte*... Nous faisons un parallèle entre la défaite de la Grande Armée et l'anéantissement futur de la Wehrmacht... Savez-vous que, il y a quelques semaines, Goebbels a organisé une exposition à Berlin... »

Boro l'ignorait, naturellement.

« ... "Le paradis soviétique"... La fête à laquelle je vous convie est une réponse aux ignominies du chef de la propagande. »

Pendant quelques minutes, Harro Schulze-Boysen s'abandonna à la haine qu'il vouait à l'appareil politique dans lequel lui et ses amis s'étaient introduits depuis l'incendie du Reichstag. Sa fougue avait quelque chose de juvénile. Elle exprimait une résolution sans faille et, surtout, un courage admirable, doublé d'une redoutable efficacité.

« Je les déteste depuis 33, poursuivait le jeune officier. Ils ont assassiné un de mes amis sous mes yeux. »

Une ombre passa sur son regard. Une brume très sombre qui disparut bientôt derrière la paupière.

« Un ami juif... Nous avions créé un journal antinazi... Ils sont venus un jour à l'imprimerie, et ils nous ont ramassés. Lui et moi. C'était la grande époque des SA. Quand les chiens ne s'étaient pas encore dévorés entre eux... Ils nous ont roués de coups. Et puis ils se sont armés de fouets, ils ont formé une haie et ils nous ont obligés à passer entre eux, le torse nu. Mon ami d'abord, puis moi. Il est tombé le premier. Ils n'ont pas voulu que je le relève. J'ai marché encore entre ces assassins. J'avais le dos en feu. Quand je suis arrivé au bout, j'ai fait demi-tour, et je suis repassé entre eux. J'ai dit : "Je n'ai fait que le tour d'honneur". Ils m'ont déchiré. Et après, ils m'ont proposé de les rejoindre. »

Harro Schulze-Boysen se tut, secoua vivement la tête et ajouta :

« Ils ont tué mon ami. Moi, j'ai été arrêté. Mon père a obtenu mon élargissement. »

Il lança sur Boro un regard où l'exaltation et la peine avaient fait place à une sorte de candeur joyeuse. Comme s'il se reprochait de s'être laissé aller à l'emphase.

« Je porte les cicatrices de cette petite promenade sur tout mon corps. Je ne peux pas oublier. »

La Mercedes avait ralenti. Elle tourna sur la droite, puis accéléra de nouveau. Lorsqu'elle eut retrouvé son rythme de croisière, Harro poursuivit :

« Cette séance sportive m'a conduit vers des extrémités dont les officiers qui me suivent restent éloignés... La plupart ne sont ni communistes, ni anarchistes, ni même d'un centre gauche poli. Ils appartiennent à des corps d'armée qu'ils servent respectueusement. Ils rêvent de les détourner des délires vulgaires d'un petit caporal qui s'est monté en grade tout seul. Ils restent d'abord et avant tout des généraux, des colonels, des capitaines. Pour eux, l'Allemagne compte plus que tout. La grande et belle Allemagne. »

Il agita l'index sous le nez du reporter.

« Un pays libre et démocratique. Pas une caserne enfermant des camps. »

Il avait prononcé ces derniers mots avec une sécheresse définitive. Après quoi, il darda sur Boro un regard plus personnel, plus souple, et ajouta :

« Nous mourrons un jour d'une balle dans la nuque. Tous. Nous, mais aussi les autres résistants, comme nos camarades de la Rose blanche. Mais, en attendant, nous leur ferons payer très cher leurs ignominies.

— C'est pourquoi je suis là ?

— Oui, répondit Harro. Nous voulons que vous preniez des photos et que vous les transmettiez.

— À qui ?

— Aux Anglais, aux Russes, à l'Amérique. À qui vous voudrez.

— Pourquoi moi ?

— Barbara était chargée de vous l'expliquer.

— Elle m'a dit que je serais protégé par l'amiral Canaris.

— Il ne sait rien de notre groupe, et il n'admettrait sans doute pas que nous allions si loin contre l'Allemagne qu'il aime. Canaris est comme ces officiers dont je vous parlais : nationaliste et droitier. Mais, si vous étiez en danger, je le ferais intervenir.

— Pourquoi vous rendrait-il ce service ?

— Il suffirait que je lui dise tout ce que je sais... Notamment qu'il vous a rencontré en 1939.

– Comment le savez-vous ?
– Nos camarades ont infiltré l'enfer jusqu'à son brasier principal. Notre réseau reçoit des renseignements de partout. »
Harro rit et dit :
« Même de l'hôtel Lutétia.
– J'y étais il y a seulement quelques jours.
– En bien mauvaise posture, si je puis me permettre de vous rappeler ce détail désagréable !
– Inutile, fit Boro : j'ai compris le message. »
Son vis-à-vis avait le bras plus long qu'une frontière.
« Avant, nous transmettions des informations aux Soviétiques par radio, poursuivit le jeune officier. Aujourd'hui, nous ne le pouvons plus. Nous disposions d'un relais en Belgique qui a été découvert. Il restait un poste à Berlin, mais nous ne l'utilisons plus.
– Depuis Berlin ! s'étonna Boro. Mais comment faisiez-vous ? C'est de la folie pure !
– Raison pour laquelle nous avons arrêté. Ce qui explique aussi pourquoi vous êtes là.
– En somme, vous comptez m'utiliser ?
– Oui, répondit froidement Harro Schulze-Boysen. Ainsi qu'un pigeon voyageur.
– Croyez-vous que je sois fiable à ce point ?
– Je me suis renseigné sur votre compte. Nos archives sont très complètes. Je ne sais pourquoi, vous comptez parmi les nazis quelques ennemis irréductibles...
– ... L'un d'eux, surtout, coupa Boro.
– En effet, admit Schulze-Boysen. Il vous a fait quelques misères en Allemagne et en Espagne...
– Où est-il ?
– À Berlin. Dans l'appareil. Haut placé... La haine que le SS-Obergruppenführer Friedrich von Riegenburg éprouve à votre endroit est un gage pour nous. »
Une coulée de glace descendit le long de l'échine du reporter. Il se souvint de la silhouette aperçue dans la vitrine de la pharmacie, à la gare. Ce n'était pas Riegenburg l'impotent. Ni la gargouille qui poussait son fauteuil. Un visage que le reporter n'avait pas identifié. Mais une ombre qui s'était précipitamment déportée avant le croisement des regards ; comme si l'individu ne voulait pas être reconnu.

«Vous devriez ouvrir le store», suggéra-t-il.

Harro le dévisagea avec surprise.

«Faites ce que je vous dis, insista Boro. Le store de la vitre arrière.»

Et, comme le petit-neveu de l'amiral von Tirpitz ne bougeait pas, Blèmia lança sa canne, défit à distance l'attache du rideau. Berlin apparut dans la brume du matin.

«Regardez», fit Boro en indiquant un point au-delà de la vitre.

Une Opel suivait.

«Je pense que quelqu'un nous surveille depuis la gare. Je suppose que c'est à moi qu'ils en veulent.

– Parfait, répondit Harro Schulze-Boysen, impassible.

– Vous trouvez?

– Mieux vaut connaître ses ennemis avant la bataille que pendant.

– Et vous ne faites rien?»

Harro consulta sa montre.

«Dans moins d'un quart d'heure, nous serons arrivés.»

Il se souleva de son siège et frappa légèrement sur le carreau qui séparait la place du chauffeur de l'habitacle.

La Mercedes ralentit, contourna une petite place et fit demi-tour.

Deux cents mètres plus loin, l'Opel était toujours dans ses roues.

Prolétaires

Ils roulèrent encore pendant une dizaine de minutes. Assis à contresens de la route, Boro observait l'Opel par la vitre arrière. Elle était trop éloignée pour qu'il distinguât ses passagers. Étrangement, son inquiétude ne semblait pas partagée par son vis-à-vis. Harro Schulze-Boysen ne s'était même pas retourné pour observer la voiture suiveuse. Cette insouciance avait quelque chose d'exaspérant.

« Sont-ils de notre bord ? questionna Boro.
– Certainement pas.
– Alors tout va bien ! »

Le reporter afficha une moue traduisant une indifférence qu'il ne ressentait aucunement. Il se mit à jouer avec son stick, le passant d'une main dans l'autre avec adresse. Harro semblait très intéressé par l'exercice.

« Comment avez-vous fait pour vous retrouver avec un engin pareil entre les mains ?
– Blessure de guerre. Une voiture du genre de celle qui nous suit a percuté ma jambe sur un champ de bataille éloigné.
– En Chine ? questionna Schulze-Boysen sans y croire.
– À Budapest. Là où je suis né. C'était au cours d'une révolution qui a mal tourné. Évidemment, je comptais parmi les émeutiers.
– Je n'en doute pas. Je ne vous envisage pas de l'autre côté. »

La voiture ralentit. D'un double mouvement de main, Harro tira les rideaux latéraux. Deux soldats armés et casqués montaient la garde devant une barrière abaissée qui condamnait un quartier de Berlin que Boro ne reconnut pas.

Ils approchèrent de la limousine. Schulze-Boysen se montra. Les soldats se raidirent en un garde-à-vous impeccable et s'écartèrent. La barrière fut relevée puis abaissée. L'Opel se présenta.

« Elle ne passera pas », déclara tranquillement Harro.

Il ne s'était même pas retourné.

« Ici, pour un tout petit moment, nous sommes chez nous. Le périmètre est fermé. »

La Mercedes s'arrêta. Boro ouvrit la portière et descendit. Il se trouvait sur une place, devant un bâtiment massif à la devanture noircie par le temps et les fumées.

« Une usine de roulements à billes », précisa Harro qui l'avait rejoint.

Il leva le bras vers les hauteurs, indiquant un panneau sur lequel des lettres en caractères gothiques composaient deux mots invisibles du bas.

« Les ouvriers sortent dans moins de cinq minutes. »

Une escouade de soldats en armes gardaient la place. Après le passage de la Mercedes, ils avaient pris position devant l'usine et interdisaient à quiconque d'approcher. L'Opel était invisible.

Une femme se détacha du rang des soldats. Elle portait un long manteau de fourrure, une toque rouge et des gants. Des brillants cascadaient de ses oreilles. Harro prit sa main et la baisa par-dessus le cuir.

« Voici M. Borowicz, dit-il en présentant Boro... Ma femme, Libertas.

– C'est certainement un nom prédestiné », repartit Boro en baisant à son tour la main gantée.

Il respira un fin chevreau parfumé à l'olive. Et, s'étant remis droit, retrouva enfin une place plus familière sur cette scène invraisemblable, occupée devant par un haut fonctionnaire allemand complotant contre l'État qui l'employait, et, en retrait, par une section de soldats en armes, jugulaire sous le menton et mitraillette au côté ; sa place, c'était très simplement celle d'un homme conquis par une femme. En une volée de paupières, il avait remarqué la blancheur du teint, l'œil profond comme un abîme, la ligne des pommettes, les cils grandis au mascara.

« Je suis d'autant plus heureux de vous rencontrer que vous m'expliquerez peut-être quel doit être mon rôle dans la tragédie qui s'apprête à être jouée.

– Pourquoi parlez-vous de tragédie ? »

Elle prononçait l'allemand en enveloppant ses syllabes dans des langueurs tout aristocratiques.

« Au contraire : vous allez constater que les Allemands ne ressemblent pas tous à ceux qui vous occupent ! »

Un homme en civil s'était approché. Il salua Boro d'un sourire tendu.

« Arvid Harnack, philosophe résistant, commenta Harro Schulze-Boysen.

– Il faut commencer », répliqua l'homme de lettres.

Ils se dirigèrent vers une petite camionnette arrêtée non loin de l'entrée de l'usine. Boro resta sur place. Quelques ouvriers quittaient les entrailles du bâtiment. La plupart portaient des casquettes ou des bonnets rabattus sur le front et les oreilles. Ils jetaient des regards inquiets vers le peloton, et se hâtaient en direction de la seule partie de la place laissée libre. Là, Libertas et Harro Schulze-Boysen, Arvid Harnack et trois autres personnes les attendaient. Ils avaient pris un paquet de feuilles à l'intérieur de la camionnette et les distribuaient au prolétariat. La noblesse prussienne en charge de la classe ouvrière! Boro ramassa un tract chu à terre. Il lut, en allemand : *Ralentissez les cadences ! Refusez l'effort de guerre de l'État nazi ! Révoltez-vous !*

Quel spectacle incroyable ! Quelle folie ! Libertas en vison, Harro sanglé dans un manteau militaire, les autres, élégants comme des bourgeois, prêchant la parole révolutionnaire dans une ville assassinée ! Et l'usine fumait de toutes ses cheminées, les curieux observaient entre deux gardes, les ouvriers découvraient les tracts, abasourdis eux aussi par tant d'audace. À chaque instant, de tous côtés, pouvaient surgir des troupes loyalistes qui ouvriraient le feu sur la foule et les gardes, provoquant une journée des longs couteaux dont les gazettes ne parleraient probablement pas ! Il fallait oser !

Une fois franchi le périmètre de la place, les destinataires de la propagande jetaient le tract après l'avoir lu : mieux valait ne pas être contrôlé avec pareil brûlot sur soi. Boro lui-même se gardait bien d'en glisser un dans sa poche, de même qu'il s'empêchait de sortir son Leica pour imprimer sur pellicule cette scène inoubliable. Pas de trace.

Dépassant par la taille tous ses compagnons, Harro Schulze-Boysen accomplissait sa tâche comme s'il s'était agi d'une distrib' sur un marché de Vincennes au temps du Front populaire. Il offrait sa propagande avec le sourire, accompagnant son geste d'un propos sans doute rigolard, si l'on en croyait le regard ahuri que lui lançaient les destinataires de la copie insurrectionnelle en passant devant lui. Libertas était d'un maintien plus compassé. Elle prenait une feuille de la liasse qu'elle tenait sous un bras et la tendait sans regarder qui la recevait. De même Arvid Harnack et ses compagnons. Les observant, Boro comprenait qu'ils avaient peur. Ils mesuraient le danger quand Harro le chevauchait avec insolence. Probablement affichait-il une morgue semblable le jour où les SS lui avaient haché le dos.

Les ouvriers, désormais, attendaient leur tour. N'ayant pas été mis en joue par le peloton en position sur la place, ils se montraient impatients de lire, retrouvant une curiosité aliénée depuis longtemps. On ne les tirerait pas comme des lapins. Ils marchaient les uns derrière les autres, prenaient connaissance du message imprimé, échangeaient quelques propos, puis disparaissaient dans le brouillard humide. Boro restait à l'écart, prêt à décamper lorsque le signal serait donné.

Barbara Dorn apparut soudain. Elle lâcha la main de l'éphèbe blond qui était venu la chercher à la gare et rejoignit Blèmia Borowicz.

Dieter von Schleisser courut vers le groupe des diffuseurs.

« Est-ce bien votre ami ? demanda Boro à la jeune femme après qu'elle l'eut rejoint.

– Nous sommes en danger, répliqua Barbara, ignorant la question.

– Vous devriez avoir l'habitude ! » railla Borowicz.

Il se tourna vers elle et lui prit la main.

« Parfois, dit-il, j'aime à me conduire comme un coq dans une basse-cour un peu vulgaire. »

Il désigna l'homme blond qui avait rejoint Harro Schulze-Boysen.

« Lui avez-vous dit combien nous avons apprécié le roulis du train ?

– Dois-je vous parler des porches qui nous ont abrités ?

– Depuis quand ?

– La descente du train.

– Vous avez du tempérament ! admira le reporter.

– En manquez-vous ? »

En ce lieu, à ce moment précis, elle ressemblait à sa cousine. Sa cousine l'eût giflé.

« Pardonnez-moi, s'excusa Boro. Les circonstances m'abîment. »

Dieter von Schleisser revenait vers eux. Harro Schulze-Boysen le suivait. Il remontait la file des ouvriers. Il confia le paquet de tracts à l'un d'eux.

« Je dois vous abandonner. Pouvez-vous continuer sans moi ? »

Sans attendre la réponse, il rejoignit Boro.

« Un léger contretemps nous oblige à hâter la suite des opérations, dit-il en posant une main sur l'épaule du reporter. Voulez-vous que nous reprenions la voiture ?
— Pour aller où ?
— Dans la gueule du loup. »

Abdulla

Les mains de Ruddi Reineke sautaient sur le volant de l'Opel avec autant d'allégresse que les ressorts des suspensions. La guimbarde avait de la bouteille, mais cela n'empêchait pas son pilote de la mener tambour battant vers le garage officiel où, certainement, elle rendrait l'âme. Lui-même, Ruddi Reineke, tête plate et museau pointu, supplétif dévoué de la Gestapo et de ses œuvres, serait enfin reconnu à sa vraie valeur. Il ne voyagerait plus dans des poubelles, mais dans des limousines. Pourquoi pas celle qu'il avait adroitement suivie jusqu'à ce que des soldats l'empêchassent de poursuivre, le considérant comme un curieux parmi d'autres ? Respectant les consignes de discrétion qui lui avaient été données, Ruddi Reineke n'avait pas fait état des fonctions particulières qui justifiaient sa présence derrière la Mercedes. Mais quel carrosse ! Des ailes d'amphore, un habitacle fuselé, une malle arrière superbement roulée, des pneus souples comme la peau !

Depuis qu'il songeait aux filles, Ruddi Reineke aimait les bagnoles. Il avait toujours établi un rapport très clair entre la dynamique des cylindres et l'architecture des corps. Il freinait dans un soupir, mugissait en accélérant, titillait l'avertisseur, caressait le pommeau du levier de vitesse et haletait, ordonnait, rugissait, selon la route, ses humeurs et la position de ses mains. Il faisait toujours corps avec la machine, sans doute parce qu'il ne machinait jamais aucun corps. Conduisant, il compensait. S'il obtenait la rutilante Mercedes, il joindrait les deux bouts. En quelque sorte. Il se pavanerait dans les quartiers de la Theresienstrasse, là où son père tendait la main vers les bourgeois qu'il insultait *in petto* sitôt une pièce tombée dans son escarcelle. Il abaisserait la vitre, lancerait un doigt nonchalant en direction d'une petite chose que le chauffeur irait quérir, et là, dans le sombre de la carlingue, il passerait enfin les vitesses pour de vrai. Ah! Quelle vengeance! Quelle réparation! Le sort, enfin, allait sourire au dernier descendant de la lignée des Reineke! Il exigerait un titre. Il deviendrait un *von*! Ruddi von Reineke, il aurait même des cartes de visite!

Car il l'avait bien reconnu, le Borovice! Près de dix ans avaient passé depuis qu'il lui avait ouvert la portière de cette Bugatti Royale conduite par un grand Nègre, mais il n'avait rien oublié! Un va-nu-pieds qui s'était permis de lui demander de monter ses bagages, puis de les chercher, de les descendre, de les retrouver, avant de reconnaître, le dernier jour, qu'il était venu de Paris les mains dans les poches! Traiter ainsi un groom à huit boutons! Et, pis encore, se voir moquer par la fiancée du pirate, qui lui avait promis une étreinte dans la soie et la fourrure, pour ne lui accorder finalement qu'un feu stop sur un bout de l'oreille[1]!

Il le tenait!

Le commanditaire serait content! Quelle riche idée il avait eue, de lui demander à lui, Ruddi Reineke, d'aller à la descente du train reconnaître la raclure! Les humiliés se souviennent toujours. Et, une fois sur deux, se vengent.

L'ancien groom du Regina Palatz de Munich vira sur les hanches de sa carrosserie, la rattrapa par le col du volant, s'introduisit dans une ruelle, ralentit, accéléra, ralentit, fouilla les manettes jusqu'au klaxon, laissa filer le hurlement, d'une secousse poussa l'avantage au fond d'un tunnel noir où, dans un soupir des suspensions, il bâillonna la belle en lui coupant le sifflet.

Impressionné par le savoir-faire du deux-temps à refroidissement aquatique, il glissa la clé dans sa poche, quitta le matelas du siège et s'en fut après avoir vérifié que l'Opel dormait à poings fermés au creux du parking souterrain où, tel un prince charmant repu, il l'avait déposée après l'exercice.

Il suivit le fil d'un trottoir dont l'arête à angle vif porta ses deux semelles suiveuses jusqu'à la base d'un escalier où il dut présenter ses papiers doublés d'un sésame appris par cœur, au terme de quoi deux plantons svastikés le conduisirent auprès

---

1. Voir *Les Aventures de Boro, reporter photographe*, *La Dame de Berlin*.

d'un troisième qui se renseigna avant de le mener à la porte du bureau 902 de l'annexe principale de la Funkabwehr à Berlin.

« *Herein!* » hurla la voix au timbre brisé de Frau Spitz.

Ruddi Reineke présenta ses hommages.

« Gardez tout! guttura-t-elle. Au fait! »

Le supplétif se raidit sur ses jambes. Il cultivait un toupet rougeâtre qu'il exhibait sur le haut du crâne comme un bras levé vociférant le « *Sieg heil* » national.

« C'est lui? » s'enquit la carnassière, toutes dents dehors.

La matrone impressionnait Ruddi Reineke presque autant que son appendice essentiel, qu'elle trimballait sur sa chaise. Son visage était pris en tenaille par une paire de tresses roulées en macarons qui dissimulaient les tempes et les oreilles. Elle portait toujours de longues robes en laine épaisse, prolongées par de très curieux sabots à bouts ferrés. Sa main gauche était enfermée dans un gant de cuir. Au lieu d'y percher un quelconque oiseau de proie, elle utilisait cette dextre pour diriger le fauteuil roulant sur lequel, près de dix ans auparavant, Blèmia Borowicz le métèque et son ami David Ludwig le juif avaient poussé Friedrich von Riegenburg.

Ils lui avaient brisé les cervicales.

Le chef du Reichssicherheitshauptamt, le service de sécurité du Reich, dardait un œil bleu acier sur l'ancien groom. Son torse était pris dans l'uniforme noir des officiers supérieurs de la Schutzstaffel – le Schwarze Korps de la SS. Son cou était enfermé dans une épaisse gaine de cuir fauve. Ses mains ne bougeaient pas des accoudoirs de la chaise.

« L'avez-vous vu? coassa-t-il.

– *Jawohl, Herr General!* répondit Ruddi Reineke en claquant les talons de ses croquenots l'un contre l'autre. C'est lui, et bien lui! »

Une même lueur de joie frénétique, prolongée par un rictus exprimant une cruauté diabolique, ensanglanta les prunelles du nazi et de sa duègne. En un mouvement rapide du poignet, celle-ci fit osciller latéralement le fauteuil, exprimant un contentement que Friedrich von Riegenburg exprima d'une manière très déraisonnable.

« Je veux une Abdulla.

– Depuis que nous avons retrouvé la trace du juif hongrois, nous refumons, se plaignit Frau Spitz auprès du témoin de leurs excès.

– Allumez-la.
– C'est la troisième depuis ce matin !
– Nous ne tousserons pas.
– Sinon, je l'éteins ! »

De sa main restée libre, Frau Spitz sortit une cigarette d'une des poches profondes de sa robe. Elle l'amena à la hauteur du visage de l'infirme. Celui-ci pinça les lèvres.

« Je l'allume ! »

La matrone ficha la cigarette entre ses dents et y porta la flamme d'un briquet. Friedrich von Riegenburg ferma les yeux et aspira. La gargouille relâcha la fumée.

« Encore », murmura le SS-Obergruppenführer.

Elle réitéra.

« Je tire beaucoup plus fort sur ma cigarette, rêvassa le nazi. Je brûle le juif hongrois. Je le réduis en cendres. Après, je le piétine. »

Elle inspira fortement, relâcha la fumée et tapa du pied.

« Je lui tords les bras, je lui casse les jambes, je l'énuclée, je contemple l'œuvre de ma vie... »

Elle fumait par salves et tapait du pied.

« Je lui ouvre le ventre, j'y crache ma fumée, je vide le cendrier, je piétine. »

Elle tirait convulsivement sur son mégot. Le tabac gémissait, les volutes saignaient.

« J'écrase la cigarette dans son œil grand ouvert, je vois un tableau de Grosz, une œuvre dégénérée, je rallume une cigarette à la chaleur des viscères hongrois, je piétine...

– Nous le faisons cuire, fumait Carmen, nous l'empalons...

– Je porterai ses oreilles en sautoir...

– ... Chaque soir, son crâne accueillera mon dentier.

– Ainsi soit-il, pria Riegenburg.

– Que son martyre nous soit pardonné », conclut Frau Spitz.

Elle écrasa la cigarette dans un cendrier posé sur un guéridon.

« Je me sens mieux, tremblota le nazi : le tabac égyptien apaise. »

Il soupira d'aise et questionna :

« Où est-il ? »

Ruddi Reineke s'attendait à la question. La réponse était prête.

« D'un commun accord, j'ai rompu la filature pour ne pas nous exposer à une reconnaissance malheureuse. »

Il avait employé le pluriel de majesté par mimétisme.

« L'accord était commun à qui ? questionna la femme aux macarons.

— À moi.

— Et à qui ?

— À moi. »

Elle émit un ricanement qui parut incompréhensible à Ruddi Reineke, bien qu'un brin menaçant. Pourtant, il se sentait très proche de cette femme qui maniait le fauteuil de l'infirme avec un plaisir qui n'était pas étranger à celui qu'il ressentait lui-même au volant de la belle Opel.

« Mais j'ai le numéro d'immatriculation de la voiture qui est venue quérir l'Untermensch à la gare ! s'écria-t-il. C'est une Mercedes ! Je pense que... »

Il s'interrompit. Était-ce vraiment le moment de demander l'auto comme preuve de gratitude ?

Il balança sur le parti à prendre.

« Notez le numéro sur ce papier », ordonna Frau Spitz en désignant un bloc posé près du cendrier.

Ruddi Reineke prit sa plus belle plume et traça les lettres et les chiffres avec application.

« C'est dans l'ordre ? »

Il confirma.

Frau Spitz appela un garde et lui confia la feuille.

« Il nous faut le nom et l'adresse du propriétaire du véhicule dans l'heure, gronda le SS-Obergruppenführer.

— Vous allez l'arrêter ? demanda l'ancien groom en se hissant sur la pointe des pieds pour paraître influent.

— Jamais ! s'écria Frau Spitz.

— Nous allons le manger, rectifia Riegenburg.

— Le déchirer à pleines dents !

— Non. Tout doucement, au contraire. Nous allons le pétrir, briser ses os, ses dents, ses petits cartilages... »

Le SS haletait légèrement.

« Nous nous le gardons, compléta la matrone. C'est pourquoi nous vous avons envoyé à la gare...

— ... Nous lui ferons plus mal que le meilleur de nos tortionnaires.

– Me comptez-vous parmi ce "nous" ? s'enquit Ruddi avec une inquiétude soudaine.

– Quelles sont vos compétences ? »

Il montra ses ongles

« Je déchire dans les règles de l'art.

– Crevez-vous les yeux ?

– J'ai quelques compétences en optique.

– Aimez-vous les abats ?

– Cœur, foie, rognons.

– Cervelle ?

– Avec clous et cure-dents.

– Les hurlements des victimes vous éprouvent-elles ?

– Elles m'encouragent.

– Le sang ?

– Je m'en délecte.

– La moelle épinière ?

– Je la paralyse entre les mâchoires, je la déchiquette, j'y mets du jus de citron, voire de l'acide chlorhydrique.

– Parfait, admit le SS-Obergruppenführer. Vous participerez aux agapes.

– Puis-je savoir qui, à part nous-mêmes, se joindra au festin ?

– Une convive. Nous allons vous présenter. »

Ruddi Reineke émit un bruit d'arrière-gorge et demanda :

« Suis-je autorisé à fumer une petite Abdulla ? »

Mercedes Spitz

Les caves de la Funkabwehr sentaient l'humidité. Les roues du carrosse tapaient sur les angles des murs. Chaque fois, Frau Spitz grommelait une parole d'excuse à laquelle l'infirme ne prêtait aucune attention. Ses mains gantées s'accrochaient aux accoudoirs. Sa casquette n'avait pas dévié d'un millimètre.

Ruddi Reineke suivait l'équipée sauvage sans piper mot. Il avait un peu froid. Il se réchauffait en pensant à la Mercedes. Il ne se souvenait plus si les roues étaient à rayons et se demandait si le symbole de la marque était affiché en bonne place, à l'extrémité du capot. Sinon, il le ferait remettre. L'inconvénient des roues à rayons, c'était que, lorsque Herr Ruddi von Reineke longerait les trottoirs afin de faire relâche question célibat, les cocottes seraient aspergées par l'eau des caniveaux. Il faudrait peut-être demander au chauffeur de les remplacer par des roues sans rayons. D'ailleurs, qui serait le chauffeur ? Cette question importante n'avait pour l'heure trouvé aucune réponse.

Lorgnant l'embonpoint de Frau Spitz, Ruddi Reineke se demandait si elle ne pourrait pas caler ses fesses sur le siège dévolu à cette fonction. Il accéléra le pas pour cerner le problème d'un peu plus près. Le bassin était certainement aussi confortable qu'une bonne roue de secours posée à plat ; le dos paraissait lisse comme une Autobahn ; la stature générale était convenablement carrossée ; les jambes béquillaient en virage, mais la 770 n'était pas spécialement réputée pour sa tenue de route. On ne pouvait pas tout attendre d'une propulsion arrière. Il suffisait qu'elle démarre et ne cale pas en route. Et puis, question feulement, la garde-malade devait se défendre. Les montées en régime seraient rapides et vigoureuses. Tout ce qu'aimait Ruddi Reineke.

« J'aurais dû être garagiste », se pourléchait-il en suivant du regard la malle arrière de la Mercedes qui le précédait.

Ils débouchèrent sur un passage un peu plus large, éclairé par des torchères. Elles brûlaient en dégageant une odeur de pétrole qui asséchait l'humidité de l'air. Un SS armé montait la garde un peu plus loin. Son casque luisait du même éclat que les portes métalliques et cadenassées qui abritaient les archives de la Funkabwehr. L'une d'elles était ouverte. Ruddi Reineke aperçut des cartons dont l'un laissait entrevoir quelques feuilles dactylographiées. Dans ces caves profondes, à dix mètres au-dessous du sol, étaient entreposés les rapports d'écoutes de tous les émetteurs clandestins captés par les chasseurs de l'Abwehr, ainsi que les comptes rendus d'observation sur le terrain rédigés par les agents du Sicherheitsdienst, le service de renseignement de la sûreté allemande (SD), éparpillés dans toute l'Europe occupée.

« *Seine Gemächer!* fit Herr Friedrich von Riegenburg. Ses appartements ! »

Mercedes Spitz serra les freins et se déporta légèrement sur la gauche. Profitant du passage, Ruddi Reineke doubla facilement. Il pila sans heurt et braqua en direction d'une porte manifestement blindée, que le chauffeur de l'Obergruppenführer poussa d'un mouvement d'arbre à cames : les verrous n'avaient pas été tirés.

Émerveillé, le supplétif découvrit une cage minuscule prête à recevoir son locataire. Les murs avaient été refaits à neuf : des chaînes et des bracelets étaient sertis dans les murs lépreux. Des pinces, des clous, des lanières et toutes sortes d'objets contondants étaient sagement distribués sur une tablette. La paillasse était neuve. Les toilettes, constituées d'un seau en fer-blanc, ouvraient directement dans la pièce principale.

« *Wunderbar!* admira Ruddi Reineke. On voit aussitôt combien Herr Borovice sera bien traité !

– Nous l'attendons depuis si longtemps ! » murmura l'impotent.

Il commanda à sa duègne de pousser de l'avant.

Elle donna quatre tours de roues. Ils s'arrêtèrent devant une nouvelle cellule, ouverte et non gardée.

« Cette personne s'est portée volontaire en qualité de voisine, déclara Mercedes Spitz.

– Elle veillera nuit et jour sur notre petit protégé.
– Le festin est aussi pour elle. »

Ruddi Reineke passa la tête dans une cave également aménagée, mais différemment. Une table était posée au centre de la pièce. Des piles de livres s'élevaient jusqu'à la voûte. Éclairée par une torchère accrochée au mur, une femme travaillait à cette table. Elle lisait un livre en prenant des notes d'un genre cabalistique. Des centaines de feuilles comportant des signes, des lettres et des chiffres, traînaient au sol.

« Mlle Gerda est la meilleure casseuse de codes de la Funkabwehr, déclara Riegenburg avec une admiration non dissimulée.

– Elle n'a pas l'air de casser grand-chose, s'étonna Ruddi Reineke.

– Des codes secrets ! » s'impatienta Frau Spitz.

La femme leva sur les visiteurs un regard rougi par le travail, puis, sans manifester le moindre étonnement, plaisir ou déplaisir, se remit à la tâche.

Il lui manquait un bras. Elle traçait ses signes sibyllins de la main gauche, avec laquelle elle tournait aussi les pages du livre posé devant elle. À vrai dire, elle ne lisait pas. Elle observait les phrases, notait, revenait en arrière, cornait une page, reprenait le fil d'une histoire qui ne l'intéressait évidemment pas : seul lui importait l'ordre des lettres et des mots.

« Mis à part le bras coupé, qui fait écho à la jambe brisée de notre boiteux, je ne vois pas quel lien unit les deux oiseaux, remarqua judicieusement le supplétif.

– Elle travaille contre lui, répondit Mercedes. Nous avons fouillé l'appartement de la jeune personne qui accompagnait l'Untermensch. Dans les toilettes, nous avons découvert un fragment de feuille qui semblait correspondre à un message codé mal détruit. »

Herr Riegenburg claqua des doigts. Aussitôt, son chauffeur alluma une Abdulla.

« Je fume lentement, ordonna l'infirme. Je recrache la fumée en une ligne pure. »

Après qu'elle se fut exécutée, la matrone reprit :

« Nous pensons qu'il existe peut-être un rapport entre ce message codé et la présence du pourceau à Berlin. C'est pourquoi nous ne l'avons pas intercepté aussitôt.

– Il est tout à fait regrettable que vous ayez perdu sa voiture, intervint Riegenburg... La cigarette, je vous prie ! »

Frau Spitz inhala.

« Pourquoi tous ces livres ? demanda Ruddi Reineke qui n'en avait jamais vu autant.

– Pour coder, il faut que l'émetteur et le récepteur disposent du même texte. Nous avons pris tous les livres qui se trouvaient chez cette Barbara Dorn. Ainsi que d'autres, découverts dans une maison émettrice à Bruxelles.

– J'éteins la cigarette ! ordonna le SS-Obergruppenführer. Elle importune Fräulein Gerda. »

Il adressa un sourire carnivore à la manchote, qui poursuivait sa tâche sans se soucier de qui l'observait. Elle aussi voulait la peau de Blèmia Borowicz. C'était son rêve le plus cher et le moins secret. Jadis, Gerda la Rouge avait été membre du Sozialistische Arbeiter Partei Deutschlands. Elle avait fui l'Allemagne après l'incendie du Reichstag, et s'était rendue en France. Elle avait été engagée comme photographe dans l'agence que Boro et ses compagnons hongrois avaient fondée dans les années 30, avant de la saborder quand elle était tombée aux mains des nazis[1]. Pierre Pázmány, l'un des trois créateurs d'Alpha-Press, était tombé amoureux de ses cheveux orange, de son allure de garçon manqué, de ses diatribes implacables contre les nazis : elle voulait leur peau à tous.

C'est eux qui avaient eu la sienne. Emprisonnée par les Français dans les premiers jours de la guerre comme ressortissante d'un pays ennemi, Gerda la Rouge avait été livrée aux Allemands. Friedrich von Riegenburg s'était personnellement occupé d'elle. Il avait fait capturer Pázmány à Paris et lui avait proposé un marché simple : la vie de son amoureuse contre l'adresse où se cachait l'Untermensch. Páz n'avait pas parlé. Pour le contraindre, Friedrich von Riegenburg lui faisait régulièrement parvenir des photos de Gerda, torturée par ses soins. Elle avait d'abord perdu un doigt ; puis deux ; la main ; le bras. Páz ne parlait toujours pas. Il s'était évadé alors que Riegenburg avait décidé d'entamer la partie droite de la jeune personne. Il y avait renoncé en raison de

---

1. Voir *Les Aventures de Boro, reporter photographe, Boro s'en va-t-en guerre*.

la bonne volonté de sa victime : rongée par la douleur autant que par la haine, elle avait offert ses services au chef du Reichssicherheitshauptamt. Son amant ne l'avait pas sauvée : elle consacrerait sa vie à le perdre. Lui et Blèmia Borowicz.

Elle jouissait d'une faculté qui émerveillait ses parents lorsqu'elle était encore petite fille : une mémoire exceptionnelle. Il lui suffisait de lire trois fois un calendrier pour se souvenir des dates des saints. À treize ans, elle était capable de citer dans l'ordre de ses rencontres les nom, prénom et adresse de tous les camarades de classe qu'elle avait collectionnés depuis l'enfance. Aucun ne manquait à l'appel de ses souvenirs. Cette faculté impressionnante lui avait valu d'être affectée à la Funkabwehr, section décryptage. Elle avait consacré ses jours et une partie de ses nuits à apprendre le carré de Vigenère, les chiffres de Beaufort, de Hill, de Delastelle, de Gronsfeld et de Digrafide. Elle connaissait les techniques du mot probable, la méthode Babbaye Kasski, les acrostiches Otzmetzguine-Kafski. Elle n'était pas particulièrement douée pour le calcul et la logique, en sorte que la science et l'imagination lui manquaient pour déchiffrer des messages qui ne répondaient pas strictement aux règles de cryptologie. Mais elle était imbattable pour isoler des lettres grâce à leur fréquence et repérer des groupes numériques et syllabiques souvent employés. En quelques mois seulement, elle était devenue le plus brillant de tous les casseurs de codes du Grand Reich. Les dossiers les plus ardus lui étaient attribués. Quand Friedrich von Riegenburg lui avait confié le fragment de papier découvert dans les toilettes de Barbara Dorn, Gerda la manchote venait de reprendre l'étude de tous les ouvrages découverts à Bruxelles, rue des Atrébates : une équipe composée de huit scientifiques spécialisés dans le décodage n'en était pas venue à bout.

Elle avait provisoirement abandonné. Blèmia Borowicz était à Berlin. On avait découvert chez la personne qui l'avait convoyé une feuille qui correspondait peut-être, sans doute et même très certainement – depuis qu'elle étudiait la question en lisant tous les livres rapportés de chez elle, Gerda la Rouge s'en était persuadée –, à un cryptage de données, donc à une trahison. Si elle impliquait le reporter français, on pourrait le juger, lui et tout un réseau, après lui avoir fait subir les tracasseries dont la jeune Allemande rêvait depuis la disparition de son bras. Sinon, on userait des mêmes pratiques, sans jugement. Gerda, qui avait défendu les droits des hommes sur moult barricades, avait conservé de ses engagements passés un fort dégoût pour l'arbitraire. Elle croyait en la Justice et en l'État.

Pour l'heure, la Justice de la SS, et l'État du Führer.

Elle défendait son nouvel idéal avec la même énergie qu'elle avait placée naguère dans sa destruction. Courbée sur ses feuilles et sur ses livres, le moignon douloureux en raison de l'humidité des caves, elle lisait pour la cent millième fois les treize voyelles et les neuf consonnes du message recueilli par Friedrich von Riegenburg.

Elle n'entendit pas le SS-Obergruppenführer s'éloigner : sa tâche absorbait tous ses sens. Elle ne le vit pas tourner à l'angle du couloir, pénétrer dans l'ascenseur et se faire conduire dans le bureau qu'il occupait lorsqu'il venait dans les bâtiments de la Funkabwehr. Elle n'assista pas à l'entrée d'un planton dans la pièce. Celui-ci remit une enveloppe à Frau Spitz.

« Décachetez », ordonna le SS-Obergruppenführer.

La duègne ouvrit.

« Quelles sont les nouvelles ? »

Gerda ne vit pas la stupeur recouvrir d'un seul coup le visage du nazi décoré de la croix de guerre lorsqu'il apprit que la Mercedes immatriculée 234 D 21 appartenait à l'une des familles les plus puissantes du saint empire nazi.

« Schulze-Boysen ! » répétait, stupide, la matrone à macarons.

« Schulze-Boysen ! » renchérissait Riegenburg.

« Tristesse et trahison ! » se désespérait in petto Ruddi Reineke.

Il avait compris que la Mercedes aux roues à rayons venait de lui échapper.

La canne magique

Boro préparait son matériel. Après avoir chargé les deux Leica qu'il avait emportés avec lui, il vissa sur le premier un objectif Summicron de 50 mm dont l'œil légèrement bombé ouvrait à F 5,6. Il ajusta un caillou d'une focale un peu plus grande sur le second. Il avait choisi un film d'une sensibilité élevée.

« Vous travaillez toujours au Leica ? »

Harro Schulze-Boysen observait attentivement les gestes du photographe. Les deux hommes étaient enfermés à l'arrière de la Mercedes garée en bordure d'un champ. Ils se trouvaient à deux cents kilomètres de Berlin. Il était près de minuit.

« C'est le plus petit appareil photo du monde, répondit Boro. Je l'emporte toujours sur mes champs de bataille.

– Je le sais...

– Comment cela ?

– Où êtes-vous allé ? éluda l'officier.

– Aux États-Unis, en Inde, en Angleterre... J'ai aussi couvert la guerre d'Espagne et photographié des visages admirables... »

Schulze-Boysen attendait patiemment la suite. Il était attentif comme un enfant. Les quelques heures que Boro avait passées en sa compagnie lui avaient permis de découvrir un homme chatoyant, riche de multiples facettes. Dans ses fonctions officielles, il apparaissait à tous comme le serviteur musclé de l'État qu'il prétendait être. Dans le cadre très secret de ses activités résistantes, il était promis à un bel avenir politique si ses camarades et lui-même parvenaient à décapiter le Reich de ses hydres maléfiques. Ses amis le tenaient pour un presque jeune homme, plaisant dans ses manières, libre dans ses propos, joueur, farceur, aimant les fêtes et les plaisirs. Chez lui, il était un mari amoureux et un père attentif. Dans la voiture, assis au côté d'un reporter qui avait bravé autant de dangers que lui mais ailleurs, il se comportait comme un frère cadet admiratif. Il eût volontiers prolongé à l'infini cet échange en conclave, et repoussait l'instant où il lui faudrait donner l'ordre au chauffeur de rouler vers les casemates dont les dômes se profilaient au loin, éclairés par des projecteurs fixés au sommet de miradors froids comme des squelettes. Le char Tigre se trouvait dans l'une d'elles.

« Parmi les têtes couronnées de ce monde, qui avez-vous photographié ? demanda Schulze-Boysen en relevant une canne dont il s'était muni en quittant ses propriétés.

— Ce ne sont pas les têtes couronnées qui m'intéressent le plus.

— Je ne connais pas les autres. »

Boro porta l'un des Leica à son visage et cadra le visage juvénile de Harro Schulze-Boysen. Mais il ne posa pas le doigt sur le déclencheur.

« Le plus changeant, c'était Charlie Chaplin. Le plus profond, Léon Trotski. Le plus nerveux, vous le connaissez mieux que moi.

— Hitler...

— Quand il n'était pas encore chancelier.

— J'ai vu la photo... »

Harro montra les deux appareils.

« Lequel des deux a eu cet insigne honneur ?

— Un troisième... C'était mon premier Leica, et celui auquel je tenais le plus.

— Savez-vous comment vous allez procéder ?

— Non. Je ferai comme pour chaque reportage : j'aviserai.

— Je vous donnerai mon manteau. Sa coupe très germanique compensera votre aspect anglais.

— Anglais ? s'étonna Boro. On ne m'a jamais prêté cette qualité.

— L'Allemagne est folle, mon cher vieux. L'ennemi est juif, anglais, tzigane, pédéraste, déviant. À vous voir, vous êtes évidemment un de ceux-là. Et si vous êtes pris, vous serez les cinq à la fois. »

Harro Schulze-Boysen étendit ses jambes devant lui et se contorsionna pour enlever le loden vert qui dissimulait un

LA CANNE MAGIQUE

uniforme flambant neuf. Blèmia ne put refouler une contraction musculaire que l'autre perçut.

« Ne m'en veuillez pas d'être ainsi accoutré. L'habit ne fait pas le moine, comme on dit ailleurs. Sans lui, nous ne passerions pas.

– La canne n'est pas tout à fait assortie », releva Blèmia.

Il montra l'alpenstock que l'officier avait posé contre la portière.

« Cet engin est pour vous. »

Il l'offrit à Boro. Celui-ci le prit dans les deux mains, le soupesa, le fit glisser entre ses paumes et le rendit à son hôte.

« Malgré tout l'honneur que vous me faites, je ne puis accepter ce cadeau.

– Et pourquoi donc ?

– Trop lourd, déséquilibré, et pas à ma main.

– Quelle importance ?

– Chausseriez-vous des souliers inadaptés à votre pied ?

– Si les circonstances l'exigeaient, certainement. Et croyez-moi, les circonstances l'exigent. »

Harro Schulze-Boysen présenta une carte d'identité au reporter. Elle avait été établie au nom de Herr Dietrich Hallberg, ingénieur, né à Leipzig le 22 février 1910. La photo avait été prise le matin même au domicile de Harro.

« Et de cela, vous voulez bien ?

– Il me semble que je n'ai pas le choix.

– La canne non plus. »

Schulze-Boysen la rendit au Hongrois.

« Examinez-la, je vous prie. »

L'Allemand souriait, comme s'il était enchanté d'un bon tour.

« Regardez le pommeau. »

Il avait été taillé dans un ébauchon de bruyère. On y avait adjoint un stick robuste, un lacet torsadé, un embout et une culotte de cuir sur le dessus.

« Au premier coup d'œil, pour les gardes qui vont vous demander vos papiers, cette canne n'est qu'un appendice pour individu diminué, en l'occurrence un boiteux à l'œil noir et peau mate, élégant, longiligne, mais sans doute un peu juif, anglais, tzigane, pédéraste…

– J'ai toujours apprécié les signes particuliers, commenta Boro. Ce sont eux qui font du plus commun des mortels un mortel peu commun.

– Je partage ce point de vue. Seulement, Herr Dietrich Hallberg, vous ne pourrez pas le leur dire. Et si, en plus, ils vous surprennent à photographier un tank qui est encore considéré comme un secret militaire de première importance, je ne donne pas cher de votre peau... Ni de la mienne ! »

Harro Schulze-Boysen s'empara de la canne. Il augmenta la lumière du plafonnier, brandit le pommeau face à lui et plaça sa main sur le cuir. Blèmia n'entendit rien. Mais il vit coulisser un fragment de la bruyère et se trouva face à un cercle sombre, légèrement brillant.

« Permettez-moi », dit-il.

Sa voix trahissait comme une impatience enchantée. Il n'osait croire qu'il avait vu juste. La canne entre les mains, il promena ses doigts sur le cuir du pommeau. Sans rien découvrir. Harro Schulze-Boysen souriait : son tour avait réussi.

« Dans notre malheur hitlérien, dit-il, nous avons parfois de la chance. Comme celle de connaître des artisans de génie, notamment un menuisier qui a creusé les cavités, les fentes et les ouvertures nécessaires. Donnez-moi cette canne, je vous prie. »

Blèmia rendit l'objet.

« Le pied se dévisse : vous pouvez loger deux rouleaux de pellicule. »

La démonstration était convaincante.

« Le pommeau pivote. Il suffit de le tourner dans un sens puis dans l'autre tout en appuyant sur les deux attaches de la lanière. Comme ceci... »

Harro fit basculer le pommeau sur un axe invisible. À l'intérieur, creusé au ras des parois, un compartiment tout en longueur permettait de placer là le plus petit appareil photographique du monde : un Leica muni d'un objectif à courte focale.

« Vous déclenchez de l'index et armez avez le pouce. La première pression découvre l'objectif. »

Harro avait refermé le pommeau. Il tendit la canne à Boro. Celui-ci posa sa paume sur le cuir, promena ses doigts et repéra les minuscules protubérances qui prolongeaient les commandes du Leica. Il ne prit aucune photo afin de ne pas gâcher la pellicule. L'admiration devant ce travail d'orfèvre l'empêchait de parler.

« Vous laisserez vos deux appareils dans la voiture. Nous avons placé un Leica dans la canne. Vous l'enlèverez de sa chambre lorsque vous serez à Paris.

– Comment saviez-vous que je travaillais avec cet appareil ? » questionna Boro.

Il jouait avec l'alpenstock comme s'il s'entraînait.

« Nous avons le bras très long, et sommes parfaitement renseignés », répondit mystérieusement Harro Schulze-Boysen.

Le plus difficile serait de viser au jugé. Mais, sur vingt-quatre poses, le photographe en réussirait nécessairement quelques-unes.

« Maintenant, il faut y aller. »

L'officier frappa doucement sur la vitre de séparation. Le chauffeur mit le moteur en route.

« Je vous remercie, dit Boro d'une voix profonde. C'est le plus beau cadeau qu'on m'ait fait depuis longtemps.

– Ce n'est pas moi qui vous l'offre, répondit Harro Schulze-Boysen. Ce sont les réfractaires allemands à l'ordre nazi. »

La Mercedes roulait doucement vers les casemates.

Barrages

À la première guérite, Harro Schulze-Boysen tendit ses papiers au planton qui les lui demandait. Il avait coiffé sa casquette et raidi son maintien. Sur sa poitrine, la croix de fer battait comme un cœur révolté.

Ils passèrent.

Au deuxième point de contrôle, Herr Dietrich Hallberg dut à son tour montrer patte blanche. On lui ordonna de descendre, et il fut fouillé. Il semblait à Boro qu'il s'enfonçait dans une souricière à la pente vertigineuse. Une fois en bas, comment remonterait-il si on essayait de le retenir ?

Un Feldwebel lui demanda quelle était sa mission sur le site.

« *Ich bin Ingenieur*, répondit Herr Hallberg.

– *Er arbeitet an Panzern*, compléta Schulze-Boysen.

– *Und Sie ?* demanda le Feldwebel, s'adressant à l'officier allemand.

– J'ai déjà présenté mon laissez-passer !... Je suis Harro Schulze-Boysen ! Je travaille à l'Institut de recherche Hermann-Goering. »

Ils passèrent.

Dans la pénombre de l'habitacle, Boro s'entraînait à photographier avec la canne. Il la promenait devant lui, orientant le pommeau vers le chemin borné par des barbelés qu'ils suivaient à petite vitesse, vers les tranchées interdisant certains passages, vers le profil désormais fermé, cadenassé, rigide de Harro Schulze-Boysen. L'Allemand se concentrait sur l'opération. Lui aussi, certainement, se demandait par quel miracle ils en réchapperaient s'ils étaient pris.

À trois cents mètres des casemates, ils furent à nouveau contrôlés. Cette fois, le barrage était consolidé par des chicanes en amont et des ferrailles cloutées disposées de l'autre côté, après les barrières de surveillance. On abordait les trois guérites au ralenti. Fuir plus loin était impossible : les pointes transformeraient les pneus en sacs dégonflés. Revenir sur ses pas ne paraissait pas plus facile : lorsque la Mercedes se fut arrêtée, trois soldats en armes coupèrent sa retraite en se postant trente mètres derrière elle.

Un Kapitän SS s'approcha de la vitre derrière laquelle les passagers observaient. Une dizaine d'hommes de la Wehrmacht portant casques et mitraillettes prirent position autour de la conduite intérieure. Sur les ailes avant, les fanions à croix gammées battaient au vent de la nuit.

« Ne dites rien, souffla Harro Schulze-Boysen. Ceux-là sont plus méchants que les autres. »

Il ouvrit la portière et descendit. Un souffle glacé pénétra dans l'habitacle. De part et d'autre des chicanes, fichés dans le sol comme des derricks mortifères, les miradors pointaient leurs projecteurs sur la voiture. Boro serrait les poings à se griffer les paumes. Paris, fût-elle occupée, blessée, à terre, Paris lui manquait.

« *Wer ist Ihr Nachbar ?* » demandait le capitaine.

Il désignait Borowicz. Harro répondit que Herr Dietrich Hallberg était un ingénieur spécialiste des blindages, venu tout exprès de Dresde pour examiner la base de la tourelle du nouveau char Tigre.

« Pourquoi seulement la tourelle ?
– Parce qu'elle est plus fragile.
– Et pourquoi vient-il à cette heure de la nuit ?
– Il a raté le train précédent. »

En vérité, Harro Schulze-Boysen avait choisi cette heure-là parce qu'il savait, grâce à un informateur, que les troupes de surveillance étaient plus strictes dans la journée.

« Montrez vos laissez-passer », ordonna le Kapitän.

Ils passèrent.

Plus ils se rapprochaient de l'objectif, plus la surveillance était étroite. Quatre motards encadraient désormais la voiture.

« Quelque chose déraille, commenta Harro.
– Croyez-vous que nous soyons attendus ?
– Par qui ? »

Boro ne répondit pas.

« Il serait peut-être plus sage de faire demi-tour...

— Au point où nous en sommes, je suggère au contraire de poursuivre. Reculer, maintenant ou plus tard, ne changera plus grand-chose à notre sort.

— Que voulez-vous dire ? demanda Harro.

— Si nous sommes attendus, cela signifie que nous sommes virtuellement pris. Autant risquer les photos. Sinon, nos efforts n'auraient servi à rien. »

L'Allemand se déplaça de trois quarts pour mieux voir le Hongrois. Il lui tendit la main.

« Nous risquons gros, mais nous allons le faire. »

Ce fut comme un instant solennel, très bref mais chargé d'une estime réciproque qu'aucun des deux hommes n'exprima mieux que par cette poignée de main. S'ils devaient aller à la mort, ils iraient ensemble.

Deux motards passèrent devant la Mercedes et la guidèrent entre les casemates. Le pinceau des projecteurs les écrasait.

La voiture stoppa à distance d'une coupole en béton cerclée de barbelés épais. Un énorme panneau surmonté d'une tête de mort indiquait un champ de mines. Plus loin, dans l'ombre, les chromes d'une limousine au capot long comme une mâchoire de crocodile brillaient doucement dans la nuit.

« *Viel Glück*, murmura Harro Schulze-Boysen à l'adresse de Boro.

— Bonne chance », répondit celui-ci en français.

Lorsqu'ils furent dehors, le reporter posa la main sur l'épaule de l'officier et ajouta :

« S'ils nous ont laissés aller jusque-là, c'est qu'ils ne savent pas. Nous ne courons aucun risque. »

Il y croyait un peu. Comme ils s'approchaient de l'entrée, les projecteurs des miradors furent brusquement coupés. Le pinceau des lampes s'arrêta à la lisière de la limousine arrêtée plus loin. S'ils avaient poursuivi leur ronde ne fût-ce que d'un petit mètre, Boro aurait certainement reconnu la Mercedes rehaussée, élargie et blindée qui stationnait, tous feux éteints, à moins de dix mètres.

Alors, jamais il n'eût franchi la paroi qui se referma derrière eux, coulissant comme une lame de guillotine.

La cage du Tigre

Ils empruntèrent une plate-forme qui descendait dans les entrailles de la casemate. Elle était constituée de deux plateaux superposés, chacun pouvant accueillir une personne. Harro Schulze-Boysen prit place sur le premier. Boro suivit. Il tenait sa canne dans la main droite, jouant avec le pommeau comme s'il devait prendre des photos. Naturellement, il réservait la pellicule pour plus tard.

Un homme les attendait en bas. Il portait l'uniforme des SS et la casquette à tête de mort. Harro le salua d'un «Heil Hitler» martial, auquel l'autre répondit en tendant le bras droit tout en claquant des talons. Boro se contenta d'un grommellement incompréhensible.

«Herr Leconte von Dauk, Hauptsturmführer de la 5e, division Panzer», déclara froidement Harro Schulze-Boysen.

Il présenta Dietrich Hallberg, ingénieur, et ajouta, autant pour informer le reporter que pour cultiver la sympathie du SS :

«Herr Leconte von Dauk a combattu en Pologne avant d'être muté sur le front de l'ouest. Il est le commandant de char le plus décoré de tous nos officiers des divisions panzers...»

Leconte von Dauk s'inclina sous l'hommage.

«Conduisez-nous», ordonna Harro.

Blèmia n'avait qu'une connaissance approximative des grades dans l'armée allemande, mais il lui semblait que Leconte von Dauk se comportait comme le subordonné de Schulze-Boysen. La révérence qu'il percevait chez l'officier SS le rassurait : pendant un instant, il avait douté de l'étendue des pouvoirs de son mentor.

Ils suivirent des couloirs étroits jusqu'à un mur en béton que prolongeait latéralement une paroi coulissante actionnée par une roue fixée à la pierre. Deux plantons armés de mitraillettes légères étaient postés là. Répondant à l'ordre proféré par le Hauptsturmführer, ils s'arc-boutèrent sur la roue et dégagèrent le panneau.

Dans un hangar illuminé par des projecteurs, le char Tigre apparut. Boro avait déjà vu des blindés en exercice, notamment pendant la guerre d'Espagne. Celui-ci ne ressemblait en rien ni aux automitrailleuses des républicains, grossièrement armées et mal protégées, ni aux tanks italiens et allemands, vus de trop loin pour impressionner. Le Tigre était un monstre. Campé sur des chenilles larges de près de trente pouces, il paraissait fiché dans le sol, maintenu par des racines ancrées profondément sous la terre. Il avait la taille et la couleur d'un dinosaure. Le sommet de la tourelle touchait presque le plafond de la casemate. Le canon, long, énorme, pointait vers les hauteurs. Des mécaniciens en bleu de travail s'affairaient sur l'engin, perchés comme des mouches aux angles du blindage. Des peintres juchés sur des échelles peignaient le char en gris.

« Il sera jaune dans le désert et kaki dans les steppes, commenta Leconte von Dauk... Sa puissance de feu se jouera de toutes les armes qu'on pourra lui opposer. »

Il commanda la fermeture des portes et ajouta :

« Le Tigre sera invincible. À cinq contre un, il l'emportera... Regardez ses chenilles : quand il envoie un obus, il s'appuie dessus, penché vers l'arrière. Le recul est impressionnant. Le vacarme, épouvantable. Mais s'il se cache avant l'assaut, derrière une butte ou en lisière de forêt, on ne le voit pas, on ne l'entend pas. Quand il se met en route, il feule. Lors des accélérations, ses cylindres produisent un barrissement infernal. »

Il s'adressa à Herr Dietrich Hallberg :

« Avez-vous déjà entendu nos Stukas fondre sur les populations civiles ?

— Jamais, mentit Boro.

— Nos ingénieurs ont fabriqué des tuyères d'échappement conçues pour terroriser. À cent pieds, quand les Stukas piquent, les turbines émettent un sifflement qui annonce la mort. Tout en bas, sur les routes, on se terre, on s'aplatit au sol, on est comme paralysé. »

LA CAGE DU TIGRE

C'est ainsi que les paysans de Guernica avaient succombé les premiers, poursuivis par les appareils de la Luftwaffe lâchant des tonnes de bombes, puis cherchant, dans les replis des terrains décimés, les paysans fuyant l'armada. Après l'Espagne, toutes les populations de l'Europe avaient détalé devant le hululement des Stukas mitraillant en piqué. Boro connaissait ce gémissement infernal venu du ciel, qui se transformait en sirène à l'approche du sol, annonçait la mort en martyrisant les tympans.

« Ce que nous avons fait dans les cieux de toute l'Europe, nous le referons sur terre, de la Baltique à la Méditerranée, poursuivit Leconte von Dauk. Quand une division de chars Tigre approchera d'une ville à conquérir, le roulement des chenilles et le grondement des moteurs provoqueront la panique. Les Popov courront si vite qu'ils rejoindront les tommies sur la Manche. »

Il ricana à l'évocation de cette image géographique.

Boro cadrait au jugé, maniant l'alpenstock avec une dextérité relative. Il recula de six pas, feignit de s'appuyer sur sa canne, visa approximativement et appuya sur la minuscule excroissance qui dissimulait le relais du déclencheur sous le pommeau. Il arma en actionnant le ressort commandé par le pouce.

« Le Tigre est le char de combat le mieux armé et le plus puissant de tous ceux qui existent à l'heure actuelle, expliqua le Hauptsturmführer Leconte von Dauk. Cinquante-six tonnes, cinq hommes d'équipage. Les premiers seront envoyés en Afrique du Nord au cours de cette année, sans doute l'été prochain. Ils renforceront l'Afrikakorps du Feldmarschall Rommel. »

Boro enregistra.

« Seuls les bataillons d'élite recevront cette nouvelle arme. Notamment la division SS Das Reich, bientôt devant Koursk... Puis toutes les autres, selon les rythmes de fabrication. »

Ils faisaient le tour du blindé. Boro ne perdait rien des informations délivrées par leur guide. Chaque fois que celui-ci montrait un accessoire de l'engin, il photographiait. Les chenilles, celles réservées au transport et celles, plus larges, dévolues au combat. Le canon de 88 mm. Le blindage, moins épais sur les flancs. Le caisson, en arrière de la tourelle. Les trois compartiments intérieurs. L'emplacement du moteur...

Blèmia était redevenu photographe. Son œil repérait les détails qu'il devait mémoriser, puis il ajustait la canne, le regard fixé sur l'objectif qu'il voulait capturer, et il appuyait doucement sur le déclencheur, par-dessus le cuir du pommeau. La lumière, crue et blanche, était suffisante pour une ouverture et une vitesse moyennes. Les clichés manqueraient certainement de précision, mais ils suffiraient aux services secrets alliés pour se représenter le nouvel ennemi auquel ils auraient à faire face.

«Une fois bien assis sur ses chenilles les plus larges, poursuivait le Hauptsturmführer non sans une certaine fierté, le Tigre sera indélogeable. Sa capacité de tir le protégera de toutes les attaques.»

Ils utilisèrent un échafaudage mobile.

«Les obus sont rangés à la base de la tourelle. Six de chaque côté. Ce sera le point le plus faible...»

Photo.

«... Les réservoirs sont particulièrement bien protégés, ainsi que le museau, le bas de la caisse et le dôme d'où le servant pourra tirer avec des armes légères...»

Photo.

«... D'ici, le mitrailleur-radio observera tout le champ de bataille et commandera le tir.»

Photo.

Quant il eut appuyé vingt-deux fois sur le déclencheur, Boro adressa un signe discret à Schulze-Boysen. Celui-ci lui demanda en allemand s'il en savait assez pour renforcer le blindage du tank au niveau de la base de la tourelle.

«Bestimmt, répondit l'ingénieur. Certainement.»

S'adressant à Leconte von Dauk, il lui demanda de préciser quelques détails anodins sur les plaques utilisées. Lorsqu'ils redescendirent, il se baissa, feignant de relacer un soulier, et coucha l'alpenstock pour prendre les deux dernières photos : les doubles rangées de roues.

Ayant renoué avec la verticalité, il se dirigea vers la paroi coulissante. Il était resté moins de dix minutes dans la casemate. Un seul désir l'animait désormais : sortir de la base, fuir la ville, quitter l'Allemagne.

«*Danke!*» fit-il en offrant sa main au Hauptsturmführer.

Celui-ci la prit, sans se déganter.

«Je communiquerai mon rapport à votre institut de recherche, dit-il en se tournant vers Schulze-Boysen.

– Dans les plus brefs délais, repartit froidement Harro.

– Je n'ai plus qu'à conclure.
– Il travaille sur le Tigre depuis déjà quatre mois, expliqua l'officier à Leconte von Dauk.
– *Heil Hitler!* fit ce dernier.
– *Heil Hitler!* » répondit Harro Schulze-Boysen.
Le Hauptsturmführer s'approcha d'un judas creusé dans le blindage de la paroi.
« *Machen Sie die Tür auf!* » commanda-t-il.
Le panneau coulissa.
De l'autre côté, le couloir s'était rempli. Une section de SS attendait. L'élite du Schwarze Korps.
Six casquettes à tête de mort.
Six mitraillettes braquées.
« *Gute Nacht, Herr Blèmia Borowicz!* »
Boro attendit trois secondes avant de pivoter sur sa droite. C'est le temps qu'il lui fallut pour refouler tout mouvement, toute expression, et se montrer tel qu'il devait être après avoir compris. C'est le temps qu'il lui fallut pour s'écarter insensiblement de Harro Schulze-Boysen et regarder dans la direction de celui qui parlait. Le temps qu'il lui fallut pour se présenter debout, bien droit, la canne à la main, face à l'ombre noire qui l'avait salué.

Assis sur sa chaise, une Abdulla fichée dans le bec de sa gouvernante, le SS-Obergruppenführer Friedrich von Riegenburg fumait.

Les mâchoires du crocodile

« C'est à moi que vous parlez ? » demanda Boro dans un allemand impeccable.

Riegenburg avait le visage carnassier. Frau Spitz, elle, rosissait : la joie de le revoir, sans doute...

« Que faites-vous dans la cage du Tigre ?

— Herr Dietrich Hallberg m'accompagnait », répondit Harro Schulze-Boysen.

Il avança d'un pas vers le nazi.

Celui-ci dit « Tsss ». Dans le même temps, Frau Spitz avait fait pivoter le fauteuil, découvrant l'accessoire que l'infirme tenait enfermé dans son poing gauche : un petit revolver nickelé dont la crosse reposait sur le molleton de l'accoudoir.

« Vous avez ouvert les portes de nos secrets à un espion français doublé d'un photographe hongrois.

— Moi ? s'étonna Dietrich Hallberg.

— Lui ? » renchérit Schulze-Boysen.

Il se prit à rire.

« Friedrich, nos victoires vous tournent la tête ! Hallberg est un ingénieur réputé par tout ce qui touche aux questions de blindage !

— Il s'appelle Blèmia Borowicz, il est hongrois, photographe et espion. »

Frau Spitz avait donné son point de vue. Elle écrasa la cigarette Abdulla d'un mouvement tournant du pied. Son visage était auréolé d'une expression heureuse qui lui donnait l'aspect d'une sainte femme en extase devant une révélation.

« Fouillez-le ! » ordonna le Hauptsturmführer Leconte von Dauk, s'adressant aux deux plantons qui gardaient le sérail.

Blèmia leva les bras en signe de bonne volonté. Il fut palpé de haut en bas, puis de bas en haut, de gauche à droite et inversement.

« *Nichts !* firent les deux soldats d'une même voix.

– Vous pensez bien que, avant de l'introduire ici, j'avais vérifié moi-même qu'il ne portait aucune arme ! » s'emporta Schulze-Boysen.

En deux enjambées, il fut auprès de Riegenburg.

« Éclairez-moi, cher Friedrich. Pourquoi soupçonnez-vous cet homme ? Et de quoi ?

– Nous le connaissons depuis bien longtemps.

– S'il espionne en prenant des photos, trouvez son appareil.

– Excellente idée », repartit Boro.

Puis, se tournant vers les deux soldats qui lui avaient palpé les côtes :

« Souhaitez-vous recommencer ? Je suis à votre disposition... »

Il affichait une décontraction de façade. Son salut dépendait de l'attitude qu'adopterait Harro. Il comprenait que si Riegenburg prouvait l'usurpation, il était un homme mort. Ainsi que toute la Société des amis.

Schulze-Boysen se tourna vers Leconte von Dauk :

« Ordonnez à vos SS de baisser leurs armes. Notre invité n'a pas d'appareil photo ni de papier prouvant qu'il aurait pris des notes. Il n'est pas un espion.

– Vous n'en ferez rien », répliqua Riegenburg.

Il braqua son arme sur l'Allemand et cracha quelques mots à l'adresse des hommes de sa garde. Puis, revenant à Harro :

« Je suis le plus haut gradé des officiers présents. Le commandement m'appartient.

– Vous faites erreur, Friedrich...

– ... *Geben Sie ihr eine Zigarette !* » ordonna le nazi.

Puis, tandis que Frau Spitz embouchait une Abdulla :

« Oubliez, Herr Schulze-Boysen junior, que je suis l'ami de votre père. Ici, nous parlons d'une affaire d'État.

– Vous connaissez bien du monde ! s'exclama Boro.

– J'avale deux pleines bouffées, éructa le SS-Obergruppenführer, et je ne réponds même pas à l'*Untermensch* ! »

La gargouille s'arc-bouta sur son mégot. Elle recracha trois volutes. Riegenburg toussa. Harro interpella Leconte von Dauk.

« Veuillez téléphoner au ministre de l'Air. Et passez-le-moi. »

Riegenburg oscilla sur son siège.

« On ne dérange pas Herr Goering au milieu de la nuit...

– Il rêve ? s'enquit Boro.

– Lui, il se tait ! » ordonna l'infirme.

La Spitz inhala une longue bouffée qui descendit profondément dans les poumons de son maître. Les mitraillettes des SS restaient braquées sur leurs cibles. Sous leur casque, les hommes ne bougeaient pas. Ils semblaient aussi froids, aussi déterminés que les canons d'acier filetés qui lâcheraient leur mitraille sitôt que l'ordre en serait donné.

Riegenburg toisa le Hauptsturmführer.

« Est-ce vous qui commandez cette base ?

– Affirmatif pour cette nuit. Sinon, je ne suis que le numéro 3.

– Placez cet homme en état d'arrestation. »

Le pistolet nickelé se porta vers Harro Schulze-Boysen.

« Pour quelle raison, je vous prie ? demanda ce dernier.

– Vous avez introduit une taupe dans une base secrète.

– Voyez-vous cela ! » s'écria Harro.

Riegenburg darda un œil rougeâtre sur le reporter.

« Je vous ramène à Berlin. »

Leconte von Dauk sembla hésiter un instant. Puis, à son tour, il désigna Schulze-Boysen.

« *Nehmen Sie ihn in Haft !* »

Quatre soldats entourèrent le jeune Allemand. Il fut désarmé. Il n'opposa aucune résistance. Boro le considéra avec désarroi. S'étant laissé faire, il venait de condamner Barbara Dorn, son groupe, et Blèmia lui-même.

Le Hauptsturmführer donna l'ordre à trois soldats d'accompagner Herr von Riegenburg et son prisonnier jusqu'à sa voiture.

« Je vous escorterai personnellement, dit-il.

– Il ne fume plus, chanta Riegenburg. Il est content. »

Frau Spitz, elle aussi, affichait une mine ravie.

Elle éteignit la cigarette sur le gras du pouce. Une odeur de cochon brûlé se coula entre les murs. La garde-malade n'avait pas esquissé un seul mouvement de douleur.

« *Raus !* » ordonna Leconte von Dauk.

LES MÂCHOIRES DU CROCODILE

L'infirme et son double prirent place sur la première plate-forme. Le Hauptsturmführer grimpa sur la seconde. Les captifs furent poussés le long de couloirs malodorants. Les SS s'étaient séparés en deux groupes, chacun entourant un prisonnier.

Lorsqu'ils parvinrent à l'air libre, Friedrich von Riegenburg avait fait avancer sa voiture. Boro reconnut aussitôt le long capot et les portières massives de l'énorme Mercedes blindée. Une pensée le traversa, en même temps qu'une vision : celle d'une jeune Espagnole prisonnière, Solana Alcantara, enfermée dans le cercueil roulant qui allait l'emporter à son tour[1].

Le Hauptsturmführer Leconte von Dauk marcha vers le reporter et lui arracha sa canne.

« Cet engin est comme une arme...

– De toute façon, il n'en aura plus jamais besoin », se réjouit la Spitz.

Le Hongrois fut poussé à l'intérieur de la voiture.

« Attachez-le ! commanda Riegenburg.

– Ce n'est guère aimable ! » riposta Boro.

Un des SS lui entrava les poignets dans le dos.

« Ligotez l'autre », ordonna Leconte von Dauk.

Harro fut menotté à son tour.

« Je vous ramène moi-même à Berlin. Nous prendrons votre voiture. »

Leconte von Dauk récupéra l'arme de Schulze-Boysen des mains du SS qui l'avait confisquée. Il la braqua sur son prisonnier. Comme celui-ci n'avançait pas assez vite à son gré, il lui balança un coup de crosse derrière l'oreille. Harro tomba.

« Ramassez-le ! »

Il fut conduit jusqu'à la voiture. Le chauffeur observait la scène, incrédule. Il était tout petit et avait les yeux ronds.

« Menottez-le à la portière, ordonna Leconte von Dauk.

– Excellente idée, admira Riegenburg. Veuillez traiter mon prisonnier avec autant d'égards. »

Une deuxième paire de menottes assujettit Boro à la poignée. Il ne pouvait plus bouger. Pas plus que Harro Schulze-Boysen.

---

1. Voir *Les Aventures de Boro, reporter photographe, Les Noces de Guernica.*

CHER BORO

« À Berlin ! s'écria le SS-Obergruppenführer Friedrich von Riegenburg.
– À Berlin ! » échota le Hauptsturmführer Leconte von Dauk.
Les portières claquèrent. Les deux Mercedes prirent la route. Elles allaient à l'allure d'un convoi funèbre.

Pas de cigarette pour Sir Boro

« À partir de maintenant, je ne fume plus, décréta von Riegenburg.
— Il avait promis, commenta Frau Spitz.
— J'attendais seulement de vous retrouver... »
Ils étaient assis tous deux face au reporter : le nazi sur sa chaise, celle-ci étant encastrée dans une découpe de la banquette ; sa garde-chiourme sur le côté. Ils observaient leur prisonnier avec un regard gourmand, rendu plus sinistre encore par l'ampoule glauque du plafonnier.
« Peut-être pourrions-nous fêter cela ensemble ? proposa Boro. Vous arrêtez, et je commence... Comme si vous m'offriez la cigarette du condamné.
— Mais, mon cher, vous n'allez pas mourir si simplement! s'écria le SS-Obergruppenführer.
— Nous allons prendre le temps, enchaîna le cerbère. Nous sommes liés depuis si longtemps! Presque dix ans!
— Il est vrai », concéda Boro.
Il s'adressa plus particulièrement à Friedrich :
« Vous tentiez de séduire ma cousine en l'emmenant voir des expositions de peinture...
— *Fräulein Vremler!* rêvassa le nazi. Quel dommage qu'elle ait refusé de devenir la petite fiancée de l'Allemagne!
— Vous auriez pu lui plaire! Si vous aviez eu le type un peu moins aryen... Je ne parle pas de vos atouts physiques... Seulement de votre tournure d'esprit. Il aurait fallu que vous soyez un peu moins... Feldwebel... Plus digne de votre grade, Herr

Riegenburg! Si au moins vous aviez été un nazi élégant! Hitlérien avec finesse! SS au grand cœur!»

Boro ricana.

«Impossible, n'est-ce pas? Ce n'est pas votre faute, d'ailleurs : comment imaginer qu'un maître comme votre ancien caporal puisse embaucher à son service un petit personnel de valeur?»

Le SS-Obergruppenführer souriait aimablement. Boro comprenait qu'aucune flèche ne l'atteindrait. Un bonheur supérieur l'habitait : l'homme qu'il haïssait le plus au monde, celui qui l'avait cent fois humilié, qui occupait toutes ses énergies depuis une décennie, fût-ce celles qu'il devait au Grand Reich, l'Untermensch était là. Face à lui. Immobile. À une portée de balle.

«Voulez-vous une cigarette?

– Certainement!» se réjouit le prisonnier.

Il n'avait jamais fumé, mais il se serait volontiers laissé tenter; seulement pour dégager une de ses mains. Autrement, il ne voyait pas très bien comment il pouvait ne fût-ce qu'envisager une libération prochaine. Il était entravé; son arme fétiche se trouvait entre les mains d'un nazi à poigne qui le surveillait depuis la voiture suiveuse; ses compagnons de voyage étaient armés; la Grande Allemagne, si par miracle il parvenait à sortir de la Mercedes blindée, ne lui ouvrirait d'autres bras que ceux de la haine et de la vengeance... Il n'avait aucune issue. Cette constatation provoqua comme une immense fatigue en lui.

«Je réfute la cigarette, objecta la gargouille à macarons. Pour le moment, notre ami est notre bienfaiteur. Il doit le rester. Imaginez, Herr Friedrich, qu'il s'étouffe en inhalant trop vite?

– Vous pensez à tout, approuva le nazi. Pas de cigarette pour Sir Boro.»

Le reporter ferma les yeux.

«On regarde la situation en face! ordonna von Riegenburg.

– À quoi bon? Je distingue assez bien ce qui m'attend.

– Vous allez revoir de très vieux amis qui vont s'occuper de vous avec attention...

– ... Et ferveur!» compléta la Spitz.

Boro ouvrit les yeux. Ils roulaient à petite allure vers la sortie de la base. Les fanions de l'auto de Schulze-Boysen claquaient au vent, à trente mètres.

PAS DE CIGARETTE POUR SIR BORO

« Je vous admire, lança le reporter à l'adresse de la vieille fille. Vous êtes si dévouée à Friedrich ! Vous parlez pour lui, vous pensez pour lui, vous êtes sa main droite, une partie de son esprit... Il vous paie ?

– L'amitié ne se rétribue pas, répliqua-t-elle.

– Mais vous n'êtes pas son amie ! Vous êtes sa servante ! sa bonniche ! Pensez à ce que vous seriez devenue sans lui ! Une si belle femme ! Si désirable ! Je connais beaucoup d'hommes qui se seraient damnés pour être aimés de vous !

– N'exagérons pas ! intervint Friedrich.

– Ne l'écoutez pas, poursuivit Boro. Il n'a plus la manière. Il a oublié.

– Elle pèse près de cent kilos...

– Et vous moins de trente... D'ailleurs, cher Friedrich, est-ce une façon de parler aux dames que de les réduire à leur poids ? »

Puis, s'adressant au petit quintal :

« Imaginez que je vous enlève ! Je suis un prince charmant, et vous une princesse...

– Peau d'Âne, coupa le nazi en gigotant un peu sur son siège – car il riait.

– N'écoutez pas ce buffle. Laissez-vous bercer par les sirènes d'un amour possible. Nous sommes dans cette voiture tous les deux, et nous filons vers Rome. Venise. Acapulco.

– Berlin ! rectifia la babouchka en affichant un rictus carnivore.

– Pourquoi pas Berlin ? J'aimerais que vous me fassiez découvrir une si grande capitale... Nous irions sur le Kurfürstendamm...

– Ne l'écoutez pas, répliqua le nazi. Il veut semer la zizanie entre nous.

– J'aimerais seulement vous libérer d'un poids.

– C'est bien ce que je disais. Aucun homme ne veut d'elle.

– Oh ? interrogea Blèmia. Êtes-vous un si grand connaisseur, Herr Riegenburg ? Avant, peut-être. Mais maintenant ?

– Grâce à vous, siffla le SS-Obergruppenführer.

– Les femmes vous manquent ?

– Faites-le taire ! »

La gargouille souleva ses fesses, prit appui sur ses gras petons, souleva sa main menue et la balança à toute force sur la joue du reporter.

« Savez y faire ! grogna celui-ci en avalant la brûlure.

– C'est la première fois qu'une femme vous frappe ? questionna Friedrich, soudain enclin à l'amabilité.
– Si fait.
– Avec nous, vous allez découvrir des plaisirs inconnus ! »
Il salivait.
« Le fer rougi, les baïonnettes dans les tympans, un œil puis l'autre, deux oreilles en moins...
– Non », fit Boro.
Il paraissait sûr de soi.
« Je vous parie, cher Friedrich, que vous n'aurez pas le temps de mettre en œuvre tous vos beaux projets.
– Je vous promets le contraire !
– J'ai une très grande capacité à me défiler devant l'obstacle si celui-ci ne me convient pas.
– Cette fois, vous n'en aurez pas l'occasion. »
La boulette de cyanure. Olga Polianovna l'avait cousue dans le revers du pantalon.
« Où allons-nous ?
– À Berlin. Dans une cave. »
Ils venaient de sortir de la base. Des champs noirs bordaient la route. Les épaules de Boro le tiraient vers l'arrière. Il souffrait du dos.
« Comment m'avez-vous retrouvé ? demanda-t-il.
– Quelques relais ont suffi... Et puis je suis un vieil ami de la famille Schulze-Boysen. Comme un oncle éloigné... Je suis allé voir les enfants. Ils m'ont dit que papa était allé voir les tigres... Harro n'a plus l'âge d'aller au zoo ! »
La minerve en cuir de Riegenburg était du même brun que celui du baudrier. Le pistolet nickelé reposait sur ses cuisses. Frau Spitz portait des bas de laine épais. La Mercedes avait légèrement accéléré l'allure.
« Pourquoi m'en voulez-vous tant ? questionna le reporter.
– Parce que vous m'avez interdit les femmes, cracha Friedrich von Riegenburg.
– Au contraire ! Je vous ai permis d'entretenir une relation privilégiée avec notre vieille bonne sylphide ! »
Il désigna la gargouille.
« Je ne peux plus courir.
– Moi non plus. On s'y fait.
– Je préférais les chaises aux fauteuils.

– Ça, je vous comprends !
– ... Et le sport nautique au sport cérébral.
– C'est un choix », admit Boro.
Il lança une œillade à la femme aux macarons.
« Lequel réfléchit le plus vite ?
– La concernant, la question ne se pose pas, répliqua méchamment le SS-Obergruppenführer.
– Vous vous êtes toujours surévalué, mon cher Friedrich. C'est un vilain défaut, savez-vous ? Quand je vous ai connu, pourtant fringant et relativement bien tourné de votre personne, il fallait déjà que vous cherchiez à écraser le voisin... C'est d'ailleurs la première vertu d'un nazi irréprochable. Preuve que vous aviez la vocation.
– L'Untermensch se moque, releva Frau Spitz.
– J'admire, au contraire !
– L'admiration, chez vous, va toujours de pair avec le persiflage.
– Alors taisons-nous », fit Boro.
Soudain, il en avait assez. La crânerie n'était plus de mise.
« Vous permettez ? » demanda la matrone.
La question était adressée à Riegenburg.
« Ne vous privez pas ! »
Pour la deuxième fois, l'épaisse femme souleva ses chairs fessières et allongea la paume. Boro ressentit la même douleur. Frau Spitz se rassit sur son écrin musculeux et dit, la joie et le bonheur dans le regard :
« J'aime ça ! »
À cet instant, la Mercedes de Harro Schulze-Boysen les dépassa.

Le SS-Obergruppenführer tire la langue

Boro étant assis en sens contraire de la marche, il ne vit pas la manœuvre. Il comprit seulement que la voiture s'était arrêtée devant eux. Assez loin pour laisser le temps à la lourde automobile de freiner en douceur.

Leconte von Dauk se présenta à la portière.

« *Der Motor Kocht!*... L'auto chauffe ! »

Riegenburg abaissa la vitre.

« Avez-vous de la place pour l'autre prisonnier et moi-même ? »

Une grimace de suspicion se grava sur le visage du SS-Obergruppenführer.

« Le carburateur flanche ! »

La suspicion se transforma en stupeur lorsque Riegenburg vit le canon d'un Luger se placer dans l'exact prolongement de son nez.

« On ne bouge pas ! » commanda Leconte von Dauk.

Il glissa sa main libre dans l'interstice de la vitre et ouvrit la portière. Il monta et récupéra le pistolet nickelé sur les genoux du nazi. Celui-ci se décomposait comme un umlaut sur une voyelle minuscule. Frau Spitz, elle, se liquéfiait. Il y eut un remous à l'avant de la voiture.

« Nous changeons de chauffeur », expliqua le Hauptmann.

Il braqua son arme sur la panse rebondie de la gorgone.

« Détachez monsieur », ordonna-t-il.

Une minute plus tard, Boro était libre. Les événements

s'étaient précipités à une telle allure qu'il lui fallut au moins trente secondes pour les ordonner.

Harro Schulze-Boysen s'engouffra à son tour dans la Mercedes. Il souriait.

« Mon cher ami, pardonnez-moi de ne pas vous avoir présenté Daniel plus tôt », s'excusa-t-il auprès de Blèmia.

Il posa la main sur l'épaule de Leconte von Dauk.

« Nous travaillons ensemble pour la même cause. »

Friedrich von Riegenburg s'était fossilisé sur son fauteuil. Des yeux, il lançait des anathèmes chromés comme les tubulures de son siège. Frau Spitz avait mis en marche la subtile mécanique d'une réflexion qu'elle craignait de ne pas mener à son terme. La bouche en crabe, elle répétait « *Warum warum* » sans aligner vocable plus riche. Les macarons gris pleuraient tels des oreilles de caniche.

« Je prends les blancs ! » s'exclama Boro.

Il poussa un index entre les deux yeux de l'Allemande.

« Il faudrait apprendre, vieille mademoiselle, à ne pas frapper les hommes attachés ! »

Herr Friedrich von Riegenburg tenta un borborygme qui échoua lamentablement entre deux hoquets. Une bulle rose apparut sous une narine. Elle gonfla avant de mourir stupidement sur la lèvre supérieure. Le SS-Obergruppenführer respirait court.

« Il nous fait un malaise, estima Harro.

– Le choc, suggéra Leconte von Dauk.

– C'est ce qui peut lui arriver de mieux », commenta Boro.

Le nazi cherchait son souffle. Une langue violette apparut entre ses lèvres. D'un coup, la minerve sauta : les boutons avaient lâché. La tête tomba vers l'avant. Frau Spitz poussa un cri et prit le visage de son maître entre les mains.

« Une Abdulla ! Vous allez fumer une bonne cigarette ! Une excellente cigarette ! La meilleure de toutes ! Après, nous partirons en voyage de noces ! Nous irons à Rome ! À Venise ! À Acapulco ! »

Elle s'était vautrée sur les genoux de l'homme à qui elle avait consacré sa vie. Embrassant ses lèvres, elle tentait de lui donner un peu de son souffle. Entre ses bras, Riegenburg n'était plus qu'une poupée de chiffon. Ses mains lâchèrent les accoudoirs de son fauteuil en même temps que les manettes de la vie. Frau Spitz poussa un cri déchirant.

« Descendons », souffla Leconte von Dauk.
Il déposa le pistolet nickelé sur la banquette.
Dehors, ils s'éloignèrent de la voiture. Le ciel pâlissait.
« Je ne suis pas grand connaisseur en tragédies, commenta Leconte von Dauk, mais j'imagine comment celle-ci peut finir. »
Ils s'arrêtèrent à dix mètres.
« Nous avons votre canne, dit Harro à Boro.
– Comment vais-je quitter l'Allemagne ?
– Par la voie la plus sûre... Je n'ai jamais eu l'occasion de visiter Paris... »
Ils attendaient. Rien ne se produisait. Leconte von Dauk tendit son Luger à Boro.
« Voulez-vous ?
– Non, dit le reporter.
– Il faudra bien que quelqu'un le fasse.
– C'est eux ou nous, apprécia Harro Schulze-Boysen. Si elle nous échappe, elle nous dénoncera. »
Il prit l'arme des mains de Leconte von Dauk. C'est alors qu'un claquement sec arrêta son pas. Il y eut un silence très lourd. Puis un nouveau claquement.
« Il faut aller voir. »
Les trois hommes marchèrent ensemble vers la Mercedes blindée. Un troisième coup de feu claqua.
Ils avaient oublié le chauffeur du SS-Obergruppenführer : l'homme de main de Schulze-Boysen venait de l'abattre.
Ils approchaient de la voiture avec répulsion. À dix pas, Boro s'arrêta. Puis ce fut Schulze-Boysen. Leconte von Dauk poursuivit seul. Il ouvrit la portière. Il la referma. Il souleva la malle arrière. Il dévissa le bouchon du jerrycan et arrosa la Mercedes d'essence. Il craqua une allumette. La voiture s'enflamma. Elle brûla en deux heures et trente-cinq minutes.
Le lendemain soir, un peu avant minuit, Boro était de retour à Paris.

Dix ans après

« Pouvez-vous me déposer où je vous indiquerai ? » demanda le reporter comme ils atteignaient la Seine.

Harro Schulze-Boysen secoua la tête.

« Ne m'en veuillez pas, mais j'ai tout organisé depuis Berlin. »

Le chauffeur avait reçu des ordres. La Mercedes obliqua à Saint-Michel, remontant vers Montparnasse. Les rues étaient désertes. Quelques plantons en faction se raidissaient au passage de la voiture ornée de ses deux fanions.

« Quelqu'un vous attendra là où je vais vous déposer... Un émissaire envoyé par une personne qui vous est chère.

– Qui ?

– Je l'ignore. Sachez seulement que votre voyage à Berlin était très surveillé. Par le défunt Riegenburg, mais aussi par les Anglais. Nous avons été contactés.

– Cela me paraît très improbable, objecta Boro.

– Ça l'est, mais c'est ainsi... Vous déchaînez les passions, mon cher ami ! »

Harro posa une main amicale sur l'épaule du reporter.

« Certains achèteraient l'enfer pour vous y voir brûler, tandis que d'autres iraient jusque-là pour vous sauver.

– De qui parlez-vous ?

– D'un homme que je ne connais pas. Il occupe un certain rang dans la hiérarchie des services secrets britanniques. Il est entré en contact indirect avec nous. »

La voiture emprunta le boulevard Montparnasse, puis vira à gauche, dans la rue Campagne-Première.

« Je sais où nous allons, dit Boro.

– Vous questionnerez la personne qui vous attend. Elle en saura plus que moi-même. »

La Mercedes stoppa devant l'hôtel de la Chaise. Elle avait roulé sans s'arrêter depuis Berlin.

Derrière la porte, sous la lampe de la réception, Boro apercevait la silhouette de l'hôtelière. Il se demanda comment elle l'accueillerait après l'avoir vu descendre d'une voiture allemande immatriculée à Berlin et arborant deux oriflammes nazies.

« Gardez mon manteau, dit Harro Schulze-Boysen, et portez-lui chance. »

Boro n'avait pas quitté le loden vert.

« Vous oubliez une chose essentielle », ajouta l'Allemand comme Boro posait la main sur la poignée de la portière.

Il prit la canne des mains du Hongrois.

« Je ne vous ai pas montré comment sortir l'appareil pour récupérer la pellicule. »

Harro saisit la tige et tourna le pommeau. Il pressa les anneaux retenant la lanière, libérant un levier. Le pommeau bascula sur un axe invisible. À l'intérieur, creusé au ras des parois, un compartiment tout en longueur abritait le Leica.

Boro inspira d'un seul coup. Il s'empara de l'appareil, l'observa, le prit en main, le fit tourner, visa, déclencha, arma. Il avait les larmes aux yeux.

« C'était très facile pour nous, dit doucement Harro Schulze-Boysen. Il a suffi qu'on nous prévienne de l'hôtel Lutétia. »

Du doigt, Blèmia caressait l'inscription que sa cousine avait fait graver chez Hoffmann, un jour de 1932.

« Nous avons failli être décapités, mais nous avons le bras très long.

– *Boro-Maryik* », chuchota Blèmia.

Il embrassa Harro.

« C'est le plus beau cadeau qu'on m'ait fait depuis dix ans. Je ne l'oublierai jamais.

– Prenez soin de vous », répliqua l'Allemand.

Il souriait, presque tendre. Un peu fragile.

Boro descendit de voiture.

« Nous nous reverrons certainement, dit-il en adressant un dernier sourire à son nouvel ami.

DIX ANS APRÈS

– Je ne le crois pas. »

Harro Schulze-Boysen fit un geste, désignant le sort comme arbitre final.

Comme la voiture démarrait, Boro sut qu'il avait raison.

Jouet pour grands

Madame Gabipolo guettait, bras croisés, impassible, ses lunettes noires posées sur le nez en dépit de l'ombre alentour.

« Je ne sais pas qui vous trahissez, mais forcément quelqu'un. »

Elle l'observait avec une expression où la curiosité le disputait au mépris :

« On vous attend au deuxième. Chambre 23. »

Boro monta dans les étages.

Il savait qu'il manquait de prudence en allant ainsi, sans prendre les précautions élémentaires. Mais il était épuisé. Il était ému. Il serrait son Leica fétiche dans une main, le pommeau de la canne dans l'autre, se persuadant que, ainsi lesté, il ne risquait plus rien.

Il s'arrêta devant la porte de la chambre 23. Les deux chiffres luisaient dans l'ombre du couloir, à peine éclairé par un luminaire bleu nuit posé sur un guéridon.

Il frappa.

On ne répondit pas.

Il abaissa la poignée et poussa la porte.

Il reconnut aussitôt la longue chevelure auburn qui tranchait sur la blancheur de l'oreiller.

Il songea qu'il aurait dû s'en douter. Une seule personne était capable de faire ainsi irruption dans sa vie à n'importe quelle heure du jour ou de la nuit, quelles que fussent les circonstances.

Mais dans un lit…

« Mademoiselle, dit-il en se débarrassant de son manteau, nous faiblissons dans nos exigences. »

JOUET POUR GRANDS

Il voulut allumer la lumière, mais l'interrupteur tourna à vide.

« D'abord, poursuivit-il, je voudrais vous poser quelques questions.

– Je n'y répondrai pas.

– Même après ?

– Tout dépendra de la qualité de nos jeux.

– Ils commencent très mal », remarqua Boro.

Il déboucla sa ceinture et ôta ses souliers.

« Nous nous sommes promis de ne le faire que grâce, avec ou dans un moyen de locomotion, dit l'espionne anglaise sans bouger du matelas.

– Certes.

– Nous avons eu recours à un zeppelin en plein vol[1]...

– À un sous-marin dans les profondeurs[2]...

– Une grande roue de fête foraine[3]...

– Une voiture dans les rues[4]...

– Et aujourd'hui, vous m'attendez dans un lit, remarqua Blèmia Borowicz. Commune perspective ! »

Julia Crimson souleva les draps. Elle était nue. Presque nue. Ses pieds étaient chaussés.

« Voici pour vous. »

S'étant penchée de l'autre côté du lit, elle déposa un paquet sur le lit.

« Ouvrez. »

Intrigué, Blèmia en défit le bolduc. Il libéra un carton d'emballage recouvert d'une feuille ornée d'un camion de pompiers.

« J'ai acheté de mémoire. Dans mon souvenir, vous chaussiez du 44. »

Boro ouvrit une boîte. Elle contenait des patins à roulettes.

---

[1]. Voir *Les Aventures de Boro, reporter photographe, La Dame de Berlin*.
[2]. Voir *Les Aventures de Boro, reporter photographe, Les Noces de Guernica*.
[3]. Voir *Les Aventures de Boro, reporter photographe, Mademoiselle Chat*.
[4]. Voir *Les Aventures de Boro, reporter photographe, Boro s'en va-t-en guerre*.

Sur les bords de la mer Baltique

Dieter von Schleisser emboîtait le pas au Reichsführer Himmler. Avant de partir pour Paris, Harro Schulze-Boysen avait personnellement insisté auprès du chef des SS pour que Dieter le remplaçât au cours de ce déplacement où lui-même ne pouvait être. Hermann Goering, président de l'Institut portant son nom et grand maître de la Luftwaffe, avait appuyé à son tour la demande de son poulain préféré : l'un des membres de sa garde la plus rapprochée devait obligatoirement assister aux séances de tir de Peenemünde.

La candidature de Dieter von Schleisser avait été examinée puis acceptée par les hommes en noir. Le voyageur avait été obligé de partager le compartiment de l'un des individus les plus puissants du Reich, fanatique, borné, d'une cruauté légendaire. Pendant les deux heures qu'avait duré le trajet entre Berlin et Peenemünde, Dieter avait longuement observé le profil aquilin du nazi, les lunettes rondes, la moustache en brosse, le front de taureau et, surtout, le grain de beauté surmontant la tempe gauche qu'un tireur d'élite placé à cent mètres eût aisément touché, rendant à l'humanité débarrassée de l'un de ses pires bourreaux une chance d'être un peu moins malheureuse. Pendant deux cents kilomètres, Dieter avait rêvé d'être ce tireur. Himmler était le tortionnaire des communistes et des juifs, le créateur des premiers camps de concentration du pays. Bientôt, mais Dieter l'ignorait, il serait aussi l'exécuteur de la Rote Kapelle berlinoise.

Trois voitures attendaient les visiteurs à la gare proche du site le plus secret et le mieux gardé de toute l'Allemagne. Trois voitures blindées où s'engouffrèrent les hôtes du centre d'essais de la presqu'île d'Usedom, à l'embouchure de la rivière Peene, sur la mer Baltique.

Après avoir suivi une langue de terre bordée de part et d'autre par des nappes d'eau bleu-vert, le convoi officiel fut dirigé à travers un entrelacs de pontons, de miradors et de chevaux de frise solidement gardés. Des batteries de canons et des véhicules à chenilles égayaient sinistrement un paysage printanier. Des bosquets d'un vert tendre et des arbres aux troncs frémissants dissimulaient aux regards des baraquements en bois cernés par des clôtures de barbelés. Le site comptait deux camps de travail, où des prisonniers s'épuisaient en travaux de terrassement et de camouflage. Ils poursuivaient la tâche des milliers de détenus qui, depuis 1936, avaient déboisé puis construit les bâtiments de Peenemünde. Vingt-cinq mille mètres carrés pour le plus grand centre de recherche aéronautique du monde. Les travailleurs de force vivaient dans des baraques en bois. Les savants et les blouses blanches occupaient des appartements cossus dans la Cité des ingénieurs, donnant à l'est sur une porte de Brandebourg en miniature et, à l'est, sur une plage au sable blanc et fin. Près de quinze mille personnes vivaient ici, dans le plus grand secret, à l'abri des fureurs du monde. Elles déambulaient, quand elles n'étaient pas contraintes d'aller au pas, entre les bureaux, les ateliers, la maison des gardes, la soufflerie supersonique, l'usine de traitement de l'eau, les ateliers de réparation, d'entretien et de finition, les garages, les tours de contrôle, l'usine électrique et les bâtiments de mesures et de production d'oxygène. Il y avait aussi un casino réservé aux officiers et une voie de chemin de fer qui traversait le centre du nord au sud. Partout, des objectifs circulaires surveillaient les allées et venues de chacun, celles-ci étant transmises à des écrans de contrôle observés en permanence par des gardes en armes. Jamais Dieter von Schleisser n'avait vu système si perfectionné. Il n'avait même pas imaginé qu'une telle sophistication fût concevable. Il regardait, s'obligeait à photographier les paysages et les personnes, comptait, dénombrait. On lui avait fait prendre place dans la dernière voiture. Le Reichsführer Himmler était monté dans la première. Quatre fois, le convoi fut arrêté. On leur donna des plaques métalliques rouges, bordées de noir. Ils durent les porter en collier. Ils longèrent un nouveau camp de prisonniers, que prolongeaient à l'ouest un centre de la Luftwaffe et un aérodrome bordé d'herbe rase. Ils roulèrent ensuite non loin d'un port, et accédèrent à une étendue plate, dégagée, où Dieter vit enfin ce qu'il attendait depuis son arrivée sur la base, l'orgueil de Peenemünde et de l'aéronautique allemande : les fusées.

La première était plantée verticalement face à la rivière et à la Baltique, distante de quelques mètres de sa tour d'assemblage. Elle était haute d'une quinzaine de mètres. Peinte en noir et blanc. Terriblement impressionnante.

L'autre, campée en oblique à l'ouest, était plus courte, noire, dotée d'ailes montées perpendiculairement au fuselage et surmontée d'un turbopropulseur. Elle était pointée sur la côte poméranienne.

Dieter descendit de voiture et rejoignit le groupe des officiers supérieurs qui faisaient cercle autour d'un homme en civil, jeune d'allure et d'apparence ouverte sinon rieuse : Wernher von Braun, le patron de Peenemünde. Dieter savait que l'ingénieur était Hauptsturmführer dans la SS, mais qu'il portait rarement l'uniforme de son arme. Cependant, ignorant l'ensemble des militaires qui lui faisaient face, il ne s'adressait qu'au plus gradé d'entre tous : le Reichsführer Himmler.

« Vous allez assister au tir de deux de nos armes les plus secrètes, celles grâce auxquelles nous allons gagner la guerre. Les fusées Vergeltungswaffe 1 et 2. »

Il se tourna vers la fusée orientée verticalement.

« Voici la V2. Elle pèse treize tonnes, dont neuf de carburant. Elle transporte une tonne d'explosifs, vole à cinq mille kilomètres à l'heure, et a une portée de trois cent vingt kilomètres.

– Elle ira à Londres ! grogna Himmler.

– Et à New York lorsque nos essais de lancement à partir de nos sous-marins le permettront, compléta Wernher von Braun.

– Pourra-t-elle être équipée de la bombe atomique ? s'enquit le Reichsführer.

– Lorsque nous l'aurons nous-mêmes.

– Ordonnez la mise à feu », commanda le chef de la SS.

Wernher von Braun leva le bras en direction d'un blockhaus dont seule la coupole sortait de terre : le poste de commandement. Quelques minutes passèrent, puis une explosion retentit. Une gerbe d'étincelles, une longue flamme léchèrent la fusée sur son pied. Bientôt, dans un vacarme sauvage, elle s'éleva dans l'air avec autant de souplesse que le feraient plus tard les fusées américaines commandées par le même Wernher von Braun sur d'autres bases, avec pour objectif non plus Londres ou New York, mais la Lune, atteinte le 20 juillet 1969.

Peenemünde avait quinze ans d'avance sur les centres de recherche comparables développés à l'époque par les Russes et les Américains.

Dieter von Schleisser l'ignorait. Contrairement aux officiers qui l'entouraient, il ne ressentait aucune fierté à assister à ce vol réussi.

« Maintenant, passons à la Flug Ziel Gerät, ou FZG 76 », se réjouit von Braun après que l'assistance l'eut applaudi aux cris de « *Sieg Heil* » et de « *Heil Hitler* ».

La V2, devenue invisible, s'abîmerait dans les nuées, à deux cents kilomètres de son lieu de lancement.

« La V1 n'est pas à proprement parler une fusée, mais plutôt une bombe volante. Elle est lancée à partir d'une rampe inclinée pour respecter un angle de dix-huit degrés... »

L'ingénieur montra une construction compliquée qui gravissait une colline artificielle sur une quarantaine de mètres.

« Cette rampe est une sorte de catapulte propulsée par un canon à vapeur. Elle va lancer la bombe qui sera dirigée par un gyroscope sur sa cible. La mise à feu de la charge explosive est réglée à l'avance de façon à ce que le compte à rebours commence à l'approche des côtes anglaises. Une hélice située sur le nez de la V1 doit accomplir un certain nombre de rotations déterminées à l'avance. À leur terme, deux charges explosives abaissent les gouvernes de profondeur, ce qui provoque le basculement de la bombe, qui pique alors sur sa cible. Quand elle l'atteint, tout explose...

– ... Et Londres n'existe plus ! » ricana le Reichsführer.

La première V2 s'écrasa sur son pas de tir. La deuxième tomba trois kilomètres plus loin. La dernière s'envola dans un ronflement guttural qui s'amplifia au fur et à mesure que l'engin filait, propulsé par sa catapulte. Il jaillit librement au-dessus de la mer, monta encore et poursuivit sa trajectoire.

« Lancement réussi, s'exclama Wernher von Braun en s'essuyant le front avec un large mouchoir à fleurs.

– Parfait ! » renchérit le Reichsführer.

Il se tourna vers Dieter von Schleisser et ajouta :

« Transmettez aux autorités dont vous dépendez notre avis positif quant à la production de masse des deux engins. »

Himmler se poussait du col. Il n'était évidemment pas sans savoir que la décision de produire les nouvelles armes avait été prise depuis quelques semaines déjà par le Führer lui-même. Il savait aussi que les prisonniers de certains camps de concentration seraient attachés à la fabrication des fusées, notamment ceux de Buchenwald, qui construiraient le camp souterrain de Dora où seraient bientôt assemblées les dernières armes de destruction massive conçues par les nazis.

Dieter von Schleisser l'apprendrait aussi. Mais trop tard. Car, tandis que les plus éminents scientifiques du IIIe Reich se congratulaient sur les bords de la mer Baltique, à Berlin, dans les caves de la Funkabwehr, Gerda la manchote venait de faire une découverte considérable : *Mes Médiocrités,* l'ouvrage de Gerhard von Vil trouvé dans l'appartement berlinois où des renseignements chiffrés avaient été brûlés, ce livre-là avait également été ramassé dans une maison bruxelloise de la rue des Atrébates. Le lieu n'était pas indifférent : cette maison abritait un poste qui émettait vers Moscou. Indicatif : PTX.

TROISIÈME PARTIE

Les Vivants et les Morts

Heil Führoncle!

L'empennage noir et fuselé de l'U-Boot émergeait lentement des eaux déchaînées. Les vagues frappaient la coque en une succession de gifles monstrueuses, glissaient comme à regret sur le blindage intact, mouraient en soupirs d'écume que les vannes rejetaient plus bas, au fur et à mesure que le sous-marin prenait de la hauteur. À l'avant, tendu entre le kiosque et la chambre des torpilles, un filin d'acier attendait les fanions des victoires : un par navire ennemi détruit.

Un bruit de ferraille se répandit sous la voûte. Il effaça pour un temps le grondement de la centrale diesel qui montait des souterrains en béton. La plate-forme roulante hissait le noir animal vers l'un des alvéoles où il rejoindrait ses frères meurtriers pour être caréné et armé avant de repartir traquer les bâtiments alliés.

Herr Dietrich Hallberg se tenait sur la plate-forme supérieure de la base sous-marine. Au-delà de la presqu'île de Kéroman, on apercevait la côte bretonne et les faubourgs de Lorient. L'ingénieur regardait de ce côté. Sa main gauche reposait sur le pommeau d'une canne de randonneur, un solide bâton de chêne muni d'un lacet dans lequel le poignet se promenait hardiment.

À ses côtés, deux officiers supérieurs de la Kriegsmarine conversaient avec l'ingénieur général de première classe Stosskopf. L'un faisait remarquer que la dalle de béton couvrant les compartiments dans lesquels reposaient les sous-marins serait aisément percée par une bombe de cinq tonnes, sur quoi l'autre demanda quelle solution pourrait être apportée à ce problème lorsqu'on achèverait K3, dernier des bunkers dont la construction avait commencé dix-huit mois auparavant.

L'ingénieur-chef Stosskopf se tourna vers Dietrich Hallberg.
« Pourriez-vous répondre ? lui demanda-t-il en allemand.
– *Klar.* »
Herr Dietrich Hallberg inclina sa canne vers l'extérieur, tapota le pommeau du gras du pouce.
« M. Dietrich Hallberg est un spécialiste des matériaux lourds, précisa Stosskopf à l'adresse des officiers de la Kriegsmarine. Alsacien comme moi.
– Vous nous l'avez déjà dit, mais il n'en a pas le type », fit remarquer l'un des deux nazis.
La visière de sa casquette oscilla au-dessus d'une moustache latéralement amoindrie, comme celle de l'Adolf. Un furoncle perlait à la pointe du menton.
« *Ist er Kein, oder ?* questionna le nazi à l'adresse de son homologue.
– Certainement », fit l'autre en esquissant un chassé-croisé du talon qui le conduisit à se raidir en vue d'une hypothèse de garde-à-vous.
Celui-là était le subalterne désigné. Il portait des lunettes.
« Détendez-vous », lui conseilla Herr Dietrich Hallberg.
Il pencha sa haute taille vers le Führoncle.
« Parlez-lui gentiment. Vous lui faites peur. »
Le bigleux porta sur le spécialiste des matériaux lourds un regard suspicieux, imagina un teint moins mat, un œil moins noir, une charpente moins osseuse, du liant sur l'abdomen, un début de couperose, et finit par convenir que, avec un peu d'imagination, Herr Dietrich Hallberg pouvait bien descendre d'une souche très anciennement alsacienne, sans doute croisée, dans un passé plus récent, avec une obédience juive sinon métèque. Il s'abstint de poser la question qui lui brûlait les lèvres.
« Nous couvrirons avec des dalles de trois mètres d'épaisseur, précisa l'ingénieur dans un allemand parfait. Et nous disposerons des pièges à bombes qui feront sauter les explosifs au-dessus de la dalle.
– Accepteriez-vous de travailler avec nos compatriotes de l'organisation Todt ?
– *Natürlich !* »
De toute façon, il ne pouvait en être autrement : les nazis de l'organisation Todt, du nom de l'ancien ministre de l'Armement, avaient la haute main sur tous les chantiers de l'Atlantique.

« Ils suggèrent de construire deux toits séparés par une chambre d'explosion...

— Efficace à condition que la chambre enferme une bonne réserve d'air, tempéra l'ingénieur Stosskopf.

— Deux mètres au moins, lança Dietrich Hallberg, pariant que cette mesure produirait son effet.

— Parfait, répliqua le second officier. Mais pour cette partie de la construction ? »

Son bras courut au-dessus de l'espace non couvert. Vingt mètres plus bas, le pont transbordeur déposait l'U-Boot entre les énormes bâtiments K1 et K2. Chacun d'eux mesurait près de cent trente mètres de long. Ils avaient été édifiés grâce au labeur acharné de plusieurs milliers de travailleurs de force ramenés des quatre coins de l'Europe. Le troisième bloc, K3, serait plus long, plus haut, mieux protégé que les deux premiers. Il abriterait le fleuron de la flotte allemande : les sous-marins VII, IX et U123 de l'amiral Dönitz.

L'ingénieur Dietrich Hallberg opéra un mouvement de translation latérale exactement semblable à celui du sous-marin que le pont transbordeur amenait désormais face à l'une des niches où il serait ensuite dissimulé. La canne fit un petit bond en avant, puis retrouva sa place dans la paume du scientifique.

« Joli requin, commenta ce dernier en suivant l'évolution de l'U-Boot. Ça doit bien peser dans les mille tonnes ?

— Mille deux cents, précisa le Führoncle. Il descend à deux cents mètres et file à dix-huit nœuds.

— Six tubes lance-torpilles, un canon de 105 et deux canons antiaériens, se vanta son homologue.

— Du carnage en perspective, apprécia Dietrich Hallberg.

— Il arrive de l'entraînement. Cinquante hommes tout neufs !

— Nous ne sommes pas là pour relever les futurs états de service de la Kriegsmarine ! » s'emporta l'ingénieur-chef Stosskopf.

Il se tourna vers Dietrich Hallberg et, froidement, questionna :

« Peut-on couvrir le bassin ? C'est l'endroit de la base le plus exposé.

— Nous sommes indiscutablement à l'air libre, répondit le spécialiste en matériaux lourds. Et je ne vois pas comment nous abriterions cet espace, au demeurant parfaitement protégé. »

Il éleva sa canne, visant les trois canons antiaériens et les ballons captifs retenus par leurs filins d'acier.

«D'après les informations que m'a communiquées Herr Stosskopf, les appareils ennemis n'ont pas provoqué de dégâts irréparables sur la base.»

Il avait volontairement appuyé sur le *Herr*. Cela lui valut un sourire appuyé – et remarqué – de l'ingénieur de première classe.

«Et même, enchaîna celui-ci, on peut reconnaître qu'ils n'entrent pas chez nous comme dans du beurre.

– C'est le moins qu'on puisse dire», opina en ricanant le bigleux de la Kriegsmarine.

Jusqu'alors, les raids alliés sur la base de Lorient n'avaient réduit en rien la capacité de nuisance des sous-marins allemands. À l'instar de l'U-Boot U 171 qui glissait dans sa tanière pour y être caréné et armé, ils attendaient tous de repartir, dissimulés au ras des flots, protégés par d'énormes portes blindées qui s'ouvriraient pour laisser sortir ces requins cannibales, les plus redoutables de tout l'Atlantique, émergeant d'une base sousmarine inattaquable, inaccessible, invincible.

«*Gut*, commenta laconiquement le Führoncle.

– *Gut, gut*», confirma l'assesseur.

Mais soudain, mus par une commotion quasi tétanique, les deux hommes se figèrent comme des marionnettes ayant vu le gendarme. Les bras se tendirent le long du corps, les poings se crispèrent, l'angle du maxillaire devint guerrier, la lèvre, martiale, la nuque, rigoureuse.

«Descendons, commanda Stosskopf à l'adresse de son visiteur.

– Pardonnez, mais la curiosité l'emporte!» s'écria Dietrich Hallberg.

Il inclina sa canne en direction du bassin où l'U 171 pénétrait dans son bunker. À l'angle gauche, là où le premier alvéole croisait le bassin, une vedette appareillait. Trois soldats étaient à son bord. L'un d'eux portait un manteau à parements rouges.

«L'amiral Dönitz», commenta brièvement Stosskopf.

Dietrich Hallberg tourna les talons.

«Nous prendrons l'escalier, déclara Stosskopf d'un ton ferme. Votre patte folle y trouverait-elle à redire?

– Mes deux jambes me portent solidement», répondit froidement l'ingénieur.

Il le démontra en jouant des claquettes avec l'habileté d'un danseur magicien.

« Pourquoi avez-vous besoin d'une canne ? s'enquit Stosskopf, intrigué.

– La cause l'exige », répondit mystérieusement Herr Hallberg.

Les deux hommes s'étaient arrêtés sur les dernières marches d'un escalier tournant qui glissait vers le bas.

Herr Dietrich Hallberg lorgna une dernière fois en direction des deux officiers de la Kriegsmarine, pingouins immobiles posés sur la banquise militaire. Il referma sa main droite en manière de porte-voix et cria :

« *Heil Führoncle !* »

Puis il s'élança dans les escaliers sans prendre appui une seule fois sur son alpenstock.

K1 K2

« Vous êtes inconscient! s'écria en français l'ingénieur-chef Stosskopf tout en dégringolant une volée de marches.
— Furoncle, Führer, commenta Herr Dietrich Hallberg, ils ne saisiront pas la différence. Et puis ils ne parlent pas l'alsacien français. »
Stosskopf ne décolérait pas.
« Et qu'aviez-vous besoin de les questionner sur l'U-Boot! Il y a bien longtemps que nous connaissons son poids et le nombre de ses torpilles.
— Tant qu'à faire, se justifia Hallberg.
— La seule chose qui importe, et retenez-le, je vous prie, c'est de savoir que l'U 171 a fini son entraînement et qu'il va bientôt appareiller pour le golfe du Mexique.
— C'est noté, dit Hallberg.
— Notez aussi que, à partir de cet été, la Kriegsmarine va abandonner ses attaques par sous-marins isolés. Dönitz a décidé de revenir à la technique des meutes. Sauf en Méditerranée.
— Noté.
— Ceci, maintenant, qui concerne la base... Je n'ai pas vu vos appareils.
— Je les avais.
— Ils ont fonctionné?
— J'espère.
— Notez : le bassin central entre K1 et K2 peut recevoir des U-Boot de soixante-dix-sept mètres. La manœuvre à l'air libre dure dix minutes. C'est à cet instant que les sous-marins sont le plus vulnérable. »

Les deux hommes étaient arrivés au pied de la base. Stosskopf marchait d'un bon pas. Il contourna les constructions massives, allant vers le bras de mer dont le reflet scintillait à trois cents mètres.

« Notez encore que K 2 est long de cent trente-huit mètres, large de cent vingt, haut de presque dix-neuf, que les toits font trois mètres cinquante, et les murs, deux mètres quatre.

– Noté, acquiesça l'ingénieur Hallberg.

– K 3 disposera en principe de sept alvéoles incluant des ateliers et des magasins.

– Achevés quand ?

– On ne sait pas. Ils mettent la gomme. »

Hallberg enregistrait ces données. Il ne notait rien. Outre que la prudence l'exigeait, il faisait parfaitement confiance à sa mémoire. De toute façon, sa main droite était occupée par le maniement de la canne, l'index et le pouce jouant sans interruption sur le pommeau. Celui-ci montait et descendait moins en fonction du relief du terrain que du bon vouloir de l'Alsacien. À première vue, il ne semblait pas que l'appendice lui fût d'une grande utilité.

Les deux hommes parvinrent à quelques mètres de la guérite d'accès à la zone secrète de la base. Ils étaient entrés. Il fallait désormais sortir.

« À quelle heure est le prochain train pour Paris ?

– Vous circulerez avec ma voiture. »

L'ingénieur-chef Stosskopf avait parlé avec cette autorité un peu cassante qu'il utilisait aussi bien avec les Allemands qui le gouvernaient qu'avec les ouvriers français qu'il commandait. Sans doute expliquait-elle la froideur avec laquelle, d'un côté comme de l'autre, ses ordres et propositions étaient en général accueillis. L'homme n'était pas populaire. Efficace, certainement, mais pas apprécié. Considéré ici comme renâclant et là comme trahissant. Double.

Il s'arrêta devant les chevaux de frise qui ouvraient le passage jusqu'à la guérite de contrôle. Trois hauts miradors occupés par des gardiens en armes surveillaient le paysage. Deux camions bâchés, surmontés chacun d'une mitrailleuse, complétaient le tableau. Au-delà, jusqu'au petit port où mouillaient trois vedettes, un champ de mines s'étirait en longueur. Des soldats avec mitraillette jouaient les épouvantails.

Stosskopf montra son sauf-conduit au sous-officier de la Kriegsmarine assis dans la guérite. L'Allemand et l'Alsacien se connaissaient pour se croiser chaque jour. Ils échangèrent quelques mots, une vague grimace de connivence, après quoi Herr Dietrich Hallberg présenta ses papiers. Le soldat y jeta un bref regard et fit un signe au planton spécialisé dans le maniement des barrières de contrôle.

Laquelle s'ouvrit sur les deux scientifiques.

Ils empruntèrent le chemin balisé qui coupait le champ de mines. De part et d'autre, des barbelés souriaient de toutes leurs dents électrifiées. Des têtes de mort oscillaient gentiment, peintes en noir sur fond blanc. Au large, mouillait un destroyer.

Ils atteignirent l'escalier qui descendait jusqu'à la mer. Stosskopf s'écarta pour laisser monter l'ingénieur dans la vedette qui les avait conduits jusqu'à la base. Il grimpa à son tour et ordonna au pilote de mettre le cap sur le port de Lorient. Hallberg s'installa à la poupe du bateau, debout, la main gauche en appui sur le bastingage. L'autre orientait la canne.

« Nous allons passer devant les battants blindés qui ferment les alvéoles. Je ne peux pas demander au pilote de ralentir.

– Je me débrouillerai », opina Dietrich Hallberg.

Il assura sa canne et la souleva légèrement devant lui. La vedette tournait dans un élan d'écume. À tribord, de l'autre côté du champ de mines, les bâtiments abritant les U-Boot élevaient leur masse compacte par-dessus la baie. Les portes blindées, battues par les vagues, paraissaient aussi hermétiques que les murs.

Hallberg appuya son stick sur son genou, lui-même calé contre le bastingage.

Stosskopf l'observait avec curiosité. Il parla, mais ses propos furent emportés par le ronflement du diesel. Hallberg ne lui prêtait aucune attention. Il était seulement soucieux d'accomplir son travail sans passer par-dessus bord.

La vedette s'éloignait de Kéroman. La ville de Lorient se profilait à quelques encablures : la grève, une poignée de maisons de pêcheurs, des barques rondement menées à la rame par des marins en civil qui jetaient un regard peu amène sur le bateau kaki orné d'une oriflamme à croix gammée qui polluait, perturbait, empoisonnait. Stosskopf s'approcha de Hallberg et dit, par-dessus le bruit du moteur :

« La guerre crée des contradictions insupportables. Ils nous haïssent. Et pourtant, s'ils savaient...

– S'ils savaient, la Kriegsmarine saurait aussi, et votre peau ne vaudrait plus très cher. »

Dietrich Hallberg avait parlé froidement. Il n'aimait pas recevoir les confidences d'inconnus. Elles créaient souvent des zones imprécises où circulait le danger : les épanchements pouvaient être interprétés, les secrets, dévoilés, les propos se muer en imprudences, et la tragédie naître de ces grains de sensibilité qui pouvaient devenir autant de pièces à charge si un jour, par malheur...

Hallberg glissa sa main le long du pommeau de la canne, fermant les perspectives : il avait accompli sa tâche. La vedette abordait le port civil de Lorient.

« Mon chauffeur a pour mission de vous conduire à Paris, déclara Stosskopf. Vous y serez demain matin très tôt... Il dispose d'un laissez-passer qui vous affranchit de toute interdiction liée au couvre-feu.

– Parfait, répondit Herr Dietrich Hallberg.

– Quand aurai-je de vos nouvelles ? demanda Stosskopf en posant le pied sur le ponton.

– Vous n'en aurez pas.

– Si vous repassez un jour par Lorient, venez donc me voir.

– Après la guerre, avec joie.

– Si nous tenons jusque-là », répondit avec morosité Jacques Stosskopf.

La guerre, pour lui, s'achèverait deux ans plus tard. Le 1er septembre 1944, après avoir été démasqué, l'ingénieur-chef Stosskopf serait abattu d'une balle dans la nuque, ainsi que cent sept membres du réseau Alliance.

Vivastella

Le chauffeur de la Renault Vivastella était assis à sa place, derrière le volant. Il ne portait ni casquette ni livrée. Était-il allemand ou français ? Italien ? Alsacien ? Civil ou militaire ?

Herr Dietrich Hallberg ouvrit la portière et s'installa sur la banquette, à l'arrière, côté droit, de biais par rapport au conducteur. Il dit :

« *Nach Paris, bitte.* »

Puis, comme l'autre ne répondait pas, il traduisit :

« À Paris, s'il vous plaît.

– Je suis au courant », répondit froidement le chauffeur.

Il démarra. Dietrich Hallberg battit les cartes de ce jeu des suppositions auquel, depuis deux ans, il consacrait la plus grande partie de son énergie lorsqu'il croisait un nouveau personnage. Il s'agissait de répondre au plus vite à une question simple : de quel côté se situe l'autre ?

Cette question étant alors universellement partagée et chaque quidam confronté à semblable situation se la posant pour soi-même, la situation s'éclaircissait rapidement : on tournait les talons ou on ébauchait un salut, prélude à des approfondissements. Pour l'heure, Herr Dietrich Hallberg n'avait obtenu aucune réponse nette du chauffeur. Il percevait même une vague hostilité qui incitait à la prudence. Il tira donc le rideau qui séparait les places avant des places arrière.

La Vivastella filait à un train raisonnable sur une route désertée par le soleil couchant de juillet. À droite, la mer, à gauche, des champs, devant, pas une auto, pas un camion. Derrière, Lorient et ses faubourgs s'éloignant dans la distance.

VIVASTELLA

Dietrich Hallberg empoigna sa canne et entreprit d'en dévisser le pommeau. Ayant appuyé sur les deux anneaux fixant la lanière au jonc, il libéra un levier minuscule qu'il abaissa doucement. Le pommeau bascula sur un axe invisible. À l'intérieur, creusé au ras des parois, un compartiment tout en longueur abritait un Leica muni d'un objectif à courte focale. Hallberg s'en saisit. Il rembobina la pellicule, qu'il remplaça par un rouleau vierge, enfermé dans le pied du jonc, au-dessus du caoutchouc. À cette place, il glissa les vingt-quatre clichés des blocks K1, K2 et K3 de la base de Lorient. Enfin, il rechargea l'appareil, le coula dans son logement et referma le pommeau. Il déclencha de l'index, arma du pouce, exerçant chaque fois une pression délicate sur le cuir fragile du pommeau.

Comme la Renault s'échappait désormais sur une route à deux voies bordée de hauts peupliers, le voyageur déplia ses longues jambes le long de la banquette, s'appuya à la portière, et calcula qu'il pouvait s'octroyer une petite dizaine d'heures de repos avant d'arriver. Il ouvrit le rideau qui séparait l'habitacle en deux et ferma les yeux.

À l'avant, le chauffeur replia le miroir qui lui avait permis de vérifier, grâce à une ouverture pratiquée entre les deux sièges, que Herr Dietrich Hallberg était peut-être alsacien, peut-être l'ingénieur en matériaux lourds que lui avait décrit Stosskopf – mais que, en plus de ces deux qualifications, il en avait certainement une troisième : espion œuvrant pour le compte des services britanniques.

Le coutelas était sous le siège

Patrice Poulet conduisait vite et bien. Avant de promener l'espion anglais sur les coussins molletonnés de la Renault Vivastella, il avait convoyé beaucoup d'autres voyageurs, et de bien plus illustres. Notamment les chefs du CSAR, Comité secret d'action révolutionnaire, qui avait semé la terreur dans les milieux progressistes avant la guerre.
La Cagoule.
Combien de pains de dynamite, d'armes, de bombes, d'assassins et de tueurs en tous genres Patrice Poulet n'avait-il pas chargé dans les voitures que l'Organisation mettait à sa disposition afin d'aider à l'éradication de la mauvaise herbe juive et communiste ? Ah ! Que ce temps était doux ! Certes, bien des amis de l'Organisation se retrouvaient aujourd'hui à Vichy : Raphaël Alibert, garde des Sceaux, si formidablement antisémite ! Le bon Joseph Darnand, le docteur Ménétrel, médecin du Maréchal ; le Maréchal lui-même, aussi sympathisant que Loustaunau-Lacau, membre de son ancien état-major ! Mais les ors du pouvoir ne valaient pas le platine des crimes illégaux. L'exécution de Navachine, sur ordre du maréchal Franchet d'Esperey, quelle aventure ! Et l'assassinat des frères Rosselli, antifascistes italiens ! Ah, merci à Renault et à L'Oréal d'avoir si bien aidé ! Mais ne pouvait-on faire mieux encore, puisque la couverture était assurée ?
La dernière action de Patrice Poulet remontait à l'année précédente, lorsqu'il avait apporté au Relais de l'Empereur, à Montélimar, l'explosif qui avait fait sauter la chambre de Marx Dormoy, et l'ancien ministre de l'Intérieur avec. Quelle

revanche sur ce pleutre de gauche qui avait décapité la Cagoule lorsqu'il était en poste sous le Front populaire ! Mais il en restait tant d'autres ! Que ne coupait-on le cou au gentleyoutre Léon Blum et à tout le gouvernement du feu *Frente crapular*, embastillés dans les prisons du Maréchal et donc heureusement disponibles ! Ah, si seulement Patrice Poulet n'avait pu être entendu !

Au lieu de quoi on l'avait envoyé surveiller les arrières de l'ingénieur-chef Stosskopf, dans cette base où il barbotait comme un U-Boot échoué à marée basse. Chaque jour, Patrice Poulet consignait méticuleusement les allées et venues des visiteurs qu'il convoyait généralement de la gare à la base, dans un sens puis dans l'autre. Le plus souvent, il s'agissait de nazis galonnés. Une fois, il avait même transporté l'amiral Dönitz et son chef d'état-major. Jamais il n'avait conduit aussi bien ! Il avait contourné les nids-de-poule avec la maestria d'un torero évitant les cornes du taureau. Pas d'accélérations brusques ni de ralentissements intempestifs. Un talon-pointe professionnel pour rétrograder en douceur, aussi souplement que le doigt de Jean Filliol glissant sur la lame du couteau avec lequel il avait égorgé tant d'amis de la gueuse. L'amiral avait même félicité le chauffeur, lequel avait nourri un vœu, secret, hélas demeuré sans suite : servir l'occupant plutôt que l'occupé. Il se contentait donc de promener Stosskopf ou madame, parfois un niais de la famille, jusqu'à ce jour, 15 juillet 1942, où le destin l'avait mis en face d'une action à entreprendre.

L'objet dormait sur la banquette arrière. Il était jeune : trente ans à peine. Élancé malgré la canne. La mèche noire, le front haut, la tournure élégante. Vêtu d'un blouson de daim clair ouvert sur une chemise bleu marine. Les pieds nus dans des mocassins de peau. Au premier coup d'œil, inoffensif. Mais, à bien le reluquer dans le rétroviseur orienté comme il fallait, Patrice Poulet découvrait une énergie peu commune sous les traits assoupis. L'homme était probablement doué d'une force physique suffisante pour rendre incertaine l'issue d'un combat à mains nues. Si l'emploi des armes était autorisé, tout dépendait des richesses mises à la disposition des parties. À l'arrière, sans doute peu d'éléments décisifs : l'individu avait évidemment été fouillé avant de pénétrer dans le cœur de la base, et la veste de daim ne présentait aucune excroissance susceptible de trahir un browning. À l'avant, tout était en place : un coutelas était dissimulé sous le siège. Lame mince et effilée, pouvant s'enfoncer dans un corps d'homme avec grâce et souplesse. Si la victime dormait préalablement, pas plus de remue-ménage que de risque. Et après, la victoire en chantant : le meurtrier n'en référerait même pas à l'ingénieur-chef Stosskopf. Il se présenterait au volant de la Vivastella sur le pont menant à K1 et à K2, demanderait à rencontrer personnellement et au plus vite l'amiral Dönitz, à qui il offrirait la preuve de sa fidélité en échange d'un poste de chauffeur-garde du corps à temps plein.

« Quelle preuve ? demanderait l'amiral en toisant le jeune chauffeur du haut de sa casquette plate.

– Suivez-moi », répondrait le postulant.

Il conduirait le très haut dignitaire jusqu'à la voiture où le cadavre serait nonchalamment allongé sur la banquette arrière, comme il se présentait à l'instant, vérification fut faite par Patrice Poulet auprès du rétroviseur orienté pour l'occasion.

« Qui est cet homme ? questionnerait Herr Dönitz.

– Un espion anglais, sourirait le chauffeur.

– Apportez-vous la preuve de cette allégation ? interrogerait le capitaine de la flotte allemande.

– *Ja, Herr Deutsch!* » s'exclamerait le combattant courageux qui ne connaissait aucune autre langue que la sienne, hormis quelques versets argotiques qui lui paraissaient doux comme un dialecte américain.

Il dévisserait la canne, exhiberait l'appareil photographique et demanderait au dignitaire s'il lui paraissait ordinaire qu'un ingénieur introduit au cœur de la base secrète fût muni d'un appendice pareil, planqué et en ordre de marche, avec une pellicule usagée dissimulée dans le pied de la béquille.

« *Ach so!* ferait Dönitz.

– *Natürlich!* échoterait Poulet, atteignant enfin un statut quasi égalitaire.

– Et comment l'avez-vous occis ? »

Il raconterait que, ayant démasqué puis confondu l'espion, un féroce combat à mains nues s'était déroulé entre Ploërmel et Rennes. Six uppercuts doublés d'une solide cordelette avaient d'abord eu raison du traître, réduit à un misérable sac se contorsionnant à l'arrière. Hélas, par un hasard malheureux – un ressort émergeant de la banquette arrière –, le british homoncule s'était soulevé de terre, avait jailli comme le croiseur

Aurore lâchant sa foudre sur le tsar et la famille impériale, et il avait fallu bien de la pugnacité, autant d'intelligence et des réflexes brillants au jeune chauffeur pour éviter de précipiter la Vivastella dans le décor, se défaire des doigts de l'ennemi enserrant les carotides vichystes, se retourner, frapper, freiner, frapper derechef, s'arrêter, poursuivre le pugilat jusqu'à l'anéantissement quasi définitif, ficeler une nouvelle fois, ouvrir le coffre, transporter le lourd corps d'homme, fermer le coffre, verrouiller, démarrer.

Au Mans, il avait fallu se préoccuper du ravitaillement en carburant. Les laissez-passer et les autorisations étant en règle, on avait découvert sans grande difficulté un garagiste distribuant cette denrée rare et contingentée, nécessaire à tout déplacement officiel : l'essence. Mais, par malchance, Herr futur Maréchal, le pompiste avait été alerté par un bruit venu de la malle arrière. Alors que le chauffeur vérifiait les niveaux à l'avant, l'individu retors avait ouvert le coffre, libérant un contenu devenu hargneux, voire sauvage, suffisamment habile pour convaincre l'idiot garagiste de rallier son camp.

« À deux contre moi ! » scintillerait le Poulet vibrionnant, bougeant bras et jambes devant l'officier supérieur du Grand Reich afin de lui montrer comment il s'était tiré d'affaire. « L'un est tombé sous le choc d'un direct sous le menton, et l'autre a crié grâce devant la pointe de mon coutelas.

– Pourquoi l'avoir trucidé ? interrogerait l'homme de l'Empire.

– Parce qu'il me menaçait du canon d'un parabellum de taille disproportionnée. »

Patrice Poulet se signerait, ainsi soit-il, sait-on jamais.

Il serait remercié et promu. Chauffeur-garde du corps pendant quelques semaines, puis responsable de l'espionnage et du contre-espionnage pour la Bretagne sud, la Bretagne nord, le département et, enfin, la France dans sa Grandeur et son Intégrité. Parlerait d'égal à égal avec l'amiral Canaris, qu'il convierait à dîner chez lui, papa serait content et maman aux petits soins. Un destin national, voire plus encore, l'attendait. La première étape passait par l'exécution du traître.

Cependant, Le Mans approchant dans sa ligne de mire, Patrice Poulet effleura le manche réconfortant du poignard arrimé à son siège. Lorsqu'une belle ligne droite se présenterait, il se baisserait, saisirait l'arme et la balancerait à l'arrière, rejetant la lame en même temps que le bras, visant le cœur, puis frappant tout autour, au jugé, afin d'assurer sa promotion. Après quoi, le vaillant combattant stopperait la Vivastella pour achever le presque mort, dont le cadavre serait dissimulé dans le coffre. La méthode avait du bon. Elle avait fait ses preuves. Mieux valait occire un ennemi endormi plutôt que debout sur ses pattes de derrière.

Comme une longue ligne droite se profilait au loin, le chauffeur leva une paupière résolue vers le rétroviseur. Le spectacle entrevu cloua ses mains sur le volant. L'Angliche ne pionçait point. L'Angliche le regardait. Il arborait un sourire d'une insolence inconcevable, de ces grimaces définitives qui vous font sentir immédiatement quel oisillon vous êtes question cervelle face à un esprit beaucoup plus fort et plus rapide. En un instant, Patrice Poulet abandonna le plan machiavélique que son imagination fertile avait fait naître en lui. Pas de risques inutiles. Si le gentletraître positionné à l'arrière était capable de paralyser un adversaire grâce au seul pouvoir de son œil, il fallait craindre bien plus encore la force de ses poignets, la violence de ses poings et la capacité de pénétration de l'occiput sur un nez mal protégé.

Il était question de voir venir et, surtout, de ne pas improviser.

« Essence, fit le courageux chauffeur, lâchant une information qui se voulait liante.

– Fissa, répondit le voyageur. Je suis attendu à Paris. »

Essence et téléphone, sourit intérieurement le futur chef du contre-espionnage breton. Une idée avait éclos. Simple autant qu'efficace. Puisqu'il n'était plus question d'agir seul, à moins de faire courir un risque majeur à la nation tout entière, on demanderait de l'aide. Un appel à Paris, nach l'hôtel Lutétia, et de là à la cavalerie allemande stationnée sous les lambris de l'endroit, nach un ami jadis haut placé dans les instances supérieures de la Cagoule et présentement délégué auprès des Huns occupants, un simple appel, donc, suffirait à circonvenir la menace installée à l'arrière de la Vivastella. On demanderait un barrage. Une arrestation musclée. En un point quelconque de la route conduisant à Paris. « À moi de proposer, à eux de disposer », jubila Patrice Poulet avant d'obliquer sur une piste caillouteuse menant à une station d'essence.

Il rétrograda de troisième en seconde, pompa sur les freins tout en cherchant le papier magique qui confirmait l'authenticité du macaron apposé sur le pare-brise : la Renault Vivastella était autorisée à rouler au carburant non gazogène.

« Toilettes aller et retour », fit-il à l'adresse du passager sans se retourner pour éviter l'acuité de son œil.

Il alla au-devant du pompiste, qui approchait nonchalamment, montra le sésame pétrolifère et s'enquit d'un endroit où téléphoner. L'autre désigna un long hangar blanc, expliqua que c'était au premier étage, porte du fond, sur le bureau, service payant sans facture, on pouvait passer par l'intérieur ou l'extérieur.

« Intérieur », décida Patrice Poulet, estimant qu'il serait à couvert, et donc protégé des regards curieux.

Il allongea le pas, franchit sans encombre le terre-plein conduisant au hangar, traversa icelui dans le sens de la longueur. Trois voitures sur cales périssaient sous le soleil frappant la carcasse en ogive. Un chat se prélassait auprès d'un baquet d'huile. L'escalier prenait son envol au coin d'une meule de foin derrière laquelle gîtait un tracteur. Poulet monta. Il atteignit une porte métallique qui grinça sur ses gonds, ouvrant sur un deuxième escalier venant de l'extérieur. Un étroit couloir menait à la pièce du fond, fermée par une porte verte. Poulet la poussa. L'ombre envahissait la pièce. Le visiteur promena ses doigts le long du mur, repéra un interrupteur qu'il pressa adroitement. Une lumière verdâtre éclaira le bureau. Il y avait bien un téléphone posé sur la table. Et une main sur le téléphone. Une main qui souleva le récepteur du socle en bois, le tendit vers le nouveau venu et demanda, d'une voix aussi insolente que le sourire :

« Est-ce cet engin que vous cherchez, monsieur ? »

Patrice Poulet battit en retraite. L'autre le rejoignit en haut des marches. Il ne le toucha pas. Il ne leva pas la main sur lui. Il se contenta de lui coller aux basques. Dans la cour menant à la pompe, puis dans la voiture. Du Mans à Paris, le chauffeur sentit la présence de l'infect personnage respirant à dix centimètres de sa nuque.

« Impossible de bouger, Majesté, confierait-il à l'amiral Dönitz. Il me tenait en joue avec ses deux brownings, l'un visant les reins à travers le siège, l'autre braqué derrière l'oreille.

– Alors qu'en avez-vous fait ?

– Je l'ai déposé là où il m'avait demandé.

– C'est-à-dire ?
– À Paris. Derrière le cimetière Montparnasse.
– Après, qu'avez-vous fait ?
– Je me suis rendu à l'hôtel Lutétia où j'ai des amis. J'ai fait demander mon camarade Émile Richard.
– Et puis ?
– Et puis, conclurait Patrice Poulet avec une mine gourmande, j'ai tout raconté à ce grand patriote. »

La ronde des autobus

Bèla Prakash attendit que la Vivastella eût disparu derrière le Lion de Belfort pour tourner les talons et s'enfoncer dans les rues sombres bordant le cimetière Montparnasse. Maintes fois, il avait traîné ses guêtres de reporter photographe dans ce quartier de Paris où il avait si souvent festoyé en compagnie de son meilleur ami, hongrois comme lui-même, grand et brun comme lui-même, possédant une canne exactement semblable à celle que lui-même avait utilisée pour photographier la base sous-marine de Lorient sous l'identité et les papiers empruntés à son camarade presque frère, Blèmia Borowicz.

Tout comme Pierre Pázmány, le dernier Hongrois du trio, le Choucas de Budapest avait choisi de consacrer son temps et son énergie à soutenir la cause défendue par Boro. Celui-ci l'avait envoyé à Lorient, faute de pouvoir s'y rendre lui-même, ses activités l'ayant conduit ailleurs, où un autre objectif attendait d'être photographié. Avant Lorient, Prakash avait sillonné la baie de Somme tandis que Páz s'était promené sur les quais du port du Havre, son propre Leica dissimulé dans l'un des deux alpenstocks reproduits par un menuisier du faubourg Saint-Antoine d'après l'original rapporté par Boro d'Allemagne. La guerre avait anéanti l'agence Alpha-Press, sabordée par ses trois fondateurs. Elle les avait rassemblés pour un autre combat, sombre comme une chambre noire.

Le couvre-feu plongeait Paris dans une nasse étrange, perméable cette nuit-là : des autobus à plate-forme passaient au loin. D'habitude, après onze heures, les artères de la capitale ne charriaient que des grumeaux en vert-de-gris, ou des automobiles emplies de fêtards privilégiés, car amis de la puissance occupante. Cette nuit-là, alors que l'aube n'avait pas encore frappé à la porte du jour, des autobus Renault vert et blanc de la Société des transports en commun de la région parisienne venant de la porte d'Orléans descendaient vers le centre. Certains étant éclairés de l'intérieur, on apercevait la silhouette du chauffeur. L'arrière était vide. Pourquoi circulaient-ils, à deux heures du matin, dans une ville défaite ?

La curiosité l'emportant sur la prudence, Bèla Prakash revint sur ses pas. Il marchait collé aux façades, tache sombre sur la muraille. Il tenait sa canne légèrement en avant, le manche bien en main. Il supposait que les autobus venaient du dépôt d'Alésia et que, tout comme jadis les taxis de la Marne, ils étaient chargés d'une mission. Mais laquelle ? Et pourquoi à cette heure de la nuit ?

Il approchait de Denfert. Trois autobus virèrent autour du Lion de Belfort. Une camionnette de police les suivait. Les synchros des vitesses raclèrent comme de mauvais bruits de gorge. La lumière d'un phare voilé découvrit le passant attardé. Deux doriotistes étaient assis au fond du premier autobus, sur les banquettes de cuir réservées aux première classe. En une seconde, le Choucas de Budapest avait choisi son parti. Plutôt que d'être pris, il vint au-devant du danger. Il sortit de l'ombre et éleva sa canne. Son œil croisa le sourcil bas du chauffeur de la camionnette. Celle-ci émit un hoquet de mauvais augure qui précéda de quelques secondes un glissement transversal, stoppé net par l'arête du trottoir. À peine le véhicule s'était-il arrêté que la portière s'ouvrit sur un trio de pèlerines, et Prakash fut cerné. Les autobus passèrent dans un fracas de gazogènes défectueux. Quand on put se causer, le chef d'équipe, brigadier ou quelque chose du genre, balança son chef en même temps que la visière de son képi sous le nez de l'illégal.

« Qu'est-ce que vous faites dehors à c'te heure ?

– Et vous ? questionna Prakash sans se démonter.

– Nous, on vous embarque », répondit prestement le gradé.

Il sentait du bec.

« Montons, fit le Hongrois en balançant sa canne en direction de la camionnette. Où allez-vous ?

– Troisième arrondissement.

– C'est un peu loin de chez moi, mais vous me raccompagnerez ensuite ! »

Sous le regard ahuri du trio policier, le Choucas marcha vers le véhicule, grimpa sur la plate-forme et s'assit sur un siège vide. Les autres se regroupèrent autour de lui, formant comme une garde rapprochée et hostile.

« On veut voir vos papiers, fit l'odorant.

– N'insistez pas : je ne les ai pas. »

Un sourire jaune éclaira les traits du gradé. Il donna l'ordre au chauffeur de démarrer et de rallier leur destination première.

« Considérez-vous comme en état d'arrestation.

– C'est vous qui le dites !

– Il vous faut un cabriolet pour vous convaincre ? »

Le flic donna un coup de menton en direction de l'un de ses subordonnés. Obéissant à l'ordre muet, celui-ci détacha de son ceinturon un cordon muni de deux poignées en bois.

« Pourquoi voulez-vous m'attacher ? demanda Prakash avec une tranquillité qui fleurait la suffisance. Comment voulez-vous que je m'échappe de votre fourgon ?

– Êtes-vous juif ? questionna le flic en réponse.

– Je l'ai été.

– Quand on l'a été, on le reste.

– Alors je le suis.

– Vous vous trouvez donc doublement en état d'arrestation.

– Racontez-moi.

– Cette nuit, nous saisissons tous les juifs de France. Vous êtes le premier de notre liste. Et si votre nom ne s'y trouve pas, nous l'ajouterons.

– Les autobus ?

– Réquisitionnés. Ils débarqueront leur marchandise au Vél' d'Hiv'.

– C'est une rafle ?

– Une Saint-Barthélemy, monsieur. »

Prakash se tut. Son esprit galopait. Sachant déjà comment il se sortirait d'affaire, il n'était pas inquiet pour lui-même. Il se demandait ce qu'il pouvait faire, pour qui, comment, s'il lui restait suffisamment de temps pour agir.

« Vous coffrez sur dénonciation ? demanda-t-il au flic odorant.

– Avec méthode, vous voulez dire ! s'écria le bec de gaz. On a dressé des listes ! Trente mille, rien qu'à Paris ! Que du vrai ! Sémite pur nez ! »

Il se pencha vers le Choucas et examina son visage de plus près.

« Un peu comme vous !
– Voulez-vous voir mes papiers ?
– Je croyais que vous n'en aviez pas.
– J'ai pire. »

Avant que l'autre eût répondu, Herr Dietrich Hallberg avait saisi dans la poche intérieure de sa veste le laissez-passer délivré par les autorités allemandes de Lorient. Il le tendit au chefaillon.

« Je ne suis pas plus juif que vous, et je vous prie de me ramener chez moi dans les meilleurs délais. »

Le flicadart observa le papier officiel, souleva son képi pour mieux se gratter l'occiput, tendit le document à ses deux associés afin de recueillir leur vaste opinion, plia enfin le sésame et le rendit à son propriétaire en claquant légèrement les talons.

« À quelle heure commence la chasse ? demanda Herr Dietrich Hallberg en adoptant un ton de commandement qui brisa tout le courage de la maréchaussée.

– Quatre heures. Sept mille policiers tout dévoués, Herr Général. Neuf cents équipes. Aucun Allemand pour nous aider. On a même fait du zèle, figurez-vous, parce que nous emmenons aussi les enfants, les femmes et les vieillards. On s'en tient aux étrangers cette fois-ci.

– *Gut, gut*, fit Prakash en dissimulant son écœurement derrière une impassibilité glacée d'aspect très militaire. Où raflez-vous vos juifs ?

– Dans les quartiers où ils pullulent, Herr Général ! IIIe arrondissement, X[e], XIe, XIIe…

– Vous me laisserez boulevard Barbès, numéro 10. »

La camionnette traversait la Seine. Elle doubla deux autobus de la STCRP et remonta vers la République. D'autres véhicules stationnaient ici et là, au coin des rues, barrant parfois la chaussée. Des gendarmes, des policiers, des collabos volontaires quadrillaient les quartiers où ils allaient lancer l'hallali. Des milliers de victimes allaient être piégées. Des lapins enfumés.

Bèla Prakash considéra l'un après l'autre les trois hommes qui se tenaient à ses côtés dans la camionnette. Ils arboraient des mines ordinaires. Pas plus fières ou réjouies que sinistres ou abattues. Des flics français accomplissant leur boulot.

« Et comment s'appelle cette jolie opération ? questionna-t-il comme la camionnette ralentissait aux abords de la rue du Château-d'Eau.

– "Vent printanier" !

– Poétique ! » fit Herr Dietrich Hallberg en serrant puissamment le pommeau de sa canne.

Vent printanier

Le 20 janvier 1942, à Berlin, Grossen Wannsee numéros 56-58, dans les locaux du SS-Obersturmbannführer Eichmann, le chef de la police de sécurité et du SD, l'Obergruppenführer SS Reinhard Heydrich, réunissait quelques membres haut placés des ministères nazis pour leur demander leur collaboration dans la mission qui venait de lui être confiée : l'extermination des juifs d'Europe. Le protocole de la conférence de Wannsee, classé secret du Reich, fut diffusé à trente exemplaires. Il commençait par un bilan de l'émigration forcée des juifs d'Allemagne, établi par le responsable de la solution finale, Heydrich. Entre le 30 janvier 1933 et le 31 octobre 1941, 360 000 juifs avaient quitté le Reich. Cette émigration avait été financée par les juifs eux-mêmes, les plus riches payant pour les plus pauvres. Comme les fonds débloqués en Allemagne même s'étaient révélés insuffisants, la diaspora avait été appelée à l'aide. Elle avait versé neuf millions cinq cent mille dollars.

L'émigration forcée ayant été stoppée pour raison de guerre, il convenait désormais d'envisager la déportation des juifs vers l'est. Cette étape devait être considérée comme une première marche vers la solution finale et définitive de la question juive. Onze millions de personnes à anéantir : cinq millions en URSS, sept cent mille en Hongrie, autant en France (zone occupée), trois cent mille en Roumanie (Bessarabie comprise), autant en Bulgarie, soixante mille en Italie...

L'Obergruppenführer SS Heydrich précisait que les juifs de l'Est, séparés par sexe, construiraient des routes, ce qui leur permettrait de se rendre utiles tout en les condamnant à une mort certaine, et certainement prématurée, la tâche étant épuisante. Ceux qui ne succomberaient pas devraient être anéantis par tout autre moyen, car, ayant montré une résistance physique supérieure, ils pourraient constituer le germe d'une nouvelle souche juive. Le ratissage de l'Europe commencerait par le Reich (Bohême et Moravie comprises). Dans les autres pays, il serait nécessaire de mettre au point des systèmes de recensement. Le problème devait partout être réglé dans des délais raisonnables et ne laisser aucune trace. Le secret de la réunion de Wannsee fut si bien gardé que nul, hormis les autorités directement concernées par l'anéantissement du peuple juif, ne fut informé des décisions prises. Harro Schulze-Boysen et son groupe pas plus que d'autres.

On aborda la question des méthodes de la solution finale. Celles-ci ne furent pas consignées dans le procès-verbal : certaines horreurs, même diffusées à trente exemplaires, se doivent d'être gardées secrètes. Pour ne pas heurter les âmes sensibles.

Le 5 mai 1942, l'Obergruppenführer SS Heydrich venait à Paris pour préparer avec les Haupsturmführer Dannecker et Röthke la réalisation de la solution finale en France. Trois semaines plus tard, il était abattu à Prague.

Le 7 juillet, Darquier de Pellepoix, chef du commissariat aux Questions juives, était convoqué au siège de la Gestapo, avenue Foch, par le Haupsturmführer Dannecker, qui lui annonçait l'opération « Vent printanier ». La France devait fournir à l'Allemagne les trente mille juifs étrangers recensés sur fiches. Des wagons de chemin de fer seraient réquisitionnés pour emporter une première cargaison de dix mille à vingt mille juifs.

Une première date fut fixée : la nuit du 13 au 14 juillet. On la repoussa pour que la grande rafle ne fût pas confondue avec la fête nationale.

Le 15 juillet, le secrétaire général de la police de Vichy, René Bousquet, donnait l'ordre aux préfets de mobiliser les forces nécessaires pour mener à bien l'opération. Celle-ci devait être réalisée par les autorités françaises – gendarmes, gardes mobiles, agents, inspecteurs en civil et sympathisants doriotistes – agissant de manière autonome. Il était même question de faire du zèle : on arrêterait à tour de bras, sans se soucier de questions d'humanité ; les hommes, les femmes, mais aussi les enfants – que ne demandaient pas les nazis.

À Paris, la circulaire 173/42 émanant de la préfecture de police ordonnait *à Messieurs les commissaires divisionnaires, commissaires de voie publique et des circonscriptions de banlieue, l'arrestation et le rassemblement d'un certain nombre de Juifs étrangers.*

Le directeur de la police municipale, M. Hennequin, précisait aux équipes envoyées sur le terrain :

La mesure dont il s'agit ne concerne que les Juifs des nationalités suivantes : Allemands, Autrichiens, Polonais, Tchécoslovaques, Russes (réfugiés ou soviétiques, c'est-à-dire « blancs » ou « rouges »), Apatrides, c'est-à-dire de nationalité indéterminée.

Elle concerne tous les Juifs des nationalités ci-dessus, quel que soit leur sexe, pourvu qu'ils soient âgés de 16 à 60 ans (les femmes de 16 à 55 ans). Les enfants de moins de 16 ans seront emmenés en même temps que les parents. Vous constituerez des équipes d'arrestation. Chaque équipe sera composée d'un gardien en tenue et d'un gardien en civil ou d'un inspecteur des Renseignements généraux ou de la Police Judiciaire.

Les équipes chargées des arrestations devront procéder avec le plus de rapidité possible, sans paroles inutiles et sans commentaires. En outre, au moment de l'arrestation, le bien-fondé ou le mal-fondé de celle-ci n'a pas à être discuté. C'est vous qui serez responsables des arrestations et examinerez les cas litigieux qui devront vous être signalés.

Des autobus, dont le nombre est indiqué plus loin, seront mis à votre disposition. Lorsque vous aurez un contingent suffisant pour remplir un autobus, vous dirigerez :

– sur le Camp de Drancy : les individus ou familles n'ayant pas d'enfants de moins de 16 ans ;

– sur le Vélodrome d'Hiver : les autres.

Vous dirigerez alors les autobus restants sur le Vélodrome d'Hiver.

Enfin, vous conserverez, pour être exécutées ultérieurement, les fiches des personnes momentanément absentes lors de la première tentative d'arrestation.

Les services détachant les effectifs ci-dessous indiqués devront prévoir l'encadrement normal, les chiffres donnés n'indiquant que le nombre des gardiens. Les gradés n'interviendront pas dans les

VENT PRINTANIER

arrestations, mais seront employés selon vos instructions au contrôle et à la surveillance nécessaires.

Total des équipes : 1472; total des gardiens en civil ou en tenue : 1568. En outre : 220 Inspecteurs des Renseignements Généraux et 250 Inspecteurs de la Police Judiciaire.

La Compagnie du Métropolitain, réseau de surface, enverra directement les 16 et 17 juillet à 5 heures aux Centraux d'Arrondissements où ils resteront à votre disposition jusqu'à fin de service : 44 autobus.

En outre, à la Préfecture de Police (caserne de la cité) : 6 autobus.

la direction des Services Techniques tiendra à la disposition de l'État-Major de ma Direction, au garage, à partir du 16 juillet à 8 heures : 10 grands cars.

De plus, de 6 heures à 18 heures, les 16 et 17 juillet, un motocycliste sera mis à la disposition de chacun des IXe, Xe, XIe, XVIIIe, XIXe et XXe arrondissements.

La garde du Vélodrome d'Hiver sera assurée, tant à l'intérieur qu'à l'extérieur, par la Gendarmerie de la région parisienne et sous sa responsabilité.

Tableau récapitulatif des fiches d'arrestations : Paris : 25334; banlieue : 2057; total : 27391.

M. Hennequin donnait quelques instructions plus précises aux agents de police chargés de la rafle du Vél' d'Hiv' :

Les gardiens et inspecteurs, après avoir vérifié l'identité des Juifs qu'ils ont mission d'arrêter, n'ont pas à discuter les différentes observations qui peuvent être formulées par eux.

Ils n'ont pas à discuter non plus sur l'état de santé. Tout Juif à arrêter doit être conduit au Centre primaire.

Les agents chargés de l'arrestation s'assurent lorsque tous les occupants du logement sont à emmener, que les compteurs à gaz, de l'électricité et de l'eau sont bien fermés. Les animaux sont confiés au concierge. [...]

Les opérations doivent être effectuées avec le maximum de rapidité, sans paroles inutiles et sans aucun commentaire.

Les gardiens et inspecteurs chargés de l'arrestation rempliront les mentions figurant au dos de chacune des fiches :

– Indication de l'arrondissement ou de la circonscription du lieu d'arrestation;

• « *Arrêté par* », en indiquant les noms et services de chacun des gardiens et inspecteurs ayant opéré l'arrestation ;
• *Le nom de la personne à qui les clés auront été remises ;*
• *Au cas de non-arrestation seulement de l'individu mentionné sur la fiche, les raisons pour lesquelles elle n'a pu être faite et tous renseignements succints utiles...*

Le 16 juillet 1942, à minuit, le dispositif était prêt. À quatre heures du matin, les policiers français se mettaient à l'œuvre. À quatre heures vingt, le Choucas de Budapest arrivait boulevard Barbès. Trois autobus vert et blanc de la STCRP stationnaient le long du trottoir. Des hommes, des femmes, des vieillards et des enfants portant l'étoile jaune sortaient des immeubles environnants. Ils avaient les traits lourds et tirés des somnambules. Quelques bébés endormis tétaient le pouce sur l'épaule de leur mère. Les enfants posaient des questions auxquelles personne ne pouvait apporter de réponse. Deux ou trois femmes campées sur le trottoir proposèrent de les prendre avec elles, de les garder le temps de... Le temps de quoi ? La panique affleurait. Les flics repoussaient les intruses. Il fallait remplir les cars. Obéir aux consignes. À onze heures, l'opération devait avoir donné tous les résultats escomptés : 27 391 juifs.

Bèla Prakash s'engouffra sous le porche du numéro 10. Cette rafle était la plus importante de toutes celles qui avaient déjà endeuillé Paris. Elle n'épargnait ni les femmes ni les enfants. Elle avait été préparée de longue date : les flics avaient des listes.

Au premier étage, en face du lupanar social tenu par Olga, trois policiers en tenue frappaient à la porte :

« Ouvrez, police ! »

Le battant s'écarta sur une ombre qui fut rapidement repoussée vers l'intérieur.

« Vous avez cinq minutes pour vous préparer... Joseph et Sarah Singer ainsi que les deux enfants. Il faut une couverture pour chacun, les affaires de toilette, les tickets d'alimentation et de textile, pas de couteau... »

Prakash tambourina à la porte de chez Olga. Lui-même ne risquait rien. Pázmány non plus. Mais Boro était juif par son père. Il était peu probable que les policiers sachent que trois réfractaires se cachaient au premier étage, mais... Le Choucas frappait. En face, les flics étaient entrés dans l'appartement pour hâter le mouvement. Deux autres pèlerines encadraient une famille glissant, hagarde, dans l'escalier.

« Olga ! » cria Prakash.

On lui ouvrit. Il entra et referma.

« Où est Boro ?

– Parti. »

Ce n'était pas Olga, mais Micheline.

« Où est la patronne ? demanda le Hongrois.

– Elle retient son homme...

– Dites à Pázmány de descendre. »

Le Choucas souleva la tenture qui dissimulait le couloir conduisant aux appartements privés de l'ancienne danseuse de Balanchine. Il y avait remue-ménage dans la chambre.

« Si tu t'en mêles, criait la louve de Sibérie, tu peux me dire adieu et à tout ce qui va avec moi ! »

Elle s'efforçait de contenir Scipion.

« Ouvrez ! » cria Prakash.

Páz arrivait. Il avait enfilé un manteau par-dessus son pyjama. Les pensionnaires l'encadraient.

« Qu'est-ce qui se passe ? pleurnichait Micheline. Où est passé M. Blèmia ? »

Elle dardait un œil mouillé en direction de Pierre Pázmány qu'elle s'était prise à aimer le jour même où il s'était installé à l'étage.

« Il a filé avant », répondit Páz.

Il s'adressait à Prakash.

« Il a été prévenu. »

La porte de la chambre s'ouvrit. Olga était en dentelles, Scipion en costume. Il voulait sortir, elle s'efforçait de le retenir. Prakash brandit sa canne.

« Restez là. Il n'y a rien à faire. »

Le grand Noir lui tomba dans les bras. Le Hongrois le repoussa d'un mouvement de bras.

« On ne peut pas intervenir. C'est une opération à grande échelle.

– Voilà ! » confirma la maîtresse de l'endroit.

Elle posa une main qui se voulait apaisante sur l'épaule de l'ancien modèle.

« Ce n'est pas encore l'heure des héros. Tu restes, mon petit mari !

– Par les temps qui courent, ce n'est pas digne ! gronda Scipion.

– Parle d'un sacrifice, et je te mornifle !

– Arrêtez tout ! s'écria Prakash. Où est Boro ?

– Loin », répondit Olga.

Elle sortit une feuille de son corsage et la tendit au Hongrois. C'était un tract manuscrit, traduit du yiddish et grossièrement imprimé. Il sentait l'encre et la violette.

Frères, sœurs,
Les hitlériens préparent une nouvelle offensive contre les Juifs. Selon des nouvelles que nous tenons de source sûre, les Allemands veulent échafauder, dans un très bref délai, une rafle monstre et la déportation des Juifs. Par la terreur aggravée contre les Juifs, les hitlériens veulent préparer le terrain à l'asservissement de toute la France. L'extermination des Juifs doit servir d'avertissement aux Français qui n'acceptent pas le joug de l'occupant et veulent vivre en hommes et citoyens libres.

Frères, le danger est grand. Il est de notre devoir de vous mettre en garde. Les bandits hitlériens ne reculeront devant aucun crime. Fermer les yeux sur la réalité tragique équivaut à un suicide. Ouvrir les yeux, reconnaître le danger, mène au salut, à la résistance, à la vie. La question qui se pose à chaque Juif est : que faire pour ne pas tomber entre les mains des assassins SS ? Que faire pour hâter leur fin et la libération ? Voici ce que doit faire chaque homme, chaque femme, chaque adolescent juif :

1) Ne pas attendre les bandits à son domicile. Prendre toutes les mesures pour se cacher et, surtout, cacher les enfants avec l'aide de la population française ;

2) Après avoir sauvegardé sa liberté, il faut rallier une organisation patriotique pour combattre l'ennemi sanglant et se venger de ses crimes ;

3) Si l'on tombe entre les mains des bandits, il faut opposer une résistance par tous les moyens : barricader les portes, appeler au secours, se battre avec la police. Il n'y a rien à perdre. On peut y gagner la vie. Il faut, dans toutes les circonstances, chercher à s'évader.

Aucun Juif ne doit être la proie de la bête hitlérienne assoiffée de sang. Chaque Juif libre et vivant est une victoire sur l'ennemi...

VENT PRINTANIER

«Comment avez-vous eu ce tract? demanda Prakash après l'avoir lu.
– Dimitri l'a apporté à Boro, répondit Scipion. Il connaissait la date de la rafle... Une fuite de la préfecture.
– Où sont-ils?
– À Lyon, répondit Pázmány. L'un de nous doit les rejoindre avec les documents qui partiront pour Londres.
– J'irai, déclara Prakash.
– Non, répliqua Páz.
– Tirons à la courte paille», proposa le Choucas.

Bouvier

Dimitri regardait une barque dériver sur la Saône. Le couple d'amoureux qui l'occupait avait délaissé les rames et la manœuvre pour un baiser prolongé. D'autres fiancés goûtaient à la douceur légèrement enivrante d'un souffle frais passant sur l'herbe rase des quais. À Paris, on déportait. À Lyon, on s'embrassait. Dimitri avait la rage au cœur. Au nord, il n'avait rien pu faire. Sinon prévenir quelques camarades FTP qui, pour certains d'entre eux, étaient déjà informés. Il avait gagné le Sud sur les pas de Borowicz qui devait s'y rendre. Il rentrerait à Paris quand on n'aurait plus besoin de lui en zone non occupée. La veille, une couple d'heures après son arrivée, il avait obtenu le rendez-vous pour lequel il avait franchi la ligne : un contact grâce auquel il espérait mettre bientôt la main sur un lot de cartes d'identité vierges. Celles-ci se trouvaient à Nice. Elles transiteraient par la capitale des Gaules avant de venir à Paris, dissimulées dans la réserve à charbon d'un train choisi par Dédé Mésange. Il en sauverait encore, des juifs ! Et des réfractaires ! Des soldats de l'ombre partout menacés !

Cent mètres en amont, il repéra un homme qui avançait d'un pas élastique. Il portait un béret incliné sur l'oreille, et une valise. Lui-même était affublé d'une gapette écossaise. Il l'ôta quand l'individu fut à vingt pas. L'autre poursuivit son chemin sans s'arrêter. Lorsqu'ils se croisèrent, Pierre Pázmány murmura :

« L'air est tiède, par ici.

– Cela vaut mieux que la neige », répliqua hâtivement Dimitri.

Il obliqua afin de rejoindre le petit chemin qui surplombait les quais de la Saône. Parvenu sur les hauteurs, il tourna à droite et avança à la rencontre du Hongrois. Les deux hommes s'étaient brièvement entrevus avant guerre. Cela ne changeait rien aux précautions d'usage.

Dimitri s'assura que nul ne marchait derrière le promeneur. Lequel fit de même de son côté.

La valise changea de main.

Liselotte la récupéra sous les colonnes du Théâtre municipal. Elle lui parut à peine plus lourde qu'un sac à main. La jeune fille s'élança d'un pas alerte dans les rues ensoleillées. Aujourd'hui, elle avait de bonnes nouvelles à transmettre à Bouvier. La veille, Radio-Londres avait confirmé que l'opération aurait lieu cette nuit même. Dédé et quelques camarades étaient partis dans la matinée pour assurer le rendez-vous. On les rejoindrait à la tombée du soir.

Liselotte marchait vite, vérifiant dans les vitrines des magasins que personne ne la suivait. Elle passa par les traboules. Au début de la guerre, lorsqu'elle s'était installée à Lyon, elle avait parcouru en tous sens les ruelles de la ville ouvrière. Elle avait appris à se mouvoir avec une rapidité insolente au cœur du labyrinthe. Elle connaissait tous les passages, les doubles entrées, les impasses. Sitôt que son pied se posait à l'orée de la fourmilière citadine, elle se sentait comme chez elle. Alors, elle osait se retourner pour affronter ceux qui pourraient la suivre, sachant que toute présence intempestive se perdrait la minute suivante dans le fouillis des ruelles.

Il n'y avait personne. Elle descendit néanmoins un escalier en pierre qui la conduisit à l'entrée d'un goulet. Elle le suivit sur quelques mètres, obliqua dans un coude qui débouchait sur un petit chemin de terre battue, franchit un portail en bois, traversa une cour bordée de chais et déboucha place Raspail.

Elle la traversa d'est en ouest. Le soleil cognait dur. La jeune fille s'en protégea en portant la main en visière à son front. Elle retrouva l'ombre protectrice des vieux immeubles. Bizarrement, les couloirs sentaient la friture et la lessive. Elle croisa deux jeunes garçons en culottes courtes qui s'exerçaient aux patins à roulettes. L'un d'eux la bouscula, s'excusa la seconde suivante. Cela n'avait pas empêché Liselotte de serrer plus encore la poignée de la valise dans sa main et de se préparer à la course. Elle n'en fit rien, rassurée.

Le panneau des boîtes aux lettres se présentait comme un jeu de piste indéchiffrable pour qui n'en possédait pas les clés. Vingt-quatre depuis la première en hauteur, trente-six depuis la première sur la droite : selon leur code, Bouvier avait déposé un petit caillou au fond de la boîte pour signifier qu'il se trouvait dans sa chambre.

Nul autre que Liselotte n'en connaissait l'emplacement.

Elle frappa à la porte : un coup long, un coup bref. L'instant d'après, Boro paraissait sur le seuil.

« Bienvenue, dit-il en s'effaçant pour la laisser entrer.

– Est-ce le code ? » demanda-t-elle, réjouie.

Elle était heureuse de le revoir.

« Tout s'est passé comme prévu ?

– Vous voyez bien », dit-elle en déposant la valise dans la chambre.

Il reconnut celle de Pázmány.

« Paul vous a-t-il transmis un message particulier ?

– Non. Seulement le mot de passe. »

Paul était Dimitri. Boro avait organisé leur rencontre en arrivant à Lyon, la veille du jour où les autobus de la STCRP avaient entamé leur danse mortifère dans Paris. Il n'était pas parti pour fuir la rafle du Vél' d'Hiv', mais parce que Liselotte lui avait demandé d'être présent à Lyon le 16 juillet. Avant de quitter Paris, il avait demandé à Pázmány de le rejoindre, lui ou Prakash, à Lyon. Il avait choisi les berges de la Saône comme lieu de rencontre : même endroit, même heure, les 16, 17 ou 18 juillet. Mot de passe s'il ne venait pas lui-même : *L'air est tiède, par ici*, dirait l'un ; *Cela vaut mieux que la neige*, répondrait l'autre.

Il avait envoyé Dimitri : cloisonnement oblige. Puis Liselotte, prévenue par un appel téléphonique ; selon les instructions convenues avec Bouvier lors de son précédent voyage, elle s'était rendue place Raspail, avait découvert un pli lui indiquant ce qu'elle devait faire. Trois mois plus tôt, par une autre voie, Boro lui avait fait parvenir un premier message : entre le 14 et le 25 juillet, une opération de parachutage aurait lieu, qui serait annoncée par la BBC.

« Savez-vous ce qu'ils nous envoient ?

– Je suppose qu'il y aura des armes pour vous.

– Et pour vous ?

– Du matériel.

– Des appareils photos pour voir la nuit ?

– Les chats ne sont pas encore photographes ! répliqua Boro en riant.

– Vous ne voulez pas me dire ?

– Donnez-moi plutôt de vos nouvelles...

– D'abord vous... Je vous trouve blanc et amaigri. Vous avez besoin de grand air.

– On l'obtient sans tickets, ce qui présente un certain avantage sur le pain et la viande.

– Est-ce vous qui avez organisé le parachutage de cette nuit ?

– Je l'ai demandé au cours de l'hiver.

– À qui ?

– À une espionne britannique, répondit Blèmia.

– Je ne vous crois pas.

– Elle m'attendait dans une chambre d'hôtel à Montparnasse. Je revenais de Berlin... »

Liselotte haussa les épaules, désespérée.

« Vous n'êtes jamais sérieux. On ne peut pas vous croire... »

Boro marchait de long en large dans la petite chambre. Deux pas, et il faisait demi-tour.

« ... Un Allemand en uniforme m'a déposé devant l'hôtel...

– Un Allemand sympathique, bien sûr !

– Il en existe.

– Officier supérieur, naturellement !

– Je ne me commets pas avec la valetaille nazie !

– J'aurais dû me douter que vous ne croyez pas à la lutte des classes !

– Justement, si. Mais la base, hélas, n'a pas les moyens de résister à Hitler...

– ... Tandis que les gradés passent leur temps à comploter !

– Certains.

– Ceux qui font le voyage avec vous entre Paris et Berlin ?!

– ... Et qui m'organisent une rencontre dans un hôtel de Montparnasse avec une espionne anglaise.

– ... Qui vous attend dans un lit...

– ... Des patins à roulettes aux pieds !

– Vous vous fichez de moi ? »

Liselotte avait les joues rouge cramoisi.

« C'est vous qui ne voulez jamais me croire !

– Je devrais repartir ! »

Elle se tourna vers la porte. Boro s'approcha d'elle et posa les deux mains sur ses épaules. Il pesa un peu.

« C'est comme votre jambe : vous inventez toujours des trucs pour ne pas dire la vérité.

– Vous la voulez ?

– C'est encore une histoire d'espionne ?

– Un genre... J'avais quinze ans. J'étais fou amoureux. J'ai poursuivi la belle dans la luzerne. Elle m'a fait tomber.

– Parce que vous portiez des patins à roulettes ?

– J'étais pieds nus.

– Et la belle aussi ?

– Elle avait des ballerines de danseuse.

– Je vous crois, tiens ! »

Liselotte dégagea ses épaules et fit un demi-pas pour atteindre la fenêtre.

« C'était la reine d'Espagne ?

– Non. Ma cousine.

– Arrêtez de m'emberlificoter... Dites-moi ce qui va se passer ce soir.

– Je n'en sais pas plus que vous. »

Six mois auparavant, dans la chambre 23 de l'hôtel de la Chaise, il avait prié Julia Crimson de lui faire parvenir un émetteur. Il voulait transmettre à Londres les informations qu'il glanerait ici ou là, une fois son réseau constitué.

Elle avait promis.

Il lui avait demandé quand. Elle avait dit que ce serait long. Il fallait s'accorder sur un terrain d'atterrissage, profiter d'un largage de matériel, préparer les équipes de vol et de réception, attendre une pleine lune. Boro avait demandé que le terrain fût choisi près de Lyon. Prakash avait passé la ligne et prévenu Liselotte. Depuis trois mois, chaque soir, à vingt heures quarante-cinq précises, la jeune fille écoutait les messages venus de Londres. Dix jours plus tôt, malgré le brouillage des ondes, elle avait entendu le message que Julia et Boro avaient choisi et que Prakash avait transmis.

« Que disait ce message ? questionna Blèmia.

– *Les patins à roulettes valent les grandes roues du monde* », récita Liselotte.

Elle boudait toujours un peu.

« Seulement ?

– La première fois, *Les patins à roulettes valent sept fois les grandes roues du monde...*

– C'était quand ?

– Le lundi d'avant.

– Sept plus trois, calcula Boro... Dix jours qui tombent ce soir... C'est le code que nous avions choisi... Et la confirmation ?

– Je vous l'ai dit. Hier soir. *Les patins à roulettes valent les grandes roues du monde.*

– Alors c'est en effet pour cette nuit. »

Boro posa la valise de Prakash sur le lit et l'ouvrit. Elle contenait de vieux vêtements, un livre recouvert et une trousse de toilette. Celle-ci abritait une boîte de talc. Boro en ôta le couvercle et y plongea deux doigts.

« Connaissez-vous un labo photo où je pourrais développer un négatif ? demanda-t-il en refermant la boîte.

– Quelqu'un peut-il le faire pour vous ?

– Non. Moi-même. Personne d'autre.

– Je vais chercher, répondit Liselotte.

– Il me faudrait aussi un fer à repasser électrique, de l'hyposulfite de soude et cinq boîtes de Tricalcine.

– C'est un médicament ?

– Pour fixer le calcium.

– Et si je n'en trouve pas ?

– Prenez autre chose... N'importe quoi pourvu que ce soit sous forme de granulés. »

Comme elle le dévisageait sans poser la question qui lui brûlait les lèvres, il ajouta :

« Considérez que je suis une vieille dame souffrant de décalcification, d'hémorroïdes, de toux chronique et de tout ce que vous imaginez d'autre. Je me soigne aux granulés. Peu importe de quoi. »

Elle apprécia d'un mouvement de sourcil :

« Je ne vous savais pas si malade ! »

Il referma la valise et la glissa sous le lit.

« À quelle heure devons-nous partir pour la cérémonie du soir ?

– La route est longue, et il nous faut être là-bas une heure avant minuit. »

Elle consulta sa montre :

« Une voiture nous emmènera dans une heure.

– C'est plus qu'il n'en faut pour visiter la ville ! » s'exclama-t-il en lui prenant le bras.

Ils quittèrent la chambre. À l'instant même où Blèmia Borowicz engageait la clé dans la serrure pour fermer le verrou, la porte voisine s'ouvrit. Un homme en sortit. Il portait un feutre et un foulard blanc. Boro reconnut Rex, qui le reconnut aussi. Ils n'échangèrent pas un mot, pas un geste : seulement l'expression d'une surprise, puis d'un trouble.

Rex s'éloigna par la gauche. Liselotte et Boro prirent à droite. Un peu plus loin, ils se séparèrent pour se retrouver place Raspail, chacun arrivant de son côté. Une Simca 8 stationnait devant une boucherie à l'étal vide. Boro la remarqua, moins parce qu'il aimait les voitures que pour une incongruité qui frappa son œil de photographe : la calandre n'était pas d'origine. Cette anomalie le conduisit à s'approcher pour vérifier s'il s'agissait d'un nouveau modèle. Il battit aussitôt en retraite : appuyés à la portière de l'auto, deux hommes surveillaient l'entrée des traboules. L'un était membre du Service d'ordre légionnaire, cette organisation regroupant l'élite fasciste des jeunes pétainistes combattant pour l'avènement de la Révolution nationale ; il portait le harnachement de son groupe : béret des chasseurs, pantalon bleu, souliers cloutés, chemise kaki, cravate noire, brassard orné d'un écu traversé par une épée.

L'autre se dissimulait derrière le toit de la voiture. C'était Multon : l'un des deux gorilles qui avaient arrêté le reporter rue Kléber, à Marseille. Six mois avaient passé, mais Boro reconnut immédiatement la silhouette courtaude de celui qui l'avait tenu en respect dans le couloir de l'appartement de la rue Kléber.

« Filons », jeta-t-il à Liselotte en tournant hâtivement les talons.

Le ciel était d'un bleu très pur. Cependant, devant la ligne d'horizon qui se profilait non loin, un nuage noir se formait. Un obscurcissement. Un grain. Une tempête.

« L'orage », gronda Blèmia Borowicz en refermant sa main sur la poignée de sa canne.

Dany calls Didier

La Renault Vivastella grand-tourisme peinait dans les côtes. Ses vingt-sept petits chevaux et ses trois vitesses ne lui permettaient pas de dépasser un trot que seules les descentes enlevaient, pour le ramener à un pas très alourdi dans les faux plats. Boro, qui rêvait de conduire mais ne le pouvait pas en raison de sa jambe, suivait avec une grande attention les gestes du chauffeur. Comme celui-ci conduisait mal, il se permettait d'anticiper l'opération générale à l'aide de quelques conseils qui lui offraient l'illusion d'un rôle plus actif que celui de passager. «Accélérez un peu», disait-il, ou bien: «Vous devriez rétrograder à l'entrée du virage», et ses pieds jouaient avec des pédales illusoires qui grinçaient dans sa tête et sous ses semelles.

Aux questions posées par le machiniste, il répondit que oui, il possédait trois voitures : une Aston Martin vert bouteille dotée de roues à rayons, une Voisin avec pistons en aluminium, servo freins et boîte de vitesses électrique, une Lagonda de cinq litres de cylindrée, soupapes en tête.

«Et elles sont où, vos chignoles?
– À Paris, dans des garages...
– Vous les pilotez vous-même?
– Il n'a pas de permis», ria Liselotte, assise à l'arrière.

L'homme lâcha son volant, posa ses poings sur ses hanches et dévisagea Boro.

«C'est pas un peu zinzin d'avoir trois roulantes et pas d'autorisation?
– Occupez-vous de la route», conseilla le reporter.

Sa paume gauche s'était posée sur le volant. Les vibrations de la Vivastella lui remontaient délicieusement le long de l'échine. Le chauffeur le repoussa sur son siège.

Ils roulaient depuis deux bonnes heures. La nuit était tombée. Le conducteur s'appelait Martin, Boro était Alain, Liselotte, Marie-France, Dédé Mésange, qui se trouvait déjà sur place, était Didier.

La Vivastella grand tourisme était une Vivastella grand tourisme.

« Où allons-nous ? demanda Boro.

— Sur une piste d'atterrissage autorisée, répondit Martin. L'endroit est secret.

— Didier l'a découvert il y a trois mois, glissa Liselotte. Il a transmis les coordonnées géographiques à Londres. Un appareil anglais l'a repéré puis homologué... Le terrain a un nom de code et un signal d'identification en morse que le pilote lira quand il approchera.

— On va à Chiot, rigola Martin. C'est le blaze planqué de l'aérodrome. Les Angliches apprécient la nature : on leur file toujours des noms de bestioles ou de marguerites pour décorer le sol de leurs planeurs. »

Il parlait argotiquement avec l'accent des Pyrénées-Orientales. Quand il ne risquait pas sa vie pour une cause défendable, Martin était éleveur-contrebandier. Il élevait du tabac qu'il contrebandiait à la frontière espagnole. Ainsi s'était-il présenté au photographe avant le départ. Boro, qui ne fumait pas, n'avait tiré aucun avantage de la situation.

La voiture montait, tournait dans des paysages de montagne éclairés par la pleine lune. Les terrains d'atterrissage clandestins étaient toujours situés loin des villes, et souvent à la lisière des forêts. Parfois, ils étaient gardés. Boro comprit qu'ils approchaient en remarquant deux ou trois silhouettes furtives, dissimulées derrière des arbres.

« C'est une grosse opération, commenta Liselotte. On a trois cent cinquante hommes aux abords du terrain...

— ... Avec ce qu'il faut de poudre et de flingots », compléta l'éleveur.

Il dressa un doigt en signe de mise en garde :

« Si les Alboches montrent le bout de leur cul, on leur fera péter les hémos à la dynamite.

– Choisi! admira Boro.
– Y'aura à bouffer pour tous les chacals de la région!»
Martin ricana.
«On arrive», dit Liselotte.
La Vivastella venait d'obliquer dans un chemin creux qui malmenait gravement ses suspensions. Boro consulta son bracelet-montre : il était vingt-trois heures quarante.
«Le voyage vous a agréé? demanda Martin à la cantonade.
– Parfait, dit-on à l'arrière.
– Plus que parfait», confirma-t-on à l'avant.
Martin serra les freins.
«Maintenant, va falloir offrir un peu plus de sa personne, hein?»
Il donne à Boro une claque sur la cuisse et ouvrit la portière.
Ils descendirent. Trois camions bâchés stationnaient sous les arbres. Un plateau se profilait au loin, perpendiculairement à la lisière du petit bois où le chauffeur avait arrêté la voiture. Quelques ombres couraient de-ci de-là. Liselotte prit le bras de Boro et l'entraîna sous les arbres. Dédé Mésange, son mari, vint à eux. Il portait un casque sur les oreilles. Un micro était tendu devant sa bouche. Il salua Boro d'une poignée de main énergique.
«Ici, dit-il, je suis Didier...
– Ils ont émis? questionna Liselotte.
– À vingt et une heures trente.
– Quel était le message?
– *Le Chiot apprécie Belle par tous les temps.*»
La jeune fille se tourna vers Boro :
«Cela signifie que l'opération est en cours. Ils viendront dans la nuit.
– Je place les équipes», déclara Dédé Mésange avant de s'enfoncer dans le champ.
Des accumulateurs et une petite antenne étaient accrochés à sa ceinture. Boro n'avait jamais vu d'émetteur-récepteur si miniaturisé.
«Que dois-je faire? demanda-t-il à Liselotte.
– Attendre... Comme tout le monde.»
Une quinzaine de personnes avaient envahi le champ de largage. Dédé les renvoya à la lisière. Il choisit trois hommes, qu'il plaça parallèlement à la direction du vent, à cent mètres de distance. On leur donna des torches éteintes. Lui-même déplaça

un phare de voiture branché sur batterie à la gauche du premier homme et se campa à trois cents mètres. Le silence tomba. Les regards se dirigèrent vers le ciel. La lune était aussi ronde qu'une bille. Pas un seul nuage n'obscurcissait le ciel. L'air était doux, le vent tiède. Un délicieux mois de juillet...

Les minutes s'écoulèrent, parfaitement lisses. Chacun attendait un bouleversement qui ne se produisait pas. Il semblait que tout fût hors du monde. Boro pensait au pilote de l'avion, peut-être le même que celui qui pilotait le Wellington Vickers qui l'avait ramené en France six mois auparavant. À cette heure-ci, aux commandes de son appareil, il respectait précisément l'itinéraire qu'il avait étudié une dernière fois dans une pièce close de l'aérodrome. À la place de la carte militaire, de la règle et du rapporteur, il devait suivre les villes et les collines, éviter les bases où l'ennemi avait regroupé sa flotte, fuir les tirs de DCA... Il n'y avait plus de papiers, mais seulement le terrain. La radio qui l'avait accompagné jusqu'aux bords de la mer était coupée désormais. L'opérateur l'avait abandonné : « *D* for *Dany*, *D* for *Dany*, good luck ! »

Désormais, Dany était seul avec son équipage.

Il traversa la Manche, fouillant l'horizon pour découvrir la ligne claire des plages et des falaises. Lorsqu'il l'eut repérée, il grimpa jusqu'au plafond et poursuivit sa route, les sens en alerte, les mains moites dans des gants fourrés dont les pouces effleuraient les boutons de tir des mitrailleuses.

À minuit seize, il passa au-dessus d'un ruban d'argent qui devait être la Seine. Puis ce fut le Rhône. Dany brancha sa radio.

Au sol, dans les écouteurs de son S-Phone tout neuf, Dédé Mésange entendit clairement la voix du pilote prononcer les mots annonçant la prise de contact :

« *It's Dany. Where is the Chiot?*

– *Hello Dany !* » répondit Dédé.

D'un geste du bras, il ordonna aux jalonneurs d'allumer les feux de balisage. Trois torches rouges brillèrent soudain dans le ciel clair.

« *Didier answering ! You hear me ?* »

C'est alors qu'on entendit l'avion. Il passa une première fois au-dessus du terrain. Dédé Mésange pointa le phare de voiture en direction du ciel et, en morse, envoya la lettre de reconnaissance : le *C* de Chiot, indicatif du terrain.

« *Dany, can you see my lights?*
— Bien sûûûr, Didier ! répondit Dany dans un français un peu barbare. Je voâs vos lampes ! »

Il les voyait même très distinctement : trois torchères rouges et un phare blanc formant un triangle.

Par radio intérieure, il donna l'ordre des préparatifs. Puis il accomplit un grand tour, descendit à trois cents mètres et se présenta au-dessus du terrain, l'abordant par la base du triangle.

« *Go !* » hurla-t-il.

Les soutes s'ouvrirent au moment où l'appareil passait au-dessus de la première torchère. Six parachutes se déployèrent entre la deuxième et la troisième.

« *Operation completed ?* demanda Dany.
— Merci ! » cria Dédé Mésange dans son S-Phone.

Déjà, les équipes s'étaient précipitées vers les containers. Boro observait le champ, surface paisible devenue en quelques minutes seulement une fourmilière désormais parcourue en tous sens par des silhouettes affairées. Après un ultime battement d'ailes envoyé comme un salut, l'avion avait disparu, reprenant sa route vers l'Angleterre. Les camions quittaient le sous-bois et approchaient du centre du terrain. Tombant du ciel, les fûts s'enfonçaient lourdement dans la terre. Les parachutes mouraient gracieusement derrière eux dans un lent mouvement d'étoffe.

« On charge les bahuts », ordonna Dédé.

Liselotte se précipita, Boro sur ses talons. Ils dégagèrent un premier fût métallique long d'un mètre cinquante, composé de plusieurs éléments assemblés les uns aux autres. Il pesait au moins cent cinquante kilos. Des poignées étaient rivetées sur ses flancs. Ils le soulevèrent à quatre et le hissèrent à l'arrière d'un camion. Ils revinrent sur leurs pas pour dégager un deuxième container. Boro se pencha sur la toile du parachute. Il s'empara du tissu et le roula entre ses mains. Soudain, il s'arrêta net, comme percuté par une balle invisible. Liselotte marqua une hésitation, puis poursuivit sa tâche. Et les autres également. Le reporter, lui, ne pouvait plus bouger. Tandis que les équipes dégageaient le terrain à la hâte, soucieuses de déguerpir au plus vite en abandonnant un champ vierge où personne ne pourrait imaginer à quoi il avait servi, alors que tous se pressaient afin de fuir les troupes alertées par les moteurs d'un avion volant trop bas, Blèmia Borowicz se relevait lentement, tournait dans le sens d'où lui parvenait une incroyable mélodie, faisait un pas puis un autre en direction d'une silhouette emprisonnée dans une combinaison fourrée qui avançait vers lui sous le halo blanc d'une lune comme un soleil. Une silhouette encore alourdie par le poids d'un dinghy et d'une ceinture Mae West, qui souriait en bleu marine en allant vers le reporter, sifflotant, réjouie, heureuse, les premières notes de la symphonie *Jupiter*.

Elle vint dans ses bras avant qu'il eût ajusté les abscisses et les ordonnées de la surprise, lui prit le visage entre ses deux mains, colla ses lèvres aux siennes, l'embrassa, yeux clos, et murmura, s'étant dégagée :

« Cher Boro ! »

Une bonne étoile

Les camions redescendaient. Boro et Bleu Marine étaient assis contre la ridelle de celui qui fermait la route. Ils se tenaient par la main. Un jour tiède et lumineux ouvrait les fenêtres de la nuit. Sous la bâche, les résistants triaient le matériel dégagé des containers. La voix de Dédé Mésange dominait le bruit du vent et des moteurs :

« Une mitraillette Sten. Plus une autre... Une autre encore... Un, deux, trois, dix, vingt magasins. Des chargeurs... Deux Sten encore... Un lot de grenades Mills... Des détonateurs...

– Comment vous êtes-vous retrouvée dans cet avion ? demandait Boro à Bleu Marine.

– Je vous avais dit que je reviendrais à Londres... J'avais un contact de rattrapage près de Cassis. On m'a envoyé un sous-marin.

– Rien que pour vous ? »

Elle s'amusa de la question, presque enfantine.

« Non. Je savais qu'un transport serait organisé à la mi-janvier. Marta et ses trois filles m'ont gardée jusque-là. Elles m'ont soignée... »

Dédé Mésange avait ouvert un nouveau bloc d'un des containers tombés du ciel. Il égrenait :

« Trois revolvers anglais... Un stock de pansements... Encore des grenades... Dix, peut-être vingt... Des détonateurs... »

« ... Je suis arrivée à Londres le 16 janvier. On m'a hospitalisée, définitivement guérie, et me voici... »

Elle montra sa jambe :

« C'était une quadruple fracture... »

« ... Un rouleau de mèche Bickford, poursuivait Dédé Mésange, des allumeurs, des plaques de chocolat... Trois, quatre... dix cartouches de cigarettes ! »

Il en ouvrit une et distribua les paquets.

« ... Des rations de guerre... Des magasins pour fusils-mitrailleurs...

– Des F-M ? s'écria une voix venue du fond du camion.

– Oui, sourit Dédé en dégageant l'avant-dernier paquet, enveloppé dans un tissu huilé... Un fusil-mitrailleur Bren démonté... La culasse... »

Il la brandit.

« Le canon. »

Il le montra.

« La crosse. »

Tous applaudirent.

« Pourquoi êtes-vous revenue ? » demanda Boro.

Bleu Marine désigna le dernier paquet, que déballait Dédé Mésange. C'était une petite valise en cuir brun aux coins renforcés. Comme il l'ouvrait, dévoilant un émetteur-récepteur de petite taille, elle dit :

« Je me trompe, ou vous avez demandé un radio ? »

Elle avait la voix fraîche. Il serra sa main dans la sienne.

Dédé Mésange se tourna vers lui. Une lueur amusée brillait dans son regard.

« Toi, en toute circonstance, tu sauras te débrouiller...

– J'essaierai, promit le reporter.

– Dans dix minutes, nous allons nous arrêter. Tu descendras. Martin te ramènera dans le centre de Lyon. Liselotte t'y retrouvera ce soir.

– Où ?

– Elle le sait, et toi aussi.

– D'accord », fit Boro.

C'était la planque habituelle, place Raspail.

« Nous, nous allons cacher ces paquets-cadeaux. »

D'un large mouvement de la main, Dédé embrassa l'arrière du camion.

« Après, tu peux compter sur nous pour en faire bon usage.

– Je ne doute d'aucune de tes capacités, répliqua Boro.

– Et moi, d'aucune des tiennes », gouailla le prolétaire.

Il montra Bleu Marine.

UNE BONNE ÉTOILE

« Je suppose que la jeune fille descend avec toi ?
— Bien sûr, répondit-elle.
— Une étoile tombée du ciel, fit Dédé en ouvrant les mains comme si le destin devait passer par là.
— On peut le dire », admit le reporter.

Il sourit. La vie réservait encore de belles surprises.

« Connaissez-vous cette musique ? » demanda Bleu Marine à Dédé Mésange.

L'instant d'après, tout le groupe des résistants faisait cercle autour d'elle. Solidement appuyée contre l'épaule de Blèmia Borowicz, Bleu Marine soufflait dans son harmonica les quatre premières notes de la *Cinquième Symphonie* de Beethoven – trois brèves, une longue –, traduction en alphabet morse de la lettre V : l'indicatif de Radio Londres.

$$-\hbar^2 \frac{\partial^2 \Psi(\vec{r}, t)}{\partial t^2} = -\hbar^2 c^2 \Delta \Psi(\vec{r}, t) + m^2 c^4 \Psi(\vec{r}, t)$$

Dans l'ombre de la chambre noire, son front avait des reflets rouges. Les deux femmes suivaient ses gestes grâce à la faible clarté de l'ampoule inactinique. Sitôt qu'il était entré dans la pièce, son visage s'était singulièrement ouvert. Il n'avait rien dit, mais Liselotte avait compris que l'émotion l'avait saisi à la vue des appareils, des pinces, des flacons, des bacs soigneusement alignés, des fils tendus... Il avait seulement murmuré :

« Tous les labos ont la même odeur. »

Bleu Marine, d'emblée, avait détesté l'acidité qui semblait imprégner les murs de ce laboratoire situé au centre de Lyon, à côté d'un magasin estampillé Kodak.

« Nous avons une heure », avait dit Liselotte en refermant la porte sur eux.

Boro avait posé la valise récupérée chez la logeuse. Il s'était emparé de la pellicule envoyée par le Choucas de Budapest. Il l'avait sortie après avoir éteint les lampes. Il avait reniflé quelques bouteilles avec délice et constitué son mélange. Il avait glissé le négatif dans une cuve fermée. Il comptait. Il attendait. Ses doigts jouaient avec les instruments mis à sa disposition par un laborantin inconnu pour lequel il éprouvait une sympathie instinctive. Lui-même, dix ans auparavant, avait œuvré au fond d'une cave semblable pour le compte d'Alphonse Tourpe, photographe exploiteur qu'il avait quitté sans regret. Il rêvait alors d'accrocher ses propres photos au firmament de la gloire, ce qui était finalement arrivé, et que la guerre avait brisé. Aujourd'hui, développant clandestinement comme il faisait naguère lorsqu'il utilisait les bains de l'agence Iris, *Un œil sur le monde*, pour son propre compte, il retrouvait des gestes et des

$$-\hbar^2 \frac{\partial^2 \Psi(\vec{r},t)}{\partial t^2} = -\hbar^2 c^2 \Delta \Psi(\vec{r},t) + m^2 c^4 \Psi(\vec{r},t)$$

plaisirs depuis longtemps oubliés. La photo, ce n'était pas seulement le regard. C'était aussi la mise en scène des formes, des teintes, des contrastes – toutes choses à quoi il pensait immanquablement avant d'appuyer sur le déclencheur.

Cette fois-là, opérant en retrait, il ressentait une certaine frustration, due moins au travail qu'il accomplissait qu'à celui qu'il n'accomplirait pas : il n'exposerait pas les photos prises par Bèla sous la lampe de l'agrandisseur ; il se contenterait de les développer. Les tirages seraient faits à Londres, dans les sous-sols des services secrets.

Il sortit le négatif de son bain et le sécha. Il l'accrocha à l'un des fils tendus en travers de la pièce et l'observa à l'aide d'une lampe spéciale. Liselotte et Bleu Marine s'approchèrent. L'épreuve montrait un sous-marin géant et une multitude de plans indéfinissables : s'agissait-il d'un fortin ? d'un labyrinthe ? d'un aérodrome souterrain ?

« C'est une base de U-Boot, expliqua Boro. À Lorient... Jusqu'à présent, indestructible. »

Il utilisait les mots employés par Bèla Prakash, qui avait assuré ce reportage à sa place. Les deux Hongrois se ressemblaient assez pour, même en temps de guerre, se substituer l'un à l'autre. Ils l'avaient fait cent fois en période de paix. Herr Dietrich Hallberg s'était doté d'un alpenstock spécialement fabriqué pour la circonstance, et avait pris la place de son frère et complice.

Boro développa son propre film – six bunkers à demi enterrés près de la frontière belge – et le sécha à son tour. Puis il s'empara d'une paire de ciseaux et découpa soigneusement les deux négatifs.

« Avez-vous la pharmacie ? » demanda-t-il à Liselotte.

La jeune fille posa cinq boîtes rondes sur la table.

« Je n'ai pas trouvé de Tricalcine. J'ai pris un antidiurétique, deux charbons, un remède contre les flatulences et un autre contre les crises de foie.

– En granulés ? »

Elle posa ses poings sur ses hanches.

« Vous m'expliquerez comment vous faites pour demander à un pharmacien n'importe quoi, pourvu que ce soit sous forme de granulés !

– Faites chauffer le fer électrique », ordonna Boro.

Il travaillait. Il devait faire vite. Il ne se souciait de rien d'autre que de la précision de chacun de ses gestes. Dans l'ombre, il ne voyait ni Bleu Marine, ni Liselotte. L'émotion qui l'avait paralysé dans la nuit l'avait quitté à l'instant où le camion de Dédé Mésange les avait déposés à l'entrée de Lyon. Après, tel un joueur d'échecs devant déplacer son cavalier de E2 à F6 sans se faire prendre, il avait vérifié que la Simca ne se trouvait plus place Raspail, que Mlle Labonne, la logeuse, ne croisait pas dans les parages, que Bleu Marine ne risquait rien à attendre Liselotte dans un café proche, que personne ne l'avait vu ressortir de chez lui sa valise à la main, que les deux jeunes filles s'étaient bien retrouvées, qu'il ne les perdait pas de vue tandis qu'elles marchaient, dix mètres devant lui, vers le labo dont Liselotte avait refermé la porte sur eux trente minutes auparavant.

Il ouvrit l'antidiurétique. Les négatifs étaient secs et découpés. Il les glissa au milieu des granulés. Il referma le bouteillon et l'agita près de son oreille.

« Voilà pourquoi je voulais des granulés, dit-il à Liselotte. Lorsqu'ils fouillent les bagages, les flics se prennent pour des docteurs : ils vérifient toujours que les médicaments ne produisent pas de bruits suspects. »

Il alluma la lumière, puis la referma aussitôt : la lampe était trop brutale.

« ... Dans de la poudre, les négatifs bougent. Dans de l'onguent, ils s'abîment...

— Laissez-moi continuer », proposa Bleu Marine.

Elle ouvrit la deuxième boîte de médicaments.

Dans la valise, Boro prit le livre recouvert envoyé par le Choucas, défit soigneusement la couverture et s'approcha du fer à repasser. Liselotte suivait chacun de ses gestes, impassible. Il posa le fer sur le papier, l'y promena délicatement tout en surveillant le grammage. Quelques taches apparurent. Elles formèrent des blocs ciselés qui devinrent des lignes, des phrases, des mots.

« Il y a longtemps que nous n'utilisons plus l'encre sympathique ! se récria Liselotte.

— Je n'ai pas eu le temps de convenir d'un code avec l'agent qui nous envoie ces informations... J'ai quitté Paris avant de le revoir.

— Vous allez répondre avec l'hyposulfite ?

$$-\hbar^2\frac{\partial^2\Psi(\vec{r},t)}{\partial t^2} = -\hbar^2 c^2 \triangle\Psi(\vec{r},t) + m^2 c^4 \Psi(\vec{r},t)$$

– Oui.
– Non », intervint Bleu Marine.

Elle abandonna le flacon de charbon rebouché et s'approcha.
« Nous allons coder.
– Je ne sais pas pour qui.
– Mais moi, oui… »

Elle tourna autour de la table et s'installa à une place vide.

Sous le fer à repasser, le message apparaissait, brun foncé sur marron clair.

« Je suis porteuse d'un message pour vous, dit Bleu Marine, s'adressant au reporter. Les photos partiront demain par voie maritime. Et les messages aussi, sauf complication imprévue.
– Pour quelle raison devriez-vous les coder?
– Savez-vous pourquoi j'ai été parachutée cette nuit? »

Il la regardait. Quelques taches de rousseur légères apparaissaient dans le reflet rouge de la lampe inactinique. Elle avait une frimousse d'enfant. Elle paraissait joyeuse.

« Je suis là pour être votre radio, cher monsieur…
– Bien », répliqua Boro.

Il quêta l'assentiment de Liselotte. Elle hocha la tête.

« Alors allons-y », fit-il à l'adresse de la joueuse d'harmonica.

Il souleva le papier qui avait servi de couverture au livre envoyé par Bèla Prakash. Bleu Marine s'était munie d'une feuille et d'un crayon.

« Le message est très long. Nous en avons pour des heures.
– C'est imprudent, intervint Liselotte.
– Dictez », demanda Bleu Marine.

Elle avait séparé la feuille en deux colonnes.

« Quelle est la clé? » questionna encore Boro.

Il voulait dissuader la jeune fille de se lancer dans une entreprise interminable, et donc dangereuse.

« Pour le moment, aucun livre n'a été choisi… Nous agirons donc sans. Nous décalerons la première lettre d'un cran, la seconde de deux, et ainsi de suite jusqu'à dix… »

Bleu Marine sourit à Liselotte :
« Comment vous appelez-vous?
– Nous dirons, Martine.
– Au cours d'une première étape, cela donne : *Ncuxntl*. Facile à décrypter. Je renverse et je soustrais un, puis deux, puis trois : *krktpwg*. C'est déjà plus difficile… Surtout si je complique en

réutilisant une deuxième clé commençant à six : *qysczhs*. Et pour finir, je renverse de nouveau avec une clé de douze...

– D'accord ! stoppa Liselotte.
– On arrête là ?
– Il me semble. »

Boro avait compris qu'elle savait jouer avec les mots aussi adroitement qu'un chat en face d'une souris. Six taches de rousseur sur le museau, mais une Rolls-Royce dans la tête.

« C'est un peu comme l'équation de Klein-Gordon », s'excusa-t-elle.

Elle retourna la feuille et traça une formule :

$$-\hbar^2 \frac{\partial^2 \Psi(\vec{r}, t)}{\partial t^2} = -\hbar^2 c^2 \Delta \Psi(\vec{r}, t) + m^2 c^4 \Psi(\vec{r}, t)$$

« Quand on a compris ça, on se débrouille... »

Elle arborait un sourire lumineux.

« Commençons », proposa Liselotte.

La démonstration l'avait éberluée.

Boro cala son admiration dans un coin éloigné de sa cervelle et entreprit de déchiffrer les calligrammes de Prakash :

« L'U 171 appareillera incessamment pour le golfe du Mexique, ânonna-t-il... Six tubes lance-torpilles, un canon de 105 et deux canons antiaériens. »

Il s'arrêta pour laisser le temps à Bleu Marine de le rattraper.

Elle avait déjà fini.

« ... Il file à dix-huit nœuds et descend à deux cents mètres... En juillet, il était à Lorient.

– Vous pouvez lire plus vite, suggéra gentiment la jeune fille. Je vous suis très bien...

– D'accord », grinça Boro

Il était de mauvaise humeur.

« ... K1, K2, K3. Dalles de béton de trois mètres d'épaisseur et pièges à bombes par-dessus. Les sous-marins VII, IX et le U123 sont en K3... »

Il se disait que ce n'était pas le moment...

« ... K3, le mieux protégé. K1 et K2 : cent trente mètres de long. »

... mais qu'il allait aimer follement cette jeune fille.

Décryptage

Il fallut dix-huit minutes à Bleu Marine pour coder cent mots.

Il fallut trente semaines à Gerda la manchote pour parvenir à la page cent trois, deuxième paragraphe du livre de Gerhard von Vil. Sa prodigieuse mémoire lui permit de repérer quelques groupes polyalphabétiques particuliers employés deux fois : sur un message intercepté rue des Atrébates, à Bruxelles, et sur le papier partiellement brûlé, sauvé des toilettes de Barbara Dorn.

La meilleure briseuse de codes de la Funkabwehr posa les deux documents sur sa table de travail et les compara. En appliquant une clé de lecture identique, fondée sur une table de codage élaborée à partir de la page cent trois, deuxième paragraphe du livre de Gerhard von Vil, elle parvint sans grande difficulté à mettre au jour les algorithmes qui avaient présidé au cryptage des deux messages.

Le premier, saisi chez Barbara Dorn en Allemagne, laissait supposer que la suite détruite du courrier précisait à un interlocuteur non encore identifié un plan de bataille qui passait par Achtynka, Krassnograd, Kharkov et Stalingrad :

AAOYI MPOQIC CKWAA EEPLM

Le deuxième message, pris rue des Atrébates à Bruxelles, avait été envoyé par Moscou à un officier de renseignement de l'Armée rouge infiltré en Europe de l'Ouest ; il lui indiquait trois adresses amies à Berlin :

CHER BORO

CCP93 MDKNE   PASSC
DF4EZ MPA2S FDLZE
MP2AV ZPOTC MCCMQ

26, Frederichstrasse, deuxième étage gauche : l'adresse d'Arvid Harnack.

18, Kaiserstrasse, quatrième étage gauche : l'adresse d'Adam Kuckhoff.

19, Alternburger Allee, troisième étage droite : l'adresse de Harro Schulze-Boysen.

Un petit coin de paradis

Boro avait dormi à Raspail, dans sa planque. Liselotte avait abrité Bleu Marine l'espace d'une nuit. Ils s'étaient retrouvés dans l'après-midi à la gare et avaient pris le train pour Bandol. La valise contenant l'émetteur-récepteur avait été déposée à la consigne de Lyon-Perrache. Boro portait un sac à dos renfermant les négatifs des photos de la ligne Maginot et de la base de Lorient, dissimulés dans les flacons de granulés, ainsi que les renseignements glanés par les deux reporters sur les terrains en question. Bleu Marine ne s'était encombrée d'aucun bagage. Elle portait un chemisier léger sous un pull à col en V, une jupe ample et des chaussures en toile à talons plats. Liselotte lui avait prêté une ombrelle munie d'un manche en bois sur laquelle elle s'appuierait plus tard, dans les calanques.

Car ils allaient là. Bleu Marine avait délivré l'information au reporter comme ils descendaient de la gare de Bandol, en début de soirée.

Ils s'étaient nourris d'un plat de sardines fraîches dans un restaurant de la ville, puis avaient gagné une crique en bord de mer. Désormais, descendaient précautionneusement vers les galets, coupant les falaises en suivant des chemins cailloux aux éboulis périlleux. Bleu Marine ouvrait la route en s'aidant de l'ombrelle de Liselotte, qu'elle ne connaissait que sous le nom de Martine. Boro allait derrière elle. Son sac ne lui pesait pas. L'excursion non plus. Le paysage le ravissait : de longs pans rocheux se découpant contre un ciel clair, quelques îlots sablonneux léchés par les vagues, une silhouette gracieuse en amont qu'il suivait avec allégresse. Entre ses deux atterrissages, Bleu

Marine avait coupé ses cheveux. Elle les portait très courts, à la garçonne. Le reporter rêvait de tendre le bras pour la retenir un peu, le temps seulement de déposer un baiser au creux de sa nuque. Mais il s'en abstenait. Il s'imaginait aussi lui attrapant le bras, l'obligeant à se retourner, la prenant contre lui et l'embrassant sur ses racines aile-de-corbeau. Ou sur le front, très dégagé. Dans le cou, sur la veinule. À l'angle de la lèvre, un peu avant le creux de la joue. Mais il s'en abstenait.

Il lui demanda si, la première fois, elle était partie du même endroit. Elle dit que oui. Marta et ses trois filles l'avaient accompagnée jusque-là.

« Et après ? » questionna-t-il.

Il souhaitait qu'elle se retourne. Mais elle s'en abstint.

« On est venu me chercher.
– Un bateau ?
– Oui. D'abord un bateau.
– Après ?
– Vous aurez la surprise.
– Mais nous ne partons pas ! s'exclama Boro.
– Nous, non. Mais vos secrets, eux, vont prendre la mer. »

Il se demandait par quel miracle. Où que portât son regard du côté du large, il ne voyait qu'une immensité laquée. Pas une voile. Pas un mât.

« Êtes-vous sûre qu'on viendra cette nuit ?
– Parfaitement.
– Vous n'avez pourtant pas écouté la BBC, et aucun message de confirmation ne vous est parvenu.
– Je n'en ai pas besoin, répliqua-t-elle. Il suffira que je surveille le paysage dans... »

Elle consulta sa montre et ajouta :

« Dans une heure.
– Alors nous sommes en avance, fit Boro.
– C'est vrai », dit-elle.

Elle s'arrêta et se laissa choir sur un petit tapis de fougères desséchées par le soleil. Boro s'assit sur une pierre plate. Le soir était tombé. Il se demandait où ils dormiraient cette nuit, et s'ils seraient ensemble. Lui qui ne goûtait pas particulièrement les joies et les charmes de la nature était soulagé de se trouver là. Le danger lui paraissait s'être éloigné. Dans les villes et l'entrelacs des rues, il était partout. Ici, l'été et ses nuances semblaient dominer.

Il s'allongea, appuyé sur un coude. Le mouvement l'avait rapproché de la jeune fille. Elle frottait son harmonica sur la manche de son pull.

« Voulez-vous que je vous joue un morceau ? »

Il demanda la symphonie *Jupiter* en souvenir de leur première rencontre. Puis une *Danse hongroise* de Brahms.

« Où avez-vous appris à jouer ? »

Elle avait suivi des études de mathématiques très poussées, en France puis en Amérique, et de nouveau en France où elle était revenue en 1937. Elle avait appris l'harmonica seule, pour se distraire. Jusqu'à la veille de la guerre, son père jouait du piano dans les concerts Pasdeloup. Sa mère était violoniste. Elle les accompagnait parfois, le dimanche, dans un trio familial qui ne se produisait jamais pour d'autres. Ses parents lui avaient appris Bach, Mozart et Beethoven.

« J'ai gardé cette habitude de jouer pour me détendre. Pendant les examens, quand j'avais peur, il m'arrivait d'emboucher un harmonica imaginaire. »

La lune mordorait son regard. Le bleu de son œil était presque noir. Boro avait glissé son Leica dans sa poche de pantalon. Il fut tenté de l'en sortir, mais finalement l'y laissa. La guerre commandait la prudence ; il avait appris à ne pas courir de risques inutiles et photographiait seulement l'essentiel. Souvent, tout comme elle qui soufflait dans un instrument invisible, il portait les mains à son visage et jouait avec un déclencheur et un levier d'armement absents, fermant un œil et ouvrant l'autre, cherchant des plans et des perspectives.

« Nous sommes comme avant, quand la paix était là, si habituelle qu'on l'oubliait, dit-il.

– Que feriez-vous si c'était comme avant ? »

Il s'approcha encore et lui baisa délicatement les lèvres.

« Ceci.

– Et moi cela », répliqua-t-elle.

Elle replia son bras autour de son cou, l'attira et lui offrit sa langue, ses dents, son souffle. Il s'assit, jambes croisées, et la posa dans la coupole formée par ses deux genoux. Leurs fronts se touchaient. Ils se regardaient, très proches, avec une intensité brûlante.

« Pourquoi ? demanda-t-elle à mi-voix... M'attendiez-vous ?

– Non.

– Moi non plus. Je ne savais même pas que l'homme dont on m'avait parlé à Londres serait celui qui m'avait sauvé la vie six mois plus tôt. »

Il glissa la main le long de sa joue. Sa peau était fraîche, douce, sans ombre.

« Pendant tout ce temps, moi non plus je n'ai pas pensé à vous.
– Je crois que vous vous trompez, dit-il en souriant.
– Autant que vous.
– C'est une chose certaine. »

Ils acquiescèrent en même temps.

« Mais c'était par-devers nous.
– Cela vous est-il déjà arrivé ? »

Il secoua la tête.

« Moi non plus, dit-elle. Mais quand je vous ai vu sur le terrain, je suis venue vers vous sans aucun doute sur ce qui se passerait. »

Son regard bifurqua.

« Je savais que vous me prendriez dans vos bras et que, tout de suite, je serais amoureuse. »

Elle se souleva légèrement et plaça sa main en équerre au-dessus de la ligne des sourcils.

« J'aimerais bien que nous parlions encore de ce moment-là. Mais nous le ferons plus tard. »

Boro se retourna. La mer était paisible sous la lune.

« Nos amis vont arriver, précisa Bleu Marine.
– Vous les voyez ?
– Je les entends. »

Très loin, un clapotis semblait s'éloigner. Une tache se déplaçait sur l'eau, sans que le reporter puisse reconnaître un bateau, un oiseau posé sur les flots, une bouée perdue.

« Ils progressent très lentement afin de ne pas être vus sous la lune, dit Bleu Marine.
– Pourquoi avoir choisi cette date ?
– Je ne suis pas dans tous les secrets. »

La lune, nécessaire pour les opérations aéroportées, exposait les marins à tous les dangers. Sans doute avait-on considéré, à Londres, qu'il y avait urgence.

La tache s'était fondue dans le lent remous des marées. Boro ne voyait plus rien. Pourtant, un genou en terre, Bleu Marine scrutait toujours l'horizon.

« Voulez-vous savoir ? » demanda-t-elle.
Elle n'attendit pas la réponse.
« Un bateau de pêche croise au large. Une barque va et vient du rivage jusqu'à lui. Chaque fois, elle prend quelques passagers dans les criques et les conduit en haute mer... Quand il aura embarqué toute sa cargaison, le bateau sortira des eaux territoriales françaises où guette un sous-marin. Celui-ci reste entre deux eaux. Normalement, des gens devraient arriver. »
Elle surveilla encore de longues minutes sans bouger. Il y eut un scintillement lumineux au large.
« La barque revient », commenta Bleu Marine.
Elle prit Boro par la main, et ils entreprirent la descente vers la trouée des galets qui blanchissait plus bas. Deux ombres se profilèrent au sommet de la falaise d'en face. Elles aussi descendaient. Boro s'arrêta.
« Ce sont des voyageurs, chuchota Bleu Marine. Ils partent pour Londres. Ils ne sont pas plus rassurés que nous. Avançons... »
Leurs souliers ripaient sur la pierraille. Ils se retenaient aux racines. La barque fantôme avait disparu de l'autre côté de la crête. Bleu Marine menait la marche. Boro pressa sa main et, s'étant arrêté, s'agenouilla derrière un tronc coupé.
« Êtes-vous sûre de ce que vous faites ?
– Je connais cet endroit comme ma poche, souffla-t-elle. J'ai joué dans ces calanques pendant toute mon enfance. C'est moi qui ai préparé l'opération avec les gens de Londres. Dans cinq minutes, nous sommes en bas... »
Ils y furent, en effet. L'instant d'après, deux hommes les rejoignirent. Ils portaient un pardessus gris et un feutre planté bas. L'un d'eux tenait une valise à la main. Ils s'adressèrent un vague salut. Puis, plantés face à la mer, ils attendirent. Boro imaginait le canot déchargeant sa cargaison humaine et revenant dans la nuit. Son regard cherchait le périscope d'un sous-marin, la coque d'un pointu, la proue d'une barque. Il ne rencontrait que le reflet métallique des vagues. Celles-ci mouraient à leurs pieds dans un clapotement qui était insupportable à tous car il recouvrait les autres bruits, particulièrement celui qu'on espérait : la plongée d'une rame dans l'eau.
Une heure passa. La suivante était bien entamée lorsqu'ils aperçurent un signal lumineux émis depuis le large. Aussitôt,

l'un des deux voyageurs sortit une lampe de sa poche et fit un *A* en morse : un point, un trait. En réponse, il reçut un message semblable. Comme mus par un réflexe, les voyageurs, Bleu Marine et le reporter se placèrent à couvert sous la coupole d'un rocher. Ils guettèrent dans la crainte : rien ne prouvait que les marins qui allaient aborder fussent ceux qu'on attendait. Le risque était réduit, mais chacun avait appris à se garder de toute éventualité funeste. D'ailleurs, moins d'une minute après avoir reçu le signal lumineux, et comme les contours d'un canot se précisaient au loin, ils avaient tous repéré les trois sentiers par lesquels ils pourraient s'échapper et gagner les hauteurs.

La barque approchait de la crique. Deux rameurs étaient à l'œuvre. Boro fut le premier à sortir de l'ombre. Il se déchaussa, tendit sa valise à Bleu Marine et avança à la rencontre de l'embarcation. Il allait sans canne. L'un des marins lui lança une corde. Il la saisit et tira. Le canot se balançait sous une houle légère. Les deux voyageurs le rejoignirent et se hissèrent à son bord. Bleu Marine, les pieds dans l'eau, avança à son tour. Elle portait la valise au-dessus des flots. L'un des rameurs s'en saisit. Boro lâcha la corde. La barque s'éloigna doucement. Pas une parole n'avait été prononcée.

« Retournons », chuchota la jeune fille.

Ils revinrent sur les galets.

« Nous n'allons pas rester là, fit Boro en prenant ses chaussures à la main.

– Il nous faudrait au moins du sable.

– Ou un lit d'herbe...

– Nous n'en trouverons pas à Bandol. »

Boro hocha la tête. Il avait la mine soucieuse.

« Vous serez d'accord avec moi pour convenir qu'il y aurait danger à revenir en ville à cette heure.

– Certes.

– Donc, nous allons chercher un endroit où dormir...

– D'accord », redit-elle.

Un sourire rusé éclairait son visage.

« Sauf que je n'ai pas sommeil...

– Suivez donc la direction de ma canne. »

Il montrait une tache en demi-teinte, à dix mètres, au coin d'un rocher.

« Votre ombrelle s'y trouverait-elle bien ?

– Allons voir ! »

Ils firent les quelques pas qui les séparaient d'un drap de sable.

« Allongez-moi », dit-elle.

Il lâcha son stick et la prit dans ses bras.

« Je préfère cela à la position ridicule dans laquelle vous m'avez mise la première fois.

– Mais vous étiez blessée !

– Maintenant, je ne le suis plus. Et je suis même volontaire pour quelques exercices.

– Ceux qu'on vous a appris à Londres ?

– Ceux dont je rêve », murmura-t-elle en tendant ses lèvres vers les siennes.

Rire devant la mort

Harro Schulze-Boysen fut arrêté le 31 août au siège de la Luftwaffe.

Libertas Haas-Heye fut arrêtée quelques jours plus tard à son domicile berlinois, 19, Alternburger Allee.

Dieter von Schleisser et Barbara Dorn furent arrêtés devant les magasins Wertheim.

Ils rejoignirent Arvid Harnack et sa femme, l'écrivain Adam Kuckhoff et sa femme, le sculpteur Schumacher et cent vingt membres de la Rote Kapelle, mis au secret dans les sous-sols de la Gestapo, Prinz-Albrechtstrasse. La Société des amis n'existait plus.

On leur brûla les pieds et les mains. Certains eurent les yeux crevés. Quelques-uns tentèrent de se suicider en sautant par la fenêtre.

Libertas fut interrogée par deux policiers, l'un surveillant l'autre : sa beauté était telle que les nazis craignaient qu'un seul n'y succombât.

Dieter von Schleisser, sauvagement torturé, finit par avouer que l'accident déguisé du SS-Obergruppenführer Friedrich von Riegenburg et de sa gouvernante était un meurtre dont il s'attribua la responsabilité.

Harro Schulze-Boysen tenta de sauver les membres de son réseau en prétendant qu'il avait envoyé des documents compromettants sur le régime à Stockholm. Il proposa de livrer sa cachette à condition qu'aucun de ses compagnons ne fût condamné à mort avant le 31 décembre 1943 : il espérait que, à cette date, la guerre serait finie.

Consultés, Hitler, Himmler et Goering firent mine d'accepter le marché. Les documents secrets ne se trouvaient pas à Stockholm, mais dans le bureau de Harro, à l'Institut de recherche Hermann-Goering.

Le procès des chefs du groupe Harnac-Schulze-Boysen s'ouvrit en décembre 1942. Aucun des accusés ne nia ses convictions. Nul ne regretta rien. Le tribunal, présidé par le procureur Manfred Roder, prononça onze condamnations à mort et deux à des peines de prison. Hitler ordonna qu'un nouveau procès se tînt pour les deux femmes qui avaient sauvé leur tête. À l'issue d'une séance de justice parodique, elles furent elles aussi condamnées à mort.

À la veille du châtiment ultime, Harro Schulze-Boysen écrivit une dernière lettre à ses parents :

... Si vous étiez ici – vous y êtes, même invisibles –, vous pourriez me voir rire devant la mort. Il y a longtemps que je l'ai vaincue. En Europe, il est d'usage de faire avec du sang le ferment de l'esprit. Il est possible que nous n'ayons été que quelques imbéciles. Mais, si près de la mort, on a bien le droit à une toute petite illusion personnelle.

Le 22 décembre, les condamnés furent transférés du siège de la Gestapo à la prison de Ploetzensee, où les bourreaux avaient installé guillotines et gibets.

Les femmes furent décapitées les premières. Les hommes furent pendus dans la soirée. Ils rejoignaient les quelque sept cent mille martyrs allemands qui, entre 1933 et 1945, subirent les camps, les tortures, les prisons et les exécutions.

Seule du groupe, Barbara Dorn eut la vie sauve. Ruddi Reineke et Gerda la manchote intervinrent en sa faveur auprès du Reichsführer de la SS, Himmler. Le but n'était pas de lui sauver la vie. Mais, grâce à la sienne, d'en prendre une autre.

Dieter obtint de la voir une dernière fois avant de mourir. Ses bourreaux lui avaient appris que la jeune femme se rendrait à Paris. Ils furent réunis dans une cellule de la prison de Ploetzensee. Deux gardes les surveillaient depuis la porte. Le visage de Dieter n'était plus qu'un masque de sang séché. Ses lèvres avaient éclaté. Il se tenait debout devant Barbara, ses mains dans les siennes, et il murmurait, comme une psalmodie : «À

Paris, dis-lui, dis-lui, donne-lui... » Il vacillait. Elle comprenait qu'il lui délivrait un message dont elle percevait le sens et qui passait par ses doigts. Car il maintenait ses phalanges pressées contre les siennes, insinuant un ongle sous le sien, provoquant une douleur qui lui brûlait le poignet et remontait dans l'avant-bras. En même temps, il accomplissait un effort démesuré pour qu'elle lui laissât sa main, et elle acceptait cette brûlure vive car elle ne pouvait plus rien refuser à cet homme qu'elle aimait et qui allait mourir. Elle finit par comprendre qu'il glissait quelque chose sous son ongle, comme une écharde, et elle l'aida, mêlant ses doigts aux siens, repoussant sous l'index ce dont il se délivrait lui-même et qu'elle prenait dans les larmes – car la douleur, celle-ci, toutes les autres, était insupportable.

Ils se dirent adieu sur cette ultime brûlure.

Opération bleue

Source Bertie – de PXT à GWE – Urgent – Confidentiel –

DFGDDF FDRTT IDRUJ   SZEZD VGESD DFIFX
PDDPP   GAAPP ACXVM   PCCAPZ XXXGH FGHEF
QDSQV   MQMDA FLWWX   GMTPS APAUE PDOIE
ZPZIB   GLDOO AAOYI   MPOQIC CKWAA EEPLM

Dès le printemps 1942, grâce aux informations transmises à Moscou par l'Orchestre rouge et le groupe Schulze-Boysen, l'armée russe attendait la Wehrmacht dans les steppes. Depuis son QG planté à Vinnitsa, en Ukraine, Hitler dirigeait lui-même les opérations. Son objectif était double : le pétrole du Caucase, et Stalingrad. Il s'appuyait sur une force considérable : aviation, panzers, canons d'assaut, neuf cent mille hommes de toutes les nations venus de l'Europe occupée.

En face, les divisions soviétiques pliaient bagage sans livrer de combats. Les unités allemandes s'enfonçaient en territoire ennemi comme si elles s'y promenaient. Soigneusement conçu, le plan Bleu donnait des résultats meilleurs encore que les conjectures les plus optimistes.

Hitler se frottait les mains.

Staline, lui, attendait.

Sur tout le front de l'Est, des millions de combattants allaient décider du sort de la Seconde Guerre mondiale.

En août, tandis qu'à Berlin les limiers de la Funkabwehr démasquaient Harro Schulze-Boysen, le général Friedrich von Paulus parvenait en vue de la Volga et déployait la VIe armée allemande dans les faubourgs de Stalingrad. La prise de la ville, hautement symbolique, accélérerait l'offensive en direction du Caucase. La VIIIe armée italienne et les IIIe et IVe armées roumaines furent appelées en renfort. En septembre, les têtes de pont allemandes mitraillaient les usines Barricade et Octobre Rouge. Le mois d'après, elles occupaient le centre. En novembre, elles étaient sur la Volga. Stalingrad paraissait perdue.

Le 12, deux divisions blindées de l'Armée rouge coupèrent les troupes de la VIe armée allemande et de la IIIe armée roumaine, chargée du ravitaillement. La VIIIe armée italienne et la IIe armée hongroise furent anéanties. Au cœur de Stalingrad, vingt-deux divisions, cent soixante unités, trois cent mille hommes et le général von Paulus étaient encerclés. Hitler ordonna de vaincre ou de mourir sur place. Il envoya des renforts qui n'arrivèrent jamais. Du ravitaillement qui fut perdu. Décembre fut terrible. Janvier fut tragique. Bombardée, attaquée, réduite, coupée en deux, affamée, la VIe armée fut défaite. Von Paulus demanda à Hitler l'autorisation de capituler. Elle lui fut refusée. On se battait encore dans les rues de la ville, sur les rives de la Volga, dans les usines, les immeubles, les maisons. Les Allemands mangeaient leurs chevaux. Les Russes déchiquetaient les chats. L'horreur de la guerre, la panique de la défaite.

Le 2 février, le général von Paulus, devenu maréchal du Grand Reich, passait outre aux ordres du Führer : il se rendait au haut commandement soviétique. Hitler avait perdu la bataille de Stalingrad.

Trois mois plus tôt, le maréchal Rommel avait plié devant le maréchal Montgomery à El Alamein. Les Alliés avaient débarqué en Afrique du Nord. Et même si les Allemands, à titre de représailles, avaient franchi la ligne de démarcation pour occuper toute la France, même si, à Vichy, Darlan avait été destitué au profit de Laval, même si la flotte française s'était sabordée à Toulon, chacun comprenait que l'eau de la victoire devenait enfin un peu plus claire.

QUATRIÈME PARTIE

Caluire

Les trois Hongrois

La guerre avait trois ans et demi. Elle s'étendait partout de par le monde, touchait les peuples et les nations, épuisait les combattants, les prisonniers, les citoyens. Le monde était en feu. Nul ne savait l'éteindre. En France, les Alliés avaient été repoussés à Dieppe. Dans le Pacifique, les Américains avaient débarqué à Guadalcanal. En Nouvelle-Guinée, les Japonais pliaient devant les Australiens. À Alger, l'amiral Darlan était assassiné. Les juifs du ghetto se soulevaient à Varsovie. En Tunisie, les Alliés écrasaient l'Afrikakorps…

À Paris, la misère rôdait, le couvre-feu sévissait, les Allemands occupaient. Beaucoup collaboraient. Certains résistaient. En octobre, Dimitri avait participé avec ses camarades immigrés des FTP-MOI à l'attaque d'une compagnie allemande au stade Jean-Bouin, à Montrouge. La répression avait été terrible. L'apatride avait vu ses compagnons tomber les uns après les autres, chassés par les brigades spéciales des renseignements généraux. Depuis, Dimitri se terrait au creux des catacombes. Il entreposait dans sa planque la radio de Bleu Marine.

La jeune fille avait pris une chambre à l'hôtel de la Chaise, chez Mme Gabipolo. Pour des raisons de sécurité, Boro ne l'y rejoignait jamais. Ils se donnaient rendez-vous dans des cafés ou des lieux anonymes situés entre le jardin du Luxembourg et le boulevard Barbès.

Le reporter habitait toujours chez Olga Polianovna. Prakash, Pázmány et lui-même logeaient désormais à l'étage de la patronne. Ils occupaient une pièce à l'écart, mise à leur disposition depuis que le bordel s'était ouvert à la résistance. L'idée était venue des filles. Au cours de l'hiver, se présentant en délégation, elles avaient proposé à l'ancienne danseuse de chez Balanchine d'apporter leur pierre à l'effort national.

« Le tutu peut lutter avec efficacité contre l'envahisseur ! avait suggéré Nicole.

– Ce n'est pas parce qu'il est occupé qu'il n'entend rien, avait renchéri Louise.

– Bien occupé, il peut même donner des merveilles ! s'était exclamée Solange.

– Comment ça ? » s'était enquise la propriétaire avec de la suspicion dans la voix.

Ni Scipion ni aucun des trois Hongrois ne participaient à l'entretien. Entre professionnelles, on avait donc pu parler technique. Tant et si bien que Mme la directrice avait fini par considérer d'un œil intéressé le nouveau statut que ses pensionnaires lui proposaient : chef de réseau. Patronne de clandé, mais un clandé patriotique.

« Ouille..., avait-elle chuinté... Mais comment comptez-vous vous y prendre ?

– Méthodes classiques, avait approfondi Louise.

– Poussées à la quintessence.

– Le nec plus ultra de la turlute !

– Pas d'à-peu-près ! De la chique ! Du carambolage ! De la soupe à la quéquette comme les Boches n'en ont jamais goûté !

– On va les occire sous la langue...

– Des sciences naturelles, qu'on va leur proposer !

– Avec dissection des crampes !

– Ça va baratter dans les étages ! »

La Polianovna s'était permis une question essentielle :

« Voulez-vous dire que vous iriez jusqu'à la goulue ? Le bec bouche ouverte ?

– Faudra voir, avait temporisé Louise.

– Si le renseignement est de qualité...

– Moi, je garde mon honneur buccal », avait conclu définitivement Micheline.

Avant d'ajouter, la lippe allongée et les yeux rêveurs :

« Je l'offrirai à mon promis...

– P'têt' que tu vas le croiser dans l'uniforme !

– Un Boche ?

– Faut pas croire qu'y en aura pas de bien dans le lot, se rassura Nicole.

– De toute façon, je parle que l'amour. Pas le Boche, pas l'Angliche, rien que du rose et du mauve.

– Alors faut changer de métier ! Parce que là, t'es plutôt dans le multicolore ! »

L'Olga avait mis le holà avant que ça s'empoigne autour d'elle.

« Il faut que j'en réfère avant d'autoriser. »

Scipion était contre. Les trois Hongrois estimaient que cette affaire regardait les filles. Olga rêvait d'accrocher les palmes ou un ruban sur sa dentelle poitrinaire et voyait dans le projet un moyen d'y parvenir. Sa volonté l'emporta sur celle de son fiancé, qui donna aussitôt sa démission de son poste de préposé à la porte et à la caisse.

« J'ouvre pas aux Schleus.

– T'as pas l'âme résistante », jugea l'héroïque pierreuse.

Les Hongrois changèrent d'étage. Les filles ne connaissaient pas la nature de leurs occupations, mais mieux valait prendre quelques précautions élémentaires.

Elles se dévouèrent corps et âme à la mission qu'elles s'étaient elles-mêmes octroyée. Grâce à quelques feuillets de papier adroitement glissés dans les bonnes poches, ces messieurs du Sicherheitsdienst commencèrent à se déplacer de l'hôtel Lutétia au 10, boulevard Barbès. Scandalisés, refusant d'habiter plus longtemps dans un bâtiment qui accueillait les godillots de la raclure occupante, Mlle Catherine et son mari déménagèrent. Aussitôt, Olga Polianovna préempta. Le bordel patriotique s'agrandit. On engagea du personnel. La qualité des prises et du renseignement s'en ressentit. Chaque soir, les demoiselles confiaient à leur patronne la moisson recueillie : des biftons, quelques tickets d'alimentation, des tire-jus, des cigarettes, parfois un laissez-passer – tout ce que recelaient les poches des ahanants, nom que les filles donnaient à la clientèle. De temps à autre, grâce à une dialectique bien menée, un bavardage nourrissait l'attente militante de ces demoiselles du renseignement. Alors, la patronne transmettait à qui de droit, c'est-à-dire à son petit czar, les nouvelles recueillies. Ainsi Boro apprit-il, en décembre, le début de l'offensive soviétique contre les troupes du maréchal von Manstein ; en janvier, que Vichy comptait instituer le Service du travail obligatoire pour envoyer de la main-d'œuvre en Allemagne ; en février, que le général von Arnim lancerait le 16 une offensive contre les Alliés ; en mars, que les forces de l'Axe comptaient évacuer la Tunisie le mois suivant ; en avril, que les Japonais attaquaient en Birmanie...

Ces nouvelles en rejoignaient d'autres, transmises par Liselotte et son réseau depuis Lyon, ou quelques informations à caractère stratégique rapportées par des relais implantés sur la côte atlantique, que Prakash ou Pázmány allaient régulièrement visiter. Car Londres avait demandé que toute l'énergie des trois photographes fût concentrée sur le bord de mer, entre Dunkerque et Biarritz. De sorte que, durant l'hiver 42-43, les Hongrois avaient essaimé à l'ouest, déguisés en pêcheurs, en promeneurs, en marins, afin de photographier les détails accessibles du mur de l'Atlantique.

Chaque mois, Boro gagnait Lyon et remettait à un émissaire désigné par radio le résultat de ses emplettes. Depuis son retour d'Allemagne, il avait envoyé par Lysander une bonne quarantaine de flacons de granulés.

Le premier et le dernier jeudi de chaque mois, jours d'émission, il retrouvait Bleu Marine dans les sous-sols de Dimitri. Elle chiffrait et transmettait. C'était toujours un moment de très grande tension. Après, ils se détendaient en se promenant dans Paris. Scipion les conduisait : il avait affrété une bicyclette transformée en vélo-taxi.

« Chauffeur j'étais, chauffeur je reste ! avait-il proclamé un jour en avançant son engin aux pieds du photographe. Grimpe, et partons faire un tour ! »

Ils avaient visité les voitures de Blèmia Borowicz, parquées sur les bords de Marne où les anciens harengs du Topol veillaient. Pépé l'Asticot, La Grenade, Casse-Poitrine, Pégase Antilope et les Charançon Brothers[1] avaient accueilli le frêle équipage avec ce qu'il fallait de congratulations et de saucissonneries diverses, tombées dans l'escarcelle du marché noir, pertes pour tout le monde, profits pour quelques-uns.

« C'est pas loyal », avait moufté Scipion.

Il avait repris son pédalo pour Paris.

---

1. Voir *Les Aventures de Boro, reporter photographe, Boro s'en va-t-en guerre.*

À l'arrière, Bleu Marine et Boro filaient le grand amour. Le reporter étant incapable d'utiliser la bicyclette nationale, il se satisfaisait de ce strapontin de luxe où il recevait sa dulcinée. Mains nouées, ils sillonnaient Paris au gré des curiosités de leur chauffeur, qui profitait de ces pérégrinations pour découvrir des impasses secrètes, des ruelles inconnues, des doubles entrées, des itinéraires de fuite – toutes choses qui seraient peut-être utiles un jour. De temps en temps, Scipion arrêtait son cyclo-pousse le long d'un trottoir désert. Prétextant l'examen d'un nouveau site, il s'éloignait sur le pavé, abandonnant les jouvenceaux à leurs projets d'union libre.

Six mois après l'avoir retrouvée, Boro ignorait encore le nom et le prénom de son amoureuse. Par-devers lui, il l'appelait Bleu Marine. Avec elle, il choisissait l'identité qu'elle lui proposait. Le principe de précaution était devenu un jeu. Elle était parfois Isabelle et parfois Marie, tantôt Martine et tantôt Geneviève, un jour Véronique, le lendemain Eliane. Quand il se récriait, mettant les pouces afin de savoir, elle lui répondait :

« Quand tu m'auras dit pour ta jambe, nous discuterons de mon prénom. »

À elle comme aux autres, il avait raconté cent bobards.

« Je te rends la monnaie de ta pièce. Pour le reste, je ne t'ai rien caché. »

Il savait que son père était français et sa mère américaine, qu'ils vivaient à Los Angeles depuis 1938, sans doute pas très loin de la maison de Maryika. Lorsque la guerre avait éclaté, Bleu Marine se trouvait à Sanary-sur-Mer. Elle s'était liée à la colonie des artistes allemands qui s'étaient installés dans ce petit village de bord de mer après 1933. Au fil des années, elle les avait tous vus fuir : Bertolt Brecht, Heinrich Mann, Lion Feuchtwanger, Alma Mahler, Franz Werfel... Comme eux, après juin 40, elle avait frappé à toutes les portes pour quitter la France. Elle s'était retrouvée villa Air-Bel, à Marseille, avec Max Ernst et André Breton. La pianiste Clara Haskil avait télégraphié à ses parents qui, de l'autre côté de l'Atlantique, mettaient tout en œuvre pour rapatrier leur fille unique. Ils la voulaient auprès d'eux. Elle souhaitait par-dessus tout aller à Londres.

« À cause des mathématiques, disait-elle à Boro en écarquillant les yeux comme une enfant voulant convaincre... Je savais que mes compétences pourraient être utiles... »

Elle était sortie de France en empruntant la route Lister, suivie par le général du même nom pendant la guerre d'Espagne.

« Un chemin de contrebandier invisible depuis les hauteurs... Walter Benjamin faisait partie du voyage. Il avait un petit cartable avec un manuscrit dedans... Il est parti un jour avant nous parce qu'il souffrait du cœur et qu'il ne voulait pas nous retarder. On l'a retrouvé le matin, juste avant de passer. Il n'avait pas de visa de sortie, et l'Espagne venait de fermer ses portes à ceux qui ne détenaient pas ce papier. Il nous a dit que ce n'était pas très grave, qu'il attendrait encore un peu. Il nous a serré la main à tous, son petit groupe... Il est revenu vers la France... Quand je suis arrivée au Portugal, j'ai appris que, dans son cartable, il y avait aussi des comprimés de morphine. Il en avait donné la moitié à Arthur Koestler pour si jamais... Il a avalé l'autre. »

Elle se taisait, Bleu Marine, tandis que Scipion pédalait entre deux boulevards. Elle était triste. Elle aimait beaucoup Walter Benjamin. Et aussi Golo Mann, le fils de Thomas. Varian Fry, de l'Emergency Rescue Committee, qui avait organisé la fuite des artistes vers l'Amérique. Ses deux adjointes, Miriam Davenport et Mary Jane Gold. Leonora Carrington, la fiancée de Max Ernst avant Peggy Guggenheim, qui était devenue folle en Espagne...

« Où sont-ils aujourd'hui ? » gémissait-elle avant de se plonger dans un silence plombé où Boro la rejoignait, marchant lui aussi sur les pas de tous ceux que la guerre avait avalés ou dispersés : Maryika Vremler, Anne Visage, Marinette Merlu, Noémie Albeniz...

« Il n'y a que des femmes dans tes horizons », grinçait Bleu Marine en dégageant sa main.

Elle la lui redonnait aussitôt : elle n'était pas jalouse.

« Dans un an, si ça se trouve, tu m'ajouteras à la liste...

– Certainement pas, répliquait très fermement Boro.

– Ce serait dommage... Ça voudrait dire qu'on m'aurait prise et que, peut-être, je serais morte... »

Elle l'envisageait. Lui aussi. Pour soi autant que pour l'autre. C'est pourquoi ils n'échafaudaient aucun projet. Sans se l'être jamais avoué, ils redoutaient suffisamment d'avoir à perdre tout en un jour pour ne pas y ajouter les couleurs chatoyantes d'un bonheur trop tôt dessiné.

« Mais je t'aime », disait-il en la prenant contre son épaule.

Et c'était vrai. Il adorait cette jeune fille au regard bleu, vive comme une anguille, d'un courage inouï, au cheveu ras comme un jeune garçon, avec qui il partageait à peu près tout. Sauf la douceur lénifiante d'une chambre à soi.

« Vous êtes ma dame de Londres », murmurait-il en lui embrassant la main.

Tantôt il la tutoyait, tantôt il la voussoyait. Il rêvait de l'emmener sur une plage très éloignée de la ville et du pays où ils s'étaient connus. Au soleil, avec des grains de sable pour seuls compagnons. Ce qui, comme perspective, était plus enthousiasmant que les chambres d'hôtel où ils se cachaient sous des identités usurpées.

Chez Michèle et Pierre

En mai, Dimitri avait repris ses activités. Avec les détachements étrangers de la FTP-MOI, il avait fait sauter un garage à Choisy-le-Roi et un autre à Sceaux. Pont de Neuilly, la même équipe avait attaqué à la grenade un autobus empli de soldats allemands. Quelques jours plus tard, l'apatride avait appuyé une escouade de partisans juifs qui menait un assaut contre une section de la Wehrmacht rue de Courcelles. Enfin, avec le groupe Manouchian, il avait participé au grenadage d'un détachement ennemi rue Monsieur-le-Prince.

Il avait décidé de se mettre au vert.

Quelques jours.

Boro l'avait recruté pour descendre à Marseille. Lui-même s'y rendait accompagné de Prakash et de Pázmány. Liselotte lui avait fait parvenir un renseignement secret, obtenu par une source non identifiée : un cargo allemand avait appareillé dans le port ; d'après les informations dont les réseaux lyonnais disposaient, ce cargo chargerait des torpilles destinées aux sousmarins de l'amiral Dönitz croisant dans les fonds atlantiques. Boro avait-il un moyen de transmettre des photos du navire afin que les appareils alliés le détruisent ?

Le reporter et sa garde rapprochée se retrouvèrent en gare de Lyon le 31 mai au soir. Boro se faisait rarement accompagner au cours de ses missions. Il cooptait ses amis hongrois seulement lorsqu'il prévoyait des passes difficiles dont on s'échapperait plus facilement en trio. Cette fois, il avait demandé à sa petite bande de le suivre car il fallait faire vite. Plus vite que d'ordinaire, lorsqu'il s'agissait de photographier des objectifs fixes. Au reste, cette opération n'exigeait sans doute pas l'usage du Leica. Mais il y avait urgence. Un cargo étant difficile à repérer en pleine mer, il s'agissait de prévoir une attaque proche de son lieu d'appareillage ou d'un passage obligé. Par exemple, aux abords du détroit de Gibraltar. Quand il s'y trouverait. Avant, il fallait savoir de quel bateau il s'agissait, à quelle date il embarquerait son chargement, quand il larguerait les amarres, s'il passerait en effet par Gibraltar...

Les quatre camarades prirent le train de nuit. Même voiture, compartiments séparés. Boro s'était muni de la canne-photo offerte par Harro Schulze-Boysen. Il portait le loden que lui avait donné l'officier avant de descendre dans la casemate où reposait le Tigre. Le reporter ignorait tout de la tragédie qui avait décimé les rangs de la résistance allemande.

Le 1er juin, en début d'après-midi, Boro et les siens étaient à pied d'œuvre au bas de la Canebière. Ils se distribuèrent les directions. Ainsi faisait le trio des Hongrois en Espagne, pendant la guerre civile, lorsqu'il s'agissait d'obtenir des renseignements très vite. Ils décidaient que l'un chercherait l'information en partant vers le sud, les deux autres se dirigeant vers le nord, l'est ou l'ouest. Cette fois, ils étaient quatre : un par point cardinal.

Dimitri fut chargé des entrepôts – est –, Prakash, des mariniers – ouest –, Boro, des quais – sud – et Pázmány des bâtiments administratifs – nord. Il fut décidé qu'on se retrouverait au comptoir de Chez Michèle et Pierre, un bistrot que Borowicz affectionnait particulièrement depuis qu'il l'avait découvert lors de son passage précédent à Marseille.

Deux heures après, seul Pázmány avait recueilli un renseignement utile : les dockers attendaient un navire italien pour transborder du matériel de ses soutes à celles d'un autre bateau.

Quel bateau ?

Une heure après, de nouveau réunis *Chez Michèle et Pierre*, les trois Hongrois enregistraient une information apportée par Dimitri : le navire italien arriverait dans la nuit. Boro apporta sa pierre à l'édifice en construction : un cargo allemand attendait depuis deux jours dans l'un des bassins est, entre l'Estaque et le Vieux-Port.

À vingt-deux heures ce soir-là, un peu avant le couvre-feu, ils allèrent se coucher : chacun dans un hôtel. Ils avaient décidé de se lever tôt et de se retrouver à neuf heures le lendemain Chez Michèle et Pierre.

Prakash arriva cinq minutes avant les autres. Il avait repéré *Il Duce*, qui avait posé l'ancre dans la nuit. Dimitri avait le nom du cargo allemand : *Die Erde*. Boro savait que le transbordement se ferait dans la matinée. Pázmány avait appris que trois mécaniciens étaient attendus sur le pont du bateau allemand.

À onze heures, maniant son alpenstock avec adresse, Boro photographiait *Die Erde*, bord à bord avec *Il Duce*. À quelques pas, Prakash faisait la conversation avec un homme en bleu de travail. Dans un café proche, Dimitri offrait une tournée générale. Plus loin, Pázmány rôdait autour des autorités portuaires.

En début d'après-midi, reconstituant les pièces du puzzle, ils savaient que le cargo allemand, en panne d'une turbine, attendait une pièce qui serait livrée le surlendemain, remontée trois jours plus tard, testée sur un navire allégé – donc sans fret –, lequel serait chargé à la fin de la semaine pour un départ prévu un ou deux jours plus tard.

Ce qui laissait un peu de temps.

«Je reste! s'exclama Boro comme les trois compagnons buvaient une tasse de café national au bar de Chez Michèle et Pierre.

– Tu as encore à faire? questionna le Choucas de Budapest.

– Oui.»

Ils le considéraient avec étonnement. Boro n'ajouta rien. S'étant assuré que personne ne les regardait, il fit pivoter le pommeau de sa canne, dégagea le Leica qui s'y trouvait enchâssé, ouvrit le dos et tendit la pellicule au Choucas.

«Peux-tu la développer?

– Certainement.»

Avec l'agrandissement du bordel, Olga Polianovna avait transféré la salle du «matériel» à l'étage supérieur et converti l'espace ainsi récupéré en chambre noire.

«Sais-tu comment faire passer les photos?

– Nous ne pourrons pas. Je les décrirai.

– Quand?

– Lorsque je serai de retour.

– C'est-à-dire?»

Tous attendaient une explication. Avant de quitter Paris, Boro n'avait pas précisé qu'il comptait rester à Marseille. Ils s'interrogeaient sur la raison de cet imprévu. Aucun des trois n'osait poser la question. Ils savaient qu'elle resterait sans réponse.

« Partez ce soir. Je vous rejoindrai demain. »

Il se leva.

« À moins que vous ne préfériez m'attendre...

– Tu cours un risque ? demanda Pázmány.

– Rigoureusement aucun.

– Donc, tu n'as pas besoin de nous ? »

Leur inquiétude l'attendrissait.

« Je crois même qu'il est préférable que je sois seul. »

Il pirouetta sur sa canne. Les trois garçons ne le quittaient pas des yeux.

« Bon voyage ! » lança Boro.

Il fit trois pas vers la porte. Il parut hésiter un bref instant, puis réintégra brusquement le bar. En face, deux voitures venaient de s'arrêter le long du trottoir.

« La Gestapo, chuchota le reporter en retrouvant sa place au comptoir. Impossible de partir. »

Cinq hommes s'encadrèrent dans la porte. Chapeaux mous et manteaux de cuir. Un sixième demeura à l'entrée, invisible des tables du fond. Boro le repéra immédiatement dans la glace du bar.

« Planquez-moi », murmura-t-il à ses compagnons.

Ils l'entourèrent aussitôt.

Les cinq gestapistes étaient venus pour d'autres. Ils avancèrent jusqu'à une table où deux hommes et une femme étaient assis. Celle-ci précipita une boulette de papier dans sa bouche.

« Police allemande ! »

La table fut basculée. Dans le reflet du miroir, Boro vit distinctement le sixième intrus quitter précipitamment la salle pour ne pas être repéré par ceux qu'il venait de livrer. Il traversa la rue et se tint près des voitures noires.

Les deux consommateurs n'eurent même pas à présenter leurs papiers : on ne les leur demanda point. En un tour de main, ils furent menottés et embarqués. L'arrestation s'était déroulée en moins de deux minutes. Lorsque les deux conduites intérieures démarrèrent dans un crissement de pneus, la Résistance avait perdu trois des siens.

Boro était blême. Dans le café, personne ne bougeait ni ne buvait plus. Le silence était comme un hommage. Dimitri fut le premier à le rompre.

« Qui était le sixième homme ? demanda-t-il doucement.
— Un traître, répondit Boro. S'il m'avait repéré, nous étions finis.
— Comment le connais-tu ? questionna Pázmány.
— Je l'ai rencontré une première fois à Marseille, dans un couloir d'escalier. Il était le porte-flingue d'un réfractaire. Puis je l'ai aperçu à Lyon. Il discutait avec un membre des SOL.
— Il te reconnaîtrait ?
— Certainement.
— Alors ne reste pas ici.
— Comment s'appelle-t-il ? » demanda Dimitri.
Boro regarda vers la rue. Elle était vide.
« Multon », dit-il.

Max

Le car escaladait poussivement les contreforts du Lubéron. Le soleil crénelait le sommet des montagnes en un ourlet orangé qui dansait sous le ciel clair. Depuis Avignon, les plaines s'étaient succédé interminablement. Il faisait chaud. Les sièges poissaient. Le tintamarre du moteur, alimenté au gazogène, était insupportable. Assis à l'arrière, Boro se félicitait d'avoir parcouru la plus grande partie du trajet depuis Marseille en train. Comme chaque fois qu'il ne pouvait rien faire, il observait les gens et les paysages, cherchant des angles, évaluant des ouvertures et des vitesses, actionnant dans sa tête un obturateur silencieux. Le car faisait escale dans chaque village. Il chargeait des écoliers qui descendaient un peu plus loin. D'autres montaient. Les pépiements exprimaient une joie partagée : les classes étaient finies pour la journée. Demain serait jeudi.

À Rognonas, observant par la fenêtre, Boro vit un couple qui attendait devant l'arrêt. La femme était très jeune. Elle portait une robe légère et un grand paquet qui pouvait être un tableau emballé. Elle s'appuyait au guidon d'une bicyclette. L'homme était en chemisette. Un foulard léger entourait son cou. Lorsque le car stoppa, il prit la femme dans ses bras. Elle se lova contre lui, mais il sembla à Boro que c'était une manière de garder ses lèvres que l'homme cherchait.

Le chauffeur actionna le klaxon de son engin. L'homme leva la tête. Boro le reconnut. La femme s'était dégagée. Le passager monta dans le car. Il ne quittait pas la femme des yeux. Celle-ci agitait le bras. La portière fut refermée. Le car s'ébranla. Mentalement, Boro photographiait à 2.8, au cent vingt-cinquième.

L'homme, qu'il avait croisé par trois fois l'an passé, semblait abattu. Son regard fixait sans plus la voir la femme qui avait disparu dans le tournant d'un virage. Cette expression de tristesse profonde rassurait néanmoins le reporter qui, dans un premier réflexe, avait dissimulé son visage derrière le dossier du siège précédant le sien. Quatre fois, c'était deux de trop pour un hasard. La prudence commandait de rester caché jusqu'à l'arrêt suivant et de descendre sans chercher d'explications.

L'homme, cependant, à son tour, avait remarqué le Hongrois. Lui-même se posait certainement des questions identiques. Il lâcha le montant auquel il s'appuyait et fit un pas vers Boro. Leurs regards se croisèrent. Le nouveau venu fut le premier à sourire. Le reporter lui montra le siège voisin du sien.

« Asseyez-vous, proposa-t-il.
— Je crois que nous avons partagé les mêmes pensées, fit l'autre.
— Sans doute, reconnut Boro.
— Il s'agit seulement d'un hasard. La preuve : je suis monté seul dans ce car, et pas plus que moi vous ne disposez de renforts qui vous permettraient de m'arrêter. »

L'homme montra les passagers du car :
« Il n'y a là que des enfants ! »
Il tendit la main à Boro.
« Je suis Max.
— Vous étiez Rex.
— Oubliez-le.
— Je suis Bouvier, répondit Boro en prenant la main qui lui était offerte.
— Nous nous trouvions dans l'avion qui nous ramenait de Londres, n'est-ce pas ? »

Boro approuva.
« À Marseille, vous m'avez apporté les microphotos que j'attendais... Nous nous sommes également croisés à Lyon, chez Mlle Labonne. Est-ce tout ?
— Vous ne le savez pas, mais je vous ai vu en Angleterre. Sur un terrain d'entraînement.
— Alors nous pouvons parler un peu », admit Max.

Le car peinait dans un raidillon. De part et d'autre de la route, des vignes dormaient sous le soleil.

« Je sais qui vous êtes, reprit Max.

MAX

– Je ne vois pas comment, contesta le reporter.
– Nous étions ensemble le 4 juin 1936. »

Boro dévisagea Max avec attention. Il ne remettait pas ce visage un peu rond, ce regard charbonneux et ouvert.

« Ce devait être comme sur ce terrain d'entraînement, poursuivit Max en ébauchant un petit sourire rusé. Je vous regardais, mais vous ne le saviez pas.

– Pourquoi cette date ? Le 4 juin 1936. Il y a si longtemps...
– Moment mémorable... Nous nous trouvions au palais de l'Élysée. Précisément, sur le parvis...
– Je me rappelle ! » s'écria joyeusement Boro.

Il baissa aussitôt le ton et ajouta :

« Anne Visage, qui était alors l'attachée de presse de la présidence, m'avait demandé de prendre la photo officielle du premier gouvernement de M. Léon Blum... Mais vous ne vous y trouviez pas[1] ! »

– Je n'étais pas ministre, répliqua Max. Seulement un homme qui passait. À ce titre, j'observais sans poser. »

Il laissa à Boro le temps de cadrer dans son viseur intérieur la scène de l'époque. Après quelques secondes, il reprit :

« Vous vouliez absolument que les femmes du gouvernement fussent mises à l'honneur... Irène Joliot-Curie, qui était secrétaire d'État à la Recherche, et l'institutrice Suzanne Lacore, qui était sous-secrétaire d'État à la Protection de l'enfance...

– Je me rappelle avoir demandé à Roger Salengro de changer de place avec Vincent Auriol.
– Pour une question de portefeuille ?
– Seulement de taille !... Et Jean Zay sortait tout le temps du cadre ! »

Max opina du chef. Lugubre, il ajouta :

« Avez-vous appris que la Cagoule avait assassiné Marx Dormoy ?
– En 41, oui... Il les avait tellement combattus...
– Savez-vous que, de mon côté, la droite extrême ne me laisse pas en paix ?
– Ils vous connaissent ?
– Personne. Sauf mes proches. »

Max afficha une moue désabusée.

---

1. Voir *Les Aventures de Boro, reporter photographe*, *Le Temps des cerises*.

« Et mes proches ne sont plus là... »

Il posa sa main sur celle de Boro.

« J'ai beaucoup apprécié les reportages photographiques que vous avez faits à cette époque.

– Cela n'a pas empêché le fascisme de l'emporter partout...

– Sauf à Londres. Charles de Gaulle y veille. »

Boro avait entendu parler de ce militaire patriote lorsqu'il se trouvait en Angleterre. Comme la plupart des Français, il n'avait pas eu connaissance de l'appel du 18 juin.

« Avant la guerre, de Gaulle était maurrassien, n'est-ce pas ?

– Un homme de droite, certainement. Mais la politique de la France ne peut se conduire sans lui. Il est le seul à savoir imposer le point de vue de la nation à Churchill et à Roosevelt... Et ils ne cessent pas de l'humilier.

– Comment fait un homme de gauche pour s'entendre avec un maurrassien ?

– Il oublie les querelles des partis. Il s'agit de la France, non d'un échiquier politique. »

Max avait prononcé ces mots avec une grande sécheresse. L'autorité perçait sous la bonhomie. Il s'excusa aussitôt :

« Pardonnez ce ton. Mais, comme les horizons s'entrouvrent quelque peu, les querelles d'avant-guerre reviennent. Elles sont terribles. Jusqu'alors, nous étions tous unis dans un même combat. Droite, gauche, centre. Il y a beaucoup de communistes, quelques maurrassiens et d'anciens cagoulards dans la Résistance. Désormais, ces derniers se regroupent. Il y a trop de violence entre nous... »

Max inclina la tête. Il semblait réfléchir. Boro reprit le fil de la conversation :

« Il faudra réaliser l'union nationale quand viendra l'heure de la Libération. »

Max répondit :

« Je ne vivrai pas jusque-là. »

Il y avait beaucoup de désespoir dans sa voix.

« Mes amis tombent les uns après les autres, et je dois faire face à des oppositions éprouvantes. D'elles, un jour, naîtra un Judas. »

Il jeta un regard abattu vers la fenêtre.

« ... Même cette femme que vous avez vue m'abandonne. Je l'aime sans retour.

MAX

– La route ne sera plus très longue, dit Boro, s'efforçant à l'optimisme. L'Allemagne cède sur tous les fronts.

– Moi aussi », soupira Max.

Il se redressa.

« Un de mes amis a été arrêté. Nous avions une planque à Paris. La dernière fois que je l'ai vu, à Lyon, je lui ai donné une photo. Il devait me procurer des faux papiers. Il a été arrêté avant. Je pense qu'ils l'ont abominablement torturé. »

Le car virait vers Noves. Quelques enfants assis à l'avant se levèrent.

« Je pense à lui toutes les nuits. »

Le chauffeur ralentit, puis arrêta sa machine dans un nuage de poussière. Les enfants descendirent. Max ajouta :

« Ce sont mes cauchemars quotidiens. »

Puis, comme le car repartait, gémissant de toutes ses suspensions :

« Mon ami me représentait en zone nord... Je ne sais pas comment ils l'ont eu. Il est tombé avant moi. Il me soutenait dans la lutte que je mène chez nous contre ceux qui ne veulent pas être commandés depuis Londres par le Général... Ceux qui préfèrent les Américains sans comprendre que l'indépendance nationale passe par de Gaulle... »

Max poussa un profond soupir et ajouta, comme s'il se jugeait lui-même :

« Je confonds tout... Je devrais me reposer. Les quelques amis qui me restent me conjurent d'arrêter. Ils disent que je ne peux pas me battre sur tous les fronts. À force, je vais tomber.

– Avez-vous encore besoin de faux papiers ?

– Oui.

– À quel nom ?

– Romanin.

– Je vous obtiendrai des papiers.

– Merci, murmura Max.

– Avez-vous une photo sur vous ? »

Max lui donna un portrait un peu ancien.

« Une date de naissance ? Une adresse ? »

Boro nota.

« Je viendrai à Lyon quand j'aurai les papiers... Je sais où vous trouver. J'ai besoin d'un délai... Deux semaines suffiront.

– Je serai à Lyon autour du 20 juin... Mettons le 21, dans les couloirs de notre logeuse.
– Neuf heures.
– Neuf heures, répéta Max. Je vous attendrai. »
Le car roulait désormais dans la plaine.
« Je vais descendre là. »
Il montra un panneau indiquant Saint-Andiol.
« Reposez-vous », dit Boro.
Max se leva.
« Deux jours, pas plus. Ensuite, je retrouverai mon chemin de croix. »
Il tendit la main au reporter et ajouta, très bas :
« Merci, monsieur Blèmia Borowicz. »
Puis, laissant le Hongrois coi, le représentant personnel du général de Gaulle en France, également président du comité directeur des Mouvements unis de Résistance et président du Conseil national de la Résistance, s'en fut vers la porte du car.

6 juin

Le chauffeur déposa son dernier voyageur dans la combe de Lourmarin. Boro reconnut sans peine les énormes rochers bordant la route qu'il avait empruntée dix-huit mois plus tôt, dans la voiture de Marta. Il suivit la voie sur deux cents mètres, obliqua vers la droite et franchit un portail en bois. Il lui sembla apercevoir une ombre sur les hauteurs, peut-être plusieurs. Il s'arrêta au croisement de deux chemins. Les sens en éveil, il se colla contre le tronc d'un réséda et attendit. Son regard fouillait la verdure sèche du paysage. Tout n'était que pierre et aridité. Un souffle léger berçait quelques branches.

Le reporter reprit sa marche. Suivant le chemin qui partait sur la droite, il atteignit l'entrée de la carrière où il s'était naguère arrêté, Bleu Marine sur l'épaule. Il retrouva l'escalier qui grimpait vers des paysages plus habités. Il l'emprunta. Une fois encore, il lui sembla percevoir un mouvement, comme si un lièvre avait détalé à son approche. Il stoppa. Il assura sa canne dans la main droite. Jamais encore il n'avait utilisé l'alpenstock de Harro Schulze-Boysen comme une arme. Il lui parut trop lourd pour pouvoir être projeté avec précision en un seul geste.

Borowicz hésita quelques secondes avant de se persuader que, de toute façon, il était trop tard. S'il était attendu, on pouvait le cueillir en haut comme en bas. Il alla donc, la démarche aussi assurée que possible. Il accéda à la plate-forme où la nature se déployait, plus sauvage et plus belle, lui sembla-t-il. Il repéra les deux animaux sculptés dans le feuillage ; ils avaient pris de l'embonpoint : l'un ressemblait à une girafe, l'autre à un gallinacé.

Le Hongrois grimpa vers la véranda. Il la contourna. L'eau jaillissait d'une fontaine, éclaboussant un nénuphar grimpé sur sa tige. Il n'y avait personne. Ni Marta, ni ses filles. Mais les volets de la première bâtisse étaient ouverts. Boro se demanda s'il était le seul à s'être souvenu de ce jour particulier. Et si la situation générale se prêtait à ce genre d'escapade, pour le moins imprudente : qui pouvait prétendre assurer des rendez-vous fixés dix-huit mois à l'avance ?

Il poursuivit néanmoins. Et, en même temps que le pavillon chinois surgissait dans la roche grise, un souffle chaud descendit en lui. Elles étaient là. Marta, Lola, Rita, Anna. Vêtues chacune d'une robe blanche où éclataient des fleurs multicolores, elles l'attendaient, debout derrière une table sur laquelle trônait un gâteau. Dix-huit bougies brûlaient dans le contre-jour.

« Bienvenue, dit Marta en avançant vers lui.
— Je savais bien qu'il viendrait ! » s'écria Anna.
Elle battit des mains.
« Joyeux anniversaire ! » lança Boro en approchant de Lola.
Il l'embrassa trois fois sur les joues.
« On vous a vu approcher, déclara Rita, devançant la question qu'il s'apprêtait à poser.
— On guette depuis le matin, renchérit Anna. Il fallait bien allumer les bougies !
— C'est donc vous que j'ai vues, filant devant moi ?
— Non. Ce n'était pas nous », répondit Marta.

Elles firent cercle autour de lui. De Paris, il avait rapporté deux livres d'auteurs consignés sur la liste Otto et donc interdits à la vente : Thomas Mann et Stefan Zweig. Il les offrit à l'aînée des jeunes filles. Elle le lui reprocha :

« Vous vous êtes promené avec ces petites bombes sur vous !
— Croyez-vous qu'un flic ou un milicien ait suffisamment de culture pour connaître ces écrivains ?
— Elle a raison de vous enguirlander, appuya Anna. Si vous vous étiez fait prendre, on ne serait pas là à fêter l'anniversaire de Lola.
— Savez-vous que votre protégée est repartie pour Londres ? » dit Marta.
Elle parlait de Bleu Marine.
« Après qu'on l'ait soignée avec diligence ! s'écria Rita.
— Et même emmenée à la mer ! compléta Anna.
— La nuit, figurez-vous !

6 JUIN

– Avec maman qui louche dès que le soir tombe !
– Elle veut dire que je n'aime pas conduire dans l'obscurité.
– Avez-vous eu de ses nouvelles ?
– Non, mentit Boro.
– Depuis, on regarde toutes les nuits s'il y a des parachutes qui tombent.
– C'est triste : ça n'arrive jamais.
– Avez-vous faim ? demanda Marta.
– Non », dit Boro.

Il les précéda dans le pavillon chinois. Le gâteau qu'il avait vu de l'extérieur était en réalité une énorme crème au caramel.

« Expliquez-moi qui, si ce n'est pas vous, a filé devant moi quand je suis arrivé.
– Un chat ! fit Anna.
– Trop petit, rétorqua Boro.
– Un renard.
– Trop rapide.
– Une voisine.
– Il n'y en a pas.
– Un réfractaire.
– Ils étaient deux.
– Alors deux réfractaires.
– D'accord, admit Boro en s'asseyant sur l'un des bancs du pavillon chinois. Expliquez-moi pourquoi il y a des réfractaires chez vous.
– C'est depuis février, dit Rita.
– On les cache, dit Lola.
– Ils ont des énormes mitraillettes, dit Anna.
– Ce sont des STO qui refusent de partir travailler en Allemagne, précisa Marta. Ils ont formé un maquis sur les hauteurs.
– Faut pas que tu le dises ! ordonna Anna au reporter.
– Nous avons accepté de les cacher. »

La mère dévisageait Boro avec naturel. Ses traits n'exprimaient aucune inquiétude.

« Il y a aussi un aviateur anglais qui attend de rentrer par le Portugal.
– Ils sont combien ?
– Seize à table.
– Vous les nourrissez ?
– Avec ce qu'on a, dit Lola.

– Ou ce qu'on vole.

– Il y a une ferme pas loin... »

La stupeur paralysait le reporter. Cette femme et ses trois filles cachaient et nourrissaient tout un maquis avec autant de spontanéité que s'il s'était agi de recevoir un groupe de touristes un peu désorientés ! Ou une famille dans le besoin !

« C'est pure folie ! grommela-t-il. Rendez-vous compte : si vous vous faites prendre !

– On n'a pas de leçons à recevoir de vous », gronda Rita.

Elle disait cela en souriant : un regard de môme futée, les dents écartées sur du bonheur espiègle.

Lola appuya :

« Un type qui se promène avec une parachutiste blessée sur le dos... »

Anna confirma :

« ... Sans compter Otto dans sa poche. »

À son tour, Marta décocha :

« ... Et qui n'a pas mieux à faire que de traverser tout le pays pour venir souffler dix-huit bougies posées sur une crème au caramel ! »

Boro abdiqua :

« Je reste avec vous jusqu'à demain. »

Elles applaudirent.

« Je dois être à Lyon dans l'après-midi.

– Je vous conduirai à la gare d'Avignon », décréta Marta.

Lola vint à lui. Elle se posa sur ses genoux et le moqua sévèrement :

« Vous n'êtes pas un très bon politique, monsieur Je-ne-sais-pas-qui-vous-êtes. Il y a dix-huit mois, vous disiez que la guerre serait finie dans plus d'un an, et moins de deux. Vous croyez que vous aviez vu juste ?

– Sans doute pas, confessa Boro.

– Alors, renouvelez votre pari. »

Il réfléchit un instant.

« Je dis pareil : dans plus d'un an et moins de deux.

– Si vous perdez de nouveau ?

– Je serai là.

– Et si vous gagnez ?

– J'ai entendu vos critiques : un type, en pleine guerre, qui n'a pas mieux à faire que de traverser tout le pays pour venir souf-

6 JUIN

fler dix-huit bougies posées sur une crème au caramel peut aller se rhabiller.
 – Pas dix-huit bougies, rectifia Lola.
 – Pourquoi ? questionna Anna.
 – L'année prochaine, j'aurai dix-neuf ans. »

Voiture drei, compartiment fünf und zwanzig

Ruddi Reineke ne se lassait pas de contempler le visage de sa presque promise. Il admirait particulièrement la ligne des sourcils, qui lui semblait en parfaite harmonie avec celle des épaules, sauf que c'était plus haut. En dessous venaient les petits vallons. Tout beaux tout doux. Sous les tissus, il imaginait les cylindres intimes d'une mécanique de haute précision, culbuteurs et soupapes que les oscillations du train agitaient délicieusement. Ça bougeait dans le dedans. La main droite, posée sur la banquette, frémissait à l'unisson. Comme une manivelle de démarrage hoquetant après la mise à feu des carburateurs. La main gauche, placée en hauteur, rappelait à l'ancien groom la flèche de son Opel quand il l'actionnait pour virer. Et le bracelet qui la maintenait accrochée au montant de cuivre d'un compartiment de première classe avait la froideur d'un collier cerclant une durite.

« Souhaitez-vous quelque chose de particulier ? demanda le loufiat d'hier monté en grade. À boire ou à manger, les deux peut-être, et un baiser comme dessert ? »

Il gloussa, admirant sa propre audace.

« Ma chère Maryika, enfin nous nous sommes retrouvés ! Et croyez-le bien : jamais nous ne nous quitterons ! »

Il montra la menotte qui maintenait Barbara Dorn prisonnière.

« Ce bijou est une alliance ! »

Il sourit, comme un prince.

VOITURE DREI, COMPARTIMENT FUNF UND ZWANZIG

«*Notre* alliance ! Celle de la grande, de la très grande, de l'immense Maryika Vremler avec le nain que j'étais, devenu sous-officier supérieur pour vous servir ! »

Il inclina le museau. Il n'était pas plus gradé qu'elle n'était Maryika Vremler. Mais il aimait à se donner le change. Elle ressemblait à son étoile. Lui parlant, il était comme un sergent-chef revenant au foyer après avoir défait l'ennemi. Il avait tant voulu cette femme, l'autre, que celle-ci, qui lui ressemblait, lavait l'outrage subi neuf ans plus tôt. Il se grandissait pour accéder à sa hauteur. Elle ne lui refuserait rien. Et si elle manifestait ne fût-ce qu'un signe de résistance ou de refus, il attacherait l'autre poignet à une tige et prendrait son dû, tout son saoul, jusqu'au terminus.

« Hein ? » lâcha-t-il, oubliant qu'il n'avait fait que penser.

Car s'il était un prince, il manquait de courage pour assouvir la besogne qu'il s'était juré d'accomplir lorsque le SS-Standartenführer Welt, qui suivait désormais les affaires commandées naguère par feu Friedrich von Riegenburg, avait accepté sa proposition d'accompagner Frau Dorn dans le Gross Paris.

Il avait dit :

« Je connais l'Untermensch et saurai le cravater avec mon arme. »

Comme il n'en avait pas, le SS-Standartenführer Welt lui avait concédé un parabellum C.96 de 9 mm, en usage dans l'armée allemande pendant la Première Guerre mondiale.

« *Danke, SS-Standartenführer Welt* », avait remercié Ruddi Reineke avant d'empocher la pétoire.

Il la portait à la ceinture, sous la veste boutonnée.

Deux sous-officiers SS avaient accompagné le supplétif et sa prisonnière jusqu'à la gare, voiture *drei*, compartiment *fünf und zwanzig*, fauteuils *sieben und acht*. Ils avaient déposé la valise de la Fräulein, soigneusement contrôlée, dans le filet à bagages, et attaché le poignet de la voyageuse à un montant.

Depuis, Ruddi Reineke l'avait eue toute à lui.

Pour n'en rien faire.

Il avait bien tenté un geste ou deux vers les petits vallons. D'un seul regard, la prisonnière avait stoppé l'avancée du travail. Pas un mot, pas un geste, mais un œil enflammé, sauvage, comme une condamnation à mort.

Le toupet avait battu en retraite.

Il avait proposé quelques douceurs. Elle avait secoué la tête. Il l'avait un peu frappée. Du plat de la main, sur la joue, comme on fait aux filles quand on s'appelle Ruddi Reineke. Elle lui avait craché au visage. Il avait repris sa place sur le fauteuil *acht*. Il s'était temporairement résigné. Elle avait dû beaucoup souffrir. Elle était certainement excusable. À Paris, il y reviendrait.

Elle avait souffert, mais pas comme il le croyait. Le SS-Standartenführer Welt avait obtenu du Reichsführer Himmler lui-même que la jeune femme eût non seulement la vie sauve, mais qu'elle ne fût pas torturée. Du moins, pas torturée physiquement. On la voulait présentable. La Gestapo avait apparemment anéanti tous les membres du groupe Schulze-Boysen, sauf un. Un qui se trouvait en France. Un qu'elle avait conduit en Allemagne. Un dont Gerda connaissait le nom. Un qu'il fallait retrouver pour le ramener à Berlin. Telle était la mission pour laquelle Ruddi Reineke se trouvait assis voiture *drei*, compartiment *fünf und zwanzig*. Il accompagnerait Barbara Dorn partout où elle se rendrait. Lorsque le poisson mordrait à l'hameçon, il ferait intervenir les locataires de l'hôtel Lutétia : alors, les meilleurs limiers du Sicherheitsdienst arrêteraient le juif hongrois Blèmia Borowicz.

On n'avait pas touché à un seul de ses cheveux. Aucun fer rougi ne l'avait effleurée. Elle n'avait pas été enchaînée, battue, fouettée, jetée sur des pointes, mordue par des chiens de berger. Elle n'avait enduré aucune violence corporelle. Mais Dieter von Schleisser les avait toutes subies. Sous ses yeux. Douze jours d'atroces souffrances. Elle mourrait accompagnée des hurlements de l'homme qu'elle avait tant aimé, un sillage de sang irriguant sans répit le tissu de sa conscience. Sa vie était devenue horreur, monstruosité, calvaire. Un seul souhait l'animait désormais : sauter. Découvrir une fenêtre ouvrant sur une cour pavée, s'y précipiter, oublier, comme Dieter avait tenté de le faire devant elle, nu, les yeux crevés, les tympans arrachés, la tête fendue.

Elle était une morte vivante.

Multon

Le train pour Paris partait vingt minutes plus tard. Boro régla avec Liselotte les derniers points pour lesquels il avait souhaité la rencontrer avant de rentrer. Lorsqu'elle eut tourné les talons, il remonta le long du quai. Ainsi faisait-il toujours avant d'embarquer : il prenait la température du lieu et de l'instant.

Comme il revenait sur ses pas, il croisa un homme qu'accompagnait une très jeune femme – vingt ans tout au plus – dont la beauté le frappa : elle était grande, brune, vêtue d'un long manteau de fourrure et d'un bonnet blanc qui mettait en valeur un regard sombre, exceptionnellement pénétrant. Ce regard accrocha celui de Boro le temps de le perdre, une seconde tout au plus – assez pour que le reporter fût troublé par un magnétisme fulgurant.

Blèmia poursuivit jusqu'à la tête du train et fit demi-tour. Le quai se vidait rapidement. La locomotive crachait de petits geysers de fumée. Il était vingt et une heures cinquante-cinq. Les mécaniciens se préparaient au départ. Boro accéléra le pas. La femme revenait : le reporter pensa qu'elle rentrait après avoir accompagné son mari – ou son amant – à sa voiture. Comme ils se croisaient, il chercha naturellement son regard. Il ne le trouva pas, car elle s'adressait muettement ailleurs. Plus loin, mais dans la même direction. De cela, il était certain. Par deux fois, devant la cour de justice de la Seine en 1947, puis devant le tribunal militaire de Paris en 1950, il le confirmerait : lorsque, à vingt et une heures cinquante-huit, le 7 juin 1943 à la gare de Lyon-Perrache, il croisa celle dont il découvrirait après la guerre qu'elle s'appelait Lydie Bastien, il sut avec certitude qu'elle adressait un signal à un homme – ou un groupe d'hommes – qui marchait derrière lui. Il ne se retourna pas. Au contraire, il se hâta. À la question de Mᵉ Maurice Garçon, avocat de René Hardy, qui l'interrogerait quatre ans après les faits, Blèmia Borowicz répondrait que s'il s'était retourné ce soir-là il n'eût pas témoigné au procès, ni ailleurs, ni jamais, cela pour une raison très simple que l'avocat devait comprendre aussi bien que le président : derrière lui marchait le traître Multon. Il était accompagné.

Multon, alias Lunel. Ancien adjoint du chef de la région 2 de Combat, Chevance-Bertin. Arrêté par la Gestapo à Marseille le 27 avril 1943. Interrogé par le sous-lieutenant Kompe, chef de la section IV E de Marseille. Retourné en quarante-huit heures sans avoir été torturé. Ayant donné un premier gage de loyauté en dénonçant son chef, sauvé par miracle de l'arrestation. Puis, à Marseille, à Mâcon et à Lyon, livrant Vexler, chargé des maquis de R.2, Ziller, faussaire, Le Couster, responsable du courrier des Mouvements unis de Résistance, Berthie Albrecht, adjointe de Henri Frenay à la tête de Combat.

Boro ne se retourna pas. Au contraire, il se hâta. Au moment où il grimpait dans la voiture 3818, l'homme qu'accompagnait la jeune femme descendit sur le quai. Il offrit une cigarette à un quidam qui se trouvait là, échangea quelques mots avec lui et remonta précipitamment dans le train quelques secondes seulement avant la fermeture des portes. Multon était là, tapi.

Le train s'ébranla. Boro disposait de la couchette supérieure dans le wagon-lit. L'homme était en dessous, au numéro 8. Ils ne se parlèrent pas. Le Hongrois était sur ses gardes. Le signe adressé par la femme brune à un inconnu qui marchait derrière lui le brûlait comme la braise d'un danger.

Pendant les deux premières heures du voyage, Boro resta dans le couloir. Son voisin entrait puis quittait sans cesse le compartiment. Il fumait des cigarettes. Il observait. Ses mains tremblaient. Il avait peur. C'était un homme d'une trentaine d'années, blond, le visage maigre, sportif. Il se mordait les ongles. Il surveillait les issues de la voiture. Un peu avant minuit, comme Boro poussait la porte du compartiment pour gagner sa couchette, il vit que l'homme, alors assis à sa place, tirait la culasse d'un pistolet qu'il remit précipitamment dans un holster tendu à l'épaule, sous la veste.

« Bonne nuit », fit le reporter.

Il grimpa sur sa couche. Le lit numéro 7 était occupé par un homme endormi.

Boro s'allongea tout habillé sur sa couverture. Sa main serrait la tige de l'alpenstock. Il pressentait que quelque chose allait arriver. Quelque chose de grave qui concernait l'homme au revolver. Lui-même voyageait sous le nom de Franchet. Aucun de ses contacts dans la Résistance ne le connaissait sous cette identité. Pour tous, il était Bouvier. Ses papiers résisteraient aux contrôles. Il avait confiance.

Il ne s'était pas retourné sur le quai de la gare.

Voiture 3818

À minuit, le train s'arrêta en gare de Mâcon. Multon resta dans la voiture. L'homme qui l'accompagnait descendit sur le quai. Il s'appelait Robert Moog, alias Pierre. Alsacien, ancien membre de la cinquième colonne, devenu l'agent K30 de la Geheime Staatspolizei – la Gestapo.

Il se hâta jusqu'au wagon suivant et retrouva deux acolytes en grande tenue – feutre et cuir – qui étaient montés dans le train en même temps que Multon et lui. Il leur ordonna de se tenir prêts à intervenir à ses côtés lors du prochain arrêt. Ils garderaient les issues de la voiture 3818.

Moog se rendit ensuite au bureau de la gare. Il téléphona au commissariat allemand de Chalon-sur-Saône et demanda qu'un détachement armé attendît sur le quai où s'arrêterait le train pour Paris. Enfin, il fit prévenir le chef de la section IV du Sipo SD de Lyon qu'un prisonnier de marque l'attendrait à la gare de Chalon.

De retour dans son compartiment, il informa Multon qu'ils procéderaient à l'arrestation dix minutes avant le prochain arrêt.

C'est ainsi que, ce 8 juin 1943, à une heure du matin, Multon accomplit un geste qui allait décapiter tout le commandement de la Résistance intérieure française.

Précédant Moog, il poussa la porte du compartiment où René Hardy, alias Didot, chef de Résistance-fer détaché auprès de l'état-major de l'Armée secrète, l'attendait.

Contrairement aux deux témoignages que produirait Boro devant les cours de justice après la guerre, Lydie Bastien n'avait pas signalé aux Allemands la présence de son amant dans la voiture 3818. Celui-ci avait été repéré par hasard. Didot, de son côté, avait vu Multon. Par une imprudence qui coûterait cher à beaucoup, il n'avait pris aucune précaution, sinon de descendre du train quelques instants avant le départ pour signaler à un autre voyageur qu'il connaissait pour l'avoir croisé quelques jours plus tôt en compagnie de Guilain de Bénouville, alias Barrès, ami des deux, dirigeant de la branche militaire de Combat et membre du comité directeur des Mouvements unis de Résistance, que le traître Multon-Lunel se trouvait dans le train.

Replié sur sa couchette, les yeux clos, Boro écoutait.

« Police allemande », cracha Moog en lançant adroitement une paire de menottes qui vint prendre le poignet de Didot.

Lequel n'eut pas même le temps de dégainer son arme.

« Tu es un salaud, lança-t-il à l'adresse de Multon.

— Tu le deviendras peut-être aussi », répliqua l'intéressé.

Le timbre dérapait dans l'aigu. Comme la mue d'un serpent. Boro serrait le manche de sa canne à s'en briser les phalanges. Il avait reconnu la voix si caractéristique de Multon.

« Comment as-tu su que je prenais ce train ? demanda l'homme blond.

— Hasard.

— Pourquoi es-tu là ?

— Nous avons rendez-vous demain vendredi à neuf heures au métro La Muette. Vidal s'y trouvera.

— Je ne connais pas Vidal. »

Une gifle partit. C'était Moog.

« Vidal est le général Delestraint, mua abominablement Multon. Le chef de l'Armée secrète.

— Je ne le connais pas », répéta l'homme blond.

Il fut tiré hors du compartiment. La suite de la discussion se poursuivit dans le couloir. Pour la première fois depuis le début de la guerre, Boro regretta de ne pas porter d'arme : il eût abattu le traître.

« Nous allons à Paris arrêter Delestraint, poursuivait celui-ci. Toi, tu descendras à Chalon.

— Je n'ai rien à y faire.

— Un ami t'attendra.

— Un ami de qui ? demanda l'homme blond.

— Pour le moment, de moi seul, ricana Multon dans l'aigu. Mais, à mon avis, il deviendra aussi le tien.

– Que fait cet ami ?
– Il est le chef de la section IV du Sipo SD de Lyon. Chargé de la Résistance.
– Son grade ?
– Obersturmführer.
– Son nom ?
– Klaus Barbie. »

Il faut sauver le soldat Vidal

Le 5 novembre 1938, sur le front de l'Èbre agonisant, une barque chavire dans l'eau froide de la guerre d'Espagne. Le niveau du fleuve est remonté brutalement : au nord, les fascistes ont ouvert les barrages afin d'ensevelir les combattants républicains qui refluent. La barque est maintenue par une corde arrimée à la rive opposée. Soudain, la corde se rompt. L'embarcation part à la dérive. Chahutée par un courant impétueux, elle vire dangereusement vers des morceaux de ferraille, restes d'un pont bombardé par l'aviation franquiste. À bord, un rameur et une poignée de reporters. Ils reviennent du front, où le commandement les a réexpédiés vers l'arrière : trop dangereux.

Le rameur est un paysan chétif, sans doute mal alimenté depuis longtemps. Il bataille vainement contre le courant. L'un des reporters se saisit des rames, les plonge dans l'eau et, pagayant en force, rétablit la trajectoire de la barque. Elle s'échoue miraculeusement sur la grève. Sous les applaudissements de ses compagnons à qui il vient de sauver la vie, Ernest Hemingway, le journaliste le plus cher payé de l'histoire de la presse, met pied à terre. Robert Capa réarme son Leica et le suit. Blèmia Borowicz part de son côté en courant. Il s'abrite dans les roseaux. Là, il retrouve Dimitri qui vient de livrer son dernier combat avant que la République ne soit coupée en deux.

Trois hommes entourent l'ami apatride : Raffiev, Biloff, Samuelssohn. Ce sont ces trois combattants, rescapés comme lui des barbelés fascistes, qui, le 9 juin, attendent Dimitri sous la tour Eiffel. Chacun près d'un pied.

Dimitri aime particulièrement la tour Eiffel. Non pas le sommet, qu'il n'a jamais visité. Mais la base : ses quatre pieds bien plantés sur un sol sans arbres, sans relief, une étendue plate et dégagée qui permet de voir venir de très loin. Dimitri donne toujours ses rendez-vous les plus importants là.

Il arrive, juché sur une bicyclette. À Raffiev, il confie un vieux Mauser et dit :

« Rue de Passy. »

Le camarade des FTP-MOI acquiesce sans ajouter un mot. La veille, au même endroit, Dimitri et Boro lui ont expliqué quelle folle action ils tenteraient ce matin-là. Raffiev était enrhumé. Il a dit : « C'est chronique chez moi, ça n'empêche pas de taper le nazi. Je serai là. »

Il empoche l'arme, cherche le soleil, inspire, yeux clos, au rayon qui passe, monte sur sa bicyclette et s'éloigne vers la Muette.

Biloff a droit à une grenade.

« Tu lâches la cuiller, tu comptes jusqu'à cinq et tu lances », indique Dimitri.

Mais Biloff sait : il a commencé dans les Balkans, un peu avant les autres.

Il glisse la grenade dans la doublure de son manteau, rabat sur le chef une casquette qui n'est pas de saison, et file en direction de la Seine.

Samuelssohn a le nez en chou-fleur : souvenir d'un récent pugilat. Dimitri lui confie le deuxième Mauser. Samuelssohn, carré comme un taureau, protégé par une lourde canadienne qu'il ne quitte jamais, grimpe à son tour sur un vélo et démarre en danseuse étoile : trois minutes plus tard, il a disparu.

À huit heures, Dimitri arrive à la Muette. Il est à bicyclette. La veille, Boro et lui ont soigneusement repéré les lieux sur un plan de Paris. Le reporter avait déboulé tôt le matin dans les caves de la rue Dareau : il descendait du train. Il ne connaissait pas l'entrée secrète du repaire de Dimitri, par les catacombes. Mais il savait comment l'atteindre par l'immeuble.

« En cas d'urgence, passe par là », lui avait dit un jour l'ami apatride.

Il y avait urgence.

Il y a urgence. Hélas, en vingt-quatre heures, Dimitri n'a pas eu le temps de monter une opération sérieuse. Les bases de repli possibles sont très éloignées. L'armement est insuffisant. Les renforts manquent. Ils n'ont pas de voiture.

À huit heures, le guet-apens de ceux d'en face n'est pas encore installé. Planqué derrière un arbre de l'avenue Mozart, Dimitri observe la place. Elle est vide. Personne ne rôde aux abords du métro, où la souricière sera tendue. Les trois camarades sont invisibles, arrêtés à quatre cents mètres, chacun au coin de deux rues. L'ordre de l'attaque sera donné au dernier moment, s'il apparaît que l'interception a une chance de réussir.

En vérité, elle n'en a aucune. À huit heures, ce mercredi 9 juin 1943, le revolver est armé, le chien levé. Depuis deux semaines, le chef de la section IV du Sipo SD de Lyon, l'Obersturmführer Barbie, a soigneusement aligné ses munitions devant lui.

Il a placé la première balle dans le canon le 27 mai. Ce jour-là, tandis qu'à Paris Jean Moulin réunissait pour la première fois le Conseil national de la Résistance, à Lyon, Henry Aubry, alias Thomas, chef d'état-major adjoint de l'Armée secrète, rencontrait le commandant Gastaldo, chef du deuxième bureau de l'AS, et le général Delestraint.

Il fut décidé que ce dernier se rendrait à Paris pour y voir les dirigeants des groupes militaires établis en zone nord. On convint que Hardy le rejoindrait. Le rendez-vous fut fixé au métro La Muette, le 9 juin à 9 heures. Aubry dicta un message à l'adresse de Hardy :

À Didot : Vidal te donne rendez-vous à Paris, le mercredi 9 juin à 9 heures, à la sortie du métro La Muette.

Sa secrétaire déposa la convocation dans la boîte aux lettres de Résistance-fer située 14, rue Bouteille, chez Mme Dumoulin.

Or, le message était en clair.

Or, le logement de Mme Dumoulin était devenu une souricière, car la boîte aux lettres était brûlée : Multon connaissait son existence. Hardy le savait, qui ne l'utilisait plus. Aubry l'apprit, mais seulement le lendemain. Faute impardonnable : il oublia de prévenir le général Delestraint.

Le 9 juin, à sept heures cinq, le chef de l'Armée secrète quitte une cachette mise à sa disposition au 35, boulevard Murat. Il tient une enveloppe à la main. Il porte un béret basque. La rosette de la Légion d'honneur est bien visible au revers de sa veste. Il est fier de cette décoration qui assied une légitimité contestée par une partie de la Résistance française, notamment les chefs du réseau Combat, qui ont tenté de lui barrer la route comme ils ont tenté de se soustraire au commandement du général de Gaulle. Max l'a imposé. Au prix d'une lutte féroce avec certains. Frenay. Bénouville. D'autres... Ils le haïssent, comme ils haïssent le président du Conseil national de la Résistance. Les querelles partisanes sont d'une extrême violence. Parviendra-t-il, lui, vieux général de soixante-quatre ans, à rassembler toutes les forces de l'Armée secrète autour de lui ?

Le rendez-vous a été fixé à neuf heures. Le général est en avance. Il entre dans l'église Notre-Dame-d'Auteuil. Il se signe et attend la messe du matin.

Blèmia Borowicz descend au métro Étoile. Bleu Marine l'accompagne. Il ne voulait pas qu'elle vienne, mais elle a dit :

« Quand il y a danger, un couple est là pour s'embrasser. C'est délicieux, et ça donne le change. »

Il marche avec elle dans les couloirs du métropolitain, son bras autour de son épaule. Il voudrait la prendre par la taille, mais il est trop grand. Dans le reflet d'un panneau vitré, ils se voient et elle dit :

« On dirait une girafe et un petit chat.
— Comment s'appelle le petit chat ?
— Comment la girafe s'est-elle blessée à la patte ?
— En courant trop vite dans la savane.
— Appelle-moi Morgan. »

C'est là un de leurs jeux habituels. La dernière fois qu'il lui a posé la question, elle a dit qu'elle se prénommait Louise. Il venait d'expliquer sa boiterie par une chute de cheval, dans un cirque, un jour de pluie, entre un numéro de clown et celui d'un avaleur de sabres.

« Quand saurai-je ? demande-t-il.
— Dès que tu m'auras dit.
— Un jour de paix...
— C'est plus prudent. »

Pour ceux de la Résistance, elle est Bouvier W : l'opératrice radio de Bouvier. Pour lui, elle est un mystère descendu du ciel, une mathématicienne jadis ingénieur dans la construction et le bâtiment, une femme scientifique qu'il étreint comme un bijou précieux quand elle devient sa maîtresse : Bleu Marine, son amour de guerre.

Ils s'arrêtent sur le quai. Lorsque le métro arrive, Bleu Marine se dirige vers les wagons de troisième classe : ceux réservés aux juifs. Ne portant pas l'étoile jaune pour ne pas attirer sur eux l'œil des gestapistes, ils marquent leur solidarité en montant toujours dans les voitures destinées au peuple martyrisé. Ce matin-là, Boro refuse : un général de brigade ne voyage sans doute pas en troisième classe. Or, l'essentiel, aujourd'hui, ce n'est pas de marquer une solidarité avec les battus de la terre : c'est de prévenir un homme qu'on n'a jamais vu qu'il doit rebrousser chemin.

Boro et Bleu Marine montent dans une voiture aux trois quarts vide. Ils cherchent tous deux, parmi les voyageurs, un quidam qui ressemblerait à un militaire de haut rang.

À huit heures vingt, trois conduites intérieures et un taxi se garent aux abords de la Muette. Moog est monté dans la première voiture, en compagnie de son chef, Kramer-Gegauf, de la Gestapo de Dijon, détaché à Paris. Le commandant Gleichauf, supérieur hiérarchique de Kramer, a demandé à ce dernier de superviser l'arrestation de Vidal.

Dans la deuxième voiture se trouvent le capitaine Schmidt, de la Gestapo parisienne, Multon, et trois agents du SD-Einsatz-Kommando von Gross-Paris.

Quatre policiers du Sipo SD de la rue des Saussaies ont pris place dans la troisième voiture.

Dissimulé derrière son arbre, Dimitri observe le taxi s'arrêter. Deux hommes quittent une des voitures et montent à son bord. Le taxi emprunte la rue de la Pompe, tourne et redescend. Il se gare à vingt mètres de la station de métro. Une deuxième auto effectue la même manœuvre et vient s'arrêter devant le taxi. La dernière reste dans les parages.

Un homme sort de la deuxième voiture. Il marche vers la bouche du métro et y disparaît. Son rôle consiste à suivre le général Delestraint s'il arrive par le métro et à l'empêcher de fuir. Cet homme est Multon. Il arrive au bas des marches à l'instant où la rame dans laquelle Boro et Bleu Marine sont montés quitte le Trocadéro.

CHER BORO

La Muette-Trocadéro : deux stations.

Le général Delestraint quitte l'église Notre-Dame-d'Auteuil. Il consulte sa montre : même en traînant les pieds, il arrivera à l'heure pour retrouver Didot. Car il ignore que Didot a été arrêté la veille, tout comme il ignore que cinq individus l'attendent pour le sauver, et dix pour le prendre.

Il marche comme un homme libre. Il espère trouver une boîte aux lettres où il glissera l'enveloppe qu'il tient à la main : une lettre adressée à sa femme. La dernière.

À huit heures cinquante, Dimitri monte sur son vélo. Il a vu les trois voitures, il a compté les hommes. La seule chance de sauver Vidal, c'est de l'intercepter avant qu'il arrive sur la place. Tenter un coup de main aux abords du métro, ce serait aller à la mort.

Dimitri remonte la rue de la Pompe, s'éloignant des voitures de la Gestapo. Il fait un signe à Raffiev, le même à Biloff, enfin, en passant, il prévient Samuelssohn : on range les Mauser et les grenades. Puis, patrouillant non loin, il attend Vidal.

La rame s'arrête à La Muette.
« On descend là », chuchote Boro à l'adresse de Bleu Marine.
Ils sont sur le quai. Ils se placent au milieu de la station. Chacun épiant dans une direction, ils guettent Vidal : un homme d'une soixantaine d'années au maintien un peu militaire.

Le général Delestraint glisse la lettre pour sa femme dans une boîte aux lettres, rue Singer. Revenant sur ses pas, il croise la rue de la Pompe. Il la prend sur la droite. Le métro La Muette est à trente mètres. Il s'en approche. Une femme promène son chien. Une petite fille joue au cerceau. Le ciel est bleu. La guerre finira un jour. Bientôt. Au prochain été ?
De l'autre côté de la place, le chef de l'Armée secrète aperçoit un homme juché sur un vélo. Il lui semble que cet homme lui adresse un signe. Derrière, à l'angle de la rue de Passy, il ne voit pas Kramer descendre de voiture et lever un bras en direction du taxi.
Le taxi démarre.

IL FAUT SAUVER LE SOLDAT VIDAL

Une rame approchant, Boro fait un pas.

Dans l'enfilade du couloir, un homme surveille les portières. Son œil est attiré par un échalas long et maigre qu'il lui semble avoir déjà vu quelque part. Où? Il scrute dans le lointain et accommode soudain sur un stick que l'individu tient à son poignet droit. Marseille! 103, rue Kléber!

Multon plonge sa main dans sa poche et avance soudain le long des portières qui se referment.

Il est neuf heures six. Un taxi s'arrête à cinq mètres du général Delestraint. Deux hommes en descendent. Vidal est sur ses gardes : aucun d'eux n'est celui qu'il attend.

L'un des quidams s'approche et chuchote :

« Mon général... Je viens de la part de Didot... Il vous retrouvera au métro Passy.

– Pourquoi pas ici?

– Il a pensé que c'était trop dangereux. »

Le général Delestraint dévisage son interlocuteur : faut-il le croire?

« Dépêchons-nous, dit-il. Quelqu'un m'attend rue de la Pompe.

– Nous vous y conduisons. Après, nous rejoindrons Didot à Passy. »

Moog ouvre la porte du taxi. Vidal monte. L'agent K30 s'installe à sa droite. L'agent K4 à sa gauche.

À l'avant, le chauffeur est assis à côté d'un homme qui sourit aimablement au général Delestraint : Kramer-Gegauf, de la Gestapo. Sur le trottoir, deux inconnus regardent le taxi avec quelque chose comme une grande tristesse dans le regard. Vidal leur adresse un petit signe amical. Raffiev et Biloff s'éloignent, désespérés : comment pouvaient-ils imaginer que cet homme en costume et col dur était le chef de l'Armée secrète?

Le taxi s'ébranle. L'opération s'est déroulée si discrètement que les agents de l'Abwehr et du SD, répartis dans les deux voitures encore à l'arrêt, n'ont rien vu. Kramer-Gegauf ordonne au taxi de faire demi-tour. À l'arrière, Vidal se tourne brusquement vers son voisin de droite, puis vers celui de gauche.

Le taxi s'arrête.

« *Wo fahren wir hin?* demande Kramer-Gegauf au capitaine Schmidt. À l'hôtel Lutétia ou rue des Saussaies?

– Rue des Saussaies. »

Le général Delestraint vient de comprendre qu'il est tombé dans un piège. Plus encore : il y a aussi poussé ses lieutenants Gastaldo et Theobald.

Boro a vu Multon. Le revolver, dans la main, puis Multon. Il se tourne dans la direction opposée, surveille son ennemi dans le reflet des vitres du métro qui s'éloigne et chuchote à l'adresse de Bleu Marine :
« Éloigne-toi. »
Elle ne comprend pas. Il est trop tard pour lui expliquer. Boro a glissé le lacet de sa canne dans la main droite. Il s'arc-boute sur ses jambes, pivote brusquement, fait mouliner le jonc, le rattrape par le pied et tend brusquement le bras. Il y a un froissement, une zébrure dans l'air. Le revolver tombe. En une demi-seconde, Boro reprend sa canne et fouette le traître dans les yeux. Multon hurle. Boro aussi. Il crie :
« Vidal est derrière ! »
Multon se retourne et part en courant dans l'autre sens : entre le chef de l'Armée secrète et un inconnu, il n'hésite pas.

Le général Delestraint n'est plus sur la place. Défait, il roule vers la rue des Saussaies : la maison des tortures où la Gestapo s'est installée.
Désormais, ses poignets sont entravés.
Les nazis le déposent aux mains des gardes, puis repartent vers le métro Rue-de-la-Pompe.

Le commandant Gastaldo, alias Garin, quitte la station Trocadéro. Il se dirige à pied vers la place. Il rencontre Theobald, alias Terrier, avec qui il marche vers le lieu de son rendez-vous avec Vidal. À neuf heures quarante-cinq, les deux hommes arrivent à proximité de la bouche de métro. Une demi-douzaine d'individus attendent. Gastaldo et Theobald vont s'asseoir sur un banc éloigné. À neuf heures cinquante, derrière eux, sonne le tocsin :
« Police allemande ! »
Ils sont menottés puis embarqués.
L'Armée secrète est décapitée.
À Lyon, l'Obersturmführer Klaus Barbie se frotte les mains. Il compte les heures, attendant impatiemment le jour où, enfin, il recueillera dans sa cage l'ennemi qu'il traque et attend.

84, avenue Foch

L'Oberfeldwebel Kurt Schlassenbuch monta dans la voiture *drei*, compartiment *fünf* und *zwanzig*. Depuis qu'il avait été informé de la nouvelle mission dont il était chargé, ses papilles sécrétaient un suc d'une douceur de miel. Il n'avait jamais oublié le geste autoritaire par lequel Fräulein Dorn lui avait intimé le silence dans le hall de cet hôtel juif où la patronne s'était permis d'expliquer qu'elle avait pris le deuil le jour où l'armée de fer était entrée dans Paris. Il avait cru que la vengeance lui avait été retirée lorsqu'elle était montée dans le train pour Berlin, accompagnée de cet homme au teint tzigane qui ne lui avait inspiré que des idées carnivores. Et voilà qu'elle revenait ! Escortée cette fois par un gringalet qu'il repoussa d'un frémissement d'épaule.

«*Sie gehört mir!*... Elle est à moi ! »

Il décrocha la menotte de la tige à laquelle elle était fixée.

« Prenez sa valise ! » commanda-t-il au toupet rougeâtre.

Ruddi Reineke obtempéra : il respectait la hiérarchie autant qu'il craignait la cour martiale. Et puis, pour une fois, il avait mieux à faire que de traîner la plus belle femme du monde en laisse : il allait découvrir une ville inconnue. Paris !

Sa première remarque fut de constater que les motrices allemandes ressemblaient à leurs consœurs françaises. Il adressa cette remarque à l'homme au faciès blanchâtre qui les avait accueillis si aimablement, Frau Dorn et lui.

« *Was ?* questionna l'Oberfeldwebel, complétant sa question d'un chapelet argotique très répandu dans les casernes de Basse-Saxe.

– Je dis que la locomotive dans laquelle je suis monté à Berlin ressemble à celle dont je viens de descendre », répondit Ruddi Reineke en désignant l'objet du constat.

L'Oberfeldwebel s'arrêta, interloqué par la béance intellectuelle de celui avec lequel il allait faire équipe dans les jours à venir.

« C'est le train dans lequel tu as voyagé, avorton cérébral ! »

Il se tapota la tempe de l'index, puis glissa celui-ci dans la poche intérieure de son veston pour atteindre la carte prouvant son appartenance au Sonderkommando de la Kurzwellenüberwachung – la goniométrie allemande –, qu'il présenta d'abord au contrôle économique qui guettait les porteurs de valises suspectes, puis à ses homologues de la Geheime Staatspolizei, en faction sur le quai principal.

Ils passèrent.

Une Citroën les attendait à l'entrée de la gare.

« Belle voiture ! admira Ruddi Reineke.

– Monte ! » éructa Kurt Schlassenbuch.

Barbara fut assise à l'arrière, entre ses deux gardiens. Ruddi Reineke se pencha pour observer l'horloge du fronton. La jeune femme eut un mouvement de recul.

« C'est la gare de l'Ouest ?

– Du Sud. »

Barbara ne rectifia rien. Elle se demandait pourquoi, seule du groupe Harro Schulze-Boysen, elle avait eu la vie sauve, et pourquoi on l'avait emmenée à Paris. Elle ne redoutait plus rien, pas même la torture. Pas un seul instant elle ne songeait qu'elle pourrait fausser compagnie à ses gardiens et s'enfuir. Elle attendait de connaître la raison pour laquelle elle se trouvait là. Ce qui, pensait-elle avec une mortelle résignation, ne changerait rien à son sort.

La Citroën s'ébranla, couvée du regard par son passager assis à l'arrière droite. Ruddi n'était jamais monté dans un engin pareil, une sorte de sauterelle basse sur pattes qui s'élançait avec des allures de limace et freinait dans un couinement de poulet. « C'est certainement un vieux modèle », pensait-il.

Il ne se trompait pas. C'était dans cette voiture que Maryika Vremler avait tourné autour de la place de la Concorde en 1937, conduite par Jean-Marie Petitpouce, alias Pégase Antilope[1]. La

---

1. Voir *Les Aventures de Boro, reporter photographe*, *Les Noces de Guernica*.

Citroën avait été acquise un an plus tard par un ami de Max Jacob, qui l'avait cédée à deux jeunes filles amoureuses du poète, Juliette Nathan et Marie Simon, lesquelles l'avaient revendue à un médecin qui avait conduit une jeune parturiente perdant ses eaux jusqu'à une clinique où, le 2 septembre 1939, était né un futur ministre de la République. La Citroën avait ensuite connu un destin plus sombre lorsque, quelques semaines avant l'occupation de la zone sud par les troupes nazies, le docteur Katz se l'était fait dérober par un acolyte de la bande Bonny-Lafont qui l'avait mise à la disposition de ses maîtres et modèles, dont l'Oberfeldwebel Kurt Schlassenbuch constituait un appendice un peu éloigné puisqu'il ne travaillait pas pour la Gestapo mais pour la Kurzwellenüberwachung.

Une nouvelle fois détaché auprès de la personne dont il avait assuré la surveillance quelques mois plus tôt, l'Oberfeldwebel se trouvait donc au côté de sa prisonnière dans cette conduite intérieure qui, dix minutes après avoir quitté la gare de l'Est, tournait autour de la place de l'Étoile. Ruddi Reineke regardait, les yeux dessinant un *e* dans l'*o* élargi de part et d'autre de la cloison nasale.

« La tour Eiffel ! » répétait-il, éberlué, interdit, pantois, agenouillant son frêle esprit devant la célébration de la Grande Armée remise en scène par le baron Haussmann en 1854.

Le chauffeur contourna la place et descendit vers Neuilly. Il longea une avenue bordée d'arbres, obliqua derrière une église blanchie par un ravalement récent et, enfin, stoppa devant une villa gardée par des soldats SS en armes : 40, boulevard Victor-Hugo.

« La place de la Bastille ? demanda ingénument Ruddi Reineke.

– Non. La villa Boemelburg. »

Barbara se raidit. À Berlin, elle avait entendu parler de cette maison réquisitionnée par le SS Sturmbannführer Boemelburg, chef de la Gestapo en France. Elle savait que l'endroit abritait des cellules dans lesquelles étaient gardés certains prisonniers « de marque » à qui un sort particulier était réservé. Les sous-sols de la villa Boemelburg avaient été aménagés en salles de torture.

La voiture, cependant, ne s'attarda pas. Kurt Schlassenbuch descendit, puis revint en donnant une autre adresse au chauffeur : 84, avenue Foch. Barbara connaissait aussi l'endroit.

C'était le siège de la Gestapo parisienne, département arrestations et interrogatoires.

On l'y fit entrer, encadrée par ses deux gardes du corps. Des officiers en tenue allaient et venaient, descendaient par le grand escalier, se perdaient dans les couloirs. Schlassenbuch confia la prisonnière à son acolyte et disparut derrière une porte vitrée à double battant. Il revint en compagnie de deux caporaux SS. Barbara fut détachée et emmenée. Que sa garde fût composée de ce couple-là ou des deux autres lui importait peu. Aussi ne remarqua-t-elle pas l'expression déçue et même attristée du Reineke, que l'Oberfeldwebel consola par trois mots :

« Vous la reverrez.
— Ah! fit l'ancien groom avec une grimace réjouie. Quand?
— Dans quelques jours.
— Et... »

Il montra son propre visage, le déformant comme s'il se rasait. Kurt Schlassenbuch comprit le souci. Il se fit apaisant :

« Elle sera aussi belle. »

Et, comme l'autre paraissait en douter :

« On ne la touchera pas.
— *Danke !* » fit Ruddi.

Il était aux anges. Il répéta « Danke danke danke » et se promit qu'il prendrait à celle-là ce que celle-ci, tant d'années auparavant, avait refusé de lui donner. Il n'avait été le premier d'aucune. Miraculeusement, les circonstances présentes lui permettaient d'espérer qu'il serait au moins le dernier de l'une d'elles.

Fine business

Bleu Marine arrivait par l'avenue d'Orléans. Boro descendait de Denfert par l'avenue du Parc-Montsouris. Pázmány marchait derrière la jeune femme. Prakash suivait le reporter.
　Les deux groupes bifurquèrent l'un à droite, l'autre à gauche dans la rue Dareau. Prakash et Pázmány s'arrêtèrent à trois cents mètres de la planque de Dimitri. Bleu Marine poursuivit et entra la première dans l'immeuble conduisant à la cave. Boro observa alentour. S'étant assuré que personne ne les observait, il suivit Bleu Marine dans le couloir.
　Dimitri les attendait au sommet de l'escalier en pierre qui descendait dans les entrailles du bâtiment. Il fit demi-tour lorsqu'il les aperçut. Ils lui emboîtèrent le pas en silence jusqu'à la porte en bois. Elle était ouverte. Dimitri s'effaça devant ses visiteurs et verrouilla derrière eux. Ils se glissèrent dans l'ouverture de la trappe. Boro ajusta le panneau au-dessus de sa tête. Puis il se laissa descendre le long du soupirail, atteignit les échelons métalliques scellés dans le mur et retrouva les deux autres à l'entrée des caves aménagées où Dimitri avait installé sa planque.
　Une pâle lueur descendait de la rue par l'interstice du soupirail. Comme chaque fois qu'il venait dans le refuge de son ami, Boro cherchait le matériel nécessaire à la fabrication des faux papiers. En vain. Il ignorait que les caves communiquaient avec les catacombes, où le clandestin avait installé ses outils. Il ignorait également que la cache bénéficiait d'une deuxième entrée. Il ne voyait de l'endroit que ce que son locataire voulait bien exposer : deux lits récupérés formant banquette, une table branlante, des coussins, quelques livres, des vêtements empilés sur les alvéoles

de casiers à bouteilles délestés de leurs trésors, deux ou trois ustensiles de cuisine et des objets mal identifiés traînant au sol ou empilés les uns par-dessus les autres dans les coins d'ombre.

Dimitri souleva une valise et la posa sur la table. Elle ressemblait à toutes les valises du monde, sauf qu'elle pesait près de vingt kilos.

« La lumière suffit ? demanda-t-il.

– Ce sera très juste, répondit Bleu Marine. Mais avec une bougie, cela ira. »

Elle ouvrit la valise. La radio 3MKII apparut. Les bobines, les lampes, l'émetteur, le récepteur, le manipulateur et le casque étaient enfermés dans des compartiments à leur mesure. Bleu Marine déroula le fil d'antenne. Dimitri le tendit sur une dizaine de mètres, longeant le soupirail. Boro brancha l'alimentation sur une batterie. L'opératrice s'assit devant son appareil, enficha un premier quartz et consulta sa montre.

« Nous avons trente minutes d'avance. »

Les premier et dernier jeudis de chaque mois, à neuf heures précises, elle avait rendez-vous avec Londres. Boro dictait. Elle codait selon un chiffre convenu à l'avance avec la centrale. Puis elle envoyait les télégrammes. À l'extérieur, Páz et Prakash surveillaient l'approche des voitures gonio allemandes.

L'action était des plus risquées. Les opérateurs radio tombaient souvent. Bleu Marine connaissait les précautions nécessaires. Elle les respectait toutes, sauf une : elle émettait du même endroit. Elle considérait que la vitesse à laquelle elle transmettait la dispensait de courir un autre danger : se promener dans Paris avec un émetteur-récepteur. À Londres, un graphiste opérationnel envoyait six cents groupes de cinq lettres en une heure. Un manipulateur très doué doublait le nombre de lettres. Bleu Marine avait fait l'admiration de tous ses entraîneurs en le quadruplant.

Il était recommandé de ne jamais dépasser trente minutes par émission ; un quart d'heure lui suffisait. Il fallait changer de fréquence toutes les dix minutes ; elle modifiait ses quartz une fois, pas davantage... Elle connaissait sa propre habileté. Elle en était fière. Elle mesurait l'admiration dont elle était l'objet de la part de ces deux hommes qui se dévouaient totalement à elle lorsqu'ils se retrouvaient devant la même table, sous le soupirail, quatre fois par mois.

FINE BUSINESS

Ils étaient tendus comme jamais. Ils ne parlaient pas. Tous leurs sens étaient crispés. Ils captaient le moindre bruit alentour, la plus infime variation lumineuse. Tandis que la jeune fille restait assise, très calme, sachant que si elle se trompait d'une seule lettre, le message serait perdu. Sachant que si l'antenne était mal déployée, l'onde réfléchie serait décelée par le repérage à distance des Allemands. Sachant enfin que si les camions ennemis découvraient le pâté de maisons, ni la présence des deux Hongrois postés en surveillance, ni celle de ses deux gardiens auprès d'elle n'empêcheraient l'encerclement, la fouille, la prise – et les suites, terribles.

Il était huit heures trente. Bleu Marine se tourna vers Boro, lui lança un sourire admirable et dit :

« Mon amour, nous pouvons commencer... »

Boro déposa une feuille de papier vierge et un crayon sur la table. Il savait ce qu'il avait à dire.

« Allons-y. »

Bleu Marine se tenait penchée au-dessus de la feuille. Ses traits s'étaient un peu durcis, tels ceux d'un élève affrontant un examen.

Boro commença :

« Cargo allemand chargé torpilles pour sous-marins partira Marseille le 14, 15 ou 16 ce mois. STOP »

Il attendit vingt secondes, le temps que Bleu Marine eût consigné le télégramme sur sa feuille :

DFJKZ VFWWP VFERS JKAZX JGEUV
DMMLR DFDHW
QQJUP WQPUR SQTFG PLDQZ XCOOS
DYHVG AZCXW

« Direction Atlantique. Passera détroit Gibraltar. STOP. Nom : *Die Erde*. STOP. »

DFGES POIKB AZWML MDERS GGTPA
SXCMM DMEZD
ERRGK AAMQL POAFJ LSJKE ORESI
ZSMXH

Il décrivit le cargo d'après ses souvenirs et les quelques photos développées par Prakash : coque noire, deux cheminées bordées d'un liséré rouge, cabine en bois clair, trois lucarnes à tribord, aucune à bâbord :

CHER BORO

PRDGZ JYFDD EYMUI CBSJE QFPGA
SDDBH POAZSF
PMAGT SFRVG TRVJE DZASG PONGT
ERCVF IYEDG

Bleu Marine écrivait avec une grande régularité. Tout en l'observant, Boro songeait que son cerveau était semblable à une machine Enigma aux rotors parfaitement huilés. Elle accomplissait un travail de concentration surhumain, exceptionnel, transformant les lettres qui lui parvenaient en fonction d'une clé qu'elle seule possédait ici, sans hésiter, levant seulement son crayon deux secondes entre les groupes. Dimitri la regardait aussi, pareillement fasciné. Aucun bruit ne troublait le silence qui régnait dans la cave, sinon la voix lente et sourde de Blèmia Borowicz, et le chuchotis du crayon sur la feuille.

« Multon, alias Lunel, traître. STOP. Livre les membres de son ancien réseau. STOP. L'abattre. STOP. A provoqué arrestation Vidal, chef AS. STOP. À Paris, 7 juin. STOP. »

SDFSS TYOPS MPOSD GTYPI AZZMS EKSFM
KALME LJXCM
SDZAA MPLQA IRNVP ZSUYO
ADKZS SCVMP AOESQ CMQPZ

« Si besoin photos *Die Erde*, envoyez messager à Bouvier. Terminé. »

MERIS TPTYR CMPSS HTZST QMEOI CSDFS
TYISS LFGZE
QKLQO ERROZ DFPOS EWQMZ LMMPA
JDHZU APADO

Bleu Marine posa son crayon. Elle consulta sa montre, puis observa sa feuille pendant une longue minute. Après quoi, elle dit seulement :
« Je crois que c'est bon. »
Elle regarda une nouvelle fois sa montre, brancha la radio, régla l'émetteur puis le récepteur, embrocha le quartz et attendit sans quitter sa montre du regard. À neuf heures précises, actionnant le contacteur, elle tapa son indicatif d'appel en morse. Une fois. Deux fois. Trois fois. À neuf heures quatre, le poste de

FINE BUSINESS

Londres répondit en émettant son propre indicatif. La tension se relâcha d'une demi-mesure dans la catacombe. C'était toujours un moment un peu miraculeux lorsque, de l'autre côté de la Manche, une présence amie se manifestait.

Boro prit le papier sur lequel Bleu Marine avait inscrit ses blocs de lettres. Lentement, il entreprit de les lire. Il se tenait à côté de la jeune fille, qui les traduisait aussitôt en morse sans la moindre hésitation. Dimitri surveillait sa montre. Après six minutes d'émission, il claqua des doigts. Bleu Marine s'interrompit et modifia la longueur d'onde en changeant de quartz. Puis elle se remit au travail.

À neuf heures vingt, tout était fini. Londres envoya un signal : FB.

« *Fine business* », traduisit Bleu Marine.

Elle débrancha l'émetteur.

À la flamme de la bougie, Boro brûla le papier où le télégramme était inscrit. Dimitri avait replié l'antenne. Dehors, Prakash et Pázmány s'étaient certainement éloignés : ils ne devaient pas rester plus de vingt-cinq minutes dans les parages.

« Merci », murmura Boro à l'adresse de Bleu Marine.

Il avait posé ses mains sur les épaules de la jeune fille. Il les massait délicatement. Elle souriait dans le vide, observant fixement un point éloigné qui dansait devant ses yeux. Chaque fois qu'elle avait produit cet effort extraordinaire, elle restait un instant comme coupée du monde, à Londres peut-être, où sa pupille éclatante dansait derrière les brèves et les courtes qu'elle avait accompagnées au-delà des mers.

« *Fine business* », murmura-t-elle de nouveau.

Elle s'ébroua, regarda les deux hommes et dit, joyeuse désormais :

« Cette fois encore, on a réussi ! »

Ils l'applaudirent, les paumes en creux pour ne pas faire de bruit. Elle sortit son harmonica de sa poche et joua les premières notes d'une ouverture de Beethoven.

« Laquelle est-ce ? » questionna Boro.

Elle se leva et vint contre lui. Il referma les bras sur elle.

« Comment vais-je t'appeler ? » demanda-t-il doucement.

Elle se dressa sur la pointe des pieds pour atteindre son oreille et murmura :

« Aujourd'hui, je serai Léonore... »

M. Romanin

« J'ai les papiers que tu m'as demandés. »

Dimitri tendait à son ami la couverture rigide d'une carte d'identité.

« Il manque encore un tampon. Quand je l'aurai, elle résistera à tous les contrôles. La carte vient du stock de Nice, et j'ai fait naître ton camarade à Rideauray, dans les Charentes.

– Je sais où se trouve Rideauray ! » s'écria Bleu Marine.

Elle voulut voir la fausse carte d'identité. Dimitri la referma entre ses mains.

« Mes parents avaient des amis là-bas... Les Sportchille. Lui, c'était un juif d'Oran qui ressemblait à un Autrichien...

– Pourquoi Rideauray ? demanda Boro.

– La mairie a brûlé. Il n'y a plus ni papiers ni archives. L'identité est incontrôlable. »

Dimitri tendit la fausse carte à Boro. Comme celui-ci l'observait, admirant les cachets et les angles ronds d'une écriture administrative bien imitée, Dimitri ajouta :

« Je connais ton monsieur Romanin. Sa photo ne peut pas me tromper.

– Ah ? fit Boro.

– Je suis allé le voir à l'Élysée au début de la guerre d'Espagne.

– Qu'y faisait-il ? Il n'a jamais voulu me le dire...

– Il était le chef de cabinet de Pierre Cot. Il organisait des filières pour contourner l'embargo sur les armes décrété par le gouvernement Blum.

– Une honte », releva Bleu Marine.

Elle regardait en l'air, vers le soupirail. C'était étrange, ce rai de lumière venu de très haut. Il dessinait un trait horizontal qui laissait penser qu'au-dehors il faisait beau.

« Il recevait des pilotes dans son bureau, poursuivait Dimitri, et il leur accordait des congés bidon. C'étaient des volontaires qui partaient pour l'Espagne. Il se débrouillait aussi pour détourner des avions et les envoyer là-bas. »

Il fit un pas en arrière, dans l'ombre.

« J'ai eu des nouvelles de lui au début de la guerre. Un type, dans le camp du Vernet. Il m'a dit d'aller le trouver si j'avais besoin d'une aide un peu officielle.

— Il est dans la clandestinité, objecta Boro.

— En 39, il était préfet d'Eure-et-Loir. Il s'est tranché la gorge pour éviter d'avoir à signer un papier que les Allemands exigeaient de lui. Les nazis prétendaient que les tirailleurs sénégalais de l'armée française étaient responsables des saloperies commises sur les populations civiles. Ils voulaient que le préfet reconnaisse ce fait... »

Boro comprenait pourquoi l'ancien préfet portait toujours un foulard autour du cou. Il dissimulait cette cicatrice.

« Aujourd'hui, dit-il, ce type est sans doute l'homme le plus important de la Résistance.

— Ils le sont tous, objecta Bleu Marine.

— S'il devait disparaître, il faudrait refaire beaucoup.

— Comment s'appelle-t-il ? »

Elle secoua la tête.

« Non. Ne me le dites pas. On ne sait jamais. »

C'était précisément la raison pour laquelle Dimitri avait refusé de lui montrer la carte d'identité qu'il avait fabriquée pour Romanin : on ne sait jamais. Et c'est également la raison pour laquelle Boro ne lui posa aucune question supplémentaire concernant cet homme qu'il allait retrouver quelques jours plus tard. Il utilisa cependant l'escalier qui se présentait à lui pour annoncer à Bleu Marine qu'il partait.

« Quand ? demanda-t-elle.

— Bientôt.

— Où ?

— Lyon. »

Elle abaissa le visage, comme une petite fille boudeuse. Boro lui releva le menton. Dimitri s'était éclipsé dans les couloirs sombres.

« Vous allez me laisser dans cet hôtel où je n'ai aucun ami ? »

Il acquiesça.

« Dans l'angoisse d'attendre de vos nouvelles ? »

Ils savaient tous deux que lorsqu'ils n'étaient pas ensemble, ils ne se téléphonaient pas.

« La prochaine fois, je vous emmène », promit-il.

Elle haussa les épaules.

« Vous dites toujours la même chose.
— Parce que je compte bien le faire !
— Alors partons maintenant !
— Ce serait imprudent.
— Bon, dit-elle en se tournant contre le mur. Je trouverai ailleurs.
— Vous trouverez quoi ?
— Pas quoi. Qui. »

Il lança sa canne en avant et la posa sur son épaule.

« Vous voulez me rendre jaloux ? »

Elle se retourna. Elle affichait cet air mutin et facétieux qui le touchait chaque fois au cœur.

« Je jouais. Vous ne croyez quand même pas que je serais capable de vous sortir toutes ces sornettes en y croyant même un peu ?
— Dommage, fit-il, un peu déçu malgré tout.
— Vous êtes un coq ! lança-t-elle en lui prenant le bras. Avouez que vous aimez croire que je vous adore au point de me comporter comme une poule dans votre basse-cour. »

Il montra la cave de Dimitri.

« Ce n'est pas une basse-cour. C'est une niche.
— Dites donc, fit-elle en plantant ses poings sur ses hanches. Pour qui me prenez-vous ? »

Il vit la malice.

« Cherchons un zoo, proposa-t-il.
— Hôtel de la Chaise, rue Le Verrier.
— Pas question. On m'y connaît. »

Il l'emmena chez Gérominet, un restaurant avec salons particuliers où, avant 1939, il avait conduit Anne Visage et quelques autres.

Ils restèrent là trois jours.

Le quatrième jour, Boro récupéra les papiers de Romanin.

Le lendemain, il partait pour Lyon.

L'ordre de Barrès

Liselotte descendit du tram place Tolozan. Elle s'était jointe à un groupe de jeunes filles qui portaient des robes légères et des sandales ressemblant aux siennes. Ainsi pouvait-elle passer pour l'une d'entre elles : une camarade de lycée joyeusement insouciante.

Elle les quitta non loin de la place des Capucins et entra sous le porche du numéro 1. Elle gravit à la hâte une volée d'escaliers, frappa à une porte, chuchota un mot de passe. On lui ouvrit. Elle suivit un couloir et tomba sur Max. Ses lieutenants l'entouraient. Tous étaient livides. Jamais Liselotte n'avait vu groupe d'hommes affichant une mine aussi défaite. Max semblait particulièrement touché. Il était appuyé au mur, les bras ballants, les mains jointes et la tête basse. Son éternel foulard bâillait, laissant entrevoir une rougeur sur le côté.

Dédé Mésange se détourna du cercle et fit un pas vers Liselotte. Il était aussi sombre que les autres.

« Vidal a été arrêté », chuchota-t-il.

Liselotte porta la main à ses lèvres. Cependant, elle n'étouffa pas le cri de stupeur effondrée que tous avaient poussé en apprenant la nouvelle. C'était un drame. Un drame absolu.

« Il a été donné, poursuivit Dédé.
– Par qui ? »

C'était toujours la question que l'on posait en de semblables circonstances.

« On ne sait pas encore. »

De la réponse dépendait l'évaluation du risque que l'on courait soi-même. Après quoi, il fallait prendre les mesures nécessaires pour se protéger.

« On s'en remettra », dit Max, levant le visage.

Il chercha le regard de sa garde rapprochée, insufflant un peu de courage à chacun.

« Il faut nommer quelqu'un d'autre à sa place. Le plus vite sera le mieux. »

Il resserra le nœud de son foulard.

« Nous allons organiser une réunion dans les jours qui viennent.
– On doit essayer de sauver Vidal, dit quelqu'un.
– S'il est à Paris, ce n'est pas possible, objecta Max.
– Il est à Paris.
– Alors l'un d'entre nous partira ce soir même. Pour une mission de renseignement. Pas plus.
– En attendant ?
– Rien », répéta Max.

Il promena un regard impérieux sur l'assistance :

« Pour le moment, nous n'avons aucune chance, et le risque est énorme. »

Chacun songea au vieux général qui avait accepté cette dernière mission, sachant à quoi elle l'exposait. Combat avait proposé sa candidature, qui avait été ratifiée par le général de Gaulle, puis violemment contestée par ceux qui voulaient la place. Un mois plus tôt, Max avait télégraphié au chef de la France libre, le suppliant de leur renouveler son appui, à Vidal et à lui, contre ceux qui étaient partis pour Londres afin de lui demander de les limoger tous les deux.

Vidal avait reçu les appuis nécessaires. Mais il n'avait pas eu le temps de rassembler qui que ce fût autour de lui. Liselotte eut une pensée affligée pour sa femme, que le soldat aimait passionnément.

Il était pris ; pour le moment, nul n'avait les moyens de le soustraire au lot commun : tel semblait être le message délivré par Max. Il fallait poursuivre. Le temps manquait pour s'attarder. On pleurerait seul, silencieusement. Quelques jours auparavant, le chef de la Résistance lui-même avait écrit une lettre désespérée au général de Gaulle, l'adjurant de lui envoyer un homme de confiance sur qui il pourrait se décharger de son fardeau et qui serait apte à lui succéder s'il devait tomber à son tour :

Je suis recherché maintenant tout à la fois par Vichy et la Gestapo qui, en partie grâce aux méthodes de certains éléments des Mouvements, n'ignore rien de mon identité ni de mes activités. Je suis bien décidé à tenir le plus longtemps possible, mais si je venais à disparaître, je n'aurais pas eu le temps matériel de mettre au courant mes successeurs.

Tous pensaient à la chute. Et au relais. Max décréta :
«Lassagne, restez avec moi.»
Il se tourna vers les autres.
«Aujourd'hui, nous ne pouvons rien faire de plus. Dispersons-nous.
– Quand nous retrouverons-nous? demanda Dédé Mésange.
– Je vous le ferai savoir.»
Ils partirent les uns après les autres, à quelques minutes d'intervalle. Liselotte rejoignit son mari sur la place des Capucins. Rompant avec les consignes qu'ils s'étaient imposées l'un à l'autre et qu'ils respectaient scrupuleusement, elle lui prit le bras. Dédé ne la repoussa pas : lui aussi avait besoin de réconfort.

Lassagne était professeur dans un lycée de la ville. Très proche de Max.
«Trouvez Ermelin et Thomas, demanda le président du CNR. Il faut réunir les chefs militaires des mouvements pour envisager la succession de Vidal.
– Quand?
– Le plus vite possible.»
Ermelin était le chef des groupes paramilitaires du mouvement Libération, rattaché à l'état-major de l'Armée secrète. Thomas était commandant des forces paramilitaires de Combat et représentant de Frenay à l'AS, dont il était aussi le chef d'état-major.
«Je vais chercher un endroit sûr où nous pourrons nous réunir», proposa Lassagne.

Le samedi 19 juin, à dix-sept heures, Ermelin, Thomas et Lassagne se rencontraient dans un appartement du quai de Serbie.
«Ce sera le 21, déclara le professeur.

– Où ?

– Je vous conduirai au lieu de réunion. Nous nous retrouverons lundi à treize heures quarante-cinq au pied du funiculaire de la Croix-Paquet... La Ficelle.

– Qui viendra ? demanda Ermelin.

– Toi, Thomas, Schwartzfeld, Lacaze, Xavier et moi.

– Tu as une maison sûre ?

– La meilleure. »

Lassagne garda l'adresse pour lui : chez le docteur Dugoujon, à Caluire.

Personne ne songea à demander une protection militaire.

Le lendemain, dans un café de la place Bellecour, Thomas croisa Barrès, qui remplaçait Frenay à la tête du mouvement Combat. Il l'informa de la tenue de la réunion. Barrès décida qu'un autre membre de Combat se joindrait aux chefs militaires convoqués : il fallait à tout prix empêcher Max de placer un de ses hommes à la tête de l'Armée secrète.

« Ce n'est pas la règle, objecta Aubry. Normalement, ne doivent assister aux réunions que les personnes convoquées.

– Peu m'importent les règles », répondit Barrès.

Le 6 février 1934, place de la Concorde, Barrès manifestait contre la République. Il détestait la gauche et les communistes. Il avait frayé avec la Cagoule. Il avait été camelot du roi. Il gardait de cette époque un certain goût pour le coup d'État.

« Quelqu'un ira, décréta-t-il.

– Toi ?

– Impossible, répondit Barrès : je quitte Lyon dans quelques jours pour aller me marier.

– Félicitations », répondit Thomas, lugubre.

Il insista :

« Crois-tu vraiment que ma présence ne sera pas suffisante pour contrer Max ?

– Je veux quelqu'un d'autre », repartit Barrès.

Il plongea un regard bleu acier dans l'œil de son vis-à-vis :

« C'est un ordre. »

Le pont Morand

Le Rhône coulait, large et généreux, sous le pont Morand. Appuyé à la rambarde, Boro fixait un banc sur lequel trois hommes étaient assis. L'un était grand, maigre, beau garçon. Malgré le soleil, haut et chaud, il portait un imperméable en cuir fermé sur une chemise blanche dont le col s'ornait d'un nœud papillon.

L'autre était plus petit. Un chapeau dissimulait son visage. D'après son allure, Boro estima qu'il avait une trentaine d'années. Un journal déplié était posé sur ses genoux.

Le troisième était très jeune. Blond, beau, bien découplé. Boro le reconnaissait. C'est pourquoi, sans quitter les trois hommes du regard, il scrutait le paysage à la recherche de Liselotte. Elle lui avait donné rendez-vous là. Boro venait d'arriver de Paris. Il avait dix minutes d'avance. Il s'en félicitait. Le trio assis sur le banc ne se trouvait pas là par hasard. La dernière – et première – fois que Blèmia avait vu le jeune homme blond, c'était dans le train. Lui-même était replié sur la couchette supérieure du compartiment où Moog et Multon avaient fait irruption. En gare de Chalon-sur-Saône, ils avaient procédé à l'arrestation de celui qu'ils appelaient Didot.

« Un ami t'attendra, avait ricané Multon.

– Que fait cet ami ? avait demandé Didot.

– Il est le chef de la section IV du Sipo SD de Lyon. Chargé de la Résistance.

– Son grade ?

– Obersturmführer.

– Son nom ?

– Klaus Barbie », avait répondu Multon.

Boro se posait une seule question : comment un homme livré à la Gestapo peut-il se retrouver dehors, libre et sans traces de coups ? À cette question, il n'obtenait que deux réponses : soit parce qu'il s'est échappé *avant* d'avoir été pris ; soit parce qu'il a échangé cette liberté *après* avoir été pris. Dans un cas, il est un héros ; dans l'autre, il est un traître. Ne sachant quelle était la bonne réponse, le reporter guettait Liselotte. Elle connaissait peut-être Didot. Et peut-être pas. En additionnant les hypothèses, elle courait un risque que Boro évaluait à vingt-cinq pour cent. Suffisamment pour qu'il ne quittât pas le banc des yeux, ni les allées alentour, ni l'autre extrémité du pont, ni les deux inconnus qui se présentèrent au détour d'une allée, foulant la terre à petits pas, les sens manifestement en alerte.

Il se passa ceci, que Boro imprima très exactement sur sa pellicule mentale, et qu'il développerait, sans erreur cette fois, au procès de René Hardy devant le tribunal militaire de Paris.

Didot quitta le banc. L'homme à l'imperméable se leva à son tour et s'éloigna vers un arbre qui le dissimulait. Le troisième ne bougea pas de sa place. Il cacha son visage derrière le journal et observa. Il vit le même tableau que Boro, sous un angle un peu différent : Didot rejoignit l'un des deux quidams qui s'étaient présentés une minute auparavant. L'autre s'était éloigné.

Près de la pile du pont, à cent mètres de l'endroit où Boro se tenait, une femme coiffée d'un haut chapeau attendait quelque chose ou quelqu'un. Le reporter la reconnut aussi : elle accompagnait Didot le 7 juin au soir, à la gare de Lyon-Perrache. Un homme se tenait près d'elle, tourné vers le fleuve.

Le quidam que Didot rejoignit était Thomas. Il avait fixé ce rendez-vous la veille. Il devait remettre à son camarade une somme d'argent pour le réseau Résistance-fer et lui parler de la réunion organisée par Max.

« J'irai, dit Thomas, mais Barrès veut que tu m'accompagnes. À deux, nous pourrons contrer Max.

– Je ne suis pas invité, répliqua Didot.

– Peu importe. C'est un ordre de Barrès. »

Par-devers lui, Didot se demandait pourquoi Barrès ne lui avait pas parlé de cette réunion. Peut-être n'en connaissait-il pas encore l'existence. Les deux hommes s'étaient croisés le 11 juin dans une rue de Lyon.

LE PONT MORAND

« Où étais-tu ? » avait demandé Barrès.

Didot et Barrès étaient liés comme les doigts d'une main. Tous deux étaient des résistants de la première heure. Tous deux proches de l'extrême droite. Tous deux ayant gardé quelques contacts avec d'anciens cagoulards recyclés à Vichy ou employés par l'Abwehr allemande. Tous deux haïssant pareillement Max et le général Delestraint. Si quelqu'un pouvait recevoir les confidences de Didot, c'était Barrès.

« J'ai été arrêté en gare de Chalon-sur-Saône, avait-il avoué. Je ne veux pas que cela se sache.
– Pourquoi ?
– On m'accuserait d'avoir livré Vidal.
– Tu t'es évadé ?
– Pas vraiment. »

Une douche municipale leur tendait ses portes.

« Entrons là, avait dit Barrès. Nous serons tranquilles pour causer. »

Les deux hommes avaient conclu un pacte de silence qu'aucun n'enfreindrait jamais. Mais Didot avait raconté certaines choses. C'est pourquoi il ne comprenait pas comment, sachant ce qu'il savait, Barrès l'envoyait à cette réunion. Il transgressait deux règles sacrées de la Résistance : on ne se rend pas à une assemblée quand on n'y est pas invité par celui qui l'organise ; quiconque a été arrêté doit couper tous les liens qui l'unissent à ses anciens camarades.

Pourquoi Barrès agissait-il ainsi ?

« Quand a lieu la réunion ? demanda Didot.
– Demain.
– Où ?
– Je ne connais pas l'adresse. Je te retrouverai à la Ficelle de la Croix-Paquet à treize heures quarante. »

Thomas prit son camarade par le bras et l'entraîna.

« Viens. Allons déjeuner. Nous parlerons de cette réunion... »

Boro vit les deux hommes s'éloigner. Celui qui était assis sur le banc replia son journal et rejoignit l'escogriffe derrière l'arbre. Ils partirent dans la direction opposée où se trouvait Boro. Lorsque Liselotte arriva, à onze heures quarante-cinq, le pont Morand et ses abords immédiats étaient vides. Boro respirait.

Un peu.

« Je dois vous raconter quelque chose que je ne comprends pas tout à fait », dit-il à Liselotte comme ils s'éloignaient.

Il lui prit le bras.

« Ne profitez pas de la situation ! s'insurgea-t-elle. Ce n'est qu'un alibi.

– ... Il y avait là un individu que j'ai rencontré dans le train il y a quinze jours. Didot.

– C'est le chef de Résistance-fer. Un homme très courageux. Il travaille avec Mésange.

– Didot a été arrêté dans la nuit du 7 au 8 juin. »

Liselotte se dégagea brutalement.

« Ce n'est pas possible.

– Je vous le dis. J'ai assisté à la scène. Je me trouvais dans le même compartiment. »

La jeune fille le regardait avec attention.

« Je ne peux pas vous croire.

– Est-ce grave ?

– Terriblement. »

Elle reprit sa route seule. Elle se mordillait le poing en réfléchissant. Boro la rejoignit.

« S'il a été arrêté et qu'il ne l'ait pas dit nous sommes tous en très grand danger, dit-elle.

– L'avez-vous vu depuis le 8 juin ?

– Je ne l'ai jamais rencontré.

– Et Dédé ?

– Il faut que je lui pose la question.

– Allons-y, proposa Boro.

– Il est au maquis. Il ne reviendra que dans trois jours... Demain matin, je vous ferai rencontrer une personne à qui vous devrez raconter ce que vous venez de me dire. Neuf heures ?

– Je ne peux pas, répondit Boro. J'ai rendez-vous place Raspail. »

Il ne dit pas avec qui. Liselotte ne posa aucune question. Ils respectèrent si bien le cloisonnement qu'aucune information détenue par l'un ne servit à l'autre pour éloigner le drame qui approchait. En sorte que, lorsqu'ils se séparèrent place Bellecour, devant le cinéma Royal, ils espéraient encore qu'ils se reverraient le lendemain.

LE PONT MORAND

Ils ne savaient pas que le vrai nom de Thomas était Aubry. Que celui qui l'accompagnait s'appelait Gaston Defferre, alias Denvers. Que l'identité réelle de Didot était Hardy. René Hardy. Celle de Barrès, Bénouville. Guilain de Bénouville. Ils ignoraient que l'homme présent au côté de Lydie Bastien, la maîtresse de Didot, était Moog, agent K 30 de l'Abwehr. Que l'escogriffe à l'imperméable noir qui s'était dissimulé derrière un arbre connaissait très bien, sinon plus, Lydie Bastien; qu'il s'appelait Stengritt, alias Harry, et était le bras droit du chef de la section IV du Sipo SD de Lyon. Lequel se trouvait sur le banc, caché derrière un journal déployé.

L'Obersturmführer Klaus Barbie.

La maison du docteur Dugoujon

21 juin, solstice d'été. Ce matin-là, un soleil clair tombe sur Lyon. Limpide et généreux, le Rhône bruit entre ses rives. Fourvière s'éveille dans un nuage de brume légère. Le tram s'ébranle sur ses rails. Chacun, dans la capitale des Gaules, s'apprête pour la journée.

Didot se réveille dans le lit de Lydie Bastien. Il ignore qu'elle est aussi la maîtresse de Stengritt, l'adjoint de l'Obersturmführer Klaus Barbie. Mais il sait qu'elle est en liaison régulière avec le SD allemand, qu'elle a ses entrées avenue Foch, siège de la Gestapo parisienne, et dans les couloirs de Vichy où vont et viennent ses amis le docteur Ménétrel, proche du Maréchal, et le cagoulard Jehan de Castellane, camarade de Barrès. Si elle l'a piégé, Didot s'est aussi laissé faire. Barbie a placé la jeune femme dans la balance lors du premier entretien qu'il a eu avec son prisonnier après son arrestation en gare de Chalon-sur-Saône : soit il collabore avec la Gestapo, soit, d'une manière ou d'une autre, il arrive malheur à Lydie Bastien.

Didot est très amoureux.

Il s'habille sans hâte, embrasse sa maîtresse et sort. Il file à travers les ruelles de la ville, s'assurant qu'il n'est pas suivi. Il entre à l'École de santé militaire, siège de la Gestapo. Il présente ses papiers. Stengritt l'attend.

« Savez-vous où est le rendez-vous ? demande-t-il.

— Seulement le rendez-vous intermédiaire, répond Didot.

— Où ?

— Au bas de la Ficelle.

LA MAISON DU DOCTEUR DUGOUJON

– Nous y serons. »

Deux minutes plus tard, le téléphone sonne dans un appartement lyonnais. Moog décroche.

« Stengritt. »

L'agent de l'Abwehr se raidit en un impeccable garde-à-vous : même à distance, il respecte ses supérieurs.

« Envoyez-nous Edmée à l'hôtel Terminus. C'est urgent. »

Edmée Deletraz a plusieurs fonctions. Elle est agent double, travaillant tout à la fois pour le réseau Gilbert et pour le SD allemand. C'est-à-dire qu'elle trahit un peu les uns pour le bénéfice des autres. Et réciproquement. Elle est surtout la maîtresse de Moog.

Edmée Deletraz rejoint l'hôtel Terminus, puis l'École de santé. Stengritt l'attend.

« Nous allons vous présenter quelqu'un qui a compris », déclare-t-il.

Il entraîne Edmée dans une pièce fermée. Didot est là.

« Vous le suivrez, ordonne Stengritt. Vous nous indiquerez où il va. »

Le rendez-vous est dans quelques heures. Edmée Deletraz quitte le siège de la Gestapo. Elle court dans les rues de Lyon à la recherche d'un contact qu'elle pourrait prévenir. Les portes auxquelles elle frappe sont fermées. Elle entre dans une boucherie et y laisse un message pour un camarade de la Résistance : « *Une réunion est prévue*, écrit-elle. *Il ne faut pas s'y rendre.* »

Dans sa chambre secrète du boulevard Raspail, Max se prépare pour le premier rendez-vous de la journée. Cédant à une manie ancienne qui le détend, il cire ses souliers. Puis il enfile une veste légère, noue un foulard autour du cou et quitte sa planque.

Il est neuf heures.

Au détour d'un couloir, il croise l'homme avec lequel il a rendez-vous. Celui-ci lui emboîte le pas.

« J'ai vos papiers.
– Pouvez-vous les garder jusqu'à ce soir?
– Je prends le train de nuit pour Paris.
– Quelqu'un viendra. Entre vingt heures et vingt heures trente à l'entrée du quai.

– Comment le reconnaîtrai-je ?
– Je ne sais pas encore qui j'enverrai. La personne vous dira : *Je cherche Yann, mon ami*. À quoi vous répondrez... »

Max cherche. Bouvier propose :

« *Je demanderai à Joliezabeth* »...

Les deux hommes sortent ensemble sur la place Raspail.

« Nous nous reverrons peut-être après la guerre, dit aimablement Bouvier.

– Oh ! s'exclame Max, dubitatif. Mon horizon ne va pas jusque-là ! »

Ils se séparent devant une pharmacie.

Max rejoint Thomas à Perrache. Ils marchent jusqu'à midi, usant arguments et contre-arguments sans parvenir à s'entendre. Dans bien des domaines, Thomas, Barrès, Didot et Frenay sont en désaccord absolu avec les positions que défendent le général de Gaulle et son émissaire en France.

Ils se quittent à midi, sachant l'un comme l'autre que la réunion prévue deux heures plus tard sera houleuse. Thomas n'a pas informé Max de la présence de Didot.

Max doit rencontrer Ermelin place Carnot.

Thomas retrouve Didot dans un café proche de la Ficelle.

« Je viens de voir Max, dit-il.

– Un cryptocommuniste, jette Didot avec dégoût. Tu lui as dit que j'assisterais à la réunion ?

– Bien sûr que non.

– Parfait. »

Didot et Thomas détestent Max.

Liselotte a rendez-vous avec Boro à l'angle du quai Claude-Bernard et de l'avenue Berthelot, dans le VIIe arrondissement. Quand elle arrive, le reporter est déjà là. La jeune fille paraît extrêmement nerveuse. Elle entraîne Boro avec elle, et ils marchent, bras dessus bras dessous.

« Une réunion a été organisée », dit-elle.

Elle a le souffle court. Ses mots se chevauchent.

« Cette réunion est brûlée. Je le sais par un boucher de nos amis...

– Où se tient-elle ?

– Je l'ignore.

LA MAISON DU DOCTEUR DUGOUJON

« – À quelle heure ?
– Dans l'après-midi. »
Boro consulte sa montre. Il est treize heures quinze. Mais que peuvent-ils faire ?
« Dédé ?
– Il n'est pas revenu du maquis.
– Max ? »
Liselotte s'arrête brusquement. Sans même regarder Boro, elle demande :
« Vous connaissez Max ? »
Il ne répond pas. La jeune fille s'emporte.
« Dites-le ! Oui, Max sera à cette réunion. Elle se fait même à son initiative !
– Je l'ai vu il y a quatre heures.
– Où ?
– Dans sa planque du boulevard Raspail, répond Boro après une courte hésitation. Il partait à un rendez-vous. »
Liselotte lâche son bras et se prend la tête entre les mains.
« C'est abominable d'avoir cloisonné à ce point, murmure-t-elle. Si j'avais su avant que vous connaissiez Max…
– Cela n'aurait rien changé », coupe Boro.
Il marche dans la rue. Liselotte le suit.
« Où allez-vous ?
– Place Raspail. S'il repasse par chez lui, je le trouverai.
– Je sais où il peut être », décrète-t-elle soudain avec un soulagement perceptible.
Place Tolozan ou chez Mme Dumoulin, rue Bouteille. Mais elle ne dit rien.
« Je repars ce soir », dit Boro.
Il lui donne rendez-vous à vingt et une heures, à Perrache, devant la voiture 12 du train en partance pour Paris.

Dans son bureau de l'École de santé militaire, l'Obersturmführer Klaus Barbie donne ses ordres à l'équipe qui l'accompagnera. Il prévoit plusieurs voitures. Il sait que le délégué du général de Gaulle participera à la réunion. Max. Toutes les polices du Reich le recherchent. Quelle est son identité réelle ?
L'Obersturmführer Klaus Barbie se frotte les mains : à la fin du jour, il saura.

Espère-t-il.

Il est treize heures trente. Lassagne arrête sa bicyclette au pied de la Ficelle. Thomas est là. Didot l'accompagne.
« Pourquoi es-tu là ? demande Lassagne.
– Ordre de Barrès, répond Thomas.
– Max est-il prévenu ?
– Certainement. »
Lassagne n'a pas le temps de discuter.
« Prenez le funiculaire et attendez-moi là-haut. »
Il enfourche son vélo tandis que les deux autres s'approchent de la Ficelle.
À cent pas, Edmée Deletraz les observe.

Max et Ermelin quittent la place Carnot et marchent vers le funiculaire. Ils l'atteignent à treize heures quarante-cinq. Ils montent dans la cabine. Lorsqu'ils arrivent en haut, Thomas et Didot viennent de partir : Lassagne leur a demandé de prendre le tramway numéro 33 et de descendre place Castellane.
« Je vous attendrai là-bas. »
Max et Ermelin attendent le colonel Schwartzfeld. Larat et Lacaze sont déjà sur place.

Boro parcourt le labyrinthe qui conduit de la place Raspail à la chambre de la logeuse. Il suit les couloirs, emprunte les passages, monte et descend les escaliers. Il cherche, il regarde. Max demeure invisible.

Liselotte arrive 14, rue Bouteille, dans le Ier arrondissement, chez Mme Dumoulin. Les boîtes aux lettres brinquebalent sur trois rangées. Elle s'approche de l'une d'elles et l'ouvre. Elle est vide. La jeune fille hésite. Elle ressort dans la rue, observe à droite puis à gauche. Elle traverse la rue et lève le regard en direction des étages. Elle ne distingue rien d'anormal. Elle ne voit pas Multon, caché derrière un rideau, qui ne l'a pas remarquée non plus. Elle ne sait pas si elle doit monter chez Mme Dumoulin ou filer place Tolozan.
Elle s'éloigne.
Elle revient.

LA MAISON DU DOCTEUR DUGOUJON

Lassagne s'arrête place de Castellane, à Caluire. Didot et Thomas l'accompagnent. Le professeur tend la main vers une maison bourgeoise, haute, cadenassée derrière sa porte.
« C'est là. La maison du docteur Dugoujon… »
Une femme les suit des yeux : Edmée Deletraz.

Il est quatorze heures trente. Le colonel Schwartzfeld vient seulement d'arriver. Il s'excuse de son retard auprès de Max et d'Ermelin.
Les trois hommes prennent le tram numéro 33 et descendent place de Castellane.
Quand ils sonnent à la porte du docteur Dugoujon, la réunion aurait dû commencer depuis quarante-cinq minutes. La femme qui les introduit dans la maison croit qu'elle a affaire à des patients. Elle les fait entrer dans la salle d'attente, au rez-de-chaussée.

Edmée Deletraz monte dans le tram numéro 33 place de Castellane. Elle descend à l'arrêt supérieur de la Ficelle. Elle s'installe dans le funiculaire. Elle le quitte à l'arrêt inférieur. Elle rejoint les trois voitures affrétées par l'Obersturmführer Klaus Barbie.
« Place de Castellane, dit-elle. À Caluire. »
Les trois voitures démarrent.

Liselotte grimpe silencieusement dans les étages. Les marches ne font aucun bruit sous son pas. L'immeuble sent la vaisselle, la lessive et aussi, étrangement, la sueur. C'est cette odeur qui alerte la jeune fille. Elle s'arrête au troisième. Elle se retient à la rampe. Elle écoute. Le silence, partout. Trop. Elle redescend d'un degré. Songe que, étant là désormais, elle devrait aller au bout du chemin. Si Max n'est pas à Tolozan, le seul endroit où il est susceptible de passer, c'est ici. Elle s'en voudrait de l'avoir manqué de si peu. Peut-être même se le reprocherait-elle toute sa vie.
Elle n'hésite plus. Elle virevolte sur elle-même, lançant sa jupe d'été comme un nuage, remonte l'escalier, et frappe à la deuxième porte.
On ouvre.
« Police allemande ! »
Elle est saisie, tirée, giflée, jetée par terre. Multon la relève. C'est lui qui enserre ses poignets dans la pince froide des menottes.

« Salaud ! » crie la jeune fille.
Il sourit.

Les voitures noires s'arrêtent devant la maison du docteur Dugoujon, à Caluire. L'Obersturmführer Klaus Barbie descend le premier. D'un signe de la main, il ordonne à ses hommes de le suivre.

Assis au côté d'Ermelin dans la salle d'attente, Max voit les pèlerines noires envahir le jardin. Il plonge les deux mains dans ses poches, en sort deux morceaux de papier. Il avale le premier et tend l'autre à son voisin.

« Mangez ça. »

La porte s'ouvre, fracassée de l'extérieur. Trois hommes font irruption dans la pièce. Ils braquent de petits pistolets noirs sur l'assistance.

« Police allemande ! »

Les autres foncent au premier étage. L'Obersturmführer Klaus Barbie pousse la porte d'un coup d'épaule.

« Police allemande ! »

Il fonce sur Thomas :

« Qui est Max ? »

Il le gifle.

Il se jette sur Lacaze :

« Qui est Max ? »

Il casse une chaise, s'empare de son pied, cogne à tour de bras, hurlant :

« Qui est Max ? »

Ses sbires menottent les hommes qui sont là. Sauf Didot : il a droit à un cabriolet, qui s'enlève en un tournemain.

« Qui est Max ? »

Le docteur Dugoujon est frappé à son tour. Les hommes sont culbutés dans l'escalier. En bas, ils retrouvent Max et Ermelin.

« Raus ! » tonne l'Obersturmführer Klaus Barbie.

Les prisonniers sont poussés jusqu'aux voitures, précipités à l'intérieur. Stengritt tient Didot par le bras. Il chuchote :

« *Los !* »

Aussitôt, Didot a un geste brusque : projetant au loin son gardien, il se défait de son lacet et part en courant vers l'arrière de la place. Un coup de feu claque. Puis un deuxième. Au troisième, il n'est plus là : il a basculé de l'autre côté d'une butte. Personne ne le pourchasse.

« *Ins Auto!* En voiture ! » ordonne l'Obersturmführer Klaus Barbie.

Max est blême. Il sait que la Résistance est décapitée.

À huit heures, sur le quai de la gare de Perrache, Boro attend. Il balance son stick avec nervosité. Il a la sensation d'être épié, attendu, exposé. À huit heures cinq, personne ne l'a abordé. Yann, son ami, n'est pas venu. Ni lui, ni un autre.

Le reporter s'éloigne du quai. Il marche perpendiculairement aux rails, dans un sens puis dans l'autre. Il sifflote, jouant les mine de rien. Son œil est aux aguets. Il surveille avec la profondeur de champ maximum. Il ne repère rien de suspect.

À neuf heures, il se campe à une courte distance de la voiture 12. À neuf heures quinze, Liselotte ne s'est toujours pas montrée. Boro ne l'attend plus. Il la connaît. Liselotte n'est jamais en retard. Si elle n'est pas venue, c'est qu'elle en a été empêchée. Quelque chose de grave est arrivé.

Blèmia Borowicz monte dans le train. Deux jours plus tôt, il a fui Paris. Cette nuit-là, il fuit Lyon.

Le rapport Kaltenbrunner

À la prison de Montluc, l'œil collé à un interstice creusé dans la porte de sa cellule, un homme regarde.

Le premier jour, le docteur Dugoujon voit partir puis revenir André Lassagne. Torturé.

Le deuxième jour, il voit partir puis revenir Henri Aubry. Torturé.

Le troisième jour, il voit partir puis revenir Jean Moulin. Torturé.

Le quatrième jour, il voit partir puis revenir Jean Moulin. Torturé.

Le cinquième jour, l'Obersturmführer Klaus Barbie reçoit l'ordre de son supérieur hiérarchique, le Sturmbannführer Kieffer, d'envoyer à Paris les résistants arrêtés à Caluire.

Le soir, une section de Feldgendarmen encadre un groupe de loques humaines poussées dans le train de vingt-deux heures en partance pour la capitale. Les plus vigoureux aident ceux qui ne tiennent plus debout. Sous l'œil effaré des voyageurs, les prisonniers enchaînés sont enfermés dans une voiture solidement gardée : Henri Aubry et sa secrétaire Mme Raisin, le docteur Dugoujon, le colonel Lacaze, Bruno Larat, le colonel Schwartzfeld.

L'Obersturmführer Klaus Barbie a retenu dans ses caves Raymond Aubrac et Liselotte Decklercke. Les médecins ont considéré que Jean Moulin n'était pas transportable.

Le sixième jour, Barbie reçoit l'ordre de sa hiérarchie de conduire son prisonnier à Paris dès que son état de santé le permettra.

LE RAPPORT KALTENBRUNNER

Le douzième jour, une voiture de la Gestapo lyonnaise s'arrête devant le 84 de l'avenue Foch. Deux hommes en descendent et s'approchent de la guérite où un planton en armes monte la garde.

Quelques minutes plus tard, deux Feldgendarmen arrivent dans le jardin commun au 84, au 82 et au 86. Ils se précipitent vers la voiture et en sortent un homme dont la tête est bandée et les gestes vagues.

Ils le soutiennent jusqu'à l'entrée principale et le conduisent dans un bureau recouvert d'une moquette violette.

Deux hauts dignitaires nazis attendent Max : les Sturmbannführer Kieffer et Boemelburg : le haut commandement de la Gestapo en France.

« Comment vous appelez-vous ? »

Max ne répond pas. Sans le soutien des Feldgendarmen, il tomberait.

« Êtes-vous bien le chef de la Résistance en France ? »

Max ne répond pas.

« Le représentant du général de Gaulle ? »

Max ne répond pas.

« Je vais vous lire un document... Il a été envoyé le 29 juin par Kaltenbrunner, le chef du Reichssicherheitshauptamt, c'est-à-dire de la Sûreté du Reich, à notre ministre des Affaires étrangères, von Ribbentrop. Un double en a été communiqué à notre Führer. »

Le nazi chausse des lunettes métalliques et lit quelques passages d'un rapport qui passera dans l'histoire sous le nom de rapport Kaltenbrunner :

Après avoir identifié la boîte aux lettres du chef de la section « Sabotages de chemins de fer » du 3ᵉ bureau de l'Armée secrète, qui se fait appeler « Didot » et « Bardot », le Kommando d'intervention de la Sicherheitspolizei et du SD de Lyon a effectué une perquisition aboutissant à la découverte de plusieurs lettres provenant du bureau central des Mouvements unis de Résistance dits « Mouvements unis ». Ce courrier contenait une communication en date du 27 mai 1943, d'après laquelle le 9 juin 1943 à 9 heures, à la station de métro La Muette à Paris et grâce au mot de passe « Didot », le « Général » attendait « Didot ».

Entre-temps, et grâce au concours d'agents de la Sicherheitspolizei de Lyon et du poste de renseignement du Service de contre-espionnage de Dijon détaché à Paris, Didot a pu être arrêté. Il s'agit, en l'espèce, de l'ingénieur des chemins de fer, lieutenant de réserve : René Louis Hardy.

Interrogé après son arrestation, le nommé Hardy, alias « Didot », chef du Sabotage des chemins de fer, a fait des aveux complets. Comme il a fourni des informations détaillées et qu'il s'est prêté de bonne grâce à collaborer avec nous, nous avons déjà employé Hardy plusieurs fois et avec succès pour fixer des rendez-vous. Grâce à une mise en scène d'agents à laquelle Hardy s'est prêté, le Kommando d'intervention de la Sicherheitspolizei et du SD de Lyon, en collaboration avec les détachements spéciaux du Reichsicherheitshauptamt pour la lutte contre l'Armée secrète, a réussi à surprendre à Lyon une réunion de dirigeants des Mouvements unis de Résistance et à arrêter, à cette occasion, les personnes suivantes...

Le nazi lève les yeux sur le supplicié qui lui fait face.
« Nous savons que vous êtes Jean Moulin. »
Il gribouille deux mots sur un papier et les montre :

Jean Moullin

Rassemblant les quelques forces qui lui restent, Max tend lentement le bras, prend le crayon, l'assure dans sa main et, d'un geste lent, barre la lettre superflue :

Jean Moulin

Villa Boemelburg

L'Oberfeldwebel Kurt Schlassenbuch avait dit la vérité : Barbara Dorn ne fut pas torturée. On l'installa dans l'une des cellules aménagées au dernier étage du 84 de l'avenue Foch. Elle disposait d'un lit, d'une chaise et d'une table. Des barreaux avaient été scellés aux fenêtres. Des tiges de fer cadenassaient les portes des anciennes chambres de bonne.

Deux ou trois fois dans la journée, un SS-Oberschütze venait la chercher pour une petite promenade dans les étages. Elle traversait des couloirs parcourus par des Français, des Italiens et des Allemands, certains en bras de chemise, l'air affairé. Ils remontaient des caves ou sortaient de la chambre des supplices du dernier étage.

On lui fit visiter les entrailles de l'immeuble : des baignoires, des chaînes, des anneaux, des fouets, des chiens, des prisonniers pendus par les pieds, des plaques d'amiante électrifiées, des corps convulsés, des hurlements, du sang, des larmes. Des femmes nues à demi égorgées, les ongles arrachés, les yeux percés...

Si les mêmes scènes vues à Berlin ne l'avaient pas déjà brisée, Barbara se fût demandé comment des hommes, sur d'autres hommes... La croix gammée abritait cela. Justifiait cela. Autorisait cela. Au cœur de sa détresse, de la misère dans laquelle on l'avait volontairement noyée, Barbara ressentait une fierté vivace comme une flamme à la pensée de ce qu'elle avait fait, de ce que la Société des amis avait fait, Dieter, Harro, Arvid, Adam, et tous ceux qu'elle ne reverrait plus. La nuit, enfermée dans sa cellule du cinquième étage, tandis que sanglotaient ses voisins martyrisés, elle se jurait de sauter dès qu'elle le pourrait, quand une fenêtre s'ouvrirait dans sa nuit malheureuse, éclairant un paysage anéanti, carbonisé.

Un matin, on vint la chercher. Elle fut conduite villa Boemelburg. On la mena au premier étage, où on lui ordonna d'attendre devant un bureau clos. En face, une porte était ouverte sur une petite chambre. Un prisonnier était allongé sur un lit. Il avait la tête bandée. Accomplissant un effort démesuré, il se mit en position assise. Puis, s'appuyant aux murs, il se redressa. Il tituba d'une paroi à l'autre, cherchant des appuis au jugé. Il avait tant maigri que son costume semblait flotter sur un corps décharné. Un foulard ensanglanté ceignait son cou. Il chancela en se tournant vers la porte. Son regard croisa celui de Barbara. C'était le regard d'un homme supplicié. Bleu-noir, lourd, hagard. Au fond des prunelles éteintes dansait l'ombre mate de la mort. Barbara tenta de discerner un peu d'espoir dans cet œil, ou d'en insuffler s'il en restait en elle. Il lui sembla qu'un fil indicible et ténu passait entre le prisonnier et elle, comme une empreinte de sang, une trace laissée par une mémoire s'éloignant. L'homme chancela encore, puis tomba sur le mur. Comme Barbara se précipitait, immédiatement arrêtée par une sentinelle accourue du couloir, elle vit l'être momifié se redresser, tremblant de tout son corps, et recommencer, projetant sa tête contre la paroi. Il n'était pas tombé. Il voulait mourir.

La porte derrière elle s'ouvrit. L'Oberfeldwebel Kurt Schlassenbuch se leva comme pour l'accueillir. Derrière un bureau installé dans l'angle, un homme vêtu très élégamment observait Barbara Dorn avec curiosité. Une dent en or grimaçait dans sa bouche. Des boutons de manchette luisaient à ses poignets. Barbara les remarqua car ils ressemblaient à des oursins. Appliqués sur la joue, ils laissaient certainement des traces profondes.

«Je m'appelle Herr Gustav Mensch-Hobenfold», dit l'homme sans quitter son siège.

Il souleva le bras et l'abaissa sur une liasse posée sur son bureau. La première feuille fut déchiquetée par le bijou porté au poignet.

«Vous et moi allons collaborer. De gré ou de force.»

Herr Gustav Mensch-Hobenfold releva son bras. Le soleil se refléta sur les angles tranchants des boutons de manchette.

VILLA BOEMELBURG

« Aucun de vos amis ne peut plus vous porter secours. »

Il ébaucha une mimique, singeant le regret le plus insincère.

« Sauf un. »

Il abattit la main sur le bureau.

« Celui-là, je le veux. »

Il jeta une photo sur le plateau de la table.

« Il est le dernier de votre Société des amis à vivre encore. »

Le cliché datait d'une époque heureuse. Face à l'objectif, Blèmia – pour le prénom –, Borowicz – pour le nom –, Boro – pour la signature –, arborait un sourire d'avant-guerre.

« Il m'a échappé il y a quelques mois à l'hôtel Lutétia. Cette fois, nous allons le prendre ensemble. »

Mensch-Hobenfold se leva. Kurt Schlassenbuch l'imita.

« Vous nous permettrez de vous accompagner à votre hôtel. »

Ils l'encadrèrent dans le couloir. La porte de la chambre-cellule qui faisait face avait été refermée. Jean Moulin marchait, endolori et martyr, le long de son chemin de croix. Quelques jours encore. Jusqu'au 8 juillet.

Devant le 40 de l'avenue Victor-Hugo, la Traction qui avait appartenu à Pégase Antilope attendait le long du trottoir. La portière s'ouvrit. Ruddi Reineke descendit.

« Je suis assez content de vous revoir, Fräulein Dorn », coassa-t-il.

Elle monta à côté de lui. Kurt Schlassenbuch s'installa à l'avant. Mensch-Hobenfold prit place à l'arrière.

Le chauffeur tourna la clé dans la serrure.

« Nous allons sur l'autre rive », commanda Kurt Schlassenbuch.

Il étendit confortablement ses jambes devant lui et indiqua l'adresse :

« Rue Le Verrier. Hôtel de la Chaise. »

CINQUIÈME PARTIE

Les bombes volantes

Le comte et son garde-chasse

Le soleil naissant brouillait la ligne d'horizon. Vers l'ouest, la mer et le ciel se confondaient, cachant l'Angleterre. Boro et Bleu Marine tournaient le dos à la Manche, dont ils n'apercevaient même pas le reflet. Allongés sur la terre encore chaude d'un mois de juillet caniculaire, ils suivaient les mouvements d'une bien étrange fourmilière qui s'agitait trois cents mètres plus bas. Dans l'optique grossissante d'une paire de jumelles marines, Boro observait les allées et venues de plusieurs centaines de personnes s'activant sous la lueur blanche de quarante projecteurs éclairant le terrain. Il y avait là des ouvriers, des contremaîtres, quelques officiers, des gardiens, des architectes, des hommes de troupe en vert-de-gris... Trois baraquements grossièrement construits abritaient des châlits de fortune où, semblait-il d'après les mouvements enregistrés par nos deux curieux, la main-d'œuvre se relayait. À une heure du matin, ceux qui travaillaient avaient pris la place de ceux qui reposaient sur la paille. Usant de sifflets stridulants, les gardes-chiourme en uniforme venaient d'ordonner le mouvement inverse.

Les projecteurs furent coupés. Sans quitter les jumelles, Boro balaya la surface. De profondes excavations avaient été creusées à l'aide d'engins qui stationnaient au repos côté est. Au pied d'un moutonnement qui délimitait le terrain sur son versant nord, une double voie de chemin de fer était en construction. Elle filait vers la sortie de ce qui se présentait comme un camp en construction – mais qui n'en était pas un.

Boro tendit la lunette à Bleu Marine. Elle s'en empara et visa les remblais, un amoncellement de planches, une construction en croisillons qui semblait devoir s'étendre sur toute la surface creusée. La jeune fille régla plus précisément le grossissement sur des piquets plantés en terre, puis suivit les prisonniers ensommeillés sortant des baraquements. Ils se mêlaient à des ouvriers en bleu de travail visiblement mieux nourris. Ces derniers poussaient les brouettes et portaient les outils. Les autres les secondaient. Ils étaient manœuvres.

« D'où viennent-ils ? demanda Boro, exprimant une interrogation à laquelle Bleu Marine ne pouvait évidemment pas répondre.

– Écoute », murmura-t-elle.

Dans le petit jour pâlissant montait un bourdonnement. Il ne venait pas de la mer, mais de l'intérieur des terres. Le sol ne vibrait pas comme à l'annonce d'un vol en rase-mottes. Le bruit n'était pas régulier. Il baissait, enflait, approchait. Boro saisit Bleu Marine par le coude et la tira en arrière, l'obligeant à se dissimuler derrière un repli de terrain. Il s'allongea à son côté et prit sa main. Elle était parfaitement sèche. La jeune fille n'avait jamais peur. Du moins n'en laissait-elle rien paraître. En toutes circonstances, elle ne se départait pas d'une sérénité parfois un peu nerveuse qui sonnait comme une provocation face au danger. Elle se mesurait à lui. Elle fermait ses petits poings, protégeait sa garde, lançait un regard décidé, fier et brave, attendant le pire sans glisser.

Le pire, ce matin-là, était un convoi de camions. Ils en comptèrent seize. Ils les virent former un cercle parfait à la bordure des croisillons, puis s'arrêter sous le regard des ouvriers présents. De chacun des camions sautèrent deux feldgrau. Ils portaient des fouets. Ils se postèrent à la descente des ridelles et dirigèrent leurs prisonniers au centre du cercle formé par les camions. Une centaine de hères décharnés, vêtus de sabots et de tenues rayées, se rassemblèrent sous les ordres et les coups. Les fouets claquaient. Les Boches à tête de mort se livraient à leur activité favorite : tortures, meurtres.

« Partons », dit Boro.

Il était accablé.

« Je n'ai pas fini », rétorqua Bleu Marine.

Il pensait à toutes les personnes dont il était sans nouvelles depuis longtemps. À Liselotte, disparue elle aussi. À Max. Où se trouvaient ces personnes si courageuses ? En bas, peut-être.

Ou dans un autre camp, pareillement suppliciées. Chaque fois qu'il était confronté à des visions d'horreur, Blèmia ne pouvait empêcher son esprit de préciser les silhouettes, alignant les visages et les corps. Son père, le caporal Grilenstein, avait-il connu pareilles horreurs *la première fois*?

« Partons, répéta-t-il. Nous en avons assez vu.
– Fais comme moi : regarde ailleurs. »

Bleu Marine suivait les tranchées dans l'œilleton des jumelles. Elles étaient anormalement profondes. L'une d'elles l'intéressait particulièrement : elle avait été creusée selon un plan oblique et en rejoignait deux autres, très larges, disposées en équerre. Aux deux extrémités est et ouest du terrain, sur un surplomb qui ne serait sans doute pas arasé, les ouvriers rassemblaient des planches et des troncs d'arbres débités.

La jeune fille tendit les jumelles au reporter et se releva. Il la précéda sur un chemin sablonneux qu'ils empruntèrent, marchant courbés sous la fougère. Ils longèrent un petit étang, parvinrent à un sous-bois qui dissimulait une clairière, laquelle se brouillait plus loin sous un bataillon de marronniers encadrant une allée très droite où ils allèrent, main dans la main, Boro poussant son alpenstock qu'il éleva à hauteur du visage lorsqu'ils croisèrent le garde-chasse de la propriété appartenant au comte de Saint-Victor. Ce digne aristocrate fermait délicatement les yeux sur les mouvements opérés sur ses terres. Depuis que les corneculs – ainsi appelait-il les malotrus qui avaient réquisitionné un sixième de ses propriétés en bordure de mer – lui faisaient bonne mine, il était devenu anglophile. Quand on lui parlait boche, il assurait le speaking. Il exigeait de ses maîtresses qu'elles pratiquassent un langage similaire face aux corneculs. Yes or not. Comme M. le comte avait de la taille et de la tournure, un peu de fortune aussi, c'était souvent yes.

Son garde-chasse avait été prié d'ouvrir la porte et de faciliter le transit de ceux et celles qui voudraient enquêter sur l'étrange construction entamée par les corneculs début juin. Aussi, après avoir enregistré le signal des deux promeneurs, Tégea (tel était le patronyme du garde-chasse) passa-t-il au garage pour insuffler la pression nécessaire dans le gazogène disgracieux surmontant le cockpit fuselé d'une Delage Grand Sport modèle 1939.

« Où allez-vous, patron ? questionna le chauffeur en second, sortant d'une remise où il se dégraissait les poignets.

– Si on te le demande, tu diras que t'en sais rien. »

Le bougre prit le gnon sans répondre. Il détestait Tégea, qui lui rendait généreusement la commission. Mais Patrice Poulet prendrait un jour sa revanche. Il attendait son heure. Il l'avait laissée passer avec l'ingénieur-chef Stosskopf qui l'avait licencié six mois plus tôt pour pratiques indiscrètes. Le jour venu, il cafterait tout. Le bon docteur Ménétrel, médecin du Maréchal, recueillerait avec attention sa manne participative. Il en saurait bien davantage. Pourquoi le comte de Saint-Victor, qui l'avait engagé sur fiche, professait-il une anglophilie douteuse? Pourquoi n'avait-il jamais entendu Tégea vanter les louanges d'un Travail, d'une Famille et d'une Patrie qui seyaient pourtant si bien à l'aristocratie et à ses palefreniers? Pourquoi l'empêchait-on de conduire à la gare ce couple de maraudeurs qui arpentaient le domaine de M. le comte? Par quel hasard, et s'agissait-il d'une coïncidence, l'homme lui rappelait-il à ce point un gentletraître également porteur d'un appendice en bois que le sieur Poulet avait convoyé en juillet 1942 entre Lorient et Paris?

Oui, Patrice Poulet, jadis cagoulard et aujourd'hui collabo, attendait son heure.

Pourquoi la mer ?

« Prévenez-moi si vous devez revenir, dit Tégea tout en arrêtant la Delage devant la gare de Boulogne-sur-Mer.
– Nous le ferons certainement, répondit Boro.
– Vous n'avez pas besoin de passer par M. le comte pour me joindre », ajouta le garde-chasse.
Il donna une boulette de papier au reporter.
« C'est un numéro où vous pouvez laisser un message. Avalez-le s'il y a danger.
– Qui dois-je demander ?
– Ben », dit Tégea.
Il fit chauffer le gazogène et poussa l'auto dans ses ultimes retranchements sitôt que les deux voyageurs eurent disparu dans l'enceinte de la gare.
« Le train part dans trente minutes », dit Bleu Marine.
Elle observait alentour. Boro faisait de même. Ils descendirent sur le quai sans cesser de scruter les voyageurs. Enfin, ils le virent. Et il les vit aussi. Comme convenu, ils ne s'adressèrent aucun signe de reconnaissance. Ni salut, ni geste qui fût interprétable. Seulement, dans l'échine de chacun d'eux, glissa comme une légèreté commune qui les allégea d'une crainte et d'un poids.
Lorsque le train pour Paris s'arrêta sur le quai, Pierre Pázmány monta dans une voiture tandis que Boro et Bleu Marine s'installaient dans une autre.

L'alerte était venue du bordel. L'hiver précédent, sous la neige et sous la pluie, dans la tempête et le désespoir, pour leur plus grande honte et seulement par patriotisme, Nicole, Solange, Micheline et Louise avaient ouvert la porte de leurs jupons à l'occupant. Scipion s'était replié dans l'arrière-boutique et Olga comptait les sous. Pour donner quelques couleurs à l'ordinaire, elle avait proposé aux filles une augmentation qu'elles avaient refusée d'un même cri. Celui-ci fleurait bon *La Marseillaise*.

En janvier, Solange avait noué le contact avec un Flugkapitän spécialiste en télémétrie. Tandis que la jeune personne se dévouait corps sans âme, sa voisine, en l'occurrence la brune Micheline, avait profité de la béatitude du cornu de la petite Histoire pour lui faire les poches. Elle avait déplié un papier à caractère officiel démontrant que l'ahanant venait de Bruxelles, où il avait été reçu au siège du *Militärbe fehlshaber für Belgien und Nord Frankreich*. Ce qui laissait présager l'obtention de renseignements de première main. Comment les obtenir ?

Solange avait donné le *la*.
Nicole était montée dans la gamme.
Micheline y était allée de son concerto personnel.
Louise avait joué de la harpe.
Solange avait bissé.
Le jules était revenu avec ses compagnons d'équipée.
Ils formaient une bande de drilles géographes qui visitaient les contrées françaises. Exclusivement le Cotentin et le Pas-de-Calais.
Pour quoi y faire ?
En février, Nicole avait donné une première information à son chef de réseau. Olga en avait référé à l'autorité hiérarchique. Après avoir tendu l'oreille, Scipion avait estimé que l'information manquait de corps pour être transmise : le fait que le Reichsminister des Armées Speer eût également baguenaudé sur les côtes françaises n'apportait rien de plus à pas grand-chose. Les filles, encore un effort !

Au début de l'été, après que grandes et petites mains se furent consacrées à l'œuvre commune, certaines payant de leur personne tandis que les autres s'occupaient des besaces, valises et cartables des boucs râââââlant, les pensionnaires du bordel résistant du boulevard Barbès furent à même de déposer entre les mains du sieur Borowicz une liste de villes où la clientèle en tenue aimait à se rendre : Éperlecques, Siracourt, Seninghem, Wizernes, Mimoyecques, dans le Pas-de-Calais ; Couville, Brecourt, Sottevast, Tamerville, dans le Cotentin.

POURQUOI LA MER ?

Durant tout le mois de juillet, les trois Hongrois, Dimitri, Bleu Marine, Olga et Scipion avaient sillonné les deux régions. À chaque voyage, ils s'étaient heurtés à des impossibilités : impossibilité de savoir, de visiter, et même d'approcher. Ces blocages excitant leur curiosité, ils avaient insisté. Au cours de son précédent périple, d'un fil bavard à une aiguille plus discrète, Boro avait rencontré Tégea, puis le comte de Saint-Victor. Il avait appris qu'en effet les Allemands construisaient dans les parages immédiats de la propriété aristocratique. Le comte avait bien voulu accéder à la demande formulée par le reporter : s'il voulait voir, on le laisserait passer.

Il avait vu. Dans le train qui roulait vers Paris, Blèmia se demandait si Pázmány, envoyé du côté de Saint-Omer, avait lui aussi fait quelques découvertes intéressantes.

« Regarde », dit Bleu Marine.

Sur un feuillet de son calepin, elle traça à grands traits les lignes du terrain.

« Ici, ce sont des puits, des galeries et des tunnels.
— À l'air libre ?
— Pour le moment... Le gros œuvre n'est pas fait... Nous sommes sur un plateau qui a été comme éventré. Dépecé sur une profondeur de vingt à trente mètres. Ici (elle représenta une forte déclivité), nous ressortons à l'air libre. Mais nous ne savons pas d'où part la pente.
— Elle est dirigée vers la mer », remarqua Boro.

Ils parlaient bas.

« Cette construction abritera au moins trois étages », poursuivit Bleu Marine.

Elle les dessina.

« Les Allemands ont aménagé une voie de chemin de fer.
— Chacun des sites que nous avons visités est proche d'une gare.
— Donc, ils vont apporter du matériel.
— Ou des hommes.
— Je ne crois pas qu'ils comptent en faire un camp de prisonniers », contesta la jeune fille.

Elle traça les blocs de croisillons et représenta les planches. Elle les échafauda les unes par-dessus les autres jusqu'à recouvrir la totalité du terrain.

« Si nous revenons la semaine prochaine, le site se présentera ainsi. Sais-tu quelle sera la prochaine étape ?

– Je rends les armes, capitula Boro. Je ne suis pas architecte !
– Alors écoutez-moi bien, monsieur le photographe. »

Bleu Marine froissa sa feuille, la déchiqueta en lambeaux qu'elle dispersa par le fenêtre. Puis elle s'approcha du reporter, l'enlaça et lui baisa les lèvres. Entre deux câlineries, elle dit :

« Ils vont couler du béton... Ils construisent un bunker... Un bunker un peu spécial par sa taille, mais un bunker quand même. Le problème, c'est que nous ne savons pas à quoi ils comptent l'utiliser... Ce ne sera pas un camp, car les nazis se moquent bien de protéger leurs prisonniers dans des abris souterrains. »

Boro réfléchissait. D'après les relevés effectués par son petit groupe, il apparaissait que tous les terrains interdits d'accès qu'ils avaient tenté de visiter se trouvaient proches de la mer, d'une gare et d'un réseau routier important. Ce qui supposait non seulement un approvisionnement en un produit, un objet ou un matériau pour l'heure indéfinissable. Mais aussi une échappée vers la mer.

« Pourquoi la mer ? demanda Bleu Marine
– Parce que l'Angleterre. »

La belle et le lézard

Lorsque Bleu Marine poussa la porte de l'hôtel de la Chaise, Mme Gabipolo ôta ses lunettes noires. Elle appréciait particulièrement cette cliente qui s'était installée chez elle plusieurs mois auparavant, présentant des papiers en bonne et due forme au nom de Louise Morgan. Ce qui la charmait, chez cette demoiselle Morgan, c'était qu'elle goûtait aussi peu qu'elle la présence des Boches. Elle le vérifia une fois encore lorsque, s'étant approchée du comptoir, la jeune femme subit l'assaut du lézard qui occupait la chambre 29 depuis quatre bonnes semaines.

Le lézard était un individu court sur pattes, doté d'un toupet dans les rouges, d'une voix de fausset et d'une identité qui, en cette époque occupée, heurtait les tympans des patriotes : Ruddi Reineke. Il lisait *Je suis partout* et *Signal,* et professait des idées du même tonneau. Tous les cinq jours, il commandait une manucure qui devait faire reluire ses ergots dans le salon principal, au vu de tous. Parfois, c'était un barbier. Le lézard mettait un point d'honneur à compenser sa petite taille et des atours discutables par l'exposition d'un pouvoir qui, espérait-il, en imposerait. Il se promenait au bras de cette Frau Dorn que Mme Gabipolo avait retrouvée avec une surprise désappointée – pour ne pas dire plus. Elle ne comprenait rien au cheminement de cette dame, ayant cru naguère qu'elles étaient du même bord avant de changer d'avis, pour considérer désormais que mieux valait respecter la distance que la personne plaçait entre elle et les autres.

Frau Dorn avait considérablement changé depuis son séjour précédent. Son visage s'était creusé, ses paupières avaient bleui. Ses cheveux s'étaient éclaircis et avaient perdu tout soyeux. Elle était comme une beauté ternie. Ce n'était pas l'âge qui l'avait ainsi marquée, mais la souffrance. Elle portait sur ses traits les stigmates d'une profondeur douloureuse, les taches d'une mémoire ensanglantée. Rien ne l'intéressait plus. Il suffisait de la voir au bras du lézard, l'un se pavanant grotesquement, l'autre abandonnant sa main comme on la pose sur une rampe, pour comprendre qu'elle se trouvait là comme elle aurait pu être ailleurs, ne se souciant pas plus d'elle-même que d'autrui. L'observant, Mme Gabipolo se demandait quel lien l'unissait au sieur Reineke. À l'évidence, ce dernier n'avait qu'un souhait : prendre la dame et s'en repaître. Pendant la journée, il était possible de croire que le but avait été atteint. Le soir prouvait le contraire. Lorsque la nuit était tombée, Frau Dorn se réfugiait dans sa chambre, s'enfermait à double tour et n'ouvrait à personne.

Les premiers jours, le lézard avait bien tenté de forcer le passage. Il s'était arc-bouté à la poignée de la porte derrière laquelle la jeune femme s'était repliée. Comme il la menaçait dans un verbiage dégoulinant d'obscénités et de concupiscence mêlées, elle s'était mise à pleurer. Le désespoir de ses sanglots était si profond, si terrible, si bouleversant, qu'il avait ému tous les clients de l'hôtel. Mme Gabipolo et Mlle Morgan s'étaient retrouvées chacune à l'extrémité du couloir, ayant accouru du rez-de-chaussée à l'appel de ce cri inhumain. Bleu Marine avait empoigné Ruddi Reineke par le col et l'avait obligé à lâcher la poignée. Elle s'était plantée face à lui et, les yeux étincelants, avait dit :

« Si vous recommencez, je vous fais tuer. »

Rien d'autre. Le lézard s'était carapaté. Depuis, la patronne de l'hôtel éprouvait du respect pour sa cliente. Frau Dorn se tournait vers elle chaque fois que Ruddi Reineke semblait devoir s'oublier. Celui-ci, qui avait été groom et s'y connaissait en ascenseurs, cultivait ses relations à chaque étage. Quand Bleu Marine apparaissait dans son champ de vision, la poltronnerie rendait l'homme mielleux, liquide et papelard. Il se coulait entre les pierres de l'opportunité avec l'adresse d'un saurien cherchant les coins chauds : d'où son surnom.

Comme il avançait vers elle dans l'idée de la saluer, ce jour où elle revenait du Pas-de-Calais, Bleu Marine lui tourna ostensiblement le dos et s'approcha du desk. Mme Gabipolo ôta ses lunettes noires.

« Il y a du monde à l'étage », souffla-t-elle en désignant l'escalier. Elle arborait une moue sinistre.

« Deux hommes en cuir qui s'occupent du 26. »

Le 26 était le numéro de la chambre de Barbara Dorn.

« Et il n'est pas avec eux ? demanda Bleu Marine à voix basse en faisant un mouvement d'épaule en direction de Ruddi Reineke, qui s'était replié sur un siège du petit salon.

– Non. Ils sont arrivés il y a trente minutes.

– Je préférerais ne pas les voir.

– Comme je vous comprends ! » soupira Mme Gabipolo.

Mais il était trop tard. Kurt Schlassenbuch et Herr Mensch-Hobenfold descendaient nonchalamment les escaliers. Comme ils viraient dans le couloir en direction de la sortie, Ruddi Reineke se précipita. Il fit assaut de servilité, se courbant jusqu'au sol, la main sur le ventre, la salive au bord des lèvres.

« Zwei Wochen noch nur. Nur noch zwei Wochen, décréta Kurt Schlassenbuch. Nous vous accordons deux semaines, et pas un jour de plus.

– C'est bien normal ! dégoulina le supplétif. Vous l'avez dit à la *Dirne* ?

– Et nous vous le répétons ! Elle et vous êtes liés !

– Mais... », s'offusqua le toupet.

Il reçut une claque qui lui cloua la chique.

« Nous attendons des résultats », articula posément Mensch-Hobenfold.

Sa dent en or brillait sur le devant. Ses boutons de manchette fendaient dangereusement l'air.

« Quinze jours ! échota Kurt Schlassenbuch. Sinon, vous regretterez le voyage ! »

Les deux nazis s'éloignèrent. La rue Le Verrier était surveillée à bâbord et à tribord. Une voiture occupée par quatre sbires armés stationnait en permanence du côté de la rue Notre-Dame-des-Champs. Rue d'Assas, dans un café exigu, trois autres malabars mandatés par la Gestapo attendaient la venue du gibier.

« Pour le moment, vous n'avez plus besoin de moi, dit l'Oberfeldwebel Schlassenbuch à Mensch-Hobenfold comme ils approchaient des grilles du Luxembourg. Pendant quelques jours, je dois réintégrer la Kurzwellenüberwachung. »

Ses chefs de l'hôtel Lutétia lui avaient ordonné de revenir à la KWU.

« Une mission sans doute courte mais délicate requiert mes compétences en matière de radio, poursuivit l'Oberfeldwebel.
– Vous chassez ?
– Un émetteur que personne ne parvient à détecter... »

Tandis que les deux Allemands se séparaient sur ces mots, à l'hôtel de la Chaise, Ruddi Reineke s'était approché du desk. Il empoigna le téléphone relié aux chambres. Mme Gabipolo abaissa une main nerveuse sur le récepteur.

« On ne touche pas ! » commanda-t-elle.

Bleu Marine avait fait quelques pas de côté. La curiosité commanda, à moins que ce ne fût une forme de commisération, ou encore une attitude dictée par une solidarité féminine : elle resta là. Elle vit. Elle entendit.

Ruddi Reineke sortit un carton de sa poche et l'exhiba sous le nez de Mme Gabipolo : une carte de la SS. Dans le mouvement, il laissa entrevoir la crosse de son parabellum C.96, agrafé à la ceinture. La patronne souleva sa main et laissa le champ libre.

« Pour le moment, guttura-t-elle, les nazis ont tout pouvoir. »

Elle chaussa ses lunettes.

Ruddi Reineke composa le 26 et ordonna :

« *Gehen Sie jetzt hinunter !* »

Il raccrocha. Trois minutes plus tard, Barbara Dorn titubait dans l'escalier. Bleu Marine se précipita.

« Ils vous ont frappée ? »

Barbara secoua négativement la tête. Elle était d'une extrême pâleur, mais ne portait aucune trace de coup. Son regard plongea dans celui de Bleu Marine. Elle cherchait quelque chose. Elle formulait une prière muette. Les larmes affleuraient au bord des paupières, sans couler.

Ruddi Reineke vint au-devant d'elle.

« Ma chère, il faut maintenant avancer, dit-il en lui prenant le bras. Ces messieurs sont pressés. Nous allons sortir. »

Il força le passage entre la taille et le bras, et conduisit sa prisonnière au pied du comptoir.

« Nous cherchons une personne particulière », dit-il à Mme Gabipolo.

Il posa un coude sur le desk, assurant sa position. Il esquissa un sourire qui se voulait impitoyable. Sur le haut de son crâne dégarni, le toupet s'était gonflé d'importance.

« Un homme que Frau Dorn connaît bien.

– Ce n'est pas parce que Frau Dorn le connaît qu'il doit être dans mes petits papiers, riposta Mme Gabipolo.

– Assurément», réfléchit le toupet.

Il se grandit sur ses petons et tenta d'insuffler plus encore de détermination sur ses traits. Barbara s'était tournée vers Bleu Marine. Les deux femmes se regardaient. Bleu Marine cherchait à comprendre quel message l'Allemande voulait lui transmettre.

«Un individu venu d'un pays indéterminé de l'Europe ancienne... Un grand à la taille nègre.

– Pourriez-vous préciser la description, suggéra Mme Gabipolo. Je ne vois pas ce que vous entendez par "taille nègre".

– Grand.

– Je connais des petits Noirs.

– Lui est grand et pas noir. Je voulais dire qu'il avait le teint vert.

– Basané?

– Vert, je dis!»

Ruddi Reineke posa violemment le poing sur le comptoir. Cela fit trépigner le téléphone et rire l'hôtelière.

«Vous avez aussi envahi le pays des hommes verts?

– Il n'est pas comme un Aryen! hurla soudain Ruddi Reineke. Il a le cheveu sombre, la peau mate, et il claudique!

– Un boiteux? s'écria Bleu Marine.

– Il est venu ici! Il a rencontré Frau Dorn!»

L'homoncule promena sa main dans son toupet et, saisissant Barbara par le coude :

«Confirmez, Frau Dorn!

– Il s'appelle Blèmia, balbutia Barbara.

– Borowicz!»

Bleu Marine avait eu un mouvement des lèvres, aussitôt réprimé. Elle ne sut si Barbara Dorn l'avait enregistré, mais elle comprenait qu'elles étaient l'une et l'autre en proie à une grande émotion intérieure. Tout en prononçant le prénom de Boro, la jeune femme avait clairement secoué la tête, comme si elle suppliait Bleu Marine de comprendre l'inverse de ses propos, c'est-à-dire de garder le secret si elle savait quelque chose, d'avertir si elle pouvait.

«Aucun Borowicz n'est jamais venu ici, assena Mme Gabipolo en posant un gros livre sur le comptoir. Vous pouvez vérifier sur le registre.

– Nous l'avons déjà fait», grimaça Ruddi Reineke en un sourire qui traduisait une autosatisfaction appelant les félicitations des parties extérieures.

Nul n'applaudit.

«Fouillez la mémoire de l'hôtel!» ordonna le supplétif en s'approchant de Barbara Dorn.

Il la saisit au poignet. Le mouvement était si violent que Bleu Marine crut qu'il allait la menotter. Mais il se contenta de la tirer vers la porte.

«Venez, Barbara. Puisque le sieur Borowicz ne se déplace pas vers nous, c'est nous qui allons partir à sa rencontre!»

Ils quittèrent l'hôtel. Ils empruntèrent la rue Le Verrier jusqu'à la rue d'Assas. Aussitôt, deux hommes sortis du café qui faisait l'angle les prirent en filature.

Les quatre jeudis

SMLEX SLOTG NMLAS DHEVO CMPQF FGGTR OIGSX SDXHD QGCNT MODFG MPADR VGHPU LSDGE XSZAR MPYUR FGDDY QSTZSS...

« ... Toutes ces constructions sont proches d'une gare, de la mer et des routes. Elles deviendront certainement des bunkers, mais d'un genre particulier, dont nous ne connaissons pas encore l'usage. Terminé. »

Lorsque Boro eut achevé de dicter, et Bleu Marine de coder, Dimitri déploya l'antenne et brancha la radio. L'opératrice enficha le quartz, vérifia la fréquence et lança son indicatif d'appel. Aussitôt, la Centrale répondit : « *DF de MR GIE? KJD?* »

« Me recevez-vous ? Avez-vous des télégrammes et combien ? » décrypta Bleu Marine.

En morse, elle tapa : « *MR de DF QPR KJD3* » :

« Je vous reçois. Trois télégrammes. »

Boro s'empara du premier message et commença à le lire :

« *SFDSG GFGOY DLFKT ZUCTY DOZCG...* »

Dehors, Prakash était en surveillance. Il observait un camion qui descendait lentement l'avenue du Parc-Montsouris. Il avait démarré de la place Denfert à neuf heures, au moment exact où Bleu Marine avait lancé son indicatif sur les ondes. Bien que n'ayant jamais vu de camion semblable, Prakash savait à quoi s'en tenir. Les vitres arrière du véhicule étaient occultées. Un civil conduisait. Il allait au pas. Sur le toit du camion, il y avait une antenne parapluie. Elle tournait doucement sur elle-même.

Elle cherchait. À l'intérieur, deux spécialistes actionnaient une manivelle qui orientait l'antenne en fonction de la position des ondes reçues. Celles-ci couraient à la surface du sol. Le Kurzwellenüberwachung, service de radiogoniométrie allemande, avait repéré l'émetteur. Le KWU possédait trois stations d'écoute fixes, dont une à Brest. C'était sans doute celle-ci qui avait détecté la radio qui appelait Londres un jeudi sur deux, et qui avait transmis ses coordonnées aux équipes mobiles de Paris.

Était-ce celle de Bleu Marine ?

Prakash regretta de ne pouvoir rejoindre Pázmány, qui patrouillait avenue d'Orléans. Si de ce côté-là un autre camion était en faction, plus un troisième à quelques centaines de mètres, on pouvait supposer que les techniciens allemands avaient tracé le triangle fatal sur une carte du quartier. Ils rechercheraient l'émetteur dans la surface de ce triangle, bouclant toutes les artères alentour, fouillant les maisons et les appartements jusqu'à leur proie. Il fallait se hâter.

Prakash obliqua par les ruelles. Il se mit à courir. Comme il débouchait rue Dareau, il vit Pázmány qui descendait vers lui sur le trottoir opposé. Le Choucas poursuivit son chemin jusqu'à l'orifice en long correspondant au soupirail de Dimitri. Ainsi qu'ils avaient décidé de faire en cas d'alerte, il jeta un caillou dans la fente. Puis il traversa et rejoignit Páz.

« Il y a un camion gonio de mon côté, dit-il.

— Et deux autres qui arrivent par l'avenue d'Orléans. »

Ils lorgnèrent en direction des deux extrémités de la rue Dareau. Arrivant de Denfert, l'un des trois camions venait de tourner. Il s'arrêta. Les Hongrois soufflèrent. Il repartit. Pázmány traversa et, à son tour, lança un deuxième caillou dans le soupirail.

« Il faut qu'ils arrêtent. »

« *FGZSD MZAPD LZDKD SDDSH DLZLK VMPDI...* », dictait Blèmia.

Bleu Marine traduisait en morse, le doigt courant avec agilité sur le contacteur. Dimitri surveillait le soupirail. Lorsque le premier caillou tomba, il dit :

« Danger.

— Je finis ce télégramme », décréta l'opératrice sans lever le nez de sa machine.

Elle rectifia la position du casque et poursuivit. Le deuxième caillou tomba.

« Il faut arrêter », ordonna Dimitri.

Les dents serrées, l'index poursuivant sa course, Bleu Marine continuait.

« Arrête ! » cria Boro.

Il cessa de dicter.

« Continue ! Nous en avons pour moins de trois minutes ! – *JSHDN OADKE MPZSK KLZLZ...* Pardon : *KLZLL...* »

Dehors, jouant les promeneurs habitués du quartier, Prakash et Pázmány flânaient avec autant de naturel que possible. Ils savaient qu'ils ne pourraient pas rester plus de deux minutes encore sur le trottoir. Ils allaient, l'un remontant, l'autre descendant, s'éloignant peu à peu du soupirail. À neuf heures seize, le deuxième camion déboucha de l'avenue d'Orléans. Il allait au pas, comme l'autre. Le premier venait de l'est, le deuxième de l'ouest. Le troisième arriverait par le nord ou par le sud, et le triangle serait parfaitement délimité. Boulevard Suchet, dans une caserne spécialement aménagée pour la détection radio, une équipe fixe travaillait sur les mêmes plans. Le Choucas de Budapest imaginait un crayon rouge traçant une ligne sur une carte du XIVe arrondissement de Paris, et cette ligne suivait la rue Dareau, comme les camions.

Il revint vers le soupirail, jeta une ultime pierre, puis, ayant adressé un signe à Pázmány, qui lui-même s'éloignait vers le parc Montsouris, il prit la direction de Denfert. Les deux camions goniométriques n'étaient plus qu'à trois cents mètres de la planque de Dimitri. Le dernier venait d'Alésia, fermant l'ultime côté du triangle. Les deux Hongrois avaient le ventre tordu par l'angoisse. Ils se retrouvèrent sous le lion de Belfort et décidèrent de rester là, en attente.

Lorsque le troisième caillou tomba dans le soupirail, Boro et Dimitri se concertèrent du regard. Bleu Marine émettait à une cadence très rapide. Boro interrompit sa dictée. Invisibles, les deux camions étaient à l'affût.

« Dis que nous reprendrons ce soir. À huit heures. »

Il posa la main sur le contacteur.

« À huit heures ! »

Bleu Marine lui lança un regard tendu. Elle acquiesça, coda en même temps qu'elle tapait, puis elle coupa l'émetteur. Boro débrancha l'appareil. Dimitri replia l'antenne. Ils écoutèrent dans un silence plombé. Aucun bruit ne leur parvenait de la rue.

Les deux camions avaient stoppé. Les antennes parapluies tournaient dans un sens puis dans un autre. Elles ne recevaient plus aucune onde. L'Oberfeldwebel Kurt Schlassenbuch, qui commandait l'opération depuis le premier fourgon, examina la carte de l'arrondissement, descendit à l'air libre et observa les immeubles alentour. Il fut rejoint par le technicien opérant depuis le deuxième camion. Les deux hommes estimèrent que la surface du triangle était encore trop grande pour qu'ils eussent une chance de mettre la main sur l'émetteur clandestin. Ils le chassaient depuis quatre jeudis. Ils s'étaient suffisamment approchés pour l'attraper la fois suivante. Sans certitude.

« Sauf si... », commença l'Oberfeldwebel.

Il ne développa pas son idée. Il voulait la garder pour lui. L'exposer à ses supérieurs hiérarchiques et bénéficier des avantages d'une bonne note.

« *Zurück fahren...* On rentre », dit-il en remontant dans le camion.

Fabrice del Boro

Une heure plus tard, tandis que Dimitri effectuait une ronde de surveillance dans le quartier, Boro retrouvait ses deux amis hongrois dans l'un des petits squares proches du Lion de Belfort. Le Choucas avait le teint blanchi par la colère. Páz se montra plus compréhensif. Boro justifia l'imprudence de Bleu Marine par l'urgence des messages à envoyer : Londres devait être informé des constructions mystérieuses qui s'élaboraient sur les côtes de la Manche. À quoi Prakash répondit qu'il n'accepterait plus de repérer, puis de surveiller des chantiers en bord de mer si les risques liés aux pérégrinations étaient doublés par l'inconséquence des opérateurs.

« Vous ne devez pas émettre plus de dix minutes.
— Et jamais deux fois au même endroit.
— Cette précaution ne peut fonctionner qu'à la campagne, objecta Boro. Vous nous imaginez transportant une valise en plein Paris sous le nez des flics et des Allemands ?
— C'est pourtant ce qu'il faut faire.
— Et que nous ne ferons pas », ajouta le reporter.

Il fit face à ses deux camarades :

« Bleu Marine est une opératrice exceptionnelle. Elle code et émet à toute vitesse sans se tromper.
— Mais elle peut se faire prendre.
— C'est pourquoi nous avons arrêté.
— Après la troisième alarme ! rouspéta Prakash. Alors que les camions étaient à dix tours de roues de l'émetteur !
— Pourquoi n'avez-vous pas stoppé à la première alerte ? » demanda Pázmány.

Boro ne répondit pas. Il observait alentour. Personne ne les regardait. Il s'assit sur un banc, près d'un bac à sable où quelques enfants jouaient avec un seau en métal.

« Nous recommençons ce soir. À vingt heures.

– C'est de la folie, gronda le Choucas en s'asseyant à côté de son ami.

– Les Allemands nous attendent le matin. Nous émettrons le soir.

– Vous prenez un risque considérable, appuya Pázmány en prenant place à son tour au côté de Boro. Je crois que c'est une erreur.

– Nous n'avons pas le choix. Nos informations sont essentielles.

– Elles ne changeront pas le cours de la guerre.

– Pas sûr.

– Je m'oppose à toute émission effectuée du même endroit, décréta Prakash, soudain résolu.

– Alors ne m'écoute pas », rétorqua Boro.

Il se tourna ostensiblement vers Pázmány et poursuivit :

« Tu vas retourner au bordel demander un soutien logistique... Il faut une fille à une extrémité de la rue, une autre à l'autre bout, une troisième en couverture sur le chemin d'Alésia, Nicole sur le boulevard d'Orléans.

– Et Scipion ?

– On le repérerait.

– Nous ? »

Boro trempa sa canne dans une flaque de sable qui s'étirait devant lui.

« Il se peut que les Allemands t'aient remarqué tout à l'heure... Quant à Prakash, il boude... »

Páz s'empara de la canne de Boro. Dans le sable, il traça la rue Dareau et ses prolongements. Puis il planta l'embout caoutchouté sur l'avenue d'Orléans et traça un autre repère sur l'avenue du Parc-Montsouris.

« Les filles se mettront là. Si les camions approchent, elles les repéreront. »

Il suivit le tracé avec la canne.

« Elles remonteront et tourneront dans la rue Dareau. Nicole et moi attendrons à trois cents mètre du soupirail, elle à droite, moi à gauche. Si nous les voyons, nous nous approchons et balançons un caillou. Si elles restent chacune à sa place, cela signifie qu'il n'y a pas de camion. »

Le Choucas ne bronchait pas.

« Il faut deux autres personnes dans les rues perpendiculaires », dit Boro en récupérant sa canne.

Il traça deux croix dans le sable.

« Ainsi serons-nous solidement encadrés... Nous ne courrons aucun risque. »

Bèla Prakash se leva.

« Tu te retires ? questionna ironiquement Boro.

— J'affine », rétorqua le Choucas.

Il posa son pied sur l'emplacement où Nicole devait se tenir.

« Je prendrai ce poste, avec une fille en protection. Il n'est pas utile que d'autres connaissent le soupirail et la planque de Dimitri.

— Je n'en attendais pas moins de toi, commenta Boro en se levant à son tour.

— Je mets une condition à ma participation : à la première alerte, vous cessez d'émettre.

— Promis », fit Boro.

Il fut décidé que les deux Hongrois se chargeraient d'organiser la surveillance. Le troisième revint vers la rue Dareau. Bleu Marine l'attendait dans la cache de Dimitri.

« Comment voulez-vous que je vous appelle aujourd'hui ? »

La jeune fille était assise sur le bord d'un fauteuil défoncé, dans la cave aménagée en salon. Repliée sur son harmonica, elle jouait une *Danse hongroise* de Brahms qui rappela à Boro une époque désormais très lointaine, lorsqu'il quittait les quartiers pauvres de Pest pour rejoindre les lumières de Buda et sa cousine Maryika.

Il s'installa sur le coussin. La pointe d'un ressort l'obligea à se redresser aussitôt.

« Pour un petit moment, je souhaite que vous m'appeliez Barbara, dit Bleu Marine sans sourire.

— Je suis d'accord pour Barbara », acquiesça Blèmia.

Il ajouta, s'étant assis sur une caisse renversée :

« Barbara, veuillez donc vous installer à côté de moi...

— On imagine que je suis allemande, reprit Bleu Marine, et que je loge présentement à l'hôtel de la Chaise, rue Le Verrier. »

Boro fronça le sourcil droit.

«Je suis plus grande que la personne que vous observez, j'ai les cheveux longs et sombres. Je parle parfaitement le français, avec un accent assez charmant.»

Boro fronça le sourcil gauche.

«Un homme m'accompagne. Un nain d'une bonne taille qui voudrait se grandir...

— Barbara», souffla Boro.

Il s'était levé.

«Barbara Dorn, confirma Bleu Marine.

— Décrivez-la-moi sans erreur...»

Il écouta attentivement le portrait tracé par Bleu Marine. C'était elle. C'était la doublure de sa cousine Maryika. La jeune femme avec qui il avait voyagé dans le train pour Berlin. Celle qui l'avait mené jusqu'à Harro Schulze-Boysen.

«Pourquoi est-elle là? Que veut-elle?

— Le lézard qui l'accompagne souhaite vous mettre la main dessus.

— Pour des raisons agréables?

— J'en doute. Bien que ne portant pas l'uniforme, il est membre de la SS.»

Boro réfléchissait aussi vite que Bleu Marine codait les messages. Les vérités qu'il entrevoyait n'étaient pas encourageantes.

«Il me cherche, dites-vous?

— Oui.

— Me connaît-il?

— Il sait vous décrire.

— Autrement?

— Il m'a semblé que cette Barbara était sa prisonnière.

— Elle sert de chèvre. Ils veulent me prendre.

— Alors n'y allez pas.

— Bien sûr que si.»

Elle se campa face à lui, les bras croisés. Son regard était électrique.

«Je vous l'interdis bien! En aucun cas vous ne commettrez cette imprudence!

— Vous-même émettez dans des conditions déraisonnables!

— Je sais ce que je fais.

— Moi aussi.»

Il s'approcha d'elle et la prit par la taille.

« Vous savez bien qu'on ne peut pas tout se dire, murmura-t-il dans ses cheveux... Cette femme a fait quelque chose d'exceptionnel pour le combat que nous menons. Si elle est la prisonnière de quelqu'un, je dois la libérer.
– Si elle a trahi ?
– Elle me le dira.
– Il sera peut-être trop tard.
– Nous ferons en sorte que non. »

Elle se tourna vers lui et glissa ses mains autour de son cou. Elle portait un chemisier en soie blanche et une ample jupe sombre, maintenue par une large ceinture de cuir.

« Vous ressemblez à une gitane, dit-il.
– Les gitanes ont les cheveux longs, une natte ou des tresses. Elles se maquillent en rouge et noir.
– Carmen ?
– Non.
– Esméralda ?
– Encore moins.
– Alors tout simplement ma petite chérie, dit-il en l'étreignant.
– Redites-le.
– Ma petite chérie.
– Encore. »

Il la poussa dans la cave voisine.

« Appelez-moi Clélia », souffla-t-elle avant de se laisser tomber sur le matelas de Dimitri.

Elle venait de lire Stendhal.

Sonate en sous-sol

À dix-neuf heures, Nicole installait ses atours sur un banc de l'avenue du Parc-Montsouris. Bien qu'ayant cessé d'arpenter les trottoirs depuis longtemps, elle admit que le grand air avait du bon. Elle n'y reviendrait pas, cependant : après la guerre, la jeune personne comptait épouser un marmiton et ouvrir une guinguette en bordure de fleuve, dans une province aimable.

Avenue d'Orléans, en face d'un café dont les vitres étaient barrées par du papier collant – protection utile en cas de bombardement –, Solange rêvait d'une destinée semblable, mais en Haute-Loire, car ses parents vivaient là; elle espérait acheter un chenil et se dévouer à des petits quadrupèdes qu'elle élèverait comme ses enfants, qu'elle appellerait *Poupée* et *Petit Chameau* et à qui elle raconterait des histoires, le soir, pour les endormir.

Dans le haut de la rue Dareau, Micheline offrait sa bouche et proposait son cœur au Choucas de Budapest, avec qui elle faisait équipe.

Pázmány était en bas.

Louise surveillait la rue Ducouëdic.

Derrière les murs de la prison de la Santé, Herr Mensch-Hobenfold comptait les hommes que le Sicherheitsdienst avait mis à sa disposition. Outre l'Oberfeldwebel, qui avait eu la brillante idée que Mensch-Hobenfold avait été chargé de mettre en musique, une conduite intérieure banalisée attendait l'ordre de démarrer. Trois camions bourrés de soldats partiraient à l'assaut du Petit Montrouge lorsque les opérateurs de la voiture auraient découvert le pâté d'immeubles d'où émettait l'appareil clandestin.

Le Sicherheitsdienst n'avait pas lésiné sur les moyens mis à la disposition du chef de l'opération. Les émissions depuis Paris étaient dangereuses, donc rares. Les services avaient estimé que si les réfractaires prenaient un tel risque, en s'assurant, comme c'était le cas, le concours d'un opérateur hors pair, c'était parce que les secrets envoyés à Londres valaient cet enjeu. Ils revêtaient donc une importance considérable. De quoi s'agissait-il ?

Au vu des rapports de réception, l'Oberfeldwebel Schlassenbuch et Herr Mensch-Hobenfold avaient estimé que les camions n'étaient plus utiles à la détection, un seul véhicule espion suffisant à la tâche. Il partirait de l'une des artères voisines de la rue Dareau et remonterait lentement vers un périmètre parfaitement délimité. Vingt minutes suffiraient à l'émetteur pour se trahir. Lorsqu'ils seraient à moins de cent mètres de la cible, l'un des deux occupants de la voiture sonnerait l'alerte, et trois minutes plus tard, le quartier serait bouclé. En tacticien consommé, Mensch-Hobenfold avait préféré dissimuler le fer de lance de son assaut plutôt que de l'exposer à la vue des éléments de protection qui, peut-être, garderaient le lieu d'émission. Il avait décidé de poster la voiture espion dans un garage proche du triangle à surveiller, et de l'y laisser jusqu'au moment choisi par l'équipe adverse pour communiquer avec Londres.

« Jeudi suffira, avait déclaré l'Oberfeldwebel. Ils n'émettent que ce jour-là. »

On les avait peut-être ratés parce qu'on n'avait surveillé que le jeudi. Mensch-Hobenfold avait décidé d'opérer immédiatement. Les techniciens de la voiture – dont l'Oberfeldwebel lui-même – seraient relevés toutes les douze heures.

À dix-huit heures, dans la cour de la prison de la Santé, Herr Mensch-Hobenfold fit avancer l'automobile réquisitionnée pour l'action. C'était une Packard d'un ancien modèle, blanche aux ailes noires, dont la ligne de caisse était trop haute pour qu'on en distinguât l'intérieur depuis un trottoir. Elle était décapotable, en sorte qu'on pouvait déformer la capote afin d'élever l'antenne parapluie installée à l'arrière.

À dix-huit heures trente, conduite par Schlassenbuch, la Packard pénétrait dans un garage de la Tombe-Issoire. L'endroit donnait sur une cour ouverte où l'antenne fut déployée par les deux techniciens du KWU. Les habitants qui occupaient l'endroit avaient été arrêtés deux heures auparavant.

Dans la cave, Bleu Marine, Dimitri et Boro se préparaient. Ils savaient que, en émettant une fois encore du même endroit, ils enfreignaient toutes les consignes de sécurité et couraient un risque proportionnel à l'importance du renseignement communiqué. Si Londres était à l'heure de l'émission, si celle-ci commençait avec moins d'une minute de retard, Bleu Marine se faisait fort de traduire en morse les télégrammes restant à envoyer en moins de dix minutes. Si la Centrale n'était pas à l'heure, ainsi que cela arrivait souvent, la jeune fille avait promis aux deux hommes de ne pas insister et de rompre la communication. Par-devers soi, considérant que le périmètre d'émission était exceptionnellement bien protégé, elle avait doublé le temps de la marge d'attente. Mais elle avait décidé que ce rendez-vous serait le dernier qu'ils assureraient depuis la cave de Dimitri.

À dix-neuf heures, elle vérifia que les trois derniers télégrammes avaient été codés sans erreur. Dimitri sortit la machine 3MKII. Boro vérifia les lampes, déroula le fil d'antenne, tendit le casque à Bleu Marine et fixa les bornes du manipulateur. Le quartz, petit parallélépipède magique permettant de stabiliser la fréquence, fut logé à sa place. Il était dix-neuf heures quarante. Sur les boulevards et dans les rues avoisinantes, six personnes veillaient. Les montres avaient été réglées à la minute près. Chacun savait qu'une erreur de vigilance serait fatale. On attendait un camion. Peut-être deux.

Dans la cour de la prison de la Santé, Herr Mensch-Hobenfold avait gagné le bureau de l'administration qui lui avait été attribué et d'où il donnerait ses ordres. Deux téléphones avaient été mis à sa disposition. La lippe fermée sur sa dent en or, les manchettes recouvrant les boutons de manchette, il attendait.

Dans le garage de la rue de la Tombe-Issoire, les deux techniciens de la KWU surveillaient les oscillomètres de leur machine. Celle-ci était d'un modèle suffisamment miniaturisé pour pouvoir être promenée dans une auto. Elle logeait sans mal dans la Packard, même s'il fallait forcer un peu sur la capote pour ficher l'antenne. Il existait une version plus réduite encore, faite pour un homme allant à pied, qui serait utilisée plus tard si le modèle en service ne permettait pas de localiser l'émetteur clandestin.

À vingt heures passées de cinq secondes, l'oscillomètre se mit à bouger.

« *Sie sind schon daran!*... Ils ont commencé ! » s'écria l'Oberfeldwebel.

Le deuxième technicien ouvrit la portière de la Packard. Il ne s'attendait pas à agir si vite. Tandis qu'il chargeait le matériel, Schlassenbuch fonçait à l'étage de la maison réquisitionnée et composait le numéro de la prison de la Santé.

« *MR de DF QPR ?* »

La Centrale ne répondait pas. Dix secondes passèrent. Puis dix autres. Boro avait les yeux rivés sur le cadran de sa montre-chronographe. Bleu Marine lançait son indicatif d'appel sans discontinuer. Dimitri se tenait prêt à débrancher les fils de la batterie.

« *MR de DF QPR ? YTS de KSH QPR ?*

– Dans trente secondes, on coupe », énonça froidement Boro.

Bleu Marine s'obstinait :

« *MR de DF QPR ?* »

Avenue d'Orléans, Nicole avait quitté son banc. Si elle l'avait souhaité, la pêche à l'amour se serait certainement révélée fructueuse. Car une voiture approchait doucement le long du mail. Elle allait à l'allure où vont les hommes seuls cherchant une compagnie tarifée. À en croire l'aspect extérieur de la décapotable, longue et blanche avec des ailes noires très pures, son propriétaire avait le gousset plein. Peut-être un fils de famille. Ou le père d'icelui – ce qui était déjà moins affriolant.

Afin d'éloigner la clientèle, Nicole tourna le dos à la route. Elle n'en éprouva aucun regret. Elle ne se trouvait pas là pour une conduite intérieure, mais pour un camion bâché. Un véhicule du genre de ceux qui s'apprêtaient dans la cour de la prison de la Santé : les ridelles avaient été rabattues, et une section d'hommes armés de mitraillettes courtes montait à bord. Dans son bureau, en proie à une vive exaltation, Herr Mensch-Hobenfold attendait le deuxième coup de téléphone : celui qui, annonçant la fin du repérage, lui donnerait le feu vert pour agir.

La Packard avait tourné à droite dans la rue Dareau. Pázmány eut une pensée émue pour son camarade Borowicz : s'il n'avait pas été occupé dans les sous-sols, il eût certainement admiré cette automobile de très grand luxe qui vira élégamment sur la gauche, dans la rue d'Alembert, poursuivant une ronde très lente qui surprit le photographe. Il fut tenté de suivre la voiture, mais renonça après avoir constaté combien ses vitres étaient étroites : à moins d'approcher à deux mètres, il n'en verrait ni les occupants ni l'intérieur.

La Packard emprunta la rue Ducouëdic, sur la droite. Par esprit de provocation plutôt que par convoitise, Louise lança une œillade au conducteur. Celui-ci répondit par un petit signe de la main. Il sembla à la jeune femme qu'une autre personne était assise à l'arrière, à côté d'un objet encombrant.

La voiture parvint sur le boulevard d'Orléans à vingt heures sept. Il y avait un café à l'angle de la rue Dareau. Le Choucas de Budapest refusa les lèvres de la jolie Micheline pour observer cette auto sans gazogène qui tournait puis descendait, accélérant brusquement vers la rue d'Alembert. Plus bas, Pierre Pázmány la suivit du regard avant de la perdre de vue comme elle repartait en direction de la Tombe-Issoire. Elle remonta jusqu'au café de la rue Dareau, mais s'arrêta de l'autre côté du boulevard, en sorte que Prakash ne la revit pas. Solange la remarqua à peine : elle ne s'intéressait pas aux voitures. Ce qui ne l'empêcha pas de suivre machinalement du regard l'homme qui en descendit pour entrer dans le petit débit de boissons aux vitres barrées par des bandes de papier collant.

L'Oberfeldwebel alla droit au comptoir, présenta une carte d'un caractère sans doute officiel puisque le buraliste lui indiqua aussitôt le téléphone mural pendu derrière le comptoir.

L'Allemand composa un numéro. À l'autre bout de la ligne, on décrocha aussitôt.

« *Ja ?* questionna Mensch-Hobenfold.

– Ils ont cessé d'émettre à vingt heures huit. »

Il fut accueilli par une déflagration résonnant comme une boue vocale.

« Mais nous savons où ils se trouvent... Nous avons identifié le pâté de maisons.

– *Wo ?*

– Entre les rues de la Tombe-Issoire, Dareau et d'Orléans.

– *Gut,* se reprit Mensch-Hobenfold. Nous les aurons la prochaine fois. Préparez le matériel individuel et ne bougez pas.

– On reste en alerte ?

– Au garage. Surveillez vos machines. »

Le technicien de la KWU quitta le café. Il croisa un couple d'amoureux qui rejoignait un homme grand à la peau mate. Tandis que l'Oberfeldwebel montait dans la Packard, Boro s'approcha de Bèla Prakash.

« Émission parfaite ! » dit-il, réjoui.

Il adressa un clin d'œil à son camarade et ami :

« Je vois que de ton côté, tout s'est bien passé !

– Aucun camion en vue, acquiesça le Choucas.

– Pas le moindre Alboche, appuya Micheline. Le quartier est tout sage...

– Tant mieux, poursuivit Boro : nous recommençons demain matin.

– Du même endroit ? s'écria le Choucas.

– Londres nous transmet un message à neuf heures.

– Je ne te soutiens plus, gronda Prakash.

– Peu importe, riposta Boro. Nous n'émettrons que très brièvement. S'il n'y avait personne aujourd'hui, il n'y aura personne demain. Nous n'aurons pas besoin de surveillance. »

Au même moment, dans la cour de la prison de la Santé, Herr Mensch-Hobenfold ordonnait à ses hommes d'organiser un roulement afin d'assurer une garde permanente.

Quelques lieues sous la terre

« *DF de MR GIE ?* »
Londres appelait.
« *MR de DF...* »
Bleu Marine répondait.
« *DF de MR GIE ?* »
Londres ne recevait pas.
Bleu Marine insistait :
« *MR de DF...* »
De l'autre côté de la Manche, un récepteur tentait de nouer le contact avec un émetteur. Les ondes se cherchaient. Elles se croisaient. Elles ne se répondaient pas. Il était neuf heures.

Dans la rue Dareau, un homme avançait précautionneusement. Il portait un chapeau à bords rabattus et un objet incertain à bout de bras. Lui aussi guettait les ondes. Sous le chapeau, un casque était dissimulé. Entre ses mains, l'Oberfeldwebel Kurt Schlassenbuch tenait une petite antenne parapluie.

« *DF de MR GIE ?* »
Londres appelait.
« *MR de DF QPR.*
– *DF de MR GIE.*
– Ça y est ! Ça passe ! » s'écria Bleu Marine.

Elle se tendit vers sa machine. Boro et Dimitri l'entourèrent. La jeune fille griffonnait des lettres sur une feuille de papier. Douze blocs de cinq consonnes entrecoupées de voyelles, plus rares. Bleu Marine écrivait rapidement. De temps en temps, elle s'arrêtait pour tapoter à son tour sur le contacteur : elle demandait confirmation d'une lettre.

QUELQUES LIEUES SOUS LA TERRE

Dehors, l'Oberfeldwebel avait replié son antenne. Il souleva son chapeau, glissa son casque dans sa poche et remonta vers l'avenue d'Orléans. Il entra dans le café qui faisait l'angle avec la rue Dareau, emprunta le téléphone qu'il avait déjà utilisé la veille et composa le même numéro.

« 4, rue Dareau, dit-il simplement.
– *Wir kommen gleich!* »

Plus loin, après la Tombe-Issoire, à droite en descendant de Denfert, derrière les hauts murs de la prison de la Santé, deux sections de feldgrau grimpèrent dans les camions. Herr Mensch-Hobenfold s'installa dans la première cabine et se fit ouvrir les portes. Sa dent en or souriait aux boutons de manchette.

« *Fine business!* » s'écria Boro.

Il déposa un baiser sur les cheveux de son opératrice chérie et coupa les batteries de la radio. Dimitri repliait l'antenne. Bleu Marine rangea le contacteur et le quartz avant de fermer la valise contenant la machine 3MKII.

« Décryptons », dit-elle.

Dimitri posa une feuille de papier devant elle. Bleu Marine prit un stylo et commença de décoder les groupes de cinq lettres traduites du morse. Les deux hommes suivaient toujours cette opération de très près, se plaçant l'un et l'autre derrière la jeune fille afin de voir apparaître les lettres et le sens du message au fur et à mesure de leur traduction. Ce matin-là, ils lurent un L, un O et un N. Après quoi, ce fut le déluge.

Après quoi, par l'ouverture du soupirail, ils entendirent approcher un moteur, puis deux, peut-être trois. Bleu Marine leva son stylo. Boro s'écarta. Dimitri fit un pas vers l'ouverture. L'instant d'après, il y eut un vacarme fait de grincements de freins, de ridelles s'abaissant, d'ordres proférés en allemand, puis une cavalcade dans la rue, une porte claquant, un remue-ménage au-dessus d'eux : deux sections de vert-de-gris envahissaient l'immeuble.

« Détruis le message », ordonna Boro.

Il le prit des mains de l'opératrice et le fit brûler à la flamme d'une bougie. Bleu Marine le regardait, les yeux écarquillés.

« Mais tu es fou ! »

Boro ne répondit pas. Par-dessus leurs têtes claquaient les talons de bottes.

« Venez avec moi », déclara froidement Dimitri.

Il avait pris sa décision. C'était cela ou la mort assurée. Une chance, une petite chance...

Il attrapa la valise contenant l'émetteur et sortit de la cave que lui avait léguée Hans Klaus. Il emprunta un long couloir qui débouchait sur l'ancien local d'un bougnat. Il parvint à l'orée du tunnel qui descendait dans les catacombes. Boro donnait la main à Bleu Marine. Il maniait sa canne avec une dextérité qui impressionnait la jeune fille.

« Il faut vous laisser glisser, souffla Dimitri en s'asseyant sur le rebord de ce qui ressemblait à un puits. Quand vous serez arrivés en bas, vous ne verrez plus rien. J'ai une lampe. Je l'allumerai et vous me suivrez. Si nous nous perdons, personne ne pourra nous retrouver. »

Il coinça l'émetteur entre ses jambes, lâcha ses appuis et, ralentissant sa course grâce aux coudes, descendit jusqu'à la porte en bois qui, dix mètres plus bas, ouvrait la route des catacombes. Il poussa la paroi et attendit quelques secondes. Bleu Marine le rejoignit la première. Boro retenait sa canne entre ses pieds. Il la récupéra lorsque ses semelles eurent touché un sol friable qui lui sembla être du sable. Il régnait dans ces profondeurs un silence inhabituel, comme si tous les murs alentour eussent été recouverts d'une mousse épaisse qui ne laissait rien filtrer, ni son, ni lumière, à peine un peu d'oxygène.

« À dix mètres, il faudra vous baisser. »

La voix de Dimitri leur parvenait, presque étouffée. Pourtant, il était tout proche d'eux. Quand il pressa le ressort de sa lampe Rotary, son visage leur apparut, comme un masque.

« J'ai installé un piège. Il s'agit de passer sous un fil de fer. Si vous le touchez, il libère des mâchoires faites pour les loups. Vous y laisseriez une jambe... »

Il montra le filin tendu entre deux parois de pierre. Il se pencha et franchit l'obstacle. Les autres se courbèrent pour le rejoindre.

« Que se passe-t-il là-haut ? demanda Bleu Marine.
– Ils défoncent les portes et fouillent l'immeuble.
– Ils iront dans les caves ?
– Certainement.
– C'est ici que tu faisais tes faux papiers ? questionna Boro en posa une main chaude sur l'épaule de son ami.

« Sur la gauche, il y a l'atelier. Mais nous n'irons pas. Il faut sortir d'ici avant qu'ils bouclent le quartier. »

Ils avancèrent.

« Quand ils seront entrés dans tous les appartements, ils se disperseront sans doute dans les immeubles voisins. Puis ils appelleront des renforts et tout ce pâté de maisons sera sous surveillance.

— Où va-t-on ressortir ?

— Loin. »

Ils marchaient derrière Dimitri. La lampe éclairait faiblement des parois blanchâtres et humides, faites de bosses et de cavités. Bleu Marine étouffa un cri quand son doigt traversa une orbite creuse.

« C'est un ossuaire », commenta sobrement Boro.

De l'eau suintait du sol. Un rat passa entre leurs jambes. À droite, dans le rayon pâle de la lampe, ils aperçurent une vaste carrière. Ils la perdirent presque aussitôt. Dimitri gravissait maintenant une plate-forme très étroite qui franchissait un vide invisible. Ils remontaient. Ils allèrent silencieusement pendant un moment qui parut interminable à Blèmia Borowicz. Enfin, ils accédèrent à une voûte légèrement surélevée. Plus loin, en hauteur, une tache lumineuse dessinait un cercle crénelé : le ciel. Dimitri s'arrêta et posa la valise.

« Nous sommes près de la sortie. »

Sa main cessa d'actionner le ressort de sa lampe : ils se retrouvèrent dans l'obscurité.

« Où allons-nous ?

— Sommes-nous près de Denfert ? demanda Boro.

— À deux pas.

— Alors il ne faut pas sortir. »

Il désigna les carrières qu'ils venaient de traverser. Personne ne vit sa main.

« Nous pouvons rester là un certain temps.

— Mauvaise idée, objecta Bleu Marine. Dans une heure, tout le périmètre sera encerclé.

— Je connais bien la configuration des lieux, déclara Dimitri. Nous sommes en effet près de Denfert, mais nous pouvons fuir par la Petite Ceinture et rejoindre le boulevard à la porte d'Orléans.

— N'attendons pas, commanda Boro. Le temps joue contre nous. »

Dimitri reprit le chemin qu'il empruntait dans les situations d'urgence. Ils montèrent encore, se dirigeant vers la tache dessinée par le ciel. Ils débouchèrent ensuite sur un terrain vague bordé par un haut mur et marchèrent en direction de celui-ci. Dimitri fit une nouvelle pause. Il montra un trou creusé à la base du mur.

« Nous allons sortir par là.

– Bleu Marine la première, proposa Boro, puis toi, puis moi.

– Après, il faudra se séparer. »

Dimitri tendit le bras vers la droite.

« De ce côté-là du mur, il y a les réservoirs de Montsouris. Et un peu plus loin, un pont de la Petite Ceinture. En suivant les rails, on arrive presque porte d'Orléans. Le métro est à cent mètres.

– Où allons-nous? redemanda Bleu Marine.

– Nous, à l'hôtel de la rue Le Verrier. »

La jeune fille secoua la tête.

« Moi, mais pas toi. Il y a cette Barbara Dorn et son garde-chiourme. Ils te cherchent.

– Cours-tu un risque à y revenir?

– Aucun. Ils me prennent pour une touriste un peu riche et très idiote.

– Je te précéderai à vingt mètres, décréta Boro.

– Pourquoi?

– Parce que je connais le quartier comme ma poche et que je sais par où passer pour éviter Denfert et ses environs.

– Je vais rive droite, décida Dimitri à son tour... J'ai une autre planque. »

Il jeta un regard interrogateur en direction de son ami hongrois. Celui-ci n'hésita pas :

« Je retourne d'où je viens.

– Quand nous retrouvons-nous?

– Demain, à neuf heures, sur le pont Saint-Louis.

– Plus tard », objecta Bleu Marine.

Une idée lui était venue. Mais elle refusa de l'exprimer.

« À seize heures.

– D'accord », fit Dimitri.

Boro approuva à son tour. La jeune fille se leva et souleva la valise.

« Je la prends », dit-elle avec autorité.

QUELQUES LIEUES SOUS LA TERRE

Avant que le Hongrois eût émis un avis contraire, elle ajouta : « Elle est venue avec moi de Londres, elle repartira avec moi. »

Ils frottèrent leurs vêtements, enlevèrent la terre et la poussière qui s'y étaient collées, puis Dimitri passa la tête par le trou du mur lépreux et se retrouva dans une rue tranquille du XIVe arrondissement. Bleu Marine le rejoignit, et Boro. Ils se séparèrent là, l'un s'éloignant vers la droite, l'autre vers la gauche, la troisième suivant le sillage d'une canne frappant le pavé en direction du passage de l'Enfer, de l'autre côté du Lion de Belfort. Le passage de l'Enfer, où Boro habitait avant-guerre, et qui jouissait d'un précieux avantage : un double accès.

Longues et brèves

« *DF de MR GIE ?*
— *MR de DF QPR.* »

Lorsque l'Oberfeldwebel vit se déplacer l'aiguille de son oscillomètre, il crut à un mirage. Il se pencha et comprit qu'il ne rêvait pas : l'émetteur avait repris du service !

Aussitôt, aidé de son collègue, il enfourna son matériel dans la Packard noir et blanc, s'installa au volant, sortit du garage et fonça vers la rue Dareau.

Il était vingt heures.

« Comment est le signal ? demanda-t-il

— Bas », répondit le technicien de la KWU.

Il orienta son antenne.

« Ils ont changé de lieu d'émission. »

L'aiguille se positionna sur la gauche et resta là, inerte.

« Ils n'émettent plus. »

Au deuxième étage de l'hôtel de la Chaise, Bleu Marine faisait une pause. À vingt heures précises, elle avait branché l'émetteur et rappelé Londres. Et Londres était là ! Londres l'avait entendue ! Londres lui avait parlé !

Elle avait émis pendant deux minutes. Elle coupa cinq minutes. Puis reprit :

RFFMF MLHYK OUIBK MLZUS PZFOZ
LQAPC UERDH XVDFV

« Ils ont recommencé ! » s'écria le technicien de la KWU.

Il bougeait frénétiquement l'antenne parapluie de sa boîte à malice.

«À droite! À gauche! C'est plus loin! Beaucoup plus loin!»

Deux minutes. Quand l'émission cessa de nouveau, l'Oberfeldwebel roulait sur l'avenue d'Orléans. Il n'y comprenait plus rien. Deux sections de soldats, quatre officiers, lui-même, pour une moquerie! Une plaisanterie insultante qui s'était soldée par six heures de fouille sans résultat! Et, alors qu'il s'était résolu à regagner le garage, obéissant à l'ordre absurde de Mensch-Hobenfold, le déroulement des faits lui avait donné tort. *Ils* avaient repris leur petite conversation! Titititi-tatata-tatata-tititi! À leur nez et à leur barbe!

«Ça y est! hurla le technicien assis à l'arrière. Tout droit!»

La Packard fit une embardée.

«Tourne! Tourne! Ils sont derrière!»

L'Oberfeldwebel vira sur les chapeaux de roues. Il manqua de peu un véhicule militaire qui le prit en chasse, réclamant du renfort pour mieux le stopper. L'Oberfeldwebel accéléra, se jeta dans la première avenue se présentant, et cala la Packard à la porte de la prison de la Santé. Il expliqua à Herr Mensch-Hobenfold que l'opérateur mystérieux avait recommencé à émettre, qu'il était parti à sa recherche lorsqu'une voiture de la Wehrmacht s'était mise en travers de ses résolutions.

«Émettent-ils encore?» demanda Mensch-Hobenfold, n'accordant aucune attention au Feldwebel de l'armée de terre qui conduisait le véhicule militaire.

L'oscillomètre ne bougeait plus. Mensch-Hobenfold faisait montre d'une impassibilité qui laissa l'Oberfeldwebel interdit.

«Ils recommenceront dans un jour ou deux, et à ce moment-là, nous les aurons.

– Comment?» demanda Schlassenbuch.

D'un geste méprisant, comme s'il la remisait après d'anciennes heures de gloire, Mensch-Hobenfold montra la Packard:

«Nous abandonnons ces sottises. Les voitures de collection et les garages... Nous revenons aux bons vieux camions gonio. À l'intérieur, nous changeons le personnel.

– C'est-à-dire? questionna l'Oberfeldwebel devenu glacial. Me signifiez-vous que vous vous passerez de mes services?

– Pas du tout! Mais vous ferez équipe avec un visage neuf.»

Herr Mensch-Hobenfold revint vers la prison de la Santé. Dans quelques instants, il aurait quitté ces quartiers provisoires et déplaisants.

« Berlin nous envoie du renfort, poursuivit-il. Puisque nous ne parvenons pas à localiser l'émetteur d'après sa position, nous le ferons d'après ses transmissions.

– *Yawohl*, articula le technicien de la KWU sans comprendre où l'autre voulait en venir.

– Demain arrive de Berlin la meilleure casseuse de codes de nos services. Elle aura pour tâche de briser le chiffre employé par l'émetteur mystérieux. »

L'Oberfeldwebel congratula son supérieur.

Trois heures plus tard, satisfaite et très fière, Bleu Marine s'endormait dans sa chambre de l'hôtel de la Chaise. À Berlin, Gerda la manchote montait dans le train de nuit pour Paris.

Uxbridge

Sir Artur Finnvack se demandait si Winston Churchill achèverait son cigare avant que lui-même eût vidé sa bruyère dans le cendrier en étain placé entre les deux hommes. Le Premier ministre et le second des services secrets britanniques étaient les uniques fumeurs de l'assemblée très masculine qui s'était réunie dans les profondeurs du PC aérien d'Uxbridge. Seuls le chemisier blanc et la jupe cerise de Julia Crimson égayaient la dominante kaki, bleu marine et gris fer des officiers supérieurs et des plus hauts responsables de la sécurité du royaume, réunis en cette aube claire d'un petit jour qui s'annonçait radieux.

Finnvack remplaçait le chef du MI-6 britannique, en déplacement dans le sud de l'Angleterre. Il avait fait admettre son assistante et complice à cette réunion ultra-secrète car elle connaissait la France mieux que le commandant en chef du Fighter Command ou que le locataire du 10 Downing Street. Pour l'heure, Julia Crimson n'avait pas encore ouvert la bouche, non plus, d'ailleurs, que Sir Winston Churchill. Celui-ci observait les documents qui passaient de main en main, éclairés par des projecteurs encastrés dans les faux plafonds du PC souterrain. La dernière fois que Finnvack s'était retrouvé là, c'était à la fin de la bataille d'Angleterre, lorsque le Prime minister avait décidé de sacrifier la ville de Coventry pour protéger la machine Enigma et les secrets qu'on attendait d'elle[1]. Aujourd'hui, il s'agissait d'éclaircir un mystère auquel aucune des personnes

---

1. Voir *Les Aventures de Boro, reporter photographe, Boro s'en va-t-en guerre*.

assises autour de la table ne comprenait rien, mais qui semblait à tous porteur d'un grand danger.

« *Still look* », grogna Churchill en tirant sur un barreau de chaise en voie de décomposition.

Les documents, une fois encore, furent observés, scrutés, comparés. Ils se présentaient sous forme de trois rapports d'émission dont le dernier avait été reçu la veille. Tous décrivaient un ou plusieurs chantiers émergeant de terrains situés en Normandie et dans le Pas-de-Calais.

« Ces constructions sont proches d'une gare, de la mer et des routes. Elles deviendront certainement des bunkers, mais d'un genre particulier dont nous ne connaissons pas encore l'usage », lut Artur Finnvack avant de passer à son voisin de droite le papier sur lequel le message avait été tapé.

Il plongea un ustensile en bois dans le culot de sa bouffarde et demanda qui avait envoyé le message.

« DF, répondit Sir Alan Carrington, chargé au MI-6 du suivi des liaisons radio.
– Qui est DF?
– Une jeune fille qui se trouve en France depuis plusieurs mois.
– Opératrice de qui?
– Bouvier.
– Sait-on qui est Bouvier?
– Non, répondit Alan Carrington.
– Est-il fiable?
– Certainement. On lui doit un grand nombre de renseignements, tous de très grande qualité. Son réseau nous a notamment fait parvenir le plan de la base sous-marine de Lorient et les premières photos du char Tigre... »

Julia Crimson manqua d'en tomber de sa chaise. Elle émit un « hoc » doublé d'un « han » qui illuminèrent son visage d'une rougeur subite à laquelle Artur Finnvack fut très sensible : il n'aimait rien tant que d'assister à la naissance d'un trouble sur une personne de sexe opposé. Il darda sur sa chère collaboratrice une expression où l'interrogation le disputait à la surprise, ce qui lui valut un haussement d'épaules, puis un sourire mutin qui s'acheva par une fuite oculaire de quatre-vingt-dix degrés sur la droite. Regardant désormais en direction du battle-dress que Churchill, selon son habitude, avait revêtu par-dessus les fines rayures d'un costume sombre, Julia Crimson se demandait si, à l'issue de la réunion, elle avouerait à Sir Artur que DF était l'indicatif du même personnage que celui avec qui elle avait fait du patin à roulettes dans une chambre d'hôtel avant d'empocher le rouleau de pellicule sur lequel étaient gravées les images du char Tigre.

Blèmia Borowicz.

L'homme qui comptait le plus pour le très dévoué Artur.

Le secret de son existence. Qui, un jour proche, serait enfin dévoilé à Boro.

« Les autres documents confirment les renseignements envoyés par DF, appuya un lieutenant-colonel bardé de décorations que Julia croisait pour la première fois.

— *Restore them to me*, commanda Churchill. Redonnez-les-moi. »

Son cigare était éteint. Il le ralluma à la flamme d'une allumette qu'il gratta sur le plateau de la table. Un instant, son visage rond se gonfla d'une curieuse proéminence qui étira son triple menton comme un champignon renversé. Puis ses pognes grassouillettes comme celles d'un bébé s'emparèrent des papiers et les portèrent à son visage.

« Ce sont des plans, dit-il. Ils montrent des bâtiments, des murs, des couloirs, des galeries... D'où viennent-ils ?

— De notre ambassade à Berne, répondit Artur Finnvack. Ils ont été apportés par un ingénieur français...

— Le fondateur du réseau Agir, compléta le lieutenant-colonel. Un homme exceptionnel qui a découvert la première de ces constructions mystérieuses en Haute-Normandie.

— Nous disposons de photos aériennes, précisa le commandant du Fighter Command.

— Que montrent-elles ?

— Une forêt, des travaux de terrassement...

— Où ont-elles été prises ? demanda Finnvack.

— À Watten, près de la forêt d'Éperlecques. »

Le numéro deux des services secrets britanniques se pencha vers son assistance et demanda, tout en tirant légèrement sur sa Dunhill Army Mouth numéro 5 :

« Vous connaissez ?

— C'est près de Saint-Omer, répondit Julia. Je ne peux rien dire d'autre. »

Les photos présentaient des taches, des lignes, la masse sombre d'une forêt, quelques champs éloignés.

« D'après les experts, déclara Finnvack en s'adressant à Churchill, les lignes que vous voyez au centre des clichés sont des murs de béton. Épais d'au moins un mètre cinquante.

— Bombes de huit cents kilos, estima l'aviateur.

— Nous n'en sommes pas encore là », rétorqua Churchill.

D'une délicate pichenette de l'index, il effeuilla la cendre de son cigare et demanda :

« Qui construit ? Les Français ou les Allemands ?

— L'organisation Todt », répondit Finnvack.

Fritz Todt avait été le ministre de l'Armement de Hitler jusqu'en 1942. Il avait été remplacé par Albert Speer. Au début du nazisme, Todt avait fondé une société portant son nom, qui avait été chargée de la construction des autoroutes. Les batteries du Pas-de-Calais et les casemates enterrées du mur de l'Atlantique étaient l'œuvre de l'organisation Todt.

« Il nous faudrait plus de renseignements, déclara Winston Churchill en abandonnant les plans sur la table. Des photos, des précisions...

— Nous avons un rendez-vous radio dans trois heures avec DF, dit Alan Carrington.

— Demandez-lui de retourner sur ces foutues constructions, ordonna le Prime Minister. Après, nous déciderons... »

Il se leva.

« Je veux préparer l'émission radio avec vous », décida Julia Crimson.

Elle s'approcha de Carrington.

« Il faut mettre DF en liaison avec un autre agent installé sur la côte... »

Artur Finnvack la considérait avec étonnement. Il ne comprenait pas cet intérêt subit pour DF.

« Nous nous retrouverons ici lorsque nous disposerons d'informations plus précises », décréta Churchill.

Il se courba sur le cendrier d'étain et écrasa son cigare dans la coupelle. Il restait au moins un quart d'heure de combustion dans la pipe d'Artur Finnvack.

Les adieux du pont Saint-Louis

Quand il ne donnait pas ses rendez-vous au Champ-de-Mars, Dimitri choisissait le pont Saint-Louis. La passerelle, rétablie en 1941 après l'effondrement de la structure, offrait de multiples dégagements. En cas de danger, il était possible de fuir dans les ruelles de l'île Saint-Louis pour se perdre dans les boyaux du Marais. Si ce versant-là était impraticable, Notre-Dame ouvrait ses portes, ou Maubert, Saint-Germain, la Seine ou le Jardin des plantes. Une promenade préalable permettait de vérifier que ces voies de dégagement n'étaient pas occupées par des voitures suspectes ou surveillées par de longs échalas en gabardine.

À quinze heures quarante-cinq, Dimitri avait fait le tour du quartier. À quinze heures cinquante, il établissait son poste d'observation dans le petit square où le pont Saint-Louis croisait le quai aux Fleurs. Dix minutes plus tard, la canne de Boro frappait son épaule.

« En matière de clandestinité, je suis devenu meilleur que toi », chuchota le reporter.

Il était arrivé par la rue Chanoinesse.

« Je t'avais vu », rétorqua l'apatride.

Il ne s'était pas retourné.

« Alors décris mon habit de lumière.

— Veston, nœud papillon, ce qui est exceptionnel te concernant, gilet, pantalon de velours et la canne habituelle.

— Bravo », félicita Boro en passant devant son ami.

Après le périple de la veille dans les caves et les catacombes, il avait éprouvé le besoin de parfaire sa surface vestimentaire. Il était rasé de près et sentait la lavande. La lionne de Sibérie s'était longuement occupée de son dos, roulant les muscles des épaules et jouant avec les articulations intercostales. Il se sentait tout neuf.

Il promena l'extrémité de sa canne dans les gravillons du petit square et demanda :

« Où as-tu dormi ?

— Pas loin », fit Dimitri en désignant la rive droite d'un vague mouvement du bras.

Boro savait qu'il n'ajouterait rien.

« La voilà », dit-il en montrant Bleu Marine qui arrivait par le quai de l'Archevêché.

La jeune fille les repéra avant même qu'ils se fussent avancés. Elle feignit de ne pas les voir. Du regard, Dimitri fouillait la rue des Bernardins, au-delà du boulevard. Boro s'occupait de l'autre côté. Ils se rejoignirent au pied du pont Saint-Louis. Bleu Marine promena un index joueur sur les ailes du nœud papillon : elle non plus n'avait jamais vu le reporter affublé d'un appendice de cette nature.

« Tu sais faire les nœuds ? » s'enquit-elle avec une mimique moqueuse.

Nicole s'en était occupée.

« Tu as même des boutons de manchette ! »

Ils avaient été oubliés par un pensionnaire de la jolie Micheline.

Bleu Marine se grandit sur la pointe des pieds et décréta qu'elle adorait l'odeur de la lavande. Puis elle prit joyeusement les deux hommes sous le bras et les poussa vers le quai d'Orléans.

« Après votre départ, dit-elle avec une légèreté feinte, j'ai rappelé Londres. »

Boro bloqua des trois fers.

« Ils étaient ravis de m'entendre ! » poursuivit Bleu Marine en s'arrêtant à son tour.

Le reporter fulminait.

« D'où as-tu émis ? questionna Dimitri.

— De ma chambre d'hôtel.

— C'est de la folie !

— Nous avions détruit le message qu'ils nous avaient envoyé avant que je le décode !

– Était-ce une raison ? »

Boro ne décolérait pas. Bleu Marine reprit son bras, celui de Dimitri, et obligea ses deux compagnons à poursuivre sur l'île Saint-Louis.

« Peut-être souhaitez-vous connaître la teneur de la communication ? »

Ils ne bronchèrent pas.

« Ils voulaient que nous soyons à l'heure pour un nouveau rendez-vous.

– Quand ? demandèrent-ils de concert.

– En fin de matinée, répondit la jeune fille aussi simplement que si elle soufflait sur un coquelicot dont les pétales se fussent envolés au vent léger.

– Et tu l'as fait ? gronda Boro.

– Oui. »

Elle avait procédé comme la veille, lorsqu'elle avait regagné sa chambre après avoir déposé la valise contenant la machine sous le desk surveillé par Mme Gabipolo. Elle lui avait seulement demandé de la garder un instant. Elle était montée chez elle, s'était lavée puis changée avant de redescendre. Barbara Dorn et son garde du corps ne traînaient pas dans les parages. Bleu Marine avait monté la valise. À vingt heures, elle avait renoué le contact avec l'Angleterre. Londres lui avait demandé de se préparer à recevoir une instruction le lendemain à onze heures.

« J'étais là, poursuivit-elle sur le même ton guilleret avec lequel elle avait raconté la soirée de la veille. À vrai dire, j'avais déjà tout prévu quand nous nous sommes quittés. C'est pourquoi je vous ai proposé qu'on se retrouve dans l'après-midi plutôt que le matin. Il était bien dans mon intention de récupérer le message perdu ! »

Ils étaient arrivés à la pointe de l'île.

« Londres demande que nous retournions chez Saint-Victor, lâcha enfin la jeune fille. Le plus rapidement possible et munis d'appareils photos. Ils veulent des clichés du site. »

Ils firent encore quelques pas au bord du fleuve.

« Un pêcheur nous attendra sur le port.

– Et Tégéa ? » demanda Boro.

Il avait oublié l'imprudence de Bleu Marine. Il préparait déjà la mission prochaine.

« Cet homme apportera les photos à Londres.

– Comment ?

– Il dispose d'une embarcation. J'ai un numéro de téléphone, un mot de passe et le nom du bateau.

– Voulez-vous que je vous accompagne ? demanda Dimitri.

– Non, fit aussitôt Bleu Marine. Non », redit-elle plus aimablement en lui adressant un sourire de regret.

Ils comprirent qu'elle se reprochait de lui avoir parlé sèchement.

« Alors je vous laisse. Moins nous en savons sur nos activités respectives, mieux nous nous portons. »

Ils ignoraient quand ils se reverraient. S'ils devaient émettre encore, ils ne le feraient plus de la cache de Dimitri.

« Je ne sais pas où tu habites désormais, commença Boro.

– Si j'ai besoin, je te trouverai. »

Ils se regardaient. Souvent, ils s'étaient quittés ainsi, bousculés par l'histoire. Ils s'étaient toujours retrouvés. Leurs chemins s'étaient croisés à Berlin, à Barcelone, à Madrid, à Paris. C'était, ce jour-là, comme les autres fois.

Dimitri tendit la main à son ami. Boro étreignit son frère. Par une étrange harmonie humaine, ils songèrent au même instant au fils de Maryika Vremler. Boro dit :

« Si je ne devais pas le revoir, embrasse Sean pour moi. Dis-lui...

– ... Je lui dirai les mots que tu prononcerais si c'était toi qui devais être à ma place, répondit Dimitri.

– Bien sûr. »

Ils s'éloignèrent d'un pas pour mieux se regarder.

« Allons », fit Dimitri.

Il referma solidement les mains sur les épaules du reporter, puis se dégagea. Il embrassa Bleu Marine.

« Un jour prochain... », murmura-t-il.

Il n'acheva pas. Il s'était déjà détourné. Boro le regardait s'éloigner sur le quai de Béthune. Son cœur s'était refermé sur l'image de Liselotte. Dans le brouillard humide de ses cils, les deux silhouettes se confondaient.

« Partons », murmura-t-il en prenant le bras de Bleu Marine.

Ils montèrent sur le boulevard Henri-IV. Ils traversèrent la Seine par le pont de Sully. Lorsqu'ils furent sur l'autre quai, Boro demanda :

« Pourquoi ne voulais-tu pas que Dimitri nous accompagne ?

– Ce n'est pas moi, répondit Bleu Marine. C'est Londres. »

Elle compta vingt-quatre pas – ceux de son âge –, puis ajouta :

« Ils veulent que nous rentrions. »

Boro ne répondit pas.

« L'homme qui nous attendra sur le port ne doit pas seulement rapporter les photos en Angleterre. »

C'était l'injonction transmise par Julia Crimson.

« Il a pour mission de nous embarquer avec lui. »

Boro frappa le sol de l'embout de sa canne et déclara :

« Je n'ai jamais reçu d'ordre de personne. »

Pour lui, sur cette question, la guerre ne changeait rien à l'affaire.

Poulet chasseur

Allongés dans les fougères, ils observaient attentivement les édifices en construction. Il semblait qu'il y en eût plusieurs, mais tous convergeaient, par des tunnels ou des tranchées, vers la base d'un plan incliné qui courait sur plusieurs centaines de mètres, du plateau jusqu'aux soubassements.

Depuis leur dernière visite, les travaux avaient avancé à une vitesse prodigieuse. Les ouvriers en bleu de travail étaient désormais aussi nombreux que les pauvres hères en tenue rayée qui martelaient, transportaient, convoyaient, soulevaient, gardés par des hommes munis de fouets et secondés par des chiens. Des barbelés cernaient l'édifice, qu'aucun mirador ne surmontait. La ligne de chemin de fer semblait achevée : elle serpentait de l'extrémité est du plateau vers un chemin forestier dont Bleu Marine et Boro ne voyaient pas l'extrémité.

Ils s'étaient approchés le plus possible du site. De la gare, Tégea les avait conduits jusqu'à la propriété du comte de Saint-Victor. Il leur avait montré un vallonnement derrière lequel une pente douce s'arrêtait en bordure d'un précipice rocailleux. Le chantier s'étendait plus bas, sa base la plus profonde partant presque à l'aplomb de la falaise crayeuse d'où ils observaient, pour remonter régulièrement et affleurer plus loin, à trois ou quatre cents mètres.

Boro sortit une boussole de sa poche. Le chantier était orienté est-ouest.

« Là-bas, c'est l'Angleterre », murmura-t-il à l'adresse de Bleu Marine.

Elle regardait de l'autre côté, les jumelles pointées vers des murs en formation. Ils n'existaient pas lors de leur dernière visite. Ils étaient d'une épaisseur inhabituelle : cinq mètres au moins, et formaient une ligne discontinue qui partait des soubassements pour s'élever jusqu'à une hauteur limitée.

« Regardez », dit-elle à Boro.

Cette fois, ils s'étaient munis chacun d'une paire de jumelles. La première appartenait à Bleu Marine, qui l'avait apportée de Londres. La deuxième avait été dénichée par Scipion : il l'avait empruntée à un ancien voisin voyeur qui l'utilisait jadis pour surveiller depuis ses fenêtres les mannequins posant dans les ateliers de la Grande-Chaumière, à Montparnasse.

« C'est une casemate. Ils construisent des murs en béton.

– D'un genre très particulier », constata Boro en promenant ses jumelles sur l'objectif que lui désignait la jeune fille.

Il ajusta l'optique de son Leica sur le verre de la jumelle. Il avait fixé sur celle-ci un cercle caoutchouté qui réduisait les reflets. Il visa aussi précisément que possible, déclencha puis arma.

Une particularité du chantier l'obsédait : il était à peine gardé. Hormis les barbelés et les gardes-chiourme qui déambulaient entre les prisonniers, aucune tour, aucune batterie antiaérienne, aucun canon n'était visible. Les hauteurs n'étaient même pas protégées puisqu'ils y avaient accédé facilement. Les constructeurs bâtissaient comme s'il s'était agi d'un gros œuvre à caractère civil et inoffensif. Prakash et Pázmány partageaient cette impression : les sites qu'ils avaient visités, en Normandie ou dans le Pas-de-Calais, ne semblaient pas plus protégés que celui-ci. Les deux Hongrois étaient eux aussi repartis en chasse, et Blèmia pressentait que le lendemain, lorsqu'ils rassembleraient le fruit de leurs observations, ses camarades et lui-même parviendraient à des conclusions identiques : tout était fait pour donner le change.

Boro balaya le champ qui s'ouvrait devant lui avec ses jumelles. Avant de s'installer derrière les ajoncs qui précédaient l'à-pic, ils s'étaient assurés qu'ils demeuraient invisibles du bas. À moins de prendre un risque en se levant pour plonger le regard au pied de la falaise, en s'exposant ainsi dangereusement, ils étaient parfaitement protégés de la curiosité d'autrui. Tégea veillait sur l'arrière, empêchant quiconque d'approcher. Ils avaient donc le temps et pouvaient observer tout à loisir.

Boro désigna la pente qui remontait en contrebas vers l'ouest.
« Croyez-vous qu'ils puissent installer des tubes ? »
Bleu Marine orienta sa lunette dans la direction indiquée.
« Oui, dit-elle. Des canons...
— Des grosses Bertha modernes qui seraient mises à feu au pied de la rampe...
— Peut-être. Mais je ne comprends pas l'importance des constructions. »
De fait, des canons, si puissant soient-ils, n'avaient pas besoin d'un espace aussi vaste pour être installés.
« Ce qu'on peut assurer sans erreur, c'est qu'il s'agit d'un édifice souterrain.
— Partiellement souterrain, rectifia Bleu Marine.
— Ce qui signifie qu'ils vont construire un toit.
— Il faut détruire ce lieu avant.
— Les bombes percent le béton.
— Une bombe d'une tonne creuse un puits de sept mètres cinquante maximum.
— Et alors ? questionna Boro. Le toit sera plus épais ?
— Les murs de soutènement font cinq mètres. Ils peuvent supporter un poids considérable.
— Il y a pire », suggéra Boro.
Il dirigea ses jumelles vers la partie est du chantier, la plus profonde.
« Imaginez qu'ils construisent un plafond épais de cinq mètres, et qu'ils rajoutent de la terre par-dessus.
— Je vous suis, répliqua Bleu Marine, faisant aller ses propres lunettes d'approche d'une extrémité à l'autre de la zone. Si je calcule approximativement la longueur du terrain et que je la mette en rapport avec la déclivité et la hauteur du plateau, je pense qu'ils peuvent combler sur sept mètres de profondeur.
— Y compris la dalle en béton ?
— Sans la dalle en béton. »
Boro grimaça.
« J'imagine qu'aucune bombe ne pourra atteindre le cœur du dispositif.
— Les Américains ont des bombes de quatre tonnes. Avec des bombardiers de type Marauder, c'est possible. »
Elle tourna la tête vers Boro et ajouta, tout sourire :
« Je vous assure ! »

POULET CHASSEUR

– Comment savez-vous cela ? demanda-t-il, interloqué.
– Les ingénieurs dans le civil sont devenus des têtes chercheuses en matière de déconstruction. »
Il promena sa main dans sa tignasse courte et dit :
« Après la guerre, nous construirons une maison ensemble. »
Elle vint contre lui, abandonnant ses jumelles.
« On a tout vu ? demanda-t-il.
– Tant qu'on ne sait pas de quoi il s'agit, on ne peut qu'émettre des hypothèses.
– À Londres, ils se poseront une seule question : faut-il bombarder ?
– S'ils le font maintenant, quelques projectiles suffiront à bouleverser le sol et à flanquer tout par terre.
– Oui mais ils se contenteront de retarder les travaux. S'ils attendent, ils détruiront pour de bon.
– Retarder les travaux de quoi ? questionna Bleu Marine. Détruire quoi ? »
Ils reprirent leurs jumelles et fouillèrent une nouvelle fois le terrain, passant sur les hommes, gardiens et prisonniers, sur les rails, les trémies disposées ici et là, le sommet du plateau, les fondations, les tranchées, les murs de béton... À quinze heures, ils décidèrent de plier bagage. Tégea les attendait sur les bords du petit étang, à l'entrée du sous-bois. Boro avait remisé son Leica dans l'alpenstock que lui avait offert Harro Schulze-Boysen. La pellicule était cachée dans le pied de la canne.
« Je ne peux pas vous conduire à la gare, les informa le garde-chasse. Le comte de Saint-Victor reçoit un aréopage de corne-culs. »
Il fit la grimace et ajouta :
« Bien obligé... Il souhaite que je l'assiste. »
Il les précéda dans le petit bois, marcha avec eux dans la clairière, jusqu'à l'allée qui menait aux garages.
Patrice Poulet attendait devant la Delage Grand Sport modèle 1939.
« L'autre chauffeur vous accompagnera. »
Boro et Bleu Marine s'installèrent à l'arrière. Une vitre les séparait du conducteur.
« Nous devons donner la pellicule au correspondant que Londres nous a désigné, chuchota Bleu Marine.
– Pas maintenant.

– Je comprends que vous ne vouliez pas partir. Mais il leur faut les photos. »

La limousine quittait les terres du comte de Saint-Victor. Patrice Poulet regardait tour à tour le ruban gris de la route et, dans le rétroviseur, le visage mat de son voyageur.

Était-ce celui qu'il avait transporté de Lorient à Paris, de nombreux mois auparavant ?

« Nous reviendrons dans deux jours, expliquait Boro à Bleu Marine. Nous devons d'abord récupérer les photos de mes amis hongrois. Nous allons les développer et les comparer. Après, nous les enverrons. »

La jeune fille abdiqua. Son regard croisa celui du chauffeur, dans le rétroviseur. Un frisson la parcourut. De l'autre côté de la glace, bien calé sur son siège, Patrice Poulet avait pris sa décision : il déposerait les passagers à la gare et rendrait compte aussitôt à la Kommandantur.

Le bordel en conclave

Enfermés dans la chambre noire installée boulevard Barbès, Prakash, Pázmány, Bleu Marine et Boro observaient les clichés fraîchement sortis des bains. Équipés eux aussi d'une paire de jumelles et munis chacun d'un appareil, les deux Hongrois avaient visité deux sites situés en Haute-Normandie. Quoiqu'elles fussent assez semblables, leurs photos différaient quelque peu de celles rapportées par Boro et Bleu Marine. À première vue, les chantiers se ressemblaient. Ils étaient conçus pour abriter des constructions souterraines, employaient plusieurs centaines de travailleurs et n'étaient apparemment pas protégés par des batteries anti-aériennes. La différence résidait dans le point central autour duquel semblaient s'organiser les constructions. Chez le comte de Saint-Victor, elles partaient de ce long plan incliné dirigé vers l'ouest. Ailleurs, elles s'étoilaient à partir d'un centre.

« On dirait un pâté géant », commentait le Choucas.

De fait, les tranchées s'étoilaient depuis un dôme. Deux d'entre elles semblaient particulièrement profondes, et très larges. Elles s'étendaient sur cent cinquante mètres environ avant de croiser d'autres voies de circulation.

Boro essayait de se souvenir si la casemate dans laquelle se trouvait le char Tigre ressemblait à cela. Elle aussi était cernée par des couloirs et des galeries. Elle aussi, au moins dans sa mémoire, était de taille impressionnante. Mais les convergences s'arrêtaient là. Avant de les conduire au pied du Tigre, le chauffeur de Harro Schulze-Boysen avait dû montrer patte blanche, papiers et laissez-passer, à des gardes en armes. Ils avaient longé des champs de mines surveillés par des miradors bien plantés. Enfin, la cage du fauve se trouvait au cœur de l'Allemagne et non sur un territoire occupé, donc plus vulnérable.

« Tout cela plaide pour la construction d'un site qui ne renferme aucun secret particulier, décréta Páz.

– Nous serions donc de simples paranoïaques? questionna le Choucas.

– La période s'y prête, admit Boro. Mais je ne partage pas ton optimisme.

– Y a-t-il une loupe? » s'enquit Bleu Marine.

On lui en donna une. Elle la promena de cliché en cliché, totalement absorbée par ce travail. Les trois Hongrois s'éloignèrent de la lampe inactinique, comme s'ils voulaient protéger la concentration de la jeune fille.

« Il ne peut s'agir d'édifices civils, poursuivit le Choucas. Ils ne construisent pas de bureaux ou de lieux de ce genre.

– Des habitations pour leurs officiers supérieurs?

– Des points de résistance à un débarquement?

– S'il s'en prépare un, il aura lieu dans le Pas-de-Calais, dit Boro.

– Précisément, remarqua Páz. Ton comte de Saint-Victor se trouve par là-bas.

– Mais pas les lieux que vous avez visités. »

Ils tournaient en rond. Cette situation leur en rappelait d'autres, nombreuses, lorsque, à la plus belle époque de l'agence Alpha-Press, les trois Hongrois se retrouvaient dans le bureau de Blèmia ou à l'ombre des lampes voilées du labo pour organiser le départ en reportage des équipes. Combien de fois s'étaient-ils posé des questions très essentielles, mesurant les dangers à distance, échafaudant des hypothèses de travail, visitant l'Espagne, la Chine, l'Italie ou l'Éthiopie sur des cartes ou des photographies anciennes?

Il y avait, cependant, une différence majeure : ils ne craignaient pas, alors, d'être interrompus par des visites intempestives. À l'agence, chacun savait que, lorsqu'ils étaient réunis en conclave, personne ne devait déranger les trois fondateurs d'Alpha-Press. Alors que le bordel d'Olga Polianovna pouvait être visité à toute heure. Certes, Scipion se tenait en embuscade derrière la porte d'accès au lupanar. L'ancienne danseuse de Balanchine campait dans ses appartements. Postées aux fenêtres, les demoiselles guettaient. Mais, si les sbires noirs de la Gestapo parquaient leurs voitures le long du trottoir pour faire irruption la minute suivante dans les étages de la maison close, il serait trop tard pour déménager.

« Venez voir », dit doucement Bleu Marine.

Elle avait approché une lampe des photos prises par Prakash et Pázmány. Elle promenait la loupe de l'une à l'autre, très concentrée.

« Pourriez-vous agrandir ce détail ? »

De la pointe d'un crayon, elle montrait les extrémités du diamètre formant le centre de la construction en cours d'élaboration.

Pázmány s'installa aux commandes de l'agrandisseur. Il cadra sur la partie désignée par la jeune fille. Celle-ci observait par-dessus son épaule.

« Ici, dit-elle en montrant le point qu'elle voulait mieux voir.

— Ce sera le seul ? » demanda le Choucas.

Ils disposaient de peu de papier.

« Il n'est pas nécessaire de tirer », décréta la jeune fille avec une pointe de fierté dans la voix.

Elle arborait une expression semblable à celle qu'elle manifestait quand elle avait établi la connexion avec Radio Londres ou quand elle avait décodé un message à une allure exceptionnelle : une joie contenue, doublée d'une malice enfantine. Boro n'eut pas besoin d'attendre pour comprendre que ses talents d'ingénieur et de mathématicienne allaient leur livrer une partie du mystère sur lequel ils se penchaient.

« Regardez, dit Bleu Marine en montrant le détail qu'elle avait demandé d'agrandir. Que voyez-vous ?

— Un pâté géant, répéta l'un.

— Deux tranchées sur ses côtés, fit l'autre.

— Deux remblais de terre derrière les tranchées, observa le troisième.

— Bravo ! commenta Bleu Marine. Vous êtes de fins observateurs. »

Elle reprit son souffle, comme si elle voulait laisser échapper une excitation qu'elle peinait à contenir.

« Trouvez-moi trois flacons de produits, commanda-t-elle.

— Quel genre de produits ?

– Pour vos machins », dit-elle en montrant les bains de développement.

Ils les déposèrent dans une cuvette vide. Elle en plaça un entre les deux autres et releva ces derniers grâce à des boîtes de papier. Sa construction rappelait le pâté des photos, les remblais de terre et les tranchées.

Bleu Marine reprit son crayon et le pointa sur le vide installé entre le flacon central et ses deux homologues.

« Ici sont nos tranchées. D'après les photos, elles mesurent une quarantaine de mètres de largeur, et huit en profondeur. Elles ne constituent pas un chemin de ronde qui permettrait de tourner autour du dôme. Bien au contraire. »

Elle montra les deux flacons extérieurs.

« Ces remblais de terre sont des coffrages. Ils vont servir d'appui.

– À quoi ? demanda Páz.

– À une coulée de béton. »

Bleu Marine prit une photo et la posa sur les deux flacons situés de part et d'autre du troisième, plus petit.

« Dans l'espace laissé libre, imaginez que je coule du béton. La coupole, figurée par la photo, tient parfaitement. D'autant que je vais couler une autre couche de béton au-dessus du dôme. C'est pourquoi je l'ai rabaissé par rapport aux remblais de terre. »

La jeune fille regardait son auditoire avec passion. Elle voulait à toute force les convaincre de la justesse de sa démonstration.

« Entre le sommet du dôme et la couverture en béton, il y a, d'après mes calculs, de cinq à six mètres. C'est un blindage important. »

Parvenue au terme de ses déductions, la jeune fille fit voler la bouteille centrale. La photo ne bougea pas, maintenue par les deux flacons extérieurs.

« Lorsque le béton est sec, je détruis le dôme. Il n'était qu'un support. Après, je peux travailler sous la coupole sans que personne me voie. L'espace est suffisant.

– L'espace de quoi ? questionna Boro.

– Cela, je l'ignore encore.

– Peut-on imaginer que la coupole s'ouvre ?

– Oui, si l'on a pris soin de mettre en place des vérins.

– Alors c'est un canon, déclara le Choucas, revenant sur une idée déjà exprimée.

– Un canon braqué sur Londres, conclut Boro.
– Sauf que je ne crois pas que la coupole s'ouvre », précisa Bleu Marine.

Elle revint aux photos.

« En tout cas, je ne vois pas de trace laissant supposer cela.
– Il faut envoyer ces photos à Londres. »

Ils décidèrent de téléphoner au contact que Bleu Marine avait reçu par radio. Mais avant, Blèmia Borowicz avait une mission urgente et particulière à accomplir.

« Brûlons les photos et cachons les négatifs », dit-il en prenant un bouteillon de laxatif qu'il posa à côté de l'agrandisseur.

« Je pars la première », dit Bleu Marine.

Elle s'en fut après avoir donné rendez-vous à Boro, le lendemain à dix heures, au Luxembourg, devant la fontaine Médicis.

Plume de cul

Ruddi Reineke faisait sa toilette comme les chats. Il aimait à se camper devant un miroir, puis, s'étant mis nu, à se frotter délicatement la panse et les gambettes en s'adressant à lui-même des petits miaulements doublés de tendres œillades. Après le savon, il passait un onguent, puis un baume, un parfum, du talc par endroits, et, enfin, revêtait la tenue du jour, préalablement choisie parmi les trois pantalons et les six chemises qui composaient sa garde-robe de voyage.

Ce matin-là, il choisit une culotte en popeline mauve, assortie à une liquette beurre-frais, des chaussures à large boucle et un veston orange, sous lequel le holster ne paraissait pas, non plus que le Luger qu'il contenait – noir, effilé, le canon bien huilé, le chargeur en place.

Il sortit de sa chambre en sifflotant après avoir ajusté son toupet comme il faisait depuis 1933 : laqué pour rester bien droit, campé sur le chef dans le sens de la largeur, voué au respect éternel que l'ancien groom portait au Führer puisque, dans son esprit, cet appendice grandi et magnifié figurait la main tendue associée à un « Heil Hitler ! » qu'on ne pouvait chanter comme une éternelle basse continue. Ainsi Ruddi le supplétif ne cessait-il jamais de révérer le guide suprême qui avait accroché quelques grelots magnifiques à une vie jadis consacrée à du rien.

L'homoncule se grandit dans le couloir jusqu'à atteindre le sommet étoilé de sa mission de garde-chiourme. Il frappa à la porte du 26.

« Mademoiselle Dorn, susurra-t-il après avoir attendu trois longues secondes une réponse qui tardait. C'est votre Ruddi qui vous parle. Le Ruddi de la chambre 29. »

Se heurtant à du vide, l'importun enfla le ton.

« Allons ! Ouvrez donc ! Nous devons chercher ce Blèmia Borowicz qui nous échappe encore ! »

Il porta une main honteuse à ses lèvres : n'avait-il pas commis une lourde imprudence en prononçant un nom qu'aucune personne ne devait entendre ?

« Il ne nous reste plus que quelques jours, chère Fräulein ! Après, les méchants vont entrer dans l'arène ! Ils vont vous faire du mal ! Quelques bobos feraient tache sur votre corps tout rose... »

Un voisin passa, un représentant de commerce qui occupait la chambre 30. Parvenu à l'extrémité du couloir, il se retourna pour observer cet ahuri, planté devant une porte, qui s'abandonnait à un naturel revenant au galop :

« ... Un gros bleu sur une poitrine comme la vôtre, imaginez l'effet ! Et le plat de l'abdomen gonflé par des litres d'eau introduits de force dans une si jolie bouche, comme de l'essence dégoulinant des lèvres purpurines d'un réservoir, et vos mains ficelées derrière le dos, le visage en roue de secours, les jambes en autostrade, la... »

Ruddi s'interrompit soudain : quelqu'un l'observait. Il se redressa, martial, dégaina un sourire féroce en direction du représentant de commerce.

« T'as percé une durite ? demanda celui-ci en associant sa question à un geste compréhensible dans toutes les langues : l'index tournant sur la tempe. T'es bien zinzin, toi ! »

Le quidam décanilla, le marché noir l'appelant à des rencontres offrant un meilleur rapport.

Ruddi Reineke assena un poing rageur contre la porte.

« Ouvrez ! »

Il tourna le bouton. Qui répondit du bout de la clenche : la porte était verrouillée.

Ruddi Reineke prit son élan dans le couloir, vira dans l'escalier, passa la quatrième au milieu des marches et freina dans un hurlement au pied du desk :

« *Wo ist Fräulein Dorn ?* »

Mme Gabipolo chaussa ses lunettes noires.

« *In french, please.*
– Où est-elle ?
– De qui parlez-vous, jeune homme ?

– De la 26 !

– La 26, réfléchit la patronne en se grattant l'occiput. Voyons, la 26... Qui loge donc à la 26 ? »

L'ancien groom savait lire dans les lignes des casiers : la clé de la chambre 26 était à sa place. Ce qui signifiait que Fräulein Dorn avait quitté l'hôtel. Son sang ne faisant qu'un tour dans le monocylindre de son esprit, Herr Ruddi Reineke sortit instantanément de l'hôtel. N'ayant pas de talents particuliers pour l'ubiquité, il choisit d'aller d'abord sur sa gauche, où la voiture abritant les sentinelles était invisible. Dès lors, il opta pour la droite. Une minute après avoir pris cette décision, sans même l'avoir mûrement réfléchie alors qu'à l'évidence elle l'engageait pour la vie, Ruddi Reineke poussait la porte du café qui faisait l'angle des rues d'Assas et Le Verrier. Aussitôt, il se trouva en présence de l'un des deux hommes de la Gestapo placés là en surveillance.

« As-tu vu la *Dirne* ? »

Il y eut confrontation. D'un côté, un malabar à manteau de cuir, gueule patibulaire, quatre bagues à chaque main, de l'autre un toupet frémissant vêtu en orange.

« Ta *Dirne* a foutu le camp, gringalet !

– Aïe aïe aïe ! » articula le gardien défroqué.

Il cherchait une réplique.

« Comme nous étions là, nous avons rattrapé ta mauvaise pêche.

– *Wunderbar !* émit le sieur Reineke. Où est-elle donc ?

– Sous notre aile. »

Le gestapiste empoigna le toupet sous l'aisselle et le souleva jusqu'à hauteur de bar.

« Tu rentres à l'hôtel, et tu n'en bouges plus jusqu'à nouvel ordre.

– *Yawohl, Herr General !* » glapit le soutenu tout en figeant ses talons devenus aériens en un claquement respectueux.

Il retomba.

« Si j'étais général, je te mettrais aux arrêts, plume de cul ! »

S'étant rétabli, Ruddi mit de l'ordre dans son esprit surchauffé, redressa sa carrure et offrit un humble sourire au représentant de l'ordre vénéré. Puis il tourna ses petons, sortit du café et prit la direction inverse de celle qu'il avait empruntée précédemment. Ce qui lui posa un problème dont il chercha longtemps la solution sans jamais la découvrir : comment se faisait-il qu'après avoir tourné à droite dans la rue Le Verrier en quittant l'hôtel il se fût retrouvé à son point de départ après avoir de nouveau tourné à droite en quittant le café ? Subséquemment, ne devait-il pas se féliciter d'avoir pris cette direction alors que la logique eût voulu qu'il prît à gauche pour revenir à droite puisqu'il s'était dirigé à la gauche de sa droite pour s'éloigner de l'hôtel qui, il le vérifia plus tard, se situait tantôt à droite, tantôt à gauche, selon et en fonction.

Enfin, croisant la jeune fille qui logeait au même endroit alors qu'elle poussait la porte juste devant lui, il se dit que de mauvaises idées l'avaient précédemment traversé : cette personne qui était là ne pouvait être ailleurs, ce qui, en bonne et intelligible déduction, signifiait qu'elle n'avait pu aider Fräulein Dorn à s'échapper puisqu'elle se trouvait là tandis que l'autre était ailleurs. Sur la gauche ou sur la droite.

Ruddi Reineke, devenu tout miel, adressa un sourire sucré à Bleu Marine.

Le testament du Champ-de-Mars

Les pavés secouaient Barbara. Elle se demandait où la conduisait le grand Noir qui pédalait devant elle. Le matin même, très tôt, la jeune fille aux cheveux courts dont elle avait désespérément cherché le soutien avait toqué à sa porte. Elle lui avait ouvert.

« Ne me posez pas de question, avait dit l'inconnue, et faites ce que je vais vous demander. Nous courons tous un risque immense si vous ne suivez pas exactement les consignes que je vais vous donner. »

Une demi-heure plus tard, sous l'œil complice de Mme Gabipolo, Barbara franchissait le seuil de l'hôtel de la Chaise. Elle était vêtue comme pour une promenade. Les deux sbires en noir postés en surveillance depuis l'aube dans le café qui faisait l'angle de la rue d'Assas la virent passer sans supposer que son intention était de disparaître pour ne plus revenir. L'un d'eux la prit en filature. Il remonta la rue d'Assas derrière elle, tourna sur la droite en haut du boulevard Saint-Michel, passa devant la statue du maréchal Ney, redescendit le boulevard du Montparnasse après la Closerie des Lilas.

Au niveau du numéro 153, Barbara entra dans une pharmacie. Rassuré, l'homme de la Gestapo se planta à distance, surveillant sans inquiétude la porte du magasin. Se fût-il approché, il eût constaté que la pharmacie bénéficiait d'une double entrée, celle-ci donnant en contrebas dans la rue Notre-Dame-des-Champs. Là, Scipion attendait aux commandes de son vélo-taxi. Barbara s'installa à l'arrière. Cinq minutes plus tard, elle filait en direction des Gobelins.

LE TESTAMENT DU CHAMP-DE-MARS

À neuf heures trente, le gestapiste en faction donna l'alerte. Il descendit en courant le boulevard du Montparnasse, emprunta la rue Paul-Séjourné sur la droite et courut jusqu'à la voiture de surveillance placée entre les rues Joseph-Bara et Le Verrier. Tandis que Ruddi Reineke poussait la porte du café de la rue d'Assas, la Traction sillonnait le quartier à la recherche de la fugitive. L'alerte fut donnée après que Bleu Marine eut réintégré l'hôtel de la Chaise, ayant vérifié que le vélo-taxi de Scipion ne se trouvait plus devant la double entrée de la pharmacie. La veille, tout en baguenaudant dans les parages immédiats de la fontaine Médicis, elle avait préparé le plan d'évasion de la jeune Allemande avec Blèmia Borowicz.

Le vélo-taxi franchit la Seine sur le pont d'Austerlitz. Scipion s'était brièvement retourné lorsque Barbara avait pris place dans son carrosse. Il n'avait pas reconnu la doublure image de Maryika Vremler. Il pédalait. Toutes ses forces étaient concentrées dans cette action dont la vie de quelques-uns dépendait. Boro l'avait prévenu :

« La personne que tu vas enlever sera suivie. Elle est attachée à une longe tenue par une meute de nazis. À coup sûr, ils me cherchent. Si l'opération échoue, ils se jetteront sur nous. »

Ils avaient étudié tous les itinéraires conduisant de Montparnasse au lieu que le reporter avait choisi pour la rencontre. Ils avaient opté pour les ruelles et les entrelacs du Jardin des plantes et du Marais, s'éloignant des artères trop fréquentées où les voitures suiveuses les eussent repérés plus facilement.

« Si cette fille est une chèvre, avait fait remarquer Scipion, c'est qu'elle a accepté de jouer ce rôle. Tu dois donc t'en méfier.

– Raison de plus pour doubler ton ardeur au pédalage. Elle peut être suivie avec son accord ou contre son gré. Cela ne réduit pas le danger. »

Boro avait tout imaginé. Depuis que Bleu Marine l'avait informé de la présence de Barbara Dorn à Paris, mille conjectures s'étaient offertes à lui. Aucune ne suscitait l'espoir. Dans tous les cas de figure, il paraissait probable qu'un malheur était arrivé. Qu'étaient devenus Harro Schulze-Boysen et ses amis ? Quand il pensait à ces courageux combattants qu'il avait croisés le temps d'un voyage, un voile d'ombre envahissait le reporter. Il se demandait comment la résistance au nazisme pouvait s'organiser et durer au centre du volcan alors que partout ailleurs sa lave mettait la terre en feu.

« Si tu es filé et que tu le remarques, avait-il précisé à son ami Scipion, ne remonte pas jusqu'à moi, mais perds-toi dans les ruelles. Nous nous retrouverons plus tard.

– Et la demoiselle ? avait demandé le chauffeur.

– Tu la gardes avec toi.

– En toute circonstance ?

– Sauf si son attitude laisse penser qu'elle est de mèche avec ses poursuivants. »

Mais Barbara Dorn n'affichait aucune attitude. Elle se laissait conduire. Elle ne s'intéressait même pas à l'itinéraire emprunté. Elle ne regardait pas vers l'arrière, vérifiant que personne ne les suivait, non plus que vers l'avant. Elle gardait la tête baissée. Elle espérait de toutes ses forces pouvoir accomplir la dernière mission que Dieter lui avait commandée. Elle avait enduré mille souffrances afin de satisfaire à une ultime prière, qui lui avait été adressée comme un testament. Après, elle serait ailleurs. Elle s'y trouvait déjà puisque, si les événements se déroulaient sans heurts, tout serait consommé avant la fin de la journée.

Le vélo-taxi avait serpenté jusqu'aux Grands Boulevards. Il montait maintenant vers le grand pâté blanc du Sacré-Cœur, bâti sur les ruines de la Commune. Scipion arrêta son vélo-taxi au bas des marches qui conduisaient à l'édifice. Des Allemands en uniforme voletaient ici et là comme des pigeons. Boro avait choisi l'endroit pour leur présence : nul ne viendrait les chercher au cœur de la grande teinturerie kaki.

« Il vous attend là-haut », déclara Scipion en indiquant les dômes du pâté.

À cet instant, Barbara reconnut l'homme qui conduisait la voiture dans laquelle, longtemps auparavant, Maryika Vremler s'était échappée de Berlin avant que Goebbels ait pu faire d'elle la petite fiancée de l'Allemagne.

« Merci », murmura-t-elle en posant le pied à terre.

Boro l'attendait au sommet de l'escalier. Lorsqu'il la vit, il ne bougea pas. Puis, s'étant assuré qu'aucun véhicule ne s'était arrêté derrière Scipion, que nul personnage en gabardine ne paraissait s'intéresser à elle, il descendit les marches. D'abord lentement. Puis de plus en plus vite. Et, quand Barbara le remarqua à son tour, elle pressa le pas elle aussi, en sorte qu'ils finirent presque par courir l'un vers l'autre. Elle se jeta dans ses bras. Elle se retint à lui, les mains enfermées sur ses épaules, et soudain, comme un tourment déferlant, elle laissa couler hors d'elle la mer de pleurs qu'elle contenait depuis la mort de Dieter.

« Tout va bien, murmurait Boro en la serrant contre lui. Maintenant, nous sommes ensemble. »

À l'instant où elle était venue contre lui, l'agrippant avec un infini désespoir, il avait su qu'en aucun cas elle n'était de mèche avec d'éventuels chasseurs. Cette certitude se confirma quand elle s'éloigna de lui pour le regarder et lui parler. Il l'avait connue jeune et ravissante. Elle était belle, magnifiquement belle, mais dans la douleur. À son tour, Boro fut saisi par la souffrance qui baignait ce visage très blanc, comme martelé de l'intérieur par un instrument de torture invisible.

« Qu'est-il arrivé ? murmura-t-il.

– Je dois vous parler. Je vous cherche depuis de très longs jours.

– Où est Harro ? Dieter ?

– Ils les ont exécutés. Torturés puis pendus. »

Elle avait lâché ces quelques mots qui la hantaient avec un naturel qui terrifia Boro, moins pour le ton sur lequel ils avaient été prononcés que pour la brutalité de ces deux vocables : torturés, pendus.

« Je m'attendais à cette catastrophe », balbutia-t-il.

Il resta silencieux pendant une longue minute, se laissant envahir par de terribles images. Puis il prit le bras de la jeune femme et dit, n'ayant trouvé d'autres paroles consolatrices :

« Ce sont de très grands hommes. L'histoire les reconnaîtra un jour. La guerre va bientôt finir.

– Pour moi, elle est perdue à jamais. »

Ils descendirent les marches du Sacré-Cœur. Boro portait le loden offert par Harro Schulze-Boysen. Il pesait d'un poids considérable sur sa haute stature. Certainement, la guerre allait finir. Mais, en lui-même, il en resterait toujours quelque chose. Non pas une charge, mais un vide. De multiples amputations. Des membres en moins. Quelques transparences douloureuses dans la mémoire, comme des trous causés par un acide impitoyable. Des pans entiers de son existence se trouvaient effilochés.

« Où voulez-vous aller ?

– À la tour Eiffel. Je ne suis jamais montée à son sommet. »

Scipion attendait, installé derrière le guidon de son vélo-taxi. Ils grimpèrent à l'arrière.

« Nous allons nous promener vers le Champ-de-Mars », dit le reporter.

Cette expression lui sembla des plus saugrenues : se promener...

« Quelqu'un a cassé nos codes, commença Barbara tandis que Scipion redescendait lentement vers le centre de Paris. Une personne démoniaque, animée par la haine.

– La haine de qui ?

– Je ne le sais pas. Je l'ai vue une nuit, quand on maltraitait Dieter. Une femme au bras coupé. Elle m'a dit : "C'est moi". Elle traînait dans les couloirs de la prison. Je suis sûre qu'elle voulait seulement nous voir. Quand elle m'a dit : "C'est moi", son regard brillait d'une telle excitation que j'ai compris quels efforts elle avait fournis pour nous anéantir. D'abord, j'ai pensé que nous avions commis une imprudence et qu'elle nous avait dénoncés. C'est Harro qui m'a dit, quelques jours avant de mourir, qu'une femme avait brisé nos codes. »

Au même instant, sur un quai de la gare de l'Est, cette femme, emplie en effet d'un mauvais fiel, tendait sa valise à un homme venu la chercher à l'arrivée du train de Berlin. Ainsi, vers midi, tandis que le vélo-taxi conduisant Barbara Dorn et Blèmia Borowicz abordait le pourtour de l'Opéra, Gerda la manchote et Herr Mensch-Hobenfold montaient dans une voiture qui les menait vers le siège parisien de la KWU.

« Poursuivez », dit Boro d'une voix sourde.

Il avait écouté le récit de Barbara. Il eût préféré qu'elle se tût, tout en comprenant qu'une impérieuse nécessité l'obligeait à raconter à la seule personne capable de l'entendre les abominations que les nazis avaient fait subir au groupe Schulze-Boysen.

« Je suis venue ici pour vous confier quelque chose. Un secret que Dieter m'a demandé de vous transmettre. Je l'ai fait parce qu'il me l'a ordonné une heure avant de mourir. Je détiens son testament et vous devez maintenant en prendre possession. »

Boro attendait. Mais Barbara s'était tue. Il n'osait tourner son regard vers elle tant ses traits l'épouvantaient par la souffrance qu'ils dégageaient. Comme une terreur rétrospective, collée à sa conscience.

«Je vous écoute, dit-il doucement.
— Je ne connais pas la nature de ce secret. Il y a un testament. Vous le lirez.
— Vous êtes venue de Berlin porteuse d'un testament? demanda le reporter.
— Oui.
— Mais comment avez-vous fait? Surveillée comme vous l'étiez...»

Un doute l'avait saisi. Une crainte soudaine. Barbara désigna un café qui faisait l'angle de l'avenue Bosquet et de la rue Dupont-des-Loges.

«Déposez-moi là un instant, et attendez-moi.
— Qu'allez-vous faire?
— Quelque chose de très intime.
— Arrête-toi», commanda Boro à l'adresse de Scipion.

L'expert freina des quatre patins.

«Je suis là dans cinq minutes.»

Barbara descendit, traversa et poussa la porte du café.

«Nous ne devons pas rester là, décréta Scipion.
— Tu as entendu ce qu'elle disait?
— Tout.
— Alors tu comprendras que je l'attende.
— C'est très imprudent, Borovice.»

Scipion se tourna vers son passager. En dépit de l'effort fourni, il avait le visage sec.

«Par les temps qui courent, on ne fait pas le pied de grue devant un zinc où une personne venue d'Allemagne s'est arrêtée pour commettre je ne sais quelle action...»

L'ancien modèle arborait un visage grave.

«On peut supposer qu'elle téléphone.
— Je n'en crois rien, répliqua Boro.
— Alors que fait-elle?
— Elle l'a dit : quelque chose de très intime.»

Au sous-sol du café, enfermée dans les toilettes, Barbara Dorn accomplissait un geste qu'elle avait cent fois répété depuis que Dieter lui avait enflammé l'ongle, dans la prison de Ploetzensee. Elle se glissait à l'intérieur de soi, là où nul n'irait plus jamais et où une femme savait dissimuler un secret. Elle sortit de ses profondeurs un sachet minuscule qu'elle lava consciencieusement à l'eau du robinet avant de le sécher. Puis elle quitta le café et retrouva le reporter et son chauffeur.

« Montons », dit-elle en désignant le vélo-taxi délaissé.

En dépit de la confiance manifestée par Blèmia Borowicz, Scipion avait soigneusement scruté les environs.

« Voulez-vous vraiment visiter la tour Eiffel ? questionna le reporter.

– Oui. Mais seule.

– Et après ?

– Après, nous ne nous reverrons plus. Il n'est pas dans votre intérêt de vous faire remarquer en ma compagnie.

– Certainement », admit Boro.

Barbara lui tendit un petit objet fait d'une sorte de caoutchouc.

« Qu'est-ce que c'est ? demanda-t-il en observant l'étrange cadeau.

– Le testament. »

Boro fit courir son pouce sur la petite enveloppe.

« Il est midi vingt, poursuivit Barbara. Dans quinze minutes, ouvrez-le. Pas avant. »

Elle posa le pied sur le trottoir.

« À trente-cinq, exactement. Réglons nos montres. »

Elle consulta la sienne, et Boro son chronographe.

« Maintenant, nous nous saluons et nous nous souhaitons bonne chance. »

Elle souriait. Pour la première fois depuis longtemps, depuis toujours, lui semblait-il, elle se sentait légère. Comme la feuille qu'elle s'apprêtait à devenir. Volant au vent léger d'un monde promis désormais à la paix.

« Adieu », fit-elle.

Elle s'inclina devant Boro, puis devant Scipion, et prit le chemin du Champ-de-Mars. Les deux hommes la suivirent du regard jusqu'au moment où elle disparut. Boro avait enfoui l'étrange objet au fond de sa poche.

« Et maintenant, que fait-on ? demanda Scipion.

– On roule.

– Jusqu'où ?

– Midi trente-cinq. »

Scipion s'assit sur sa selle et démarra en douceur. Il remonta la rue Dupont-des-Loges, où un adolescent et un garçonnet s'arrêtèrent pour les regarder passer. Tous deux portaient une grande étoile jaune cousue sur le plastron. Passant devant eux, Scipion montra son front.

« La mienne, elle est là !

– Qu'est-ce qu'il dit ? » demanda le plus jeune des garçons.

Il s'appelait Antoine. Son frère Alain répondit :

« Son étoile, c'est sa couleur.

– Jaune et noir », réfléchit le cadet.

À midi et demi, grimpant quatre à quatre les escaliers pour ne pas être en retard à son dernier rendez-vous, Barbara Dorn abordait le deuxième étage de la tour Eiffel. Se penchant par-dessus bord, elle estima qu'elle méritait mieux encore. Elle se hâta vers le degré suivant. Comme elle posait le pied sur la dernière marche, beaucoup plus bas, loin dans la rue Saint-Dominique, un vélo-taxi poursuivait sa course vers midi trente-cinq. Quand il l'atteignit, à la seconde où Boro sortait le petit sachet de sa poche, Barbara enjamba la balustrade, se retint le temps d'un souffle et glissa, telle une feuille morte, à la rencontre du microfilm que Blèmia Borowicz venait de découvrir.

Le feu aux poudres

*Fusée A4. V2 : Vergeltungswaffe
Longueur : 4 mètres.
Poussée : 25 tonnes.
Portée : 280 kilomètres.
Poids à vide : 4 tonnes.
Vitesse : Mach 1.
Lancement : vertical.*

*Fusée FZG 76. V1 : Vergeltungswaffe
Longueur : 8 mètres.
Envergure : 5 mètres.
Vitesse : 650 km/h.
Portée : 300 kilomètres.
Système de guidage : compas magnétique réglé sur la cible avant la mise à feu.
Lancement : rampe-catapulte, inclinaison 15°, longueur 45 mètres.*

Enfermés dans la chambre noire installée dans le bordel du boulevard Barbès, les trois Hongrois découvraient avec stupeur le microfilm agrandi que le groupe Schulze-Boysen avait légué aux Alliés avant de mourir. Sans même se concerter, ils associaient mentalement les données imprimées sur la pellicule avec les questions qu'ils se posaient depuis leurs voyages en Normandie et dans le Pas-de-Calais.

Il s'agissait d'armes d'un nouveau genre.

Les Allemands construisaient les bases nécessaires à leur lancement.

LE FEU AUX POUDRES

Les rampes étaient dirigées vers l'Angleterre.

Boro éteignit l'interrupteur de la loupe lumineuse à travers laquelle ils avaient décrypté le microfilm. Il était d'un calme granitique. Páz et le Choucas de Budapest savaient que leur camarade avait pris une décision, et que celle-ci était définitive. Ils se souvenaient des grands moments de l'agence Alpha-Press, quand Blèmia tranchait alors que les autres hésitaient encore.

« Il faut transmettre le contenu de ce microfilm dès à présent, retourner sur les sites, photographier de nouveau les installations et envoyer la pellicule à Londres.

– Comment fait-on ?

– On retrouve Bleu Marine et on émet.

– Trop dangereux », objecta Prakash.

Boro secoua la tête :

« Là-bas, les travaux avancent à une rapidité stupéfiante. Il faut que les services ordonnent des bombardements avant que les coupoles soient refermées. Sinon, Londres mourra sous les bombes.

– Et nous, sous les balles des artilleurs envoyés par les camions gonio.

– Il faut émettre », répéta Boro.

Tout en parlant, il cherchait dans sa mémoire des lieux sécurisés ou des cachettes. Tous se dérobaient : le plus grand risque ne résidait pas dans l'émission, mais dans le transport de la radio.

« Rejoignons Bleu Marine, et branchons l'appareil là où il se trouve.

– À l'hôtel de la Chaise ?

– Je ne vois pas d'autre solution.

– Ce n'est pas la meilleure.

– C'est la seule. »

Ils sortirent de la chambre noire et s'aventurèrent dans le couloir. La maison était silencieuse, inanimée : Scipion promenait sa dulcinée mammifère sur la banquette arrière de son vélo-taxi, et les filles dormaient dans les étages.

Les trois Hongrois se glissèrent dans les escaliers et prirent la route de la rive gauche. Tout en marchant, ils élaboraient des stratégies d'approche. Pázmány irait le premier. Il préviendrait Bleu Marine. Celle-ci s'assurerait que la voie serait libre. Boro se présenterait à son tour. Tandis que les deux autres monteraient la garde, ils émettraient. Éventuellement, ils attendraient une réponse de Londres. Après quoi, ils retourneraient sur les terres du comte de Saint-Victor, prendraient de nouvelles photos et les enverraient par le biais de l'agent pêcheur.

« Espérons que les événements se dérouleront aussi simplement que nous venons de les décrire », souhaita Boro comme ils entraient dans le jardin du Luxembourg par le Sénat.

Il ralentit le pas afin de laisser Pázmány aller devant. Prakash fit le tour de la fontaine Médicis. Boro le rejoignit près des grilles. Ils comptèrent les reines de France, puis estimèrent que Páz avait pris assez d'avance.

« Allons-y, proposa le Choucas.
— Mauvaise pioche », grommela Boro alors qu'ils enfilaient la rue d'Assas sur la gauche.

Une voiture noire stationnait devant un café. Trois hommes s'en approchaient. L'Oberfeldwebel Kurt Schlassenbuch s'installa derrière le volant. Il était venu relever ses troupes après avoir appris que la *Dirne* s'était jetée du troisième étage de la tour Eiffel. La surveillance de l'hôtel de la Chaise n'avait plus de raison d'être, l'Untermensch s'était envolé, la mission avait échoué. Tout était à reprendre de zéro.

Ruddi Reineke avait reçu l'ordre de rentrer à Berlin. Dans sa chambre, il préparait son trousseau. Il maugréait. Il se reprochait de ne pas avoir profité de la chèvre dont il avait eu la garde, comme il avait vu faire les légionnaires, dans des films de garnison.

Son sac bouclé, il vérifia la verticalité du toupet dans le miroir de la salle de bains, s'adressa une œillade encourageante et prit le chemin de l'escalier. Il passa devant la chambre de la donzelle à l'étrange regard bleu. Elle s'ouvrit derrière lui. Ruddi Reineke se retourna avant d'aborder les degrés. Un homme marchait sur ses traces. La galopine avait dû s'offrir du bon temps. Le supplétif s'effaça pour laisser passer l'inconnu : il préférait voir la concupiscence de dos que de se savoir observé par elle.

Pázmány descendit donc le premier. Il salua Mme Gabipolo et sortit de l'hôtel afin de prévenir Boro que la voie était libre. Ruddi s'arrêta devant le desk, paya sa note et prit la poudre d'escampette. Il emprunta la rue Le Verrier sur la droite, s'interrogeant sur les raisons pour lesquelles la patronne de l'hôtel le détestait si cordialement. Était-ce le toupet qui ne lui revenait pas ? Les bonnes manières de ce client exemplaire qui n'avait causé aucun scandale durant son passage dans l'établissement ? Un charme auquel elle avait été sensible sans oser se l'avouer ?

Progressant sur le côté droit de la rue, Ruddi Reineke se mit à siffloter. Cherchant ses notes, il vit l'homme qui l'avait précédé dans l'escalier de l'hôtel revenir vers lui. Un quidam long et brun l'accompagnait. Ruddi Reineke ajustait le premier *do* de la gamme lorsque, dans un fracas chromatique, ses sens tourne-boulés reconnurent la personne. C'était lui ! Celui pour lequel il était venu à Paris ! Le bonimenteur qui l'avait humilié jadis ! Blèmia Borowicz !

En un éclair mental qui s'éternisa dans les douze secondes, Ruddi décida d'agir. Il poursuivit son chemin. Au bout de la rue, il y avait un café. Dans le café, deux collègues. S'ils ne s'y trouvaient pas, un téléphone ferait l'affaire. Un simple coup de fil à l'hôtel Lutétia, et Ruddi von Reineke serait promu au grade de capitaine. Car lui-même en personne, sans l'aide de quiconque, malgré la défection de la *Dirne*, aurait fait arrêter l'Unter-mensch. Il dressa un sourcil pour vérifier que c'était bien lui. Et c'était lui sans erreur possible. Car le boiteux approchait, bras tendus, l'apostrophant par-dessus le toupet. Il s'exclamait :

« Comment va ce cher Ruddi ? Depuis le temps !

— Il va bien ! plastronna l'ancien groom, fier autant qu'heureux d'avoir été reconnu, ceci prouvant cela : il se trouvait bien en présence de la personne suspectée.

— Et que fait-il à Paris, ce cher Ruddi ?

— Il se promène. Il visite. Il cherche une inspiration possible.

— Il boude Munich ?

— Il a pris congé.

— Il se trouve bien en France ?

— Il y réfléchit. »

Les deux hommes l'avaient encadré. Un troisième veillait sur le trottoir opposé. C'est alors que le supplétif comprit que la partie serait plus compliquée que prévu. Car, s'il avait bien repéré le gibier, celui-ci l'avait découvert aussi. Et, d'après la situation qui semblait se profiler dans un avenir très proche, le chasseur n'était plus celui qu'il espérait.

« Revenons sur nos pas », proposa aimablement Blèmia Borowicz.

Au premier coup d'œil, sa mémoire de photographe avait reconnu l'employé du Regina Palatz. Il avait aussitôt associé le bonhomme au garde du corps qui veillait sur Barbara Dorn. Il poussa le toupet contre Páz. Celui-ci posa une main inamicale sur l'épaule du susdit, pris en charge symétriquement par l'Untermensch.

« On est descendu à l'hôtel de la Chaise ? questionna celui-ci.

— Bon établissement, apprécia l'ancien groom. Petites manières, mais matelas confortables. Pourriez-vous renoncer à me masser l'épaule ? »

Pázmány ne tint aucun compte de la demande.

« Vous accompagnez donc Fräulein Dorn, poursuivit Boro, mettant en images les informations que Bleu Marine lui avait données.

— C'est une demoiselle des plus aimables !

— Pourriez-vous m'expliquer pourquoi vous la chaperonnez avec tant d'assiduité ?

— Parce que c'est une personne qui mérite toutes les attentions », répondit Ruddi Reineke.

Il venait de comprendre que ses propres chaperons ignoraient ce qu'il était advenu à la *Dirne*. Il décida, subséquemment, de taire le saut de l'ange de la demoiselle : ainsi ne serait-il pas accusé de l'avoir poussée dans le vide.

« Quand vous êtes-vous rencontrés ? demanda Pázmány en raffermissant sa paume sur la clavicule du petit toupet. Il me semble qu'une grande amitié vous lie !

— Je te raconterai, répondit Boro. En attendant, il faut savoir ce qu'on va faire de lui.

— Le plus simple, risqua Ruddi qui voyait s'envoler ses galons de capitaine, serait de me laisser aller. Je n'ai pas fini de visiter Paris, et...

— Maintenant, on se tait », commanda le reporter.

Il poussa la porte de l'hôtel. Mme Gabipolo posa ses lunettes noires sur son nez quand elle vit entrer Ruddi Reineke, puis les ôta après avoir constaté qu'il était solidement encadré.

« Bienvenue, dit-elle en souriant à Boro. Je suis contente de vous revoir... »

Elle désigna son ancien pensionnaire d'un haussement du menton.

« Vous connaissez ce monsieur ?

– Il lui faudrait une chambre, repartit le reporter... Au dernier étage pour qu'il ne s'envole pas par la fenêtre, avec une serrure sur la porte.
– J'ai mieux à vous proposer. »
Ruddi roulait des yeux de cheval-vapeur apeuré.
« Troisième sous-sol, derrière la lingerie. Une bonne cave, étanche, imperméable au bruit et indiscernable à moins de trois mètres.
– C'est parfait, commenta Boro.
– Je vais avoir froid ! » gouailla le prisonnier.
Pázmány lui asséna une tapette sur le toupet.
« Je vais bien m'occuper de vous... En général, mes pensionnaires ne se plaignent pas du service de la maison.
– Quelqu'un peut-il le garder ? demanda Boro.
– Je m'en chargerai personnellement. Le cuisinier m'aidera si nécessaire.
– Combien de temps peut-il rester chez vous ?
– Jusqu'à la fin de la guerre, sans aucun problème.
– Hiiiii ! glapit l'ancien groom. Mais si ça dure ?
– Ne soyez pas trop optimiste ! » jeta Mme Gabipolo en le toisant du chef aux godasses.
Ruddi prit froid d'un seul coup. Páz le réchauffa d'un brusque pincement du bras.
« En route ! fit Mme Gabipolo. Maintenant, il faut préparer vos appartements ! »
Elle précéda son prisonnier dans l'escalier de pierre qui conduisait à la lingerie. Par commodité, Pázmány guidait le supplétif en le tenant par l'oreille.
Boro grimpa dans les étages.

Trois Leica pour un indice

« *MR de DF QPR ?... MR de DF QPR ?...* »
« Ils ont recommencé d'émettre ! »
Le cri de joie que poussa Herr Mensch-Hobenfold sonna comme un carillon dans le camion gris de la Kurzwellenüberwachung. L'Oberfeldwebel Kurt Schlassenbuch se pencha vers la dent en or de son supérieur et demanda s'ils devaient se mettre en mouvement.
« *Ja*, répondit l'homme de la Gestapo. On essaie. »
Aussitôt, l'Oberfeldwebel actionna le mouvement de l'antenne gonio et commanda au chauffeur de démarrer. Le fourgon était stationné dans la rue Hallé, à proximité du dernier lieu d'émission clairement repéré.
« Vers le nord », ordonna l'Oberfeldwebel.
Le camion s'ébranla.
Mensch-Hobenfold rejoignit l'opératrice que Berlin avait envoyée. Elle était assise au fond de la cabine, le visage enfermé dans un casque qui reproduisait les brèves et les longues émises par l'appareil clandestin. De sa seule main valide, elle décryptait directement les caractères en morse et les inscrivait sur une feuille de papier posée devant elle. Elle nota : *MR de DF QPR*. Elle leva son crayon et, l'ayant abaissé sur la feuille, écrivit : *DF de MR*.
« Ils ont répondu ! » s'écria Herr Mensch-Hobenfold.
Une série de lettres s'inscrivit sur le papier :

SPEKE DJZPD DJFOZ DCFPD COIEP MQLDN SFNEM CHEMI

« Et puis ?
– Ils ont coupé. »
Le camion s'arrêta.
Herr Mensch-Hobenfold se pencha par-dessus l'épaule de Gerda la manchote. La plus brillante casseuse de codes du saint empire nazi germanique traçait des lettres, des chiffres et des signes cabalistiques sous les huit blocs de cinq lettres. Elle notait rapidement, isolant les voyelles et les consonnes les plus utilisées. Elle refit la même opération pour les items absents du message.
« Ils reprennent », annonça l'Oberfeldwebel.

Dans la chambre 12, Bleu Marine vérifia le quartz de la 3MKII et relança la machine. Par mesure de prudence, elle s'était ralliée au souhait de Boro, qui avait demandé que l'on interrompît l'émission toutes les cinq minutes. À l'extérieur, seuls Prakash et Pázmány étaient en surveillance.
« *LEZOC DLEOS HHKLI VLZLS ESKFC GHEPV OIRPS GWKJZ...* », dictait Boro.
Ils avaient codé le message avant de l'envoyer.
« *GHEPV...* Après ? questionna Bleu Marine.
– *OIRPS GWKJZ...* »
Il répéta : « *DLEOS HHKLI VLZLS ESKFC GHEPV OIRPS GWKJZ*, les sites identifiés doivent être bombardés rapidement. Stop. Après, opération peut-être impossible. Stop. »
« Continuez, dit Bleu Marine.
– Pause », objecta le reporter.
Elle abandonna le contacteur. Il vint à elle, la souleva de son siège et l'emporta vers le lit.
« Pas le temps ! le gronda-t-elle. Ces messieurs de l'Intelligence Service nous attendent ! »

Ils n'étaient pas les seuls. Dans le camion de la KWU, l'Oberfeldwebel avait à peine eu le temps de retrouver le signal perdu qu'il s'était déjà arrêté. Ils n'avaient pas fait plus de trente mètres. Une carte de l'arrondissement étalée devant lui, le technicien ébauchait un premier cercle qui englobait les Gobelins, Denfert-Rochereau, le Sénat et l'Assemblée nationale. Le diamètre était trop long.
« Roulez au pas », ordonna Kurt Schlassenbuch au chauffeur, montrant le Lion de Belfort.

Il se tourna vers Herr Mensch-Hobenfold.
« Il faudrait deux camions.
– Un autre tourne en bordure de Seine. »
L'Oberfeldwebel n'ignorait pas qu'une troisième équipe fixe était installée dans la caserne du boulevard Suchet. À la fin de la journée, s'il émettait régulièrement, l'émetteur clandestin serait cerné par les plans de relèvement.

« *MEICS SDLZS MGOEC HJTOR CMWOE CVPAQ...* », dictait Boro. « Les sites correspondent aux pas de tir de nouvelles armes tactiques. Stop. Des fusées de type FZG 76, ou V1, et A4, ou V2. Stop. »
Pour déjouer leurs éventuels chasseurs, Bleu Marine avait changé de longueur d'onde. Elle n'émettait plus sur cinquante-six mètres, mais sur trente-deux. Elle actionnait le contacteur de la 3MKII avec une rapidité ahurissante.
De l'autre côté du boulevard du Montparnasse, tassée à l'arrière du camion Peugeot à bâche grise, Gerda la manchote avait du mal à suivre. Cependant, elle ne décrochait pas. En même temps qu'elle transcrivait les lettres reçues, elle essayait des combinaisons de consonnes et de voyelles qu'elle agençait en fonction de calculs mathématiques et d'interprétations personnelles qui lui avaient valu sa réputation à la Funkabwehr. Pour l'heure, elle ne trouvait rien. Elle n'avait qu'une certitude : les pianistes émettaient en français.

À dix-huit heures, après trois heures d'interruption, Bleu Marine remit en route la 3MKII, brancha son quartz et capta Londres. Dix minutes plus tard, elle reçut un message qu'elle décoda aussitôt : la Centrale leur demandait l'emplacement précis des sites à bombarder. Les informations dont ils disposaient étaient insuffisantes.
Elle l'écrivit, coda et envoya.
« *SDRLY RYPIA ETUDS ?* Mais encore ? demanda Londres.
– L'un d'eux est bâti sur les terres du comte de Saint-Victor, près de Boulogne-sur-Mer », coda Boro, tapa puis envoya Bleu Marine.
À vingt heures, ils reçurent un nouveau message :
« *FUOII IIUOA CDFVB MPUIL GDCFD ?* Avez-vous les moyens de photographier les sites ? »
Ils répondirent par l'affirmative.

« *DFMPI CVBFD GHYDA KUYRM ?* De quels appareils disposez-vous ?
– Trois Leica », coda Bleu Marine.

Ce fut une imprudence, et le premier mot que décrypta Gerda la manchote : Leica. Herr Mensch-Hobenfold ne comprit pas pourquoi l'experte de la Funkabwehr s'arrêta soudain de noter, et tendit son bras valide vers le ciel en poussant un long cri qui glaça les occupants du camion.

L'instant d'après, elle se replongeait dans ses idiolectes. Après avoir vérifié qu'il n'y avait pas d'erreur possible, elle se tourna vers Herr Mensch-Hobenfold et lui demanda d'une voix ferme de la conduire au siège parisien de l'Abwehr.

« *Warum ?* s'enquit le nazi.
– Je sais qui sont les émetteurs que nous recherchons.
– Vous avez brisé leur code ?
– Pas encore.
– Quand y parviendrez-vous ?
– J'espère dans la nuit.
– Comment savez-vous qui ils sont ?
– Ils ont trois Leica. Personne n'utilise ces appareils en Europe. Sauf trois reporters photographes. Pierre Pázmány, Bèla Prakash et Blèmia Borowicz.
– Blèmia Borowicz ! » hurla Mensch-Hobenfold.

Gerda la manchote l'observa avec curiosité.
« Vous le connaissez ?
– Il m'a échappé une fois dans les couloirs de l'hôtel Lutétia. Je me suis juré de le rattraper un jour ! »

De sa main valide, Gerda traça un signe apaisant dans les airs.
« Ce jour est proche », dit-elle en écarquillant les dents.

D'après les relèvements effectués et après les avoir confrontés avec ceux du deuxième camion, ainsi qu'avec ceux de la caserne du boulevard Suchet, l'Oberfeldwebel avait tracé un nouveau rond sur la carte du secteur déployée devant lui : il était certain que l'émetteur se trouvait dans un rectangle délimité par le boulevard Saint-Michel et les rues Vavin et Notre-Dame-des-Champs.

« Nous le prendrons à la prochaine séance », pronostiqua Mensch-Hobenfold.

La mission étant d'importance, il était sûr de pouvoir compter sur une quarantaine d'opérateurs mobiles lors des émissions suivantes. Il enverrait tout d'abord des fantassins équipés de valises et de casques, puis, lorsque le périmètre se serait réduit, il ferait couper l'électricité dans tous les immeubles susceptibles d'abriter l'émetteur clandestin. Son silence trahirait celui-ci. Après, ce serait à la Gestapo d'agir. Blèmia Borowicz était lié aux pattes.

Voyages

Ils repérèrent le premier camion gonio à l'angle du boulevard Raspail et de la rue Notre-Dame-des-Champs. Ils ne virent pas le deuxième, posté entre Boissonade et Campagne-Première. Boro alerta Bleu Marine sur la présence de camions militaires bâchés stationnant ici et là dans le secteur de Montparnasse. Ils supposèrent que les poids lourds abritaient les équipes à pied chargées de détecter la radio.

« Ils mettent la gomme », apprécia la jeune fille.

Dans le pire des cas – très improbable – où ils fouilleraient un à un les logements et les bureaux compris dans le périmètre surveillé, les Allemands découvriraient un émetteur privé de ses quartz installé dans la cave d'un hôtel de la rue Le Verrier, auprès d'un homoncule à toupet privé de ses papiers et qui aurait autant de mal à expliquer sa présence en ce lieu que celle de la machine 3MKII.

« Et nous, nous serons loin ! » riait Boro.

10, boulevard Barbès, où Olga Polianovna avait accepté de recevoir la compagne de son petit czar chéri dès leur retour de Normandie.

Ils avaient prévenu Tégea de leur arrivée. Bleu Marine avait contacté le pêcheur, qui les attendrait en fin d'après-midi à la barre de son embarcation. Ils lui confieraient les flacons de pharmacie dans lesquels Boro avait dissimulé le microfilm remis par Barbara Dorn ainsi que les photos des sites prises par ses deux amis hongrois et lui-même. Il ajouterait les trois dernières pellicules après avoir récupéré celles de Prakash et de Pázmány, qui étaient partis très tôt ce matin-là.

Le train pour Boulogne-sur-Mer s'ébranla trois minutes après qu'ils y furent montés. S'étant réfugié dans les toilettes, Boro vérifia que l'alpenstock offert par Harro Schulze-Boysen était opérationnel. Ils avaient prévu de rester le moins longtemps possible sur les terres du comte de Saint-Victor. Ils prendraient de nouvelles photos qui renseigneraient le MI-6 sur l'avancement des travaux, repéreraient exactement l'emplacement du site, puis ils joindraient leurs renseignements à ceux de Prakash et de Pázmány, les confieraient au pêcheur chargé de les rapporter en Angleterre et rentreraient à Paris. Ils avaient tout prévu, sauf l'imprévisible.

L'imprévisible roulait en direction de Méry-sur-Oise à bord d'une Mercedes ultrarapide affrétée par l'Abwehr pour l'occasion. Elle était pilotée par Herr Mensch-Hobenfold lui-même. Assise à sa droite, Gerda la manchote poursuivait son travail de déchiffrement. À cinq heures du matin, elle était parvenue à décrypter un autre nom propre contenu dans le message envoyé à Londres : Saint-Victor. Ce nom avait été confronté aux informations rassemblées dans les fichiers de l'hôtel Lutétia. Il avait recoupé un renseignement transmis quelques jours plus tôt par un délateur signalant aux autorités d'occupation la présence d'un individu suspect maraudant sur les propriétés du comte de Saint-Victor, près de Boulogne-sur-Mer. À une encablure d'un des chantiers construits par l'organisation Todt pour abriter les armes les plus secrètes du Reich, ces fusées V1 et V2 qui détruiraient Londres et New York.

Herr Mensch-Hobenfold avait été dépêché sur place. Gerda la manchote avait demandé à être du voyage : quel que fût le déguisement choisi par Blèmia Borowicz pour espionner les chantiers militaires allemands, elle le reconnaîtrait d'après la description qu'en ferait l'indicateur. Ils lui avaient donné rendez-vous à quatorze heures à la Kommandantur de Boulogne-sur-Mer. Entre l'équipe du Nord, dont les passagers de la Mercedes constituaient le fer de lance, et celle de la capitale, où l'Oberfeldwebel et ses troupes opéraient, Blèmia Borowicz n'avait aucune chance de s'en tirer. Depuis qu'elle l'avait identifié, Gerda la manchote ressentait une excitation nouvelle, qui, très singulièrement, lui rappelait celles qu'elle éprouvait jadis quand ces messieurs de l'agence Alpha-Press l'envoyaient sur un reportage épineux. Alors, munie de ses appareils, elle se rendait sur les champs de bataille désignés, éprouvant une joie qui grandissait au fur et à mesure qu'elle s'en approchait, pour virer à l'incandescence quand elle y parvenait. Dans cette voiture qui roulait vers l'accomplissement de son rêve le plus cher, l'épine dorsale de Gerda la manchote était en feu. Lorsqu'ils arrivèrent à la périphérie d'Amiens, une douceur lénifiante coula dans ses veines enflammées : elle venait de déchiffrer le troisième nom propre du message : Boulogne-sur-Mer. C'était une confirmation.

À douze heures trente-deux, le train en direction de Paris s'arrêtait en gare de Boulogne-sur-Mer. Tégea recueillit les deux passagers qu'il était venu attendre. Durant les quinze minutes que dura le trajet menant à la propriété du comte de Saint-Victor, Boro nota les villages traversés, les reliefs et les points de repère qui permettraient à la chasse anglaise de se diriger. Il prit également quelques photos à l'aide de l'appareil dissimulé dans son alpenstock. Bleu Marine observait alentour. Elle avait la mine soucieuse. Comme ils grimpaient le dernier raidillon précédant le pont-levis du château, Boro la prit contre lui et murmura :
« Après, on fait une pause.
– Je suis inquiète.
– Je le vois bien... Nous partirons en vacances...
– À Lyon ?
– Ou dans le maquis du Vercors.
– Je préférerais Rome. »
Depuis le renversement de Mussolini et le débarquement des Alliés en Sicile, Bleu Marine rêvait de voyager en Italie.
« La guerre m'étouffe, dit-elle comme Tégea arrêtait la voiture à l'entrée des garages. Je voudrais en sortir, maintenant.
– Je crois, ma chérie, dit Boro en se tournant vers elle, que nous n'avons pas choisi d'y entrer.
– Parfois, répondit-elle en désignant un mécanicien dont le visage était dissimulé sous le capot d'une Lagonda, je voudrais être comme eux : tranquille et à l'abri. »
Le mécanicien surveillait sous sa casquette. Quand il vit Boro et sa compagne descendre de la voiture, Patrice Poulet s'essuya les mains sur son bleu de travail, vissa une bougie et abaissa le capot de l'automobile.

CHER BORO

« Je pars l'essayer ! lança-t-il à l'adresse de Tégea.
– Gâche pas le carburant ! »
L'instant d'après, la Lagonda filait sur la route de Boulogne-sur-Mer.

Paix et guerre

« On dirait que les Alliés ont gagné la guerre, que la paix est revenue et que nous nous promenons dans un paysage à nous.
– À nous ? questionna Boro.
– Tu m'appellerais par mon nom, tu me tiendrais la main comme ça... »
Elle l'obligea à croiser ses doigts entre les siens.
« On courrait comme ci... »
Il gambada sans grande souplesse.
« À un moment, tu t'arrêterais pour m'embrasser comme ça... »
Elle se tourna vers lui et leva le visage vers le sien jusqu'à ce que leurs lèvres se rencontrent.
« J'entonnerais un petit air comme ci... »
Elle sortit son harmonica de sa poche et joua les premières notes du *Povero Rigoletto,* Verdi, acte II.
« Et on imaginerait que rien n'est comme ça. »
Elle désigna le précipice vers lequel ils se hâtaient.
« Je suis d'accord pour jouer à ce jeu-là après, répondit Boro.
– Après quoi ?
– Quand les photos seront dans les cales du bateau. »
Ils s'allongèrent sur le sol et progressèrent en s'aidant des coudes et des genoux. Quelques fougères leur dissimulaient le chantier. Parvenus à l'extrémité du plateau, ils les écartèrent. Bleu Marine eut le plus grand mal à retenir un cri de stupeur. Bien que la coupole ne fût pas achevée, une fusée était allongée sur un pas de tir incliné. Un engin noir et long, pourvu de deux ailerons et d'une tubulure dirigée vers l'arrière. Une vingtaine d'hommes l'entouraient. Ils vissaient, dévissaient, réglaient. À

l'extrémité de la rampe, grossi cent fois par les jumelles, un officier supérieur cherchait le sens du vent et s'orientait sur une boussole. Boro reconnut le Feldmarschall Rommel. Il dirigea l'optique vers la fusée, confia les jumelles à Bleu Marine et sortit son Leica de l'alpenstock.

« Ils se préparent à tirer, déclara la jeune fille d'une voix blanche. Un tir expérimental, sans doute. »

Boro lui reprit les jumelles des mains et, après avoir appliqué l'objectif du 24 × 36 sur la lunette, mitrailla le chantier : la rampe de lancement, la fusée, les baraquements extérieurs... Bien que ne comprenant pas quelles opérations s'organisaient plus bas, les deux espions lisaient dans les gestes et les mouvements une agitation, une urgence, comme une frénésie dont les officiers étaient la proie. Aucun travailleur n'était présent sur le chantier. Ils étaient enfermés dans les bâtiments du fond, gardés par les soldats en armes qui surveillaient les issues. Une rangée de camions empêchait de distinguer l'intérieur des baraquements, de la même manière qu'ils bloquaient la vue de la fusée aux hommes enfermés. Telle était probablement la fonction des poids lourds : ils servaient de paravents.

« Ils préparent une manœuvre qui doit rester invisible à tous ceux qui ne sont pas dans le secret », commenta Boro.

Il ajouta, ayant remisé le Leica dans l'alpenstock :

« Ils vont tirer, c'est certain... »

Bleu Marine s'apprêtait à opérer un demi-tour rampant lorsque le reporter lui saisit brusquement le coude.

« Regarde ! »

Elle s'empara de ses jumelles et les orienta dans la direction que lui montrait Boro. Une escouade de motocyclistes venait d'apparaître sur le terrain. Ils entouraient un véhicule à chenilles. Un homme en civil en descendit. Il fondit sur un officier qui venait à sa rencontre, et désigna l'horizon d'un vaste mouvement du bras. Instinctivement, Boro et Bleu Marine rentrèrent le cou dans les épaules.

« On a été repérés », jeta la jeune fille.

Boro ne quittait pas l'homme en civil d'un regard grossi cent fois. Il le connaissait sans le reconnaître encore. Un Allemand, c'était certain. Jeune, c'était visible. Dangereux, c'était manifeste. Avec des boutons de manchette. Et une dent plus brillante que les autres sur le devant. Une incisive. Une incisive en or.

« Il faut foutre le camp, dit-il précipitamment.
- Ils nous recherchent ?
- Le nazi qui est sorti de la voiture à chenilles m'a arrêté il y a longtemps gare de Lyon. Cela signifie que je suis probablement leur cible. Ils ne courent pas après un lièvre non identifié. Ils me veulent moi. »

Ils s'étaient relevés et se hâtaient maintenant vers l'étang de la propriété.

« Je ne veux pas que tu restes avec moi, commanda Boro sans cesser de marcher... Je ne peux pas courir et s'ils te prennent, tu n'as aucune chance... »

Bleu Marine ne répondit même pas. Elle enferma la main de Boro dans la sienne et le tira brusquement sur la droite. À l'extrémité de l'allée, juste à l'orée du petit bois qui débouchait sur la propriété du comte de Saint-Victor, trois camions militaires allemands venaient d'apparaître. Sautant par-dessus les ridelles pas même rabattues, une section de SS en armes prit position dans les fougères.

Borowicz prend le volant

À la Kommandantur, Patrice Poulet avait dit qu'il l'avait vu deux fois. D'abord à Lorient, puis dans la propriété du comte de Saint-Victor.

« Comment est-il ? avait questionné Herr Mensch-Hobenfold.
— Grand, la peau mate, s'appuyant sur une canne. »

Gerda assurait la traduction.

« Boite-t-il ?
— La première fois, il ne m'a pas semblé.
— La seconde ?
— Oui.
— S'il ne boite pas, pourquoi aurait-il une canne ?
— Je l'ai ramené de Lorient à Paris. Dans la voiture, je l'ai surpris à sortir un appareil photo de cette canne. Il le cachait dedans. »

Patrice Poulet avait répondu avec aisance aux questions posées. Il était fier de rendre service. Heureux de dénoncer. Il n'était pas un collabo, mais un traître. Il trahissait la France vendue aux juifs et aux francs-maçons. Il était un vrai patriote. Il aimait l'autre France.

« Celui que vous avez vu ce matin boite-t-il ?
— Je n'ai pas eu le temps de vérifier, monsieur le général. J'ai vu son visage et cela m'a suffi. »

Herr Mensch-Hobenfold avait opiné du chef. Gerda avait complété les pièces manquant au puzzle que l'Allemand tentait d'assembler dans sa tête.

« Ils sont deux, avait-elle dit. Bèla Prakash et Blèmia Borowicz.
— Ce ne sont pas des noms ! avait grommelé le nazi.

– Ils sont hongrois.
– Allons les chercher », avait ordonné Mensch-Hobenfold.
Il avait requis l'aide de la garnison de SS basée dans la ville. Il était monté dans le command-car et l'avait dirigé vers la base de lancement de la fusée. Les trois sections disponibles étaient entrées dans la propriété du comte de Saint-Victor.

L'Untersturmführer qui les commandait arrêta Bleu Marine et Blèmia Borowicz en amont du petit bois, derrière l'étang. Ils avaient abandonné leurs jumelles, leurs faux papiers et leurs manteaux. Boro avait seulement conservé sa canne et le petit sac dans lequel il avait dissimulé les documents destinés à être envoyés à Londres.

Ils se présentèrent comme un couple de promeneurs ayant découvert par hasard la propriété du comte de Saint-Victor. Ils s'y rendaient parfois pour s'y ébattre entre les fougères.

« *Sprechen Sie deutsch?* demanda l'Untersturmführer.
– Que dit-il ? » questionna Boro, s'adressant à Bleu Marine.

Il ajouta aussitôt, parlant vite et à mi-voix :
« On ne parle pas allemand. Cela nous permettra de gagner du temps. »

Il feignit l'incompréhension. Quatre soldats les saisirent et les poussèrent devant eux. Près des garages, ils furent présentés à l'homme qui les avait conduits à la gare après leur visite précédente. Boro regrettait qu'elle n'eût pas été la dernière. Il se maudissait d'avoir obéi à l'injonction de Londres, de ne pas avoir obligé Bleu Marine à fuir, d'achever sa guerre ainsi, sans même avoir pu faire parvenir en Angleterre les documents pour l'obtention desquels ils avaient couru tant de risques.

« Reconnaissez-vous cet homme ? » demanda l'Untersturmführer en allemand.

Patrice Poulet ne répondit pas : il n'avait pas compris la question.

« Nous sommes-nous déjà rencontrés ? » demanda Boro à son tour.

Il fixait le chauffeur d'un regard de cendre.

« Je vous ai conduit à la gare il y a quelques jours... Et avant, de Lorient à Paris. »

L'homme soutenait sans fierté le regard du reporter. Celui-ci comprit que, par un hasard extraordinairement malheureux, il se trouvait en présence du chauffeur qui avait ramené Bèla Prakash après la visite du Hongrois à la base sous-marine de Lorient.

« Je n'ai jamais mis les pieds à Lorient, objecta Boro. Vous confondez avec un autre. »

Deux SS l'encadraient. Deux autres surveillaient Bleu Marine. Une section leur faisait face. L'Untersturmführer hésitait sur le parti à suivre. Boro pressentait qu'un autre danger allait survenir. Il s'assura que personne ne comprenait le français en prononçant une phrase insultante pour les Allemands. Aucun d'eux ne lui ayant décoché un coup, il décida de tenter le tout pour le tout et, comme aux échecs lorsque le pion E2 a disparu, il exposa son roi :

« Nous ne sommes pas dans le même camp, dit-il à Patrice Poulet. Pour le moment, vous gagnez. Mais, dans six mois, vous serez perdu. Si vous ne dites rien, je vous sauverai le moment venu. Si vous nous condamnez, vous serez pendu à la Libération. »

Il avait parlé de pendaison, supplice qui lui paraissait moins noble et plus terrible à envisager que la fusillade. Patrice Poulet regardait ses pieds.

« Donnez-moi votre nom, et je m'en souviendrai », reprit Boro. Il avait regagné un peu d'espoir.

Le délateur fixa Bleu Marine. Elle souriait avec insolence, comme toujours lorsque son cou était pris dans le collet.

« Ne la regardez pas elle, dit Boro qui n'avait pas besoin d'observer son amoureuse pour savoir quelle expression affichait son visage. Restez avec moi, et donnez-moi votre nom. »

Il ajouta, grave et sévère :

« Vous et moi jouons notre vie. Dans trois mois, les Allemands qui nous entourent seront enfermés dans un camp de prisonniers. Voulez-vous partager leur sort ? »

Patrice Poulet ne répondait pas.

« Votre nom ? répéta Boro dans un très grand calme.

– Patrice Poulet », répondit enfin celui-ci après un battement de cils.

Il s'orienta vers l'Untersturmführer et secoua négativement la tête. L'étreinte se desserra quelque peu dans le dos des prisonniers. Bleu Marine fut même relâchée. Elle s'approcha du reporter et lui prit le bras.

« Il faut partir avant que le type d'en bas ne remonte », murmura-t-il.

Il attendait celui-ci, mais ce fut celle-là. Quand elle pénétra dans le cercle kaki, écartant les mitraillettes légères pour ouvrir le passage, Gerda la manchote ricanait. Elle avait assisté de loin à l'échange qui avait précédé. Elle avait reconnu la force de persuasion de l'animal qu'elle traquait depuis si longtemps. Ce n'était pas Pierre Pázmány. Ce n'était pas Bèla Prakash. C'était l'homme qui lui avait donné du travail lorsqu'elle était arrivée sans le sou à Paris. Celui qui lui avait interdit de revenir en Allemagne à l'époque où elle n'avait qu'une volonté : placer une bombe sur le parvis de la maison de Hitler. Son bienfaiteur d'alors, qu'elle admirait immensément pour cette autorité naturelle dont il venait de faire preuve, lui qui ne craignait jamais de s'exposer, qui fonçait quand les autres réfléchissaient encore. Un crâneur magnifique.

Repoussant les armes des brutes de la SS, Gerda la manchote entra dans le cercle formé, comme un tribun pénétrant dans une arène déjà conquise. Elle abaisserait le pouce. Elle condamnerait le reporter à mort. Sa force en serait d'autant plus grande, et son mérite indiscutable, qu'en le revoyant, plusieurs années après leur dernière rencontre, elle avait bien discerné un trouble en elle, quelque chose comme de la reconnaissance, de l'amitié, une complicité aussi, même si les circonstances les opposaient désormais. Confusément, elle savait que Blèmia n'était pas Pázmány. Elle avait le droit de maudire le second. Le premier ne lui avait causé aucun tort.

Elle ricanait pour se défendre de ces sentiments contradictoires qui l'assaillaient. Mais elle ne l'avait pas encore vu de face. Elle n'avait pas vu le visage de cet homme qui la regardait, hébété, fasciné, anéanti, les larmes au bord des yeux, non pas parce qu'il ne comprenait rien à la situation dans laquelle il se trouvait, pour quelle raison la jeune femme était là, dans un camp qu'elle avait si longtemps maudit, d'où elle venait, où elle avait passé le temps de la guerre, comment elle avait conservé la vie – non, ce que Gerda vit aussitôt, qui la traversa comme un éclair de chaleur, ce fut la terrible douleur de cet homme tant de fois voué aux gémonies, et qui, ayant même oublié le sort qui l'attendait, n'était bouleversé que par la blessure irrémédiable : Boro considérait le bras coupé de Gerda avec une horreur indicible, comme s'il avait été atteint lui-même par le coutelas qui avait naguère charcuté la jeune femme. Il ne prononçait pas un mot, mais Gerda savait exactement quelle question, désormais, le traversait : ne doutant pas un seul instant que les hommes affublés de mitraillettes, ou leurs homologues, étaient responsables de l'horrible blessure, Boro se demandait seulement pourquoi, poussées par quels mobiles inhumains, des créatures étaient capables de se livrer à de tels supplices.

« Je ne prends plus de photos, dit Gerda d'une voix terrible. Je peux déclencher, mais pas armer. »

Se délivrant de l'étreinte qui le retenait, Boro fit un pas dans sa direction. Elle l'arrêta d'un geste.

« Cet homme n'est pas celui que nous cherchons. Fouillez plus loin. »

Ainsi, elle lui sauvait la vie. Une seule parole avait suffi à balayer quatre années d'une vie terrible. Gerda la Rouge s'était retrouvée.

L'Untersturmführer ordonna à sa troupe de s'enfoncer plus avant sur les terres du comte de Saint-Victor.

« Je ne suis pas venue seule, reprit l'ancienne communiste. Disparaissez avant que l'autre revienne. »

Elle lança un regard intéressé en direction de Bleu Marine :

« Est-ce vous qui cryptez les messages pour Londres ?

– Oui.

– C'est moi qui les ai décryptés.

– Je ne vous en remercie pas », assena Bleu Marine.

Même si elle avait peur, elle n'en montrait rien. Pourtant, dans les vapeurs de l'après-midi, montait un ronronnement explicite : les moteurs des motocyclettes encadrant le véhicule à chenilles.

« Devant la propriété, il y a une Mercedes, poursuivait Gerda. Les clés sont sur le contact. Disparaissez.

– Merci », murmura Boro.

Il s'approcha de son ancienne camarade. Elle ferma les yeux et dit :

« Ne viens pas vers moi, fuis, reste libre et n'oublie jamais ce qu'ils m'ont fait.

– Pourquoi es-tu là ? questionna le reporter. Qu'est-il arrivé ? »

Les yeux clos sur des larmes qui coulaient comme du sel sur ses plaies, Gerda répondit :

« Si tu ne disparais pas maintenant, je te livre. Et il va te falloir courir. »

Le ronflement des moteurs enflait.

« Dans vingt secondes, il sera trop tard. »

Ils se précipitèrent. Sautant tel un cabri sur sa jambe malade, prenant appui sur une canne transformée en baguette magique tant elle accomplissait de prodiges, Boro s'élevait vers la voiture. Il touchait à peine le sol. Jamais il n'avait couru aussi vite.

Il se coula derrière le volant. Ses doigts cherchèrent la clé, s'y agrippèrent, la tournèrent. Bleu Marine referma la porte à l'instant où le moteur démarrait. Le véhicule à chenilles cliquetait non loin sur ses roues métalliques.

« Je ne sais pas conduire ! » hurla le reporter, dominant le bruit du moteur emballé.

D'un seul coup, il lâcha la pédale d'embrayage. La voiture fit une embardée qui précipita ses passagers vers l'arrière. Instinctivement, Boro freina. Leurs fronts heurtèrent le pare-brise.

« Accélère ! cria Bleu Marine.
— Tu as déjà conduit ?
— Jamais ! »

N'ayant rien à perdre, il écrasa la pédale de droite, sortit à toute allure de la propriété du comte de Saint-Victor, vira dangereusement, lâcha l'accélérateur, embraya, poussa le deuxième rapport comme il l'avait vu si souvent faire aux autres, et fonça le long du raidillon, qu'il quitta en dérapage incontrôlé neuf secondes avant que Herr Mensch-Hobenfold parvînt à son tour dans le virage. Il passa le troisième rapport quand le moteur sembla exploser, dégringola deux séries d'épingles à cheveux, ralentit sans à-coups en débouchant sur la mer, et se tourna vers sa compagne ahurie :

« Sais-tu, ma chérie, où est le port ? »

Bleu Marine fut incapable de répondre.

« Il suffit de suivre la mer ! »

Boro abaissa la vitre côté gauche, balança son coude sur la portière, le reprit pour éviter une voiture qui venait en face, le réinstalla, gourmand et satisfait. L'aiguille du compteur frôlait le 130.

« On en fait toute une affaire, rigola-t-il, mais c'est très simple : il suffit de tenir le volant ! »

Bleu Marine considérait avec stupeur cet homme doué de ressources incalculables, qui, après avoir frôlé la mort et sans être sûr d'y échapper encore, conduisait pour la première fois de sa vie en plaisantant comme un enfant.

« Tu me diras si tu veux que j'agisse sur la flèche ! s'écria-t-elle en souriant à son tour.

— Je ne sais même pas où se trouve le bouton ! »

Ils cherchèrent. Le port était en vue. Boro tourna sans avoir prévenu, ralentit le long du quai principal.

« Comment s'appelle le rafiot ?

— *L'Ami Charles*.

— À quelle heure nous attend-il ?

— Nous avons vingt-cinq minutes de retard. »

Avant de voir le bateau, Boro repéra les deux Hongrois. Il agita la main dans leur direction, chercha les pédales, emballa le moteur, pila trop tôt, repartit en cahotant pour caler misérablement à leurs pieds.

Il sauta à l'extérieur. Prakash et Pázmány ne parvenaient pas à décoller le regard de cette puissante voiture allemande dans laquelle leur ami venait manifestement de subir son baptême de l'air.

« On s'en va », leur jeta Boro après avoir récupéré sa canne et son sac.

Il monta sur le pont de *L'Ami Charles*.

« Où allez-vous ? »

Un homme avançait vers eux. Il portait une moustache impressionnante dont les pointes chutaient vers les grands fonds.

« Pêchez-vous le thon, la sardine ou le brochet ? » lui demanda Bleu Marine.

C'était le mot de passe.

« L'ensemble, mais jamais le même jour. »

C'était la réponse au mot de passe.

« Nous partons avec vous, dit Bleu Marine. Nous serons quatre. »

Le pêcheur désigna les trois Hongrois :

« Eux ?

— Non », fit le Choucas de Budapest.

Il se remettait à peine du spectacle précédent. Comme s'il suivait la courbe de son esprit, Boro ajouta :

« Il faudrait cacher cette voiture.

— On la détruira. »

Le pêcheur glissa quatre doigts entre ses lèvres entrouvertes et siffla. Trois collègues montrèrent le nez depuis les embarcations voisines.

« Il faut la couler.

– On s'en chargera. Toi, file. »

Tandis que le pêcheur branchait les contacts de son moteur, Boro s'approcha de ses amis hongrois. Il les poussa sur le bateau.

« Ça brûle partout autour. Si nous restons là, nous sommes faits.

– Descendez par ici », indiqua le pêcheur.

Ils se frayèrent un passage au milieu de filets humides qui pendouillaient dans un minuscule escalier en colimaçon. Une odeur d'essence, de graisse et de poissons mêlés empuantissait les cales.

« Il y a trois coffres. Chacun des hommes se plie dans l'un d'eux. La jeune dame reste avec moi. »

Le pêcheur désigna des bancs tachés par des traces d'écailles et de sang. Il souleva le premier. Un individu couché tenait dans le compartiment découvert.

Boro s'y recroquevilla. Prakash et Pázmány s'installèrent dans les deux autres.

« Vous ne bougez pas jusqu'à ce que nous soyons en haute mer. Dans trois heures, nous avons rendez-vous au large avec un chalutier britannique. Vous y serez plus confortables. Si les Allemands montent à bord, ne respirez plus... »

Le pêcheur tendit un ciré à Bleu Marine. Il lui montra un seau où surnageaient des poissons suffocants.

« Prenez-les et balancez-les sur les bancs. »

La jeune fille eut un brusque mouvement de recul.

« Faut y aller, la demoiselle ! Les Frisés savent que les femmes de pêcheurs n'ont pas les ongles nacrés ! »

Bleu Marine plongea ses mains dans le seau. Elle s'empara des poissons et les jeta sur les trois bancs. Ils firent quelques sauts, toutes branchies dehors, puis moururent dans des convulsions exorbitées. Le pêcheur les écrasa du plat de la main. Les viscères jaillirent, beigeasses et sanguinolents.

« Il faut dégoûter le nazi curieux. En général, l'odeur et le spectacle suffisent. »

Il afficha une moue dégoûtée :

CHER BORO

« Ce sont des chasseurs plutôt que des pêcheurs. »
Il remonta sur le pont. L'ayant rejoint, Bleu Marine constata que la Mercedes avait disparu.
L'instant d'après, *L'Ami Charles* quittait le port.

Épilogue

« Venez ! »

Bleu Marine souleva le couvercle du coffre dans lequel Boro jouait les petites statures. Un poisson crevé tomba sur ses chaussures. Prakash et Pázmány se dégagèrent seuls.

« Montez !

— L'Angleterre est en vue ? »

Les trois Hongrois se tenaient courbés. Le Choucas se massait l'épaule.

« Dépêchez-vous ! »

Bleu Marine avait déjà regagné le pont. Lorsqu'ils la rejoignirent, le pêcheur, assis sur le plat-bord, leur montra le ciel. D'abord, étant passés trop brusquement de l'ombre à la lumière, ils ne virent qu'un point lumineux tournoyant au-dessus de l'embarcation. Accommodant peu à peu comme s'ils réglaient la molette d'une optique, ils constatèrent que ce point lumineux fondait vers eux. C'était un Spitfire de la Royal Air Force. Il était piloté par le Flying Officer Donald Eliott Tennesse[1].

« Regardez ! » cria Bleu Marine.

À l'est, un jet argenté semblait monter des flots. Le Spitfire vira sur l'aile pour se porter à sa rencontre. Puis il revint face au vent, précédant l'objet long, fuselé, qui n'était pas gris mais sombre, noir et mat, un avion inhabité surmonté d'une tubulure qui crachait une longue flamme vers l'arrière.

---

[1]. Voir *Les Aventures de Boro, reporter photographe, Boro s'en va-t-en guerre*.

« La fusée ! » s'écria Boro.

Il avait reconnu la Vergeltungswaffe, l'arme de représailles V1 qu'il avait photographiée quelques heures plus tôt.

« C'est la deuxième ! lança Bleu Marine. L'autre a coulé. Londres ne nous a pas attendus »

Elle se tut, suivant un spectacle incroyable que les quatre occupants masculins de *L'Ami Charles* considéraient eux aussi bouche bée.

Le Spitfire volait autour de la fusée. Il l'accompagnait. Après s'être maintenu au-dessus d'elle, il descendait à sa hauteur, la laissait prendre de l'avance, puis la rattrapait, passait devant elle, sous elle, remontait brusquement, accomplissait un arc de cercle parfait pour se présenter de face et l'éviter au dernier instant, comme s'il jouait avec elle, comme s'il la flairait, curieux et attentif.

« On dirait qu'il lui fait sa cour », commenta le pêcheur.

Les deux appareils passèrent au-dessus de *L'Ami Charles*. Le Flying Officer Donald Eliott Tennesse avait vu le bateau de pêche. Il avait anticipé la trajectoire de l'arme mystérieuse dont il avait déjà précipité un premier exemplaire dans les flots. Il avait compris qu'il s'agissait d'un avion sans pilote dont le cap, indéréglable, avait été choisi avant le décollage. Calculant d'après son propre compas, Donald Eliott Tennesse avait défini la cible visée par l'engin : Londres.

Il attendit que la fusée eût dépassé la petite embarcation dont les passagers scrutaient le ciel dans sa direction pour agir comme il l'avait fait la première fois. Mais, auparavant, il remonta de quelques pieds, s'assura que le chalutier britannique qui croisait à cinq milles était suffisamment loin pour ne pas être incommodé par les mouvements sous-marins qu'il allait provoquer. Il vira en chandelle, renversa son appareil et se présenta face à la fusée. Deux pressions légères sur les boutons des mitrailleuses eussent suffi pour l'anéantir. Mais le Flying Officer craignait d'avoir affaire à une bombe volante qui eût embrasé le bateau de pêche et le chalutier en explosant en plein vol.

Il se plaça derrière l'engin, légèrement plus haut afin d'éviter que les flammes d'oxygène ne touchent le cockpit du Spitfire. Il abaissa le manche et le tira légèrement vers la droite. Il vola parallèlement à l'arme mystérieuse pendant quelques secondes, après quoi, s'approchant au plus près, il glissa son aile gauche

ÉPILOGUE

sous l'aile droite et, d'une oscillation, déséquilibra le long tube noir. Les passagers de *L'Ami Charles* virent la Vergeltungswaffe obliquer brusquement vers la gauche, puis, tandis que l'appareil de la Royal Air Force remontait victorieusement dans l'azur reconquis, la fusée s'abîma en mer.

Boro s'approcha de Bleu Marine. Elle se tenait penchée par-dessus bord. Elle regardait l'eau. À quelques encablures, le chalutier attendait.

« La guerre est finie, dit-elle.
– Pas tout à fait.
– Nous ne reviendrons plus en France. »

Il posa son bras sur ses épaules. Elle avait froid. Il resserra doucement son étreinte.

« Maintenant que nous sommes loin de tous les dangers, je vais te poser une question. »

Un grondement montait vers l'ouest. Tous, désormais, regardaient dans cette direction.

« Dis-moi pour ta jambe…
– D'accord, répondit Boro. Mais comment t'appelles-tu ?
– Toi d'abord.
– Non. Toi. »

Venant de trois bases anglaises, cent soixante-quatre Marauder de l'US Air Force s'étaient regroupés sur la Manche. À l'instant où Boro s'effaçait avec élégance devant la porte ouverte par Bleu Marine, ils furent rejoints par trente et un Typhoon du Fighter Command de la RAF. Comme Bleu Marine s'inclinait pour rendre la politesse à son amoureux, les appareils passèrent au-dessus de *L'Ami Charles*. Ils étaient équipés de bombes anglo-américaines de quatre mille livres. La veille, dans la nuit, Winston Churchill et le numéro deux du MI-6 britannique, Sir Artur Finn-vack, avaient décidé de détruire sans plus attendre les sites mystérieux construits par l'organisation Todt sur la façade atlantique.

« Je n'ai rien entendu, dit Boro après que la vague aérienne fut passée.
– Moi non plus », fit Bleu Marine.

L'instant d'après, son regard malicieux fixé sur le reporter, la jeune fille soufflait dans son harmonica les dernières notes de la symphonie *Jupiter*.

(À suivre)

TABLE DES MATIÈRES

PREMIÈRE PARTIE : SYMPHONIE JUPITER

— L'harmonica 11
— Happy new year! 15
— La combe de Lourmarin 19
— Le petit bonbon 25
— Bleu Marine 29
— Trois filles de leur mère 34
— Le pavillon chinois 38
— Reich et lili pioncette 43
— Petite fête entre nazis 47
— Les oreilles de Staline 53
— Les « Médiocrités » de Gerhard von Vil 57
— La Rote Kapelle 61
— Hôtel Ruby-Valy, chambre 12 64
— Les gorilles dans l'escalier 70
— Rex 74
— Le train de 8 h 11 78
— Parc de la Tête-d'Or 83
— La Petite Ceinture 90
— Sous-sol 94
— Herr Boro Maryik 98
— À l'hôtel Lutétia 104
— Le 10, à Barbès 110

- L'hôtel de la Chaise 115
- Soupirs, cris et chuchotements 120
- La chèvre et le loup 125
- Kolkhozes 129
- Le baiser de la lépreuse 133

DEUXIÈME PARTIE : LA SOCIÉTÉ DES AMIS

- L'Alsace et la Lorraine 143
- Wer reitet so spät durch Nacht und Wind ? 146
- Vol avec effraction 150
- Rideaux, blindage et confidences 152
- Prolétaires 158
- Abdulla 163
- Mercedes Spitz 169
- La canne magique 175
- Barrages 180
- La cage du Tigre 183
- Les mâchoires du crocodile 188
- Pas de cigarette pour Sir Boro 193
- Le SS-Obergruppenführer tire la langue 198
- Dix ans après 201
- Jouet pour grands 204
- Sur les bords de la mer Baltique 206

TROISIÈME PARTIE : LES VIVANTS ET LES MORTS

- Heil Führoncle ! 213
- K1 K2 218
- Vivastella 222
- Le coutelas était sous le siège 224
- La ronde des autobus 231
- Vent printanier 236

TABLE DES MATIÈRES

— Bouvier 244
— Dany calls Didier 251
— Une bonne étoile 257
— $-\hbar^2 \frac{\partial^2 \Psi(\vec{r},t)}{\partial t^2} = -\hbar^2 c^2 \Delta \Psi(\vec{r},t) + m^2 c^4 \Psi(\vec{r},t)$ 260
— Décryptage 265
— Un petit coin de paradis 267
— Rire devant la mort 274
— Opération bleue 277

QUATRIÈME PARTIE : CALUIRE

— Les trois Hongrois 281
— Chez Michèle et Pierre 288
— Max 293
— 6 juin 299
— Voiture drei, compartiment fünf und zwanzig 304
— Multon 307
— Voiture 3818 310
— Il faut sauver le soldat Vidal 313
— 84, avenue Foch 321
— Fine business 325
— M. Romanin 330
— L'ordre de Barrès 333
— Le pont Morand 337
— La maison du docteur Dugoujon 342
— Le rapport Kaltenbrunner 350
— Villa Boemelburg 353

CINQUIÈME PARTIE : LES BOMBES VOLANTES

— Le comte et son garde-chasse 359
— Pourquoi la mer ? 363
— La belle et le lézard 367

CHER BORO

— Les quatre jeudis	373
— Fabrice del Boro	377
— Sonate en sous-sol	382
— Quelques lieues sous la terre	388
— Longues et brèves	394
— Uxbridge	397
— Les adieux du pont Saint-Louis	401
— Poulet chasseur	406
— Le bordel en conclave	411
— Plume de cul	416
— Le testament du Champ-de-Mars	420
— Le feu aux poudres	428
— Trois Leica pour un indice	434
— Voyages	439
— Paix et guerre	443
— Borowicz prend le volant	446
— Épilogue	455

ŒUVRES DE DAN FRANCK

Les Calendes grecques, Calmann-Lévy, 1980. Seuil, «Points», 1999. (Prix du Premier Roman, 1980.)
Apolline, Stock, 1982. Seuil, «Points», 1997.
La Dame du soir, Mercure de France, 1984. Seuil, «Points», 1995.
Les Adieux, Flammarion, 1987. Seuil, «Points», 1998.
Le Cimetière des fous, Flammarion, 1989. Seuil, «Points», 1999.
La Séparation, Seuil, 1991. Seuil, «Points», 1998. (Prix Renaudot, 1991.)
Une jeune fille, Seuil, 1994. «Points», 1996.
Tabac, Seuil, 1995. Mille et une nuits, 1997.
Nu couché, Seuil, 1998. «Points», 1999.
Les Enfants, Grasset, 2003. (Prix des Romancières 2003.)

Bohèmes, Calmann-Lévy, 1998.
Libertad!, Grasset, 2004.

Le Petit Livre des instruments de musique, Seuil, «Points», 1993.
Textes sur les *Carnets de la Californie,* de Picasso, Le Cercle d'Art, 1999.

EN COLLABORATION AVEC ENKI BILAL

Un siècle d'amour, Fayard, 1999.

EN COLLABORATION AVEC JEAN VAUTRIN

Les Aventures de Boro, reporter photographe
- *La Dame de Berlin,* Fayard, 1987. Presses-Pocket, 1989.
- *Le Temps des Cerises,* Fayard, 1990. Presses-Pocket, 1992.
- *Les Noces de Guernica,* Fayard, 1994. Presses-Pocket, 1996.
- *Mademoiselle Chat,* Fayard, 1996. Presses-Pocket, 1998.
- *Boro s'en va-t-en guerre,* Fayard, 2000. Presses-Pocket, 2002.

ŒUVRES DE JEAN VAUTRIN

Romans
À bulletins rouges, Gallimard, 1973. Carré noir, 1974.
Billy-Ze-Kick, Gallimard, 1974. Mazarine, 1980. Folio, 1985.
Mister Love, Denoël, 1977.

CHER BORO

Typhon gazoline, Jean Goujon, 1978.
Bloody-Mary, Mazarine, 1979. Livre de Poche, 1982. (Prix Fictions 1979, prix Mystère de la critique.)
Groom, Mazarine, 1980. Gallimard, 1981.
Canicule, Mazarine, 1982. Livre de Poche, 1983.
La Vie Ripolin, Mazarine, 1986. Livre de Poche 1987. (Grand Prix du roman de la Société des gens de lettres, 1986.)
Un grand pas vers le bon Dieu, Grasset, 1989. Livre de Poche, 1991. (Prix Goncourt 1989, Goncourt des Lycéens, 1989.)
Symphonie Grabuge, Grasset, 1994. Livre de Poche, 1996. (Prix populiste.)
Le Roi des ordures, Fayard, 1997. Livre de Poche 1998.
Un monsieur bien mis, Fayard, 1997.
Le Cri du peuple, Grasset, 1999. Livre de Poche 2001. (Prix Louis Guilloux pour l'ensemble de son œuvre.)
L'homme qui assassinait sa vie, Fayard, 2001.
Le Journal de Louise B., Robert Laffont, 2002.
Quatre Soldats français :
  * *Adieu la vie, adieu la mort*, Robert Laffont, 2004.
  ** *La dame au gant rouge*, Robert Laffont, 2004.

Nouvelles
Patchwork, Mazarine, 1983. Livre de Poche, 1992. (Prix des Deux-Magots, 1983.)
Baby-boom, Mazarine, 1985. Livre de Poche 1987. (Prix Goncourt de la nouvelle 1986.)
Dix-huit tentatives pour devenir un saint, Payot, 1989. Folio, 1990.
Courage chacun, Julliard, « L'Atelier », 1992. Presses Pocket, 1993.
Si on s'aimait ?, Fayard, 2005.

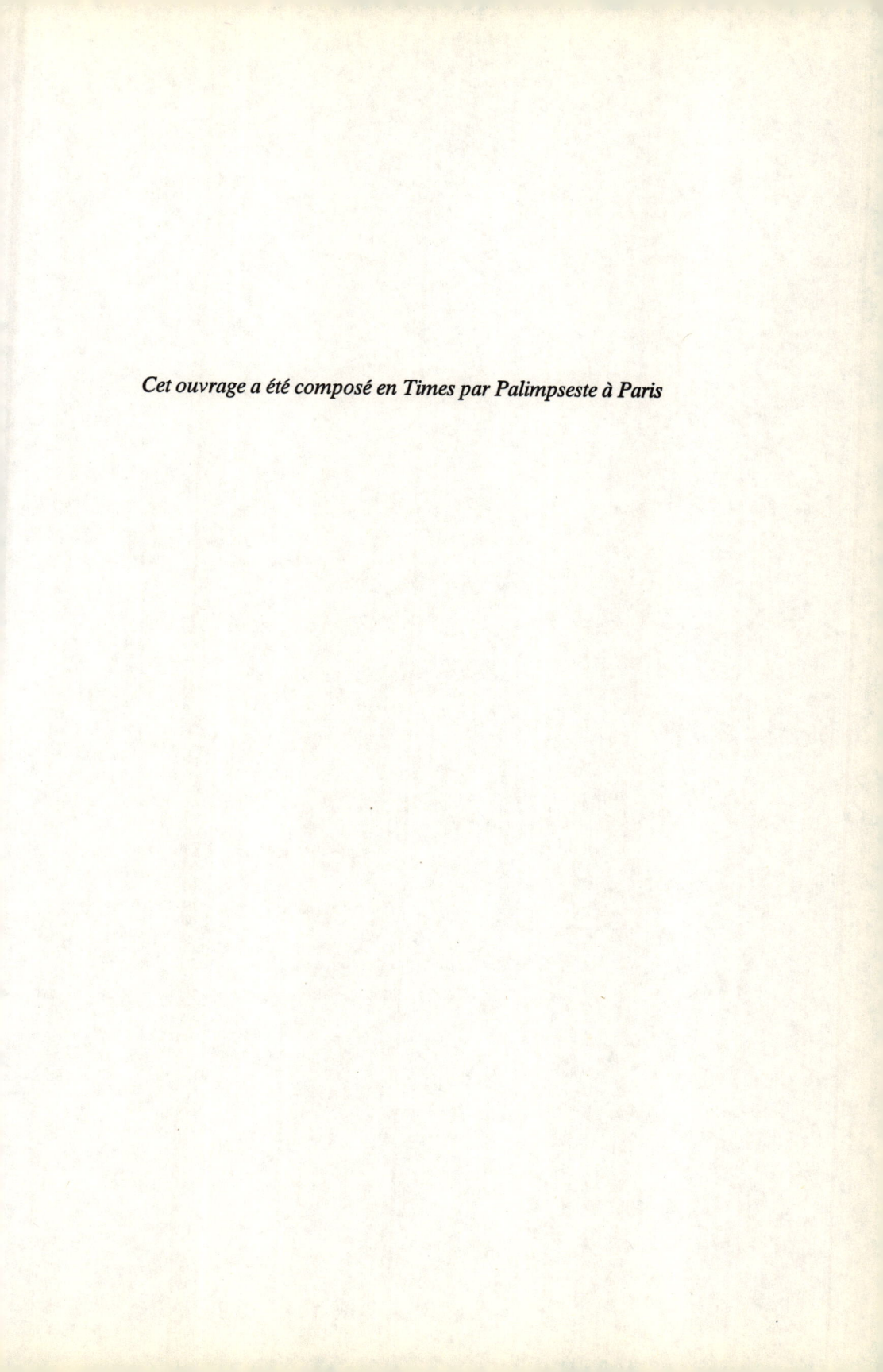

Cet ouvrage a été composé en Times par Palimpseste à Paris

Impression réalisée sur CAMERON par
BRODARD ET TAUPIN
La Flèche

pour le compte des Éditions Fayard
en septembre 2005

Dépôt légal : septembre 2005
N° d'édition : 62668 – N° d'impression : 31726
ISBN : 2-213-62212-4
35-33-2412-1/01

Imprimé en France